MAX BENTOW

Das Hexenmädchen



GOLDMANN

*Buch*

Den Berliner Kommissar Nils Trojan erwartet ein albtraumhaftes Szenario, als er mitten in der Nacht am Schauplatz eines Verbrechens eintrifft: Das männliche Opfer wurde in seiner eigenen Küche auf grausame Weise hingerichtet, der Körper ist arrangiert zu einem grotesken Tableau. Noch bevor Trojan Atem holen kann, schlägt der Mörder wieder zu – und wieder trägt die Leiche die unverwechselbare Signatur des Täters. Trojan hat nicht den geringsten Anhaltspunkt, doch dann verschwindet plötzlich die kleine Sophie, dicht gefolgt von ihrer Freundin Jule, von der ebenfalls jede Spur fehlt. Langsam beschleicht ihn der Verdacht, dass ein Zusammenhang zwischen den Fällen besteht – denn zwei Fragen gehen Trojan nicht aus dem Kopf: Warum haben die Kinder von einer mysteriösen »Hexe« gesprochen, die sie in Angst und Schrecken versetzt? Und warum fühlte er sich beim Anblick der Mordopfer fatal an ein bekanntes Kindermärchen erinnert?

Weitere Informationen zu Max Bentow sowie zu lieferbaren Titeln des Autors finden Sie am Ende des Buches.

Max Bentow

# Das Hexenmädchen

Psychothriller

GOLDMANN

MIX
Papier | Fördert gute Waldnutzung
FSC® C014496

Penguin Random House Verlagsgruppe FSC® N001967

5. Auflage
Taschenbuchausgabe Mai 2016

Neumarkter Str. 28, 81673 München
produktsicherheit@penguinrandomhouse.de
(Vorstehende Angaben sind zugleich
Pflichtinformationen nach GPSR)

Dieses Werk wurde vermittelt
durch die Literarische Agentur Michael Gaeb.
Umschlaggestaltung: UNO Werbeagentur München
Umschlagmotiv: Getty Images / Andrew Parkinson;
FinePic®, München
CN · Herstellung: Str.
Druck und Bindung: GGP Media GmbH, Pößneck
Printed in Germany
ISBN 978-3-442-48428-7

www.goldmann-verlag.de

# PROLOG

Einmal hielt sie inne, mitten im Schnee, und rang nach Luft. Ihre Lunge fühlte sich an, als steckte in ihr ein Heer aus tausend Messern. Atemwolken bildeten sich vor ihrem Mund in rascher Folge. Der Mond blitzte durch die Wipfel der Bäume hindurch, die Äste waren schwarz und kahl, wie knochige Hände, die nach ihr griffen. Vor Erschöpfung wollte sie einfach hinsinken. Doch obwohl sie noch ein Kind war, verstand sie: Ließe sie sich fallen, wäre alles vorbei. Die Schneedecke war ein Leichentuch. Also musste sie weiterlaufen.

Es war nicht einfach, im dichten Geäst des Waldes einen Weg zu finden, Zweige peitschten ihr entgegen, in Mulden sackte sie ein und strauchelte. Eine Zeit lang hatte die Kälte noch unter ihren Sohlen gebrannt, dann aber breitete sich die Taubheit aus und kroch allmählich an ihr herauf. Während sie weiterhastete, fürchtete sie, im Frost ihre Beine zu verlieren. Denn sie hatte ja nichts weiter als ein Nachthemd auf der Haut.

Schmerzhaft erinnerte sie sich an eine Geschichte, die ihre Mutter ihr einmal vorgelesen hatte. Darin war jemand erfroren, und kurz vor seinem Ende war er in eine täuschende Wärme gehüllt worden. So weit durfte es nicht kommen! Sie musste aus diesem Wald herausfinden.

Das Mädchen stolperte, rappelte sich auf und irrte weiter. Einmal versank sie knietief im Schnee, ein anderes Mal schlug ihr ein Ast so heftig gegen die Stirn, dass es ihr den Atem nahm.

Nicht umdrehen!, durchfuhr es sie. Weiter, vorwärts! Manchmal war ihr, als hörte sie Schritte in ihrem Rücken. Zuweilen glaubte sie ein Keuchen zu vernehmen, ganz nah bei ihr. Sicherlich war ihr Verschwinden längst bemerkt worden, und man hatte die Verfolgung aufgenommen. In diesen Momenten keimte Panik in ihr auf, und ihr Herz begann zu rasen. Sie zwang sich, allein auf ihre Bewegungen zu achten, nicht das Gleichgewicht und nicht die Orientierung zu verlieren. Nur nicht im Kreis laufen, die Richtung halten, möglichst geradeaus. Irgendwo musste dieser Wald doch enden.

Schließlich meinte sie, der Pfad würde sich vor ihr verbreitern, wie eine im Mondlicht glitzernde Spur, der sie nur zu folgen brauchte. Sie versuchte ihre Erschöpfung niederzuringen, bald aber wechselten sich Kälte und Hitze in ihr ab, und das Fieber lähmte sie. Sie war kurz davor aufzugeben, wollte sich hinwerfen und zum Mond hinaufstarren, in dessen Mitte sie ein mild lächelndes Gesicht ausmachte. Es schien ihr zuzuraunen: *Schon gut, mein Kind, lass sein, strecke dich aus und gleite mit mir dahin.* Das Zittern in ihrem Körper wurde immer stärker, sodass ihre Zähne aufeinanderschlugen und sie nur noch taumelnd vorankam.

Als sie erneut ins Straucheln geriet und sich an den Dornen eines Gebüsches verletzte, tropfte Blut in das eisige Weiß, und sie betrachtete es fasziniert, schwankend im Schwindel, bis sie sich endlich von dem Anblick losreißen konnte und sich weiterschleppte.

Der Weg änderte sich, die Bäume standen nun wieder dichter, und sie sah das lächelnde Mondgesicht nicht mehr. Alles vorbei, dachte sie, und ihr war, als drang die Stimme ihrer Mutter an ihr Ohr, sie sang leise ein Lied, schien sie zu liebkosen und in den Schlaf wiegen zu wollen.

Das Mädchen schüttelte sich. Nein, dachte sie, nur eine Erscheinung, geh schneller, du darfst dem nicht nachgeben. Und so beschleunigte sie ihre Schritte, und mit einem Mal tat sich ein Forstweg vor ihr auf. Der Mond war nun so hell und klar, dass sie sich seinem Licht ganz anvertrauen konnte.

Es brannte in ihren Augen, und plötzlich hatte sie wieder ein Gefühl in den Füßen. Unter ihr lag Schotter, spitze Steine bohrten sich in ihre nackten Sohlen. Schließlich erkannte sie die Landstraße, und da waren zwei Scheinwerferkegel. Sie kamen näher.

War das ein Wagen? Sollte das ihre Rettung sein?

Das Mädchen atmete schwer, unter größter Anstrengung hob sie beide Arme und bewegte sie.

Das Auto näherte sich. Langsam, viel zu langsam, dachte sie, und verzweifelt fuchtelte sie mit den Händen in der Luft herum. Hoffentlich bemerkte man sie auch.

Schon vernahm sie das Motorengeräusch. Sie winkte unter Schmerzen. Ihr Nachthemd schien an ihrer Haut festgefroren zu sein, und ihre Finger waren bläulich und gekrümmt.

Der Wagen hielt.

Das Mädchen war wie erstarrt und wartete, dass man ihr helfen würde.

Sie sah, wie der Fahrer ausstieg und auf sie zukam. Das Licht der Schweinwerfer stach ihr in die Augen, direkt hinein.

Und dann stand der Mann vor ihr. Fassungslos blickte er sie an. Bis sich sein Mund auftat und er zu ihr sprach.

»Was ist mit dir, Kind? Großer Gott. Wo kommst du her?«

Sie taumelte, und er fing sie auf. Erst als er sie auf die Rückbank seines Wagens gelegt und in eine Decke gehüllt hatte, war sie sich halbwegs sicher, dass er nicht die Ausgeburt ihres Fiebers war.

Sie bemerkte noch, wie er sich hinters Steuer setzte. Gleich darauf fielen ihr die Augen zu. Als sie sie wieder öffnete, fuhren sie noch immer durch die Nacht. Er hatte ihr zugeraunt, er werde sie in ein Krankenhaus bringen.

Das Mädchen wollte sich aufrichten und ihm etwas sagen. Er hatte sie doch gefragt, woher sie kam. Und darauf musste sie ihm antworten.

Sie nahm ihre letzte Kraft zusammen. Allerdings wusste sie nicht genau, ob er sie auch verstand, als sie kaum hörbar flüsterte:

»Ich war bei der Hexe. Tief im Wald.«

# ERSTER TEIL

# EINS

Ronja schlug die Augen auf. Sie hatte wirr geträumt. Da war ein brauner Umschlag gewesen, in der Post ihres Vaters, und darin hatte sie Teile ihrer Barbiepuppe gefunden, einen Arm, den Kopf, ein Bein. Auch anderes Spielzeug war darin, alles zertrümmert, alles kaputt.

Sie atmete schwer. Es war doch nur ein Traum gewesen. Aber etwas stimmte nicht, das spürte sie sofort, ihre Hände waren schweißnass.

Sie lauschte.

Ihr Vater war draußen im Flur, seine Stimme klang seltsam gepresst. Und noch eine andere Stimme konnte sie ausmachen, dunkel und fremd. Dann fiel polternd etwas um, und wieder hörte sie ihren Vater. Es folgten ein Schlag und ein dumpfer Schmerzenslaut.

Sie setzte sich erschrocken auf, klammerte sich an ihrer Bettdecke fest.

Wer war das? Hatte ihr Vater Besuch bekommen, mitten in der Nacht? Ihre Mutter konnte es jedenfalls nicht sein, denn sie war zu einer Fortbildung gefahren und würde erst in drei Tagen zurückkehren. Ronja vermisste sie.

Sie musste nachsehen, was da draußen los war. Sie schwang sich aus dem Bett, schlich sich zur Tür und öffnete sie einen Spalt.

Gleich darauf wich sie zurück. Der Flur war hell erleuchtet, und auf dem Boden schimmerte eine Blutspur.

Sie wollte nach ihrem Vater rufen, doch etwas schnürte ihr die Kehle zu. Sie horchte. Wieder ein gedämpftes Geräusch, dann ein Wimmern. Was sollte sie nur tun?

Schließlich nahm sie all ihren Mut zusammen, glitt hinaus und folgte zögernd den Blutstropfen auf dem Dielenboden. Sie führten hin zur Küche. Da war ein leiser Tumult.

Nur noch ein paar Schritte bis zu der angelehnten Tür, sie traute sich kaum zu atmen. Wenn dahinter nun ein Einbrecher war? Bestimmt würde er auch ihr wehtun.

Erneut vernahm sie die Stimme ihres Vaters. Sie klang so sonderbar. Er stöhnte vor Schmerz.

Ängstlich starrte sie durch den Türspalt hindurch.

Da kniete jemand am Boden. War das ihr Vater?

Jemand würgte und wimmerte zugleich. Und dann zischte die fremde Stimme etwas, entsetzt taumelte Ronja zurück, erst einen Schritt, dann noch einen, schließlich drehte sie sich um und irrte ziellos im Flur umher. Ihr Atem ging stoßweise, in ihren Ohren lärmte ein merkwürdiger Pfeifton, sie hatte das Gefühl, ihr Kopf würde platzen. Der Vater hatte ihr immerzu eingeschärft, was in einem Notfall zu tun sei: zum Telefon, 110 wählen!

Auf der Kommode stand der Apparat, die Ziffern des Anrufbeantworters leuchteten in Signalrot, doch das Telefon steckte nicht in der Ladeschale. Wo war es nur? Sie sollte im Wohnzimmer nachschauen gehen, aber um dorthin zu gelangen, müsste sie an der Küche vorbei, und das war zu gefährlich.

Ihre Hände zitterten, man würde sie entdecken.

Da fuhr sie zusammen. Schläge aus der Küche, gefolgt von gepressten Lauten wie von einem verwundeten Tier. Ohne länger nachzudenken, floh sie ins Bad und schloss hinter sich ab.

Keuchend stand sie in dem halbdunklen Raum, sie wagte es nicht, das Licht einzuschalten. Sie presste das Ohr an die Tür.

Jemand wimmerte. Ihr Vater.

Wenn doch nur die Nachbarn aufwachen würden. Jemand müsste Hilfe holen und sie beide retten. Hatte sie denn die Nachttischlampe in ihrem Zimmer angeknipst? Das könnte sie verraten.

Leise schluchzte sie auf.

Niemand kam. Hilflos stand sie da. Es dauerte lange.

Schließlich herrschte Stille. Bloß das Tosen ihres Blutes war zu vernehmen und ihr heftig schlagendes Herz. Sie musste dringend aufs Klo, aber ihre Angst verbot ihr, sich zu rühren. Sie presste die Beine zusammen und wartete ab.

Mit einem Mal war ihr, als sei jemand draußen an der Tür.

Sie saß in der Falle.

Gehetzt sah sie sich um. Wo konnte sie sich nur verstecken? Hinter dem Duschvorhang vielleicht? Wenn der Einbrecher jedoch merkte, dass abgeschlossen war, wüsste er gleich Bescheid. Er würde die Tür aufbrechen, und sie wäre geliefert.

Sie zitterte.

Nichts geschah.

War der Fremde weg? Stille. Was war mit ihrem Vater? Warum rührte er sich nicht?

Schließlich glaubte sie, ein Geräusch an der Wohnungstür zu hören. Als würde sie jemand beinahe lautlos ins Schloss ziehen.

Noch immer traute sie sich nicht hinaus.

Sie brachte es nicht einmal fertig, den Toilettendeckel zu heben. Stattdessen lief warm der Urin an ihren Beinen herab, und sie weinte kaum hörbar.

Da dachte sie wieder an ihren Traum. Der Kopf ihrer Barbiepuppe, abgetrennt vom Körper.

Es erschien ihr wie eine Ewigkeit, bis sie endlich bereit war, den Riegel umzulegen. Vorsichtig drückte sie die Klinke herunter.

Im Flur brannte noch immer Licht.

Und da war das Blut.

Langsam ging sie zur Küche.

Die Tür stand nun weit offen.

»Papa?«, fragte sie leise. Aber es kam keine Antwort.

Sie stand reglos an der Schwelle.

Da bemerkte sie den Geruch. Verbrannt. Versengt. Und es war heiß, viel zu heiß.

Ihre Knie wurden weich, sie musste sich am Türrahmen abstützen. Wie in Zeitlupe reckte sie den Kopf vor und blickte in die Küche hinein.

Da riss das Mädchen den Mund auf und erstarrte.

Ein Klirren, und Emily Trojan schreckte hoch.

Normalerweise hatte sie einen tiefen Schlaf. So wäre das Geräusch auch kaum in ihr Bewusstsein gedrungen, sie hätte sich einfach umgedreht und weitergeschlummert. Doch seit dem Streit mit ihrer Mutter, der sie dazu bewegt hatte, vorübergehend wieder bei ihrem Vater einzuziehen, war sie dünnhäutiger geworden.

Sie hatte sich an die neuen Umstände noch nicht recht gewöhnt. Vielleicht lag es auch daran, dass ihr Vater oftmals nachts zu Einsätzen gerufen wurde und sie sich nie sicher sein konnte, ob er zu Hause war oder nicht, auch wenn sie wusste, wie sehr es ihn belastete, sie wegen seines Jobs allein lassen zu müssen.

Dieser verdammte Job, der nach ihrer Meinung ein wesentlicher Grund dafür war, warum sich ihre Eltern getrennt hatten.

Und so war sie mit einem Mal hellwach.

Sie stand auf und tappte in den Flur. Die Schlafzimmertür ihres Vaters stand offen, es brannte Licht, das Bett war zerwühlt, doch er war nicht da. In der Küche sah sie Scherben am Boden, ein zerbrochenes Glas, eine Wasserlache.

»Paps?«

Schließlich entdeckte sie ihn im Wohnzimmer.

Seine Silhouette zeichnete sich vorm Fenster ab. Draußen schien der Mond.

Sie trat näher. Er war leichenblass, krümmte sich, beide Arme um den Oberkörper geschlungen.

»Paps!«

Er keuchte.

»Was ist mit dir?«

Sie nahm seine Hand, sie war eiskalt und zittrig. Auf seiner Stirn glänzte der Schweiß.

»Um Himmels willen, was ist los?«

Er zog eine Grimasse, antwortete nicht.

Die Angst kroch an ihr hoch, so hatte sie ihren Vater noch nie erlebt. »Papa!«

»Das Herz«, stammelte er endlich, »irgendwas stimmt da nicht.«

»Mein Gott.« Was, wenn sie ihn verlieren würde? »Nicht doch!« Ihre Augen füllten sich mit Tränen.

Dieses Keuchen. Was hatte er bloß?

»Ich ruf den Notarzt«, sagte sie. Ihre Stimme klang schrill.

Er umklammerte ihre Hand, ließ sie nicht gehen. Er schüttelte den Kopf.

»Aber Paps, du brauchst Hilfe.«

»Geht schon wieder«, flüsterte er.

Er sah furchtbar aus. Sie bekam eine Gänsehaut.

Eine Weile starrten sie sich wortlos an. Dann löste sie sich von ihm und eilte zum Telefon.

Wenn er sich lediglich auf die Reihe der Neonröhren an der Decke konzentrierte, würde er sich vielleicht wieder in den Griff bekommen. Sie von vorne bis hinten im Flur der Notaufnahme durchzählen und dabei in die Papiertüte atmen, wie man es ihm geraten hatte. Den Atem durch die Nase einströmen und ihn durch den Mund in die Tüte ausströmen lassen, währenddessen den Blick auf das erste Licht heften, weiteratmen, den Blick gleiten lassen. Hin zur zweiten Lampe, gut so. Und weiter. An nichts anderes denken, weder an einen Infarkt noch daran, irgendwann völlig auszurasten.

Die Tüte in seinen Händen blähte sich, mittlerweile war sie von seinem Schweiß beinahe aufgeweicht. Die nächsten hundert Atemzüge durchhalten, dachte er, das Einzige, was jetzt wichtig war.

Emily drückte seinen Arm, für einen Moment gerieten ihre blonden Locken in sein Gesichtsfeld, ihr aufmunterndes Lächeln, diese Grübchen, die braunen Augen. Meine Tochter, dachte er. Verdammt, dass sie das alles mitbekommen musste. Er wollte etwas zu ihr sagen, ließ es dann aber bleiben, weil er nicht mit dem Atmen durcheinanderkommen wollte. Sein Herz raste noch immer. Wie irr, hämmerte es seinem Kopf, wie irr, in einem fort.

Plötzlich trat sie zur Seite. Und da war der Weißkittel. Trojan verstand nicht ganz, warum man ihn nicht gleich auf die Intensivstation gebracht hatte, überhaupt verstand er so einiges nicht. Nahm man ihn etwa nicht ernst?

»Herr Trojan?«

»Hmm.«

Der Arzt blickte unbekümmert auf ihn herab, die Papiertüte blähte sich gerade, erschlaffte, um mit dem nächsten Atemzug wieder prall zu werden. Mit einem Mal war ihm das peinlich vor diesem Kerl. Er ließ die Tüte sinken. Schon pochte sein Herz wieder schneller, und das Schwindelgefühl war zurück.

»Schlechte Nachrichten, Doc?«

»Nicht im Geringsten. Ihr EKG ist in Ordnung. Und auch die übrigen Tests haben nichts ergeben.«

»Kein Infarkt?«

Der Arzt schüttelte den Kopf. »Leiden Sie öfter unter Panikattacken?«

Trojan antwortete nicht. Stattdessen wollte er sich auf der Liege aufrichten, aber er war noch zu schwach.

»Hatten Sie viel Stress in letzter Zeit?«

Trojan verzog das Gesicht.

»Stress?«, sagte Emily. »Das ist sein zweiter Vorname.«

Der Weißkittel schaute auf sein Klemmbrett. »Die Blutwerte sind okay.«

»Das Herz wummert. Wie verrückt.«

»Könnte psychische Ursachen haben.«

Er stieß die Luft aus. Er dachte an Jana, seine Ex-Therapeutin. Es machte ihn ratlos.

»Tut mir leid, mehr kann ich im Moment nicht für Sie tun.«

Trojan nickte, die schlaffe Papiertüte in der Hand.

»Bleiben Sie ruhig noch ein bisschen hier liegen«, sagte der Arzt und verabschiedete sich.

Schon war er verschwunden.

Trojan sah zu seiner Tochter hin.

»Was ist das nur mit dir, Paps?«

»Ich weiß es nicht.«

»Die müssen dich doch weiter untersuchen. So können die dich nicht gehen lassen.«

»Abwarten«, murmelte er.

Lange Zeit horchte er in sich hinein. Er war so zittrig.

Und dann fragte er: »Du schreibst doch morgen eine Geschichtsklausur, oder nicht? Kriegst du das überhaupt noch hin?«

»Ist doch völlig egal, wenn es dir nur besser geht.«

In diesem Moment läutete das Handy in seiner Hosentasche. Das kann doch nicht wahr sein, durchfuhr es ihn. Er nahm es heraus und blickte auf das Display.

»Schalt es lieber aus«, sagte sie.

»Es ist Landsberg.«

Emily runzelte die Stirn.

Eine Weile zögerte er noch, dann drückte er entgegen seiner Absicht auf die grüne Taste und meldete sich.

Als er seinem Chef schweigend zuhörte und keine Anstalten machte, das Gespräch zu beenden, stemmte Emily die Hände in die Hüften.

Schließlich boxte sie ihm leicht gegen die Schulter: »Sag ihm, dass du einfach nicht mehr kannst! Du hattest einen Zusammenbruch, du bist …!«

»Schon gut«, murmelte er zu ihr hin. Und kurz darauf sprach er in den Hörer: »In Ordnung. Klar.«

Seine Tochter starrte ihn an.

Er unterbrach die Leitung und steckte das Handy wieder ein.

Ich hab keine Kraft mehr, dachte er. Wie soll ich das nur schaffen?

»Was wollte er von dir?«

Er schwieg.

Es half alles nichts, er *musste* da hin.

»Tut mir leid, Emily, aber es ist meine Pflicht.«

»Was?«

»Ich muss los.«

»Jetzt? Bist du verrückt?« Sie schnappte nach Luft. »Das bringt dich noch um.«

Vielleicht hat sie ja recht, dachte er. Seine Hände zitterten, als er die Papiertüte zusammenfaltete.

Mühsam richtete er sich auf.

# ZWEI

Als Nils Trojan die Tatortwohnung in der Lenaustraße betrat, wusste er sogleich, dass ihn das Bild, das sich ihm dort bot, auf immer in seinen Alpträumen verfolgen würde.

Da kniete ein Mann vorm geöffneten Backofen in der Küche. Seine Hände waren auf dem Rücken gefesselt, auch seine Fußgelenke waren mit einem Strick verknotet.

Das Schlimmste aber war der Anblick des Kopfes, der seltsam verdreht auf dem Rost im Ofen lag. Die Haare waren zum Teil weggesengt, die Gesichtshaut war verbrannt, das rohe Fleisch darunter zu erkennen. Die Augen des Mannes waren hervorgequollen, sein Mund zu einem stummen Schrei aufgerissen.

Obwohl er sich am liebsten abgewendet und fluchtartig den Raum verlassen hätte, zwang sich Trojan in die Hocke, um genauer hinzuschauen. Und so erkannte er, dass tief im Rachen des Mannes ein Stoffknäuel steckte.

Als er sich wieder aufrichtete, wurde ihm kurzzeitig schwarz vor Augen.

Sein Blick wanderte durch die Küche. Ein umgeworfener Stuhl. Ein paar Blutflecken. Spuren eines Kampfes.

Sein Chef, die Kollegen vom Team und der Kriminaltechnik, Dr. Semmler, der Rechtsmediziner, sie alle standen betreten in der Küche herum, vorübergehend sprachlos angesichts dieses Grauens.

Trojan bemühte sich, tief durchzuatmen. Sein Brustkorb fühlte sich an, als sei er in ein Eisenkorsett gepresst.

Es roch nach Tod, verbranntem Fleisch.

Und nach Folter.

Er versuchte sich zu sammeln. Seine Stimme war rau.

»Name?«

»Georg Haubacher, vierundvierzig Jahre alt, von Beruf Gymnasiallehrer«, antwortete Stefanie Dachs. Sie hatte sich ihr dunkelblondes Haar wie so oft, wenn sie im Einsatz war, zu einem Pferdeschwanz zurückgebunden.

»Tatzeit?«

»Vor etwa zwei Stunden, länger nicht«, sagte Semmler.

»War der Backofen noch eingeschaltet, als man ihn gefunden hat?«

»Nein«, sagte der kleine, bullige Ronnie Gerber, »aber der Kopf war bereits ziemlich verbrannt, als seine …«, er schluckte, »… seine kleine Tochter ihn gefunden hat.«

»Um Himmels willen, war sie in der Wohnung, als es passiert ist?«

Er nickte.

Landsberg ergänzte: »Sie wurde von Kampfgeräuschen geweckt, kam leise aus ihrem Zimmer, dann hat sie sich geistesgegenwärtig im Bad eingeschlossen. Das hat ihr sicher das Leben gerettet. Offenbar hat der Täter oder die Täterin sie nicht bemerkt.«

»Hat sie was beobachtet?«

»Wohl nicht.«

»Gibt es Einbruchsspuren?«

Kopfschütteln. »Es scheint, als hätte Haubacher seinen Mörder oder seine Mörderin in die Wohnung gelassen.«

»Im Flur gab es einen Kampf«, sagte Albert Krach.

»Auch dort eine Blutspur«, sagte Trojan, »hab ich gesehen.«

Semmler deutete auf das halbverbrannte Gesicht des Toten. »Da ist nicht mehr viel zu erkennen, aber am Körper sind ein paar Blessuren. Der Mann hat sich gewehrt.«

Trojan hatte einen säuerlichen Geschmack im Mund. »Wo ist die Kleine jetzt?«, fragte er leise.

»In ihrem Zimmer«, sagte Dennis Holbrecht auf seine schüchterne Art leise, aber eindringlich. »Sie weigert sich herauszukommen.«

»Das ist der Schock.«

»Sie lässt nicht mal einen Arzt an sich heran.«

»Kann ich verstehen. Die ist fertig für den Rest ihres Lebens. Das hier ist wie …« Er brach ab.

»Sprich es aus, Nils«, sagte Landsberg.

Trojan blickte ihn an. »Wie eine Hinrichtung.«

»Hmm.«

»Wo ist die Mutter des Mädchens?«

»Nicht in der Stadt, auf Fortbildung. Wir haben sie benachrichtigt, sie ist hierher unterwegs.«

Trojan schaute zu Semmler hin. »Deine Einschätzung?«

»Ich vermute, dass er an dem Knäuel in seinem Rachen erstickt ist. Das sollte ihn wohl am Schreien hindern. Es sieht mir aus wie ein großes Taschentuch. Der Täter oder die Täterin muss es ihm mit äußerster Brutalität in die Kehle gestoßen haben. Es ist aber auch möglich, dass er durch den Verbrennungsschmerz einen Herzinfarkt erlitten hat. Mehr weiß ich nach der Autopsie.«

Bei dem Wort *Infarkt* griff sich Trojan instinktiv an die Brust. Die rasante Fahrt von der Notaufnahme hierher im Polizeiwagen, mit dem man ihn abgeholt hatte, war ihm wie ein wirrer Angsttraum erschienen. Das Morden nimmt kein Ende, dachte er, und es wird immer grausamer. Was ist der Mensch? Ein krankes Tier?

Er dachte an Emily. Nun war sie wieder allein in der Wohnung. Bestimmt würde sie nicht mehr einschlafen können. Und wenn sie ihre Klausur am nächsten Morgen vergeigte, war das seine Schuld.

Entsetzt blickte er auf den Toten.

»Haben die Techniker genügend Fotos von ihm gemacht?«, fragte er schwach.

»Ja«, murmelte jemand.

»Dann sollten wir ihn jetzt aus dieser demütigen Haltung befreien.«

Dieser saure Geschmack. Gallensaft. Sein Magen rebellierte.

Semmler nickte. »Ich übernehme das.«

»Das muss doch einen furchtbaren Krach gemacht haben«, sagte Dennis Holbrecht.

»Hat denn keiner der Bewohner …?«

»Die Befragungen laufen. Bisher keine Hinweise.«

»Eine Nachbarin hat ein Poltern gehört«, sagte Stefanie. »Hat sich aber nicht weiter darum gekümmert.«

»Knöpft sie euch alle vor«, sagte Trojan. »An die Arbeit. Ich werde versuchen, mit dem Mädchen zu reden.«

Eine Ärztin trat auf ihn zu, als er in das Kinderzimmer gehen wollte.

»Wir sollten sie da rausholen, aber sie fängt an zu schreien, sobald man ihr nur zu nahe kommt.«

»Schon gut.«

»Ich wollte ihr eine Beruhigungsspritze geben, aber sie hat sich mit Händen und Füßen gewehrt.«

»Ich werde es versuchen.«

Trojan ging hinein und schloss die Tür hinter sich.

Er näherte sich dem Bett. Verborgen unter der Decke, dessen Bezug ein Muster mit springenden Delfinen hatte, kauerte jemand.

»Hallo«, sagte er.

»Geh weg.«

»Ich heiße Nils.«

»Das ist mir egal.«

»Wie heißt du?«

Keine Antwort.

Er setzte sich an den Bettrand, wartete ab. Neben dem Kopfkissen lag ein Teddybär. Unten war ein kleiner Griff mit einer Schnur, er zog daran. Es war eine Spieluhr, die Melodie eines Schlaflieds erklang. Als Kind hatte Emily auch so eine gehabt.

Er saß da und summte die Melodie leise mit.

Es beruhigte ihn, und auch das Mädchen schien es nach einer Weile zu besänftigen, denn plötzlich lugte ihr Kopf unter der Bettdecke hervor.

»Wie alt bist du?«, fragte er.

»Neun. Und du?«

»Vierundvierzig.«

»Das ist alt.«

»Findest du?«

»So alt wie mein Vater.«

Er schlug die Augen nieder.

»Wo kommt er jetzt hin?«, fragte das Mädchen.

»Wir werden ihn untersuchen.«

»Aber er ist tot.«

Er nickte.

»Warum wollt ihr ihn dann noch untersuchen, wenn er tot ist?«

»Um seinen Mörder zu finden. Hör zu«, sagte er und zog die Spieluhr ein zweites Mal auf, »wenn du mir genau erzählst, was du heute Nacht gesehen und gehört hast, stehen die Chancen sehr gut, den Mörder deines Vaters zu fassen.«

Das Mädchen überlegte, nagte an ihrer Unterlippe. »Okay«, sagte sie schließlich.

Und dann erzählte sie, wie sie aufgewacht und hinaus in den Flur gegangen war.

»Was hast du gesehen?«

»Blut. Am Boden.«

»Was noch?«

»Mein Vater hockte in der Küche.«

»Wer war bei ihm?«

»Ich weiß nicht.«

»Hast du denjenigen gesehen?«

»Nein.«

»Hast du etwas gehört?«

»Eine Stimme.«

»War es die Stimme eines Mannes oder einer Frau?«

»Weiß nicht.«

»Was geschah dann?«

»Ich hab mich im Bad eingeschlossen, weil ich das Telefon nicht finden konnte.«

»Das hast du gut gemacht.«

Sie sah ihn an.

»Und weiter?«, fragte er.

»Er hat gestöhnt. Richtig laut. Es dauerte lang. Ich hab auch meinen Papa gehört. Er hat gestöhnt. Man hat ihm wehgetan, stimmt's?«

Trojan nickte ernst.

»Als alles still war, bin ich raus. Und dann …«

Sie weinte nicht.

Er schwieg.

Schließlich fragte er: »Konntest du schon mit deiner Mutter sprechen?«

»Ja, am Telefon.«

»Sie kommt zu dir.«

»Hmm.«

»Aber es dauert noch ein bisschen.«

»Ich weiß.«

»Gibt es irgendjemanden, bei dem du heute übernachten möchtest? Eine Tante vielleicht oder eine Oma?«

»Meine Patentante.«

»Sollen wir sie anrufen?«, fragte Trojan.

Und das Mädchen nickte.

»Gut.« Er reichte ihr den Teddybären mit der Spieluhr und lächelte sie an.

»Warum war sein Kopf im Ofen?«, fragte sie.

Er schluckte.

»Es war so heiß, und es hat gestunken.«

Trojan wusste nicht, was er ihr darauf erwidern sollte.

Das Mädchen starrte ihn an.

»Ich heiße übrigens Ronja«, sagte sie leise.

»Okay, Ronja, ich bringe dich jetzt erst einmal von hier weg.«

Sie zögerte einen Moment, dann schlang sie die Bettdecke um sich herum, nahm den Teddybären und stand auf.

## DREI

Sophie saß auf der Schaukel und fror. Sie war ganz allein. Hoffentlich kam Jule bald, mit ihr wäre es lustiger. Mit ihr war es selbst auf einem verlassenen Spielplatz im Winter schön. Auf einmal fürchtete sie, ihre Freundschaft könnte schon wieder vorbei sein, obwohl sie gerade erst begonnen hatte, nämlich vor ein paar Tagen, als sie sich genau hier begegnet waren.

Sie stieß sich mit den Füßen vom hartgefrorenen Sand ab und umklammerte mit den Händen die Eisenkette, an der der Sitz der Schaukel befestigt war. Sich vor- und zurücklehnend, geriet sie in Schwung, und je höher sie kam, desto besser fühlte sie sich. Von weiter oben sah alles weniger traurig aus, die rostigen Spielgeräte, die zerbeulten Papierkörbe, der Müll in den Sträuchern und die gefrorenen Pfützen.

Da sah sie wieder das cremefarbene Auto um die Ecke biegen und erschrak. Es war nun schon das dritte Mal, und erneut verlangsamte es, im Schritttempo zog es an dem niedrigen Zaun des Spielplatzes vorbei, und ihr war, als würde jemand aus dem Inneren die ganze Zeit gebannt zu ihr herüberspähen.

Oder bildete sie sich das bloß ein?

Bemüht, sich den Anschein von Gleichgültigkeit zu geben, holte sie noch mehr Schwung und erreichte die höchste Stelle. Es war der Punkt, an dem sie stets befürchtete, sich mit der Schaukel zu überschlagen. Einerseits war das beängstigend, andererseits genoss sie den Kitzel, das flaue Gefühl im Magen. Sie sauste nach vorn, den cremefarbenen Wagen im Blick. Vielleicht war diese verschwommene Gestalt am Steuer nur auf Parkplatzsuche, doch längst hatte sie mindestens zwei Lücken in den Reihen der abgestellten Autos entdeckt, in die das Fahrzeug hätte einscheren können.

Sie zählte in Gedanken bis dreißig, dann war es endlich weg. Doch nur kurze Zeit später bog es wieder um die Ecke. Es war bloß einmal ums Karree gefahren.

Sie hielt in ihren Bewegungen inne. Dann stoppte sie mit den Füßen ab. Bald darauf stand die Schaukel still.

Vor ihrem Mund bildeten sich Atemwolken, so kalt war die Luft.

Sie fixierte die Seitenscheibe des Wagens, schemenhaft machte sie dahinter die Umrisse des Fahrers oder der Fahrerin aus. Kein Zweifel, sie wurde angestarrt. Was hatte das zu bedeuten?

Schnell weg, die Schultasche nehmen und rennen, allerdings durfte sie Jule nicht verpassen. Auf das Treffen mit ihr hatte sie sich doch so sehr gefreut. Was sollte Jule von ihr denken, wenn sie Verabredungen nicht einhielt? Sie würde sich eine andere Freundin suchen.

Als der Wagen plötzlich anhielt, zog sie die Schultern hoch. Auf einmal war ihr so kalt, dass sie zu zittern begann.

Ihre Augen tränten im eisigen Wind.

Nicht hinsehen, dachte sie, nicht auffallen, und sie senkte den Blick.

Nichts geschah.

Nach einiger Zeit heulte der Motor auf, und der Wagen raste davon. Mit quietschenden Reifen bog er um die nächste Straßenecke und verschwand.

In diesem Moment sprach sie von hinten jemand an.

Sie schrie auf, sprang von der Schaukel und drehte sich um.

Es war Jule.

»Was ist los mit dir?«

Sophie holte zu einer Geste aus, als hätte sie bloß Spaß gemacht, dabei versuchte sie zu grinsen. Doch es wurde nur eine schiefe Grimasse daraus.

Schließlich sagte sie einfach leise: »Hallo.«

Jule nickte ihr zu. Sie hatte sich das Haar zu Zöpfen geflochten, das gefiel Sophie. Dass sich Jule überhaupt mit ihr abgab, so schön wie sie war. Stolz und schön.

»Hast du sie mit?«, fragte Sophie.

»Ja.«

Ihr Herz klopfte. Sie wusste nicht, ob es an dem cremefarbenen Auto lag oder daran, dass ihre neue Freundin endlich bei ihr war.

Und Jule zog die Schneekugel aus ihrer Manteltasche. Sie hatte sie also wirklich mitgebracht, wie versprochen. Ein Lieblingsgegenstand aus ihrem Besitz, von dem sie ihr gestern erzählt hatte, bestimmt etwas, das sie nicht jedem zeigte.

»Darf ich?«, fragte Sophie zaghaft, und Jule reichte sie ihr.

Schon begann Sophie die Kugel zu drehen, und die Flocken darin stoben auf und tanzten. In dem Glas befand sich ein kleines Lebkuchenhaus, und davor stand eine noch kleinere Figur, unverkennbar die Hexe. Sie war alt, böse und bucklig, und das Mädchen daneben konnte niemand anderes sein als Gretel.

Und wieder schüttelte sie die Kugel, und wieder wirbelten die Schneeflocken auf, es war faszinierend. Wie gern hätte sie auch so ein Spielzeug gehabt.

Dann fragte sie: »Wo ist eigentlich Hänsel? Da sind nur Gretel und die Hexe drin.«

Jule war ihr jetzt sehr nah, sie steckten buchstäblich die Köpfe zusammen. Sophie konnte ihren Atem spüren.

»Hänsel hat schon immer gefehlt.«

»Ist er im Hexenhaus?«

»Nein. Es gibt ihn einfach nicht.«

»Aber er muss doch da sein.«

»Muss er nicht. Die Hexe und Gretel, das reicht.«

Sophie ließ die Flocken tanzen.

Jule nahm ihr die Kugel aus der Hand. »Ich muss jetzt los.«

»Jetzt schon?«

Das konnte doch noch nicht alles gewesen sein. Den ganzen Tag hatte sie sich auf diesen Moment gefreut. Jule aber steckte die Schneekugel wieder ein und wandte sich zum Gehen.

»Warte.«

Jule hielt inne.

»Ich hab heute Nacht von ihr geträumt«, sagte Sophie.

Jule runzelte die Stirn. »Von der Hexe, meinst du?«

»Hmm.«

»Was hat sie getan?«

»Sie stand an meinem Bett. Stand einfach nur da.«

»Das war auch in meinem Traum neulich so.«

Es muss etwas Besonderes sein, dachte Sophie, wenn zwei Menschen den gleichen Traum haben. Sie hoffte, dass auch Jule das so sah. Und sie dachte: Ich will, dass sie eines Tages zu mir sagt, unsere Freundschaft ist wie keine andere.

Noch immer schlug ihr Herz viel zu heftig.

»Was geschah dann?«, fragte Jule.

»Sie wollte nach mir greifen.«

»Hast du Angst gehabt?«

Sophie nickte. »Ich hab geschrien, dann war sie weg.«

Sie schauten einander schweigend an, Atemwolken vor den Mündern. Jules Gesicht war vor Kälte gerötet.

Und endlich brachte Sophie es heraus: »Willst du mal mit zu mir kommen?«

Sie hatte ihr erst gestern das Mietshaus gezeigt, in dem sie wohnte. Alles wäre so einfach, sie beide in ihrem Zimmer, ein ganzer Nachmittag, zwei beste Freundinnen.

»Okay«, sagte Jule.

Das war ihr Einverständnis. Sophie hätte es gern mit einem Handschlag besiegelt. Oder einer Umarmung. Sie machte einen Schritt auf sie zu, doch Jule hob bloß das Kinn zum Abschied.

»Bis dann«, sagte sie.

»Bis dann.«

Sie schaute ihr noch lange nach. Meine neue Freundin, dachte sie.

Da hörte sie das Motorengeräusch. Nicht umdrehen, befahl sie sich. Schließlich tat sie es doch.

Es war das cremefarbene Auto.

Wie in Zeitlupe bog es um die Straßenecke.

Die Frau schien ein Mutant zu sein. Als sie auf ihm hockte, nackt und gierig, und ihr langes Haar in den Nacken warf, gab es leichte Veränderungen in ihrer Erscheinung. Ihr Gesicht bekam kurzzeitig etwas Fratzenhaftes, Monstermäßiges, und das irritierte ihn. Doch da sie ihn aufgeilte, sie und ihr lautes Stöhnen, ackerte er einfach weiter. Auf einmal schrillte das Telefon neben ihm auf dem Nachttisch, anfangs wollte er es ignorieren, schließlich hob er ab. Es störte sie nicht im Geringsten, sie turnte einfach weiter auf ihm herum.

*Hallo?*

Es war der Commander.

Und der hatte wichtige Informationen über die Frau, mit der er gerade im Bett war. Er wollte es nicht wahrhaben, aber es war die Bestätigung: Sie war ein mutiertes außerirdisches Wesen, das menschliche Gestalt annehmen konnte. Sie war bloß hier, um ihn für ihre Zwecke auszunutzen.

*Was zum Teufel ...*, schrie er in den Hörer, doch es war zu spät. Sie hatte sich bereits in ein schleimiges Viech verwandelt, unzählige Augen, die auf langen rüsselartigen Gliedmaßen steckten, glubschten ihn an. Tentakel umklammerten ihn, schuppig und schmatzend. Sie war ein Weltraumkrake, der ihn verschlingen wollte, und er wehrte sich, kämpfte, der Hörer glitt ihm aus der Hand, stattdessen tastete er nach seiner Laserkanone.

Da war sie. Er richtete den Lauf auf den Dämon über ihm und feuerte.

Eine ohrenbetäubende Detonation, und das triefende Viech wurde gegen die Wand geschleudert, wo es sich in schleimige Partikel auflöste. Es glibberte von der Tapete herab und war dahin.

Roman kicherte.

Ja, so in etwa stellte er sich den Ablauf des Comicstrips vor. Er beugte sich über den Zeichentisch, strich das Papier glatt und zückte einen Stift für die Skizze. Zunächst arbeitete er an der Perspektive des Schlafzimmers seines Helden.

Er begann mit den groben Umrissen und arbeitete sich dann ins Detail vor. Er benutzte Fineliner, Marker, Eddings, Federn und Tickys, schon bald tat ihm der Rücken weh, aber das gehörte nun mal dazu. Das Comicgeschäft war hart und brachte wenig ein, doch es hatte keinen Sinn, darüber zu jammern. Er musste sich in die Seele seines Helden hineinbeißen, nur dann wurde die Story gut.

Er ging zum Kolorieren über. Die Farben mussten explodieren, sobald dem Helden klar wurde, dass er Sex mit einem Alien hatte. Es ist wie ein Trip, dachte Roman, es ist psychedelisch.

Sein Körper zuckte im Takt der immer gleichen Musik, die er beim Arbeiten hörte. Er war so in das Zeichnen vertieft, dass er zusammenfuhr, als Jule plötzlich vor ihm stand. Er hatte sie nicht kommen gehört.

»Hey, meine Süße.«

Sie schien etwas zu ihm gesagt zu haben. Ihr Blick war ein einziger Vorwurf.

»Du hörst mir nicht zu.«

»Entschuldige.« Er lächelte sie an. Die Zöpfe, die sie sich heute Morgen geflochten hatte, standen ihr gut. Sie sah bezaubernd aus. Er stand auf und gab seiner Tochter einen Kuss. »Du weißt doch, wenn ich am Arbeiten bin, vergesse ich alles um mich herum.«

Missbilligend schaute sie zur Stereoanlage hin. Rasch drehte er die Musik leiser.

»Wie war es in der Schule?«, fragte er.

»Ich vermisse Mama.«

Es traf ihn jedes Mal wie ein Faustschlag.

»Was sagst du da?«

»Ich vermisse sie einfach.«

Roman seufzte. Die Trennung von Jules Mutter lag nun schon zwei Jahre zurück, doch das Kind fühlte sich noch immer verraten. Eines stand fest: Anna war in Lissabon bei ihrem fusselbärtigen Lover, führte ihr wildes, unabhängiges Leben und würde nicht mehr zu ihnen zurückkommen. Wie sollte er ihr das nur erklären?

»Ihr könnt skypen. Heute Abend.«

Jule zog einen Flunsch. »Skypen ist doof.«

»Warum?«

»Es ist niemals so, als würde sie bei mir sein.«

Er nickte. Anna sollte ihre Tochter öfter besuchen. Doch eine Reise von Portugal nach Berlin war für sie zu teuer. Immer ist es eine Frage des Geldes, dachte er bitter.

Roman suchte nach Worten.

Doch Jule hatte ihm bereits den Rücken zugekehrt. Verschwand in ihrem Zimmer und knallte die Tür hinter sich zu. Nun würde sie wieder den ganzen Nachmittag lang ihre Schneekugel anstarren und jegliche Kommunikation mit ihm verweigern.

Als sei es seine Schuld, dass sich Anna aus dem Staub gemacht hatte.

Es tat ihm weh zu sehen, wie sehr Jule unter der Trennung ihrer Eltern litt.

Und auch er vermisste Anna, jeden einzelnen Tag vermisste er sie.

Er starrte auf seine Arbeit. Die Zeichnung war nicht gut. Nein, verdammt, sie war misslungen.

Roman fegte das Blatt vom Tisch und fluchte.

Er musste hier raus, dringend an die frische Luft, sich Bewegung verschaffen. Er schnappte sich seine Jacke und die Schlüssel und rief seiner Tochter zu, er sei gleich wieder zurück.

Kaum war er im Treppenhaus, überlegte er, ob es irgendwo da draußen etwas gab, an dem er sich abreagieren konnte.

Sophie trödelte auf dem Heimweg, sie wollte noch nicht nach Hause. Es war in letzter Zeit immer so traurig dort, weil es ihrer Mutter nicht gut ging, und das beeinflusste auch ihre Stimmung. Die Mutter war einsam, das spürte Sophie, und sie gab sich Mühe, sie aufzuheitern, aber das war anstrengend, und manchmal hatte sie einfach keine Lust darauf, ihr immerzu zu sagen, sie würde schon wieder einen Mann für sich finden. Sicher wäre es auch für Sophie schön, einen neuen Vater zu haben, aber das ließ sich nun mal nicht erzwingen.

Heute war sie allerdings selbst ein bisschen traurig, da Jule sich so wenig Zeit für sie genommen hatte. Und sie wusste nicht einmal genau, wann sie sich wiedersehen würden, hatte versäumt, etwas mit ihr auszumachen. Sie kannte auch ihre Adresse nicht, hätte danach fragen müssen. Ob Jule vielleicht gar nicht mit ihr befreundet sein wollte?

Sophie ließ die Schultern hängen. Nein, das durfte nicht sein, auf gar keinen Fall.

Plötzlich fesselte etwas ihre Aufmerksamkeit. Es war ein weißes Kaninchen, das vor ihr über den Gehweg hoppelte. An einem Straßenbaum hielt es inne, schnüffelte, dann lief es weiter.

Ein weißes Kaninchen, mitten in der Stadt.

Wie eine Erscheinung.

Wie in einem Traum.

Sophie war begeistert. So ein flauschiges Tier hatte sie sich schon immer gewünscht. Bestimmt war es jemandem entlaufen. Sie wollte es einfangen, vielleicht durfte sie es sogar behalten, wenn sich der Besitzer nicht meldete. Ob ihre Mutter damit einverstanden wäre? Auf manche Tiere reagierte sie allergisch.

Schon rannte sie los. Das Kaninchen war flink, aber sie würde schneller sein. Das Fell war rein weiß. Ob es auch rosa Augen hatte, wie in *Alice im Wunderland*?

Vielleicht führte es sie zu einem Bau, wo es sprechende Tiere gab und eine Königin und *Humpty Dumpty* und Elixiere, die einen schrumpfen und dann wieder wachsen ließen.

Möglicherweise begann in diesem Augenblick ein Abenteuer für sie.

Sie hatte es beinahe eingeholt. Sie beugte sich vor und streckte bereits die Hände nach ihm aus, als es in eine Toreinfahrt entwischte.

Vielleicht war es hier zu Hause, dachte sie und folgte ihm. Wenn es ihr gehörte, würde sie ihm keinen kitschigen Kosenamen geben, sondern es einfach nur *Weißes Kaninchen* nennen. Ja, das wäre schön.

Sie würde ihm ein Gehege bauen. Geräumig sollte es sein, mindestens halb so groß wie ihr Zimmer. Nachts dürfte das Kaninchen in ihrem Bett schlafen. Und an einem Halsband könnte sie eine Leine befestigen und es täglich spazieren führen.

In der Einfahrt war es schummrig, plötzlich sah sie es nicht mehr. Sophie blinzelte, ging weiter Richtung Hof, dort war mehr Licht.

Da preschte hinter ihr ein Auto in die Einfahrt. Sophie sprang erschrocken zur Seite.

Der Wagen hielt. Sie erkannte die cremefarbene Lackierung wieder. Eine Tür wurde aufgerissen.

Es ging blitzschnell, etwas warf sie um, ihre Beine verloren den Halt, und plötzlich war alles dunkel. Man hatte ihr eine Decke übergeworfen, sie darin eingeschnürt und gepackt. Sie wurde fortgeschleppt, wollte schreien, doch sie bekam keine Luft.

Jemand stieß sie ins Auto, die Tür knallte zu.

Schon setzte der Wagen zurück und raste mit ihr davon.

## VIER

Es war Montag am späteren Abend. Landsberg kam ohne anzuklopfen in Trojans Büro.

»Nils, ich brauche Ergebnisse. Gib mir irgendwas, das ich der Journaille zum Fraß vorwerfen kann. Ich musste für morgen früh eine Pressekonferenz anberaumen, damit diese Aasgeier wenigstens für ein paar Stunden Ruhe geben.«

Trojan raufte sich das stoppelkurze Haar.

Er war so erschöpft, dass ihm schon ein paar Mal beinahe der Kopf auf die Tischplatte gesunken wäre. Seit Sonntagnacht, als der Tote entdeckt worden war, hatte er pausenlos unter Hochdruck an dem Fall gearbeitet, dabei keimte immer wieder ein diffuses Panikgefühl in ihm auf. Es war ihm zwar halbwegs gelungen, diese heftige Attacke, die ihn in die Notaufnahme geführt hatte, niederzuringen, doch die raunende Stimme seiner unerklärlichen Angst war längst nicht verstummt.

Als kauerte irgendwo tief in seinem Innern ein dunkler Dämon, der auf sein Recht beharrte, wahrgenommen zu werden.

Was stimmte denn bloß nicht mit ihm? Warum war es ihm nicht möglich, einfach nur seinen Job zu tun, ohne diese Scheißangst?

Landsberg trat näher. »Hast du inzwischen die Frau des Ermordeten befragen können?«

»Ja«, sagte Trojan, »ihr Alibi ist lupenrein. Dass sie sich

wegen einer Fortbildung in Hagen aufhielt, als der Mord geschah, konnten mehrere Personen dort bestätigen.«

»Sie scheidet also als Tatverdächtige aus?«

»Es sei denn, sie hatte einen Komplizen. Das kann ich mir aber nicht recht vorstellen, denn sie war völlig geschockt. Was sie am meisten fertigmacht, ist, dass die kleine Tochter das alles mit ansehen musste. Kaum vorstellbar, dass eine Mutter ihrem Kind so etwas zumuten würde.«

»Hmm.« Landsberg rieb sich über die Augen, auch er wirkte völlig übermüdet. »Georg Haubachers Kollegen im Goethe-Gymnasium beschreiben ihn übereinstimmend als freundlich und umgänglich. Und auch bei seinen Schülern galt er als sehr beliebt.«

»Könnte vielleicht dennoch einer der Schüler einen großen Hass auf ihn gehabt haben? Schlechte Noten? Er fühlte sich ungerecht behandelt?«

»Nicht auszuschließen. Wir müssen die Vernehmungen in der Schule intensivieren.«

»Vergiss die Ehemaligen nicht.«

»Verdammt, ja. Das wird eine lange Liste. Unmöglich, uns die alle vorzuknöpfen.«

»Aber wir dürfen nichts unversucht lassen.«

Trojan erhob sich und ging zur Magnettafel, an der die Tatortfotos befestigt waren. Erneut verspürte er ein Stechen in der Brust, als sein Blick über die Nahaufnahmen des Toten wanderte, sein verkohltes Gesicht, der weit aufgerissene Mund, das Stofftaschentuch darin, der Strick um Hände und Füße, diese erniedrigende Haltung auf den Knien.

Er wandte sich von den Bildern ab.

»Wir müssen herausfinden, was der Ofen für eine Bedeutung hat«, sagte er. »Jemanden bei lebendigem Leib zu rösten, das ist wie …« Er brach ab.

»Wie was?«

»Ich weiß noch nicht genau, aber … Der Täter oder die Täterin will uns damit etwas sagen. Er oder sie legt es darauf an, dass Haubacher in dieser schrecklichen Pose gefunden wird, achtet dabei sogar darauf, dass es nicht zu einem Wohnungsbrand kommt, denn der Ofen war bereits ausgeschaltet, als die Tochter ihren Vater in der Küche entdeckte. Dem Täter geht es also in erster Linie um die Schmerzen seines Opfers und um dieses Bild: der auf dem Rost schmorende Kopf. Und er verhindert, dass ein Feuer dieses morbide Bild unter Umständen zerstören könnte.«

»Kannte Haubacher seinen Mörder vielleicht?«

»Möglicherweise. Oder der Täter hat sich eines Tricks bedient. Haubacher öffnet ihm ahnungslos die Tür, und der Schrecken beginnt. Er wehrt sich. Doch sein Mörder ist bewaffnet.«

»Ein Messer.«

Trojan nickte. »Ja, das Blut im Flur. Es stammt von Haubacher, das haben die Laborberichte ergeben.«

»Hmm.«

»Er zwingt ihn in die Küche. Haubacher muss niederknien. Der Zweck ist, ihn zu demütigen.«

Landsberg nickte. »Der Täter stopft ihm dieses große Stofftaschentuch in den Mund, damit er nicht schreien kann.«

»Es ist weiß. Aus Leinen. Ziemlich altmodisch. So was besitzen normalerweise alte Frauen.«

»Merkwürdig. Der Ofen wird eingeschaltet, die Klappe geöffnet.«

»Es gibt keine Fingerabdrücke.«

»Er trägt Handschuhe.«

»Was ist eigentlich mit Spuren unter Haubachers Fingernägeln? Fasern, Hautfetzen von dem Kampf?«

»Ich hab mit Semmler gesprochen«, sagte Landsberg. »Die Fingernägel des Toten waren erstaunlich sauber. Wahrscheinlich hat sich der Täter so viel Zeit genommen, sie hinterher zu reinigen.«

»Mann, der ist clever.« Trojan stieß die Luft aus. »Hat sich Semmler mittlerweile zu der genauen Todesursache geäußert?«

»Ja, es war tatsächlich ein Herzinfarkt, ausgelöst durch die heftigen Schmerzen, die Angst und die …«

»Folter«, ergänzte Trojan.

Landsberg nickte. Sie schwiegen einen Moment.

Schließlich fragte der Chef: »Meinst du, der Täter hatte wirklich keine Ahnung, dass sich das Mädchen in der Wohnung aufhielt?«

»Ich weiß nicht. Wenn ja, ist es sehr merkwürdig. Sie stellte doch ein großes Risiko für ihn da. Sie hätte rauslaufen und Hilfe rufen können. Also hat er entweder gar nicht mit ihr gerechnet, oder er wollte, dass sie ihren Vater so findet.«

»Aber warum?«

Trojan sah zu den Fotos hin.

Es ist ein Aufschrei, dachte er mit einem Mal. Der Täter oder die Täterin rief ihnen zu: Seht her, was für eine Macht ich über mein Opfer habe. Und mein Opfer ist demütig und klein.

Er seufzte.

»Wir stehen erst am Anfang«, sagte er leise.

Landsberg straffte die Schultern. »Mal sehen, ob sich die Presse morgen damit zufrieden gibt.«

Er wandte sich zur Tür.

»Wie geht es eigentlich Theresa?«, fragte Trojan unvermittelt.

Der Chef hielt inne.

Landsbergs Frau war im letzten Herbst zur Verdächtigen in einer grausamen Mordserie geworden, was eine schwere Ehekrise zwischen den beiden ausgelöst hatte.

»Besser.«

»Kommst du klar?«

Er machte eine vage Geste mit den Händen. »Wir raufen uns zusammen.«

»Gut so.«

Landsberg blickte ihn an. Ein schmales Lächeln huschte über seine Lippen. Trojan hatte bei den Ermittlungen damals mehr über das Privatleben seines Chefs erfahren, als diesem eigentlich lieb sein konnte. Doch auf diese Art waren sie beinahe Freunde geworden, soweit Landsbergs distanzierte Haltung das überhaupt zuließ.

Der Chef nickte ihm zu, dann war er auch schon zur Tür hinaus.

Kaum hatte sich Trojan wieder über seine Notizen gebeugt, betrat Max Kolpert das Büro.

Trojan sah auf. Wieder einmal musste er dem Impuls widerstehen, den Blick vom Gesicht seines Kollegen jäh abzuwenden.

Besonders von der linken Hälfte. Denn die war furchtbar entstellt. Von Säure verätzt.

Ein jeder im Kommissariat nannte die Bestie, die ihm das angetan hatte, nach ihrer bevorzugten Tarnung mit einem Motorradhelm bloß noch *das Visier*.

Trojan hatte *das Visier* zwar in Notwehr erschossen, das Säureattentat auf seinen Kollegen nur einen Wimpernschlag zuvor aber nicht mehr verhindern können. Wertvolle Sekunden, die er zu spät reagierte. Selbstvorwürfe, die er nicht mehr loswurde. Grelle Alptraumbilder, die ihn nachts verfolgten.

Kolpert konnte von Glück reden, dass er nicht sein Augenlicht verloren hatte.

Immer wieder fragte sich Trojan, ob er seinen Job überhaupt noch ausüben könnte, wenn sein Kollege erblindet wäre. Sicher, der Säureangriff war nicht seine Schuld, aber er hätte Kolpert besser schützen müssen.

»Max, was gibt's?«, fragte er möglichst unbefangen.

»Ich hab mir den Computer von Georg Haubacher vorgenommen und dabei was Merkwürdiges entdeckt.«

Trojan hob die Augenbrauen.

»Vor wenigen Tagen hat er sämtliche Dateien mit einem speziellen Programm bearbeitet, wir Experten nennen es *wipen*. Das heißt, sie sind mehrmals mit Nullen überschrieben worden.«

»Was?«

Kolpert verzog keine Miene. »Der Kerl hat sich richtig Mühe gegeben. Selbst auf einer von ihm neu konfigurierten Festplatte hätte ich seine Daten wiederherstellen können. Doch dieser *Wipe* ist ein anderes Kaliber.«

»Und nicht einmal ein Ass wie du kommt da ran?«

Kolpert schüttelte den Kopf. »Keine Chance.«

»Was ist mit Kopien? Sticks? Externen Festplatten?«

»Wir haben in seinem Schreibtisch etliche DVDs gefunden, aber darauf war nur Unterrichtsmaterial.«

»Verdammt.«

»Ich schätze, Haubacher hatte etwas Wichtiges zu verbergen.«

Als das Telefon klingelte und Emily abhob, hoffte sie, ihr Vater würde sich melden, um ihr zu sagen, dass er endlich auf dem Nachhauseweg sei. Dass er schon wieder Überstunden schob, erfüllte sie mit Sorge. Gestern in der Notaufnahme war er bloß noch ein Haufen Elend gewesen, und heute schien er schon wieder Vollgas zu geben. Wie lange konnte das noch gut gehen?

»Ja?«

»Hallo, meine Süße, ich bin es.«

Es war ihre Mutter. Emily versuchte, sich ihre Enttäuschung darüber nicht anmerken zu lassen.

»Hallo, Mama.« Sie hatte sie wirklich lieb, aber in letzter Zeit nervte sie einfach nur.

Es folgte einiges Geplänkel, bis Friederike zu ihrem leidigen Thema kam, was Emily bereits befürchtet hatte.

»Willst du nicht wieder nach Hause kommen?«

»Das hier ist doch auch mein Zuhause.«

»Natürlich, Süße. Aber du weißt, wie ich es meine. Hier ist mehr Platz für dich, und ich bin abends immer für dich da.«

»Papa ist auch für mich da!«

»Im Rahmen seiner Möglichkeiten, aber sein Job lässt ein gesundes Familienleben einfach nicht zu.«

»Jetzt fang nicht wieder damit an!«

Noch so eine dämliche Bemerkung von ihr, dachte Emily, und sie würde ausrasten. Würde dieser Zoff denn nie aufhören?

»Zugegeben, hier lief einiges gehörig aus dem Ruder. Und ich bedaure, dass du all die Streitereien mit Flo mitbekommen hast, aber jetzt …«

Ihre Mutter holte tief Luft. Flo war ihr neuer Lover, ein verhinderter Künstler mit Allüren, ein Schnösel, den Emily ganz und gar nicht ausstehen konnte, Friederike hatte ihn in einem Internetforum für Singles kennengelernt.

Plötzlich war die Stimme ihrer Mutter tränenerstickt. »Es ist vorbei. Wir haben endgültig Schluss gemacht. Einvernehmlich.«

Was auch nicht anders zu erwarten war! Sie verspürte nicht die geringste Lust, ihre Mutter zu trösten.

»Tut mir echt leid, Ma«, sagte sie wenig überzeugend.

»Nun kehrt hier wieder Ruhe ein. Komm zu mir zurück, Emily. Von Kreuzberg aus ist doch dein Schulweg viel zu weit. Und bei mir kannst du …«

In diesem Moment hörte Emily, wie die Wohnungstür aufgeschlossen wurde. Endlich. Ihr Vater würde sie von diesem Gespräch erlösen.

»Ich muss auflegen, Paps ist da.«

»Er kommt jetzt erst nach Hause? Emily, es ist nach zehn, und du hast morgen früh Schule!«

Was ihre Mutter allerdings nicht davon abhielt, sie um diese Zeit noch anzurufen, dachte Emily bitter.

Sie verabschiedete sich knapp und legte auf.

Dann stürmte sie in den Flur, um ihrem Vater um den Hals zu fallen. Doch mitten in der Bewegung stoppte sie ab und erschrak.

Eine fremde Frau stand vor ihr, den Schlüssel noch in der Hand.

»Was …! Wer …?«

»Oh«, sagte die Frau. »Entschuldige, ich hätte vorher klingeln sollen.« Ein Lächeln breitete sich in ihrem Gesicht aus, nicht ganz unsympathisch. »Du musst wohl Emily sein.«

Sie rührte sich nicht.

»Ich bin Jana, hallo.«

Sophie erwachte aus einer Ohnmacht.

Ihre Blicke wanderten unruhig hin und her. Sie lag auf einem Bett in einem kleinen Zimmer. Die Lampe an der Decke warf ein funzliges Licht auf sie herab.

Sie wollte sich aufsetzen, doch da bemerkte sie, dass ihre

Hände mit Schnüren an den Bettpfosten gefesselt waren. Sie wurde panisch, wollte schreien, doch in ihrem Mund steckte etwas fest, ein Knäuel, eingespeichelt, irgendein dicker Stofffetzen, sie versuchte, ihn auszuspucken, doch sie war zu schwach, und ihrer Kehle entkamen bloß ein paar gepresste Laute.

Vergeblich versuchte sie, mit den Füßen zu strampeln, auch sie waren angebunden.

Die Fesseln schnitten in ihr Fleisch. Die Angst nahm ihr den Atem. Ihr Körper bäumte sich auf, dann fiel sie vor Erschöpfung in sich zusammen.

Mama, durchfuhr es sie, hol mich hier raus.

Und plötzlich musste sie an das Kaninchen denken, das Letzte, was sie in Freiheit gesehen hatte. Und mit einem Mal wünschte sie sich, dass es für immer draußen frei herumlaufen konnte, weiß, wild und rätselhaft.

Der Gedanke trieb ihr die Tränen in die Augen.

Ihr Puls begann zu flattern.

Sie musste ruhiger atmen, tiefer.

Und sie heftete den Blick auf das Muster der Tapete: bunte Kreise, dazwischen tanzende Mädchen in rosa Kleidern, eindeutig eine Kindertapete. Der Lampenschirm hatte exakt dasselbe Muster. Auch das Bett wirkte klein und kindgerecht. Sie war in einem Kinderzimmer gefangen.

Mama, dachte sie wieder, hilf mir!

Ihr Blick wanderte weiter. Etwa drei Meter schräg vor ihr war eine Stahlplatte an der Wand befestigt, wahrscheinlich, um ein Fenster dahinter zu verbergen. Die Tür vermutete sie direkt neben dem Bett, sie war aus ihrer Lage nicht einzusehen. Sie lauschte. Von nebenan drang gedämpfte Musik zu ihr, die Klänge eines seltsamen Instruments. Was war das nur?

Sie überlegte angestrengt, dann kam sie darauf. Es war eine

Harfe, auf der irgendwo da draußen gespielt wurde, die immer gleiche Tonfolge.

Was hatte das zu bedeuten? Was würde mit ihr geschehen?

Sophie schluchzte auf.

Nach einiger Zeit verstummte die Musik. Kurz darauf hörte sie Schritte.

Ein Schlüssel drehte sich im Schloss.

Die Tür wurde geöffnet.

Sophie wandte den Kopf herum.

Was sie sah, traf sie bis ins Mark, und Wellen der Panik durchzuckten sie.

## FÜNF

Roman knautschte sein Kissen zusammen und drückte es fester an sich. Inzwischen hatte ihn seine seit Wochen andauernde Schlaflosigkeit so weit getrieben, dass er schon Sorge vorm Zubettgehen hatte. Für einen Moment überlegte er, ob er wieder aufstehen und weiter durch die Wohnung geistern sollte, aber selbst dafür war er mittlerweile zu zermürbt.

Als Anna noch bei ihm gewesen war, hatte er immer gut geschlafen. Wann würde er sie nur endlich aus seinem Kopf verbannen können?

Er zählte seine Atemzüge, wenn er diesen Tag doch nur endlich vergessen könnte und mit ihm das ganze beschissene Leben, das er führte.

Es war ihm, als seien Stunden vergangen, bis er allmählich leicht wegzudämmern schien, wenigstens das, ein wirrer Halbschlaf, kaum erholsam, mit dem er sich zufrieden geben musste. Farbblasen explodierten vor ihm, Fetzen aus wüsten Comicphantasien, überbordend, eddingfett.

Plötzlich kitzelte ihn etwas im Gesicht, vielleicht war das Anna, ihr langes Haar, das sie sich nachts nie zurückband, schon vernahm er ihre Stimme, wie flüsterndes Sandpapier, an seinem Ohr. Er spürte, wie er in seinem Traum zu lächeln begann.

Er drehte sich auf die Seite, umklammerte sein Kopfkissen oder was immer es war, ihr warmer, weicher Körper womöglich.

»Kannst du auch nicht schlafen?«

»Hmm.«

Sie schien tatsächlich bei ihm zu sein. Seine Finger glitten über den Stoff ihres Nachthemds.

Und dann schreckte er hoch.

Er blickte sie an, schlaftrunken im Halbdunkel.

»Jule!«

Sie lag bei ihm, dicht an ihn geschmiegt.

»Kann ich bei dir bleiben?«

Es verwirrte ihn, dass er sie für Anna gehalten hatte. Beschämt rückte er von ihr ab.

»Darf ich?«

»Natürlich«, murmelte er und zog die Decke über ihre Schulter.

»Die Hexe stand an meinem Bett«, sagte sie.

Seine Hände verkrampften sich. »Bloß ein Traum, mehr nicht.«

»Sie stand da und hat mich angestarrt.«

»Schlaf jetzt«, flüsterte er.

Bald darauf atmete sie ruhig und gleichmäßig, Roman aber starrte zur Zimmerdecke hinauf, hellwach und aufgewühlt.

Schon wieder die Hexe, dachte er.

Es war weit nach Mitternacht, Trojan wollte nur noch schlafen. Er schloss die Wohnungstür auf, tappte durch den Flur, zog die Jacke aus und feuerte sie auf den Boden. Dann ging er in die Küche zum Kühlschrank, nahm ein Bier heraus und öffnete es an der Tischkante. Er trank in gierigen Schlucken, stellte es ab und wollte gerade unter die Dusche, als er ein schwaches Licht hinter seiner halbgeöffneten Schlafzimmertür bemerkte.

Jana lag auf seinem Bett, sie schlief im Schein der Nachttischlampe, ihr langes blondes Haar ausgebreitet auf dem Kissen. Der Anblick rührte ihn. Er setzte sich zu ihr und strich sanft über ihre Wange.

Als er ihren Namen flüsterte, schlug sie die Augen auf.

»Nils.«

»Wie schön, dass du da bist.«

»Wir waren verabredet.«

Verdammt, das war ihm völlig entfallen.

»Du hättest wenigstens anrufen können.« Aber sie lächelte.

»Tut mir leid.«

Ihr Lächeln wurde breiter. »Du hast es verschusselt, gib es zu.«

»Erwischt.«

»Komm her.« Sie zog ihn zu sich heran und küsste ihn lange.

»Warte einen Moment«, sagte er und verschwand im Bad. Er duschte heiß, dann schlüpfte er nackt zu ihr unter die Bettdecke. Sie schmiegte sich an ihn.

»Du bist sicherlich sehr müde, nicht wahr?«

»Ja. Und wir müssen leise sein, Emily ist …« Er stützte sich auf. »Mist, ich hab ihr gar nicht gesagt, dass du heute Abend zu mir kommst.«

Jana zupfte neckend an seinem Ohrläppchen. »Weil du die Verabredung komplett vergessen hast.«

Er sank aufs Kissen zurück. »Es ist die Arbeit, ich bin seit gestern Nacht auf den Beinen.«

»Schon gut. Wir haben zusammen ein Glas Wein getrunken, dann ist sie ins Bett gegangen.«

»Wie hat sie es aufgenommen?«

»Anfangs war sie ein wenig überrascht, als ich hier einfach reingeschneit bin, aber dann haben wir uns sehr gut unterhalten. Nun hab ich deine Tochter endlich mal kennengelernt. Ich mag sie.«

»Das ist gut. Soll ich noch mal nach ihr schauen, was meinst du?«

»Lieber nicht, du weckst sie nur auf. Sie hat doch morgen Schule.«

»Okay. Hör zu, es ist mir wirklich unangenehm, dass es so gelaufen ist.«

»Alles halb so wild. Emily scheint mir recht unkompliziert zu sein. Ist sie jetzt eigentlich dauerhaft bei dir?«

»Ich weiß nicht. Sie hatte Streit mit ihrer Mutter und brauchte mal Abstand. Ich würde mich freuen, wenn sie bleibt, aber es ist natürlich auch so, dass ich kaum zu Hause bin, und Friederike, ihre Mutter, ist wegen der jetzigen Situation ziemlich niedergeschlagen.«

Sie strich über seine Brust. »Mach dir keine Sorgen. Das renkt sich alles wieder ein.«

»Hat sie dir was erzählt?«

»Vor allem hat sie mir erzählt, was gestern Nacht los war.«

Er schluckte.

»Du hattest eine heftige Panikattacke, stimmt's?«

Er schwieg.

»Nils, du warst in der Notaufnahme, hast geglaubt, es wäre ein Herzinfarkt. Warum hast du dich nicht krankschreiben lassen?«

»Das geht nicht. Landsberg hat zu wenig Leute.«

Sie stieß die Luft aus. »Noch immer diese Angst?«

»Ja, leider.«

»Wir hätten deine Therapie nicht abbrechen sollen.«

Er sah sie an. »Dann wärst du aber jetzt nicht hier bei mir. Und glaub mir, Jana, das ist für mich das Wichtigste im Leben. *Du* bist das Wichtigste. Du und Emily, ihr beide.«

»Aber du brauchst Hilfe, Nils, das sehe ich dir an. Die Ursachen deiner Angst sind noch immer im Verborgenen. Und du hast einen gefährlichen Beruf. Um ehrlich zu sein, es ist diese Gefahr, die mich am meisten bedrückt.«

Er runzelte die Stirn. »Wie meinst du das?«

Sie schwieg.

Doch er ahnte, worauf sie anspielte. *Der Federmann*. Und *das Visier*. Es gab Täter, die auch ihr Leben bedroht hatten, und er hatte sie nicht ausreichend davor schützen können.

»Auch ich hab oftmals Angst«, sagte sie leise. »Aber diese Angst ist erst in mein Leben getreten, seitdem ich mit dir zusammen bin.«

»Jana, es wird nicht wieder vorkommen. Wir sind in Sicherheit.«

»Sind wir das wirklich?«

Er bemerkte den Schimmer in ihren Augen.

»Das sind wir. Und ich pass auf dich auf.« Er nahm ihre Hand und küsste sie.

»Hast du deine Waffe dabei?«

»Ja«, log er. Verdammt, er hatte sie auf dem Revier gelassen. Eigentlich hatte er nach den jüngsten Vorfällen beschlossen, sie immer mit nach Hause zu nehmen.

»Manchmal fürchte ich, dass meine Kraft nicht ausreicht«, sagte sie.

»Deine Kraft wofür?«

»Die Mörder. Das Verderben. Und der Schatten auf deiner Seele.«

»Jana, was redest du da?«

»All das hängt doch zusammen. Du watest in Blut, Nils, knietief in Blut.«

»Hör auf damit.«

»Verzeih, ich hatte einen schlimmen Tag.«

»Was ist los mit dir?«

»Ich weiß nicht. Vielleicht hat es mich doch mehr enttäuscht, von dir versetzt zu werden, als ich mir eingestehen wollte.«

»Du hast ja recht. Es kam einiges zusammen. Ich will es wiedergutmachen.«

»Du bist völlig erschöpft.«

»Ja.«

»Wollen wir schlafen?«

»Hmm.«

»Erzählst du mir morgen von deinem neuen Fall?«

»Nur, wenn deine Kraft ausreicht.«

»Nils, ich hab es nicht so gemeint.«

»Und es tut mir leid, dass ich nicht angerufen hab.«

Sie knipste das Licht aus.

Er nahm sie in den Arm. Schon kurz darauf war sie wieder eingeschlafen.

Doch Trojan fand lange Zeit keine Ruhe.

Die Tatortbilder zuckten vor seinem inneren Auge auf, die grässliche Todesfratze im Ofen.

Und Janas Bemerkungen erfüllten ihn mit großer Sorge. Der Schock, dass sie beide hier in diesem Zimmer überfallen worden waren, wehrlos und nackt, saß noch immer tief.

Denn es hätte beinahe tödlich geendet.

Trojan versuchte verzweifelt, die Bilder des Schreckens zu verjagen, und endlich übermannte ihn der Schlaf.

# SECHS

Auch im Winter benutzte Trojan sein Fahrrad auf dem Weg zur Arbeit. Die Geschwindigkeit berauschte ihn, der kühle Wind machte ihn frisch, und er liebte es zu sehen, wie seine Stadt an ihm vorüberflog, der Landwehrkanal, die Hochhäuser am Potsdamer Platz, die Neue Nationalgalerie. An der Urania bog er in die Kurfürstenstraße ein und von dort in die Karthagostraße.

Vor dem Kommissariat schloss er das Rad ab, dann ging er hinein in die alte Trutzburg, wie er es insgeheim wegen der Bauweise aus wuchtigen Natursteinen nannte. Auf der Treppe ins Obergeschoss kam ihm eine junge Frau entgegen, bleich, mit zerzaustem Haar. Sie warf ihm einen verzweifelten Blick zu, dann sackte sie plötzlich in sich zusammen. Trojan fing sie gerade noch rechtzeitig auf, sonst wäre sie wohl die Treppe hinuntergestürzt.

Ihre Augen flackerten, sie schien einer Ohnmacht nah.

»Ganz ruhig«, sagte Trojan, »tief durchatmen.«

Sie griff nach seiner Hand. »Entschuldigen Sie.«

»Kein Problem.«

Trojan stützte sie, führte sie die letzten Stufen hinauf und setzte sich mit ihr im Flur auf eine Besucherbank.

»Brauchen Sie einen Arzt?«, fragte er.

»Ich glaube, es geht schon wieder.«

»Warten Sie, ich hole Ihnen ein Glas Wasser.« Trojan eilte in das nächste Dienstzimmer und bediente sich dort.

Er kam mit dem Glas zurück, reichte es ihr und setzte sich wieder neben sie. Sie trank.

»Danke. Das ist mir schrecklich unangenehm.« Und dann brach sie vor ihm in Tränen aus.

»Meine Tochter Sophie. Sie ist verschwunden.«

»Haben Sie sie hier als vermisst gemeldet?«

»Ja, schon gestern Abend. Und heute bin ich hergekommen, um zu erfahren, ob es Neuigkeiten gibt, aber man kann mir nichts sagen.«

»Wie alt ist Ihre Tochter?«

»Zehn.«

»Seit wann ist sie weg?«

»Seit gestern Nachmittag. Sie kam nicht von der Schule heim.«

»Die Kollegen werden sich darum kümmern.«

»Ihr ist etwas Schlimmes zugestoßen. Das spüre ich. Ein Verbrechen. Meine kleine Sophie.«

»Die Beamten der Vermisstenstelle werden alles unternehmen, um sie wiederzufinden.«

Trojan kramte in seiner Jacke, ob er irgendwo ein Taschentuch hatte, aber er fand keines. Schließlich wischte sich die Frau die Tränen am Ärmel ihres Mantels ab.

»Arbeiten Sie auch dort?«, fragte sie.

»Vermisstenstelle? Nein.«

»Aber Sie wissen doch sicherlich, wie die Chancen stehen, dass Sophie wieder heil zu mir zurückkehrt?«

»Ist sie denn schon mal von zu Hause weggelaufen?«

»Nein. Sie ist ein zuverlässiges Mädchen.«

»Und Sie haben schon überall herumtelefoniert? Freundinnen, Klassenkameradinnen, Verwandte, bei denen sie sein könnte?«

»Ich hab alles versucht, vergeblich.« Sie nahm ein Foto

aus ihrer Handtasche hervor und reichte es ihm. »Hier, das ist sie.«

Er besah sich das lächelnde Gesicht darauf und prägte es sich gut ein.

»Sie wird wieder auftauchen, bestimmt«, sagte er und gab ihr das Bild zurück. »Vielleicht ist sie ja schon längst wieder in Ihrer Wohnung.«

»Das kann nicht sein, eine Freundin von mir ist dort. Sie hätte mich sofort benachrichtigt.«

»Es ist besser, wenn Sie jetzt heimfahren. Mehr können Sie im Augenblick nicht tun. Soll ich Ihnen ein Taxi rufen lassen?«

Sie nickte. »Das ist sehr freundlich von Ihnen, danke. Wie ist Ihr Name?«

»Nils Trojan.« Er reichte ihr seine Karte.

»Ich heiße Magda Kranowitz.«

»Frau Kranowitz«, sagte er und drückte ihre Hand, »versuchen Sie, sich zu Hause ein bisschen auszuruhen.«

»Und wenn Sophie nun in die Fänge eines Kinderschänders geraten ist?«

»Beruhigen Sie sich. Alles wird gut.«

Und Trojan begleitete die Frau hinunter ins Erdgeschoss, wo er den diensthabenden Wachpolizisten bat, ihr einen Wagen zu rufen. Dann verabschiedete er sich von ihr.

»Darf ich Sie anrufen, falls ich …?«, rief sie ihm nach.

»Natürlich.«

Trojan nickte ihr zu und ging zu seinem Büro hinauf.

Er hoffte inständig für die Frau, dass er nicht irgendwann selbst mit dem Fall zu tun haben würde, denn dann wäre alles zu spät für die kleine Sophie. So bitter das auch war – seine Kommission würde erst eingreifen, wenn man ihre Leiche fände.

Nur nicht mit dem Schlimmsten rechnen, dachte er.

Kaum war er in seinem Büro, schaute er wieder in ein verheultes Gesicht. Die Witwe des ermordeten Georg Haubacher wartete bereits auf ihn. Er hatte sie zu einer weiteren Vernehmung vorgeladen.

Er bot ihr einen Kaffee an, doch sie lehnte ab.

»Frau Haubacher, ich komme gleich zur Sache. Wir haben festgestellt, dass Ihr Mann vor kurzem sämtliche Daten auf seinem Computer durch ein spezielles Verfahren unwiederbringlich gelöscht hat. Haben Sie irgendeine Erklärung dafür?«

Sie starrte ihn an. »Nein.«

»Hatten Sie Zugang zum Computer Ihres Mannes?«

Sie schüttelte den Kopf. »Wir benutzten unterschiedliche Passwörter für unsere Rechner.«

»Können Sie sich vorstellen, dass er auf seiner Festplatte Dokumente, Fotos oder Filme gespeichert hatte, die er unbedingt vor Ihnen oder vor jemand anderem verbergen wollte?«

»Ich habe keine Ahnung.«

»Denken Sie nach. Hat er sich in letzter Zeit merkwürdig verhalten?«

»Nein.«

»Hatte er Angst, wirkte er nervös auf Sie?«

»Nicht im Geringsten. Alles war wie immer.«

»Niemand gibt sich die Mühe, Dateien zu *wipen* und sie mehrmals mit Nullen zu überschreiben – ein aufwändiger Prozess, der einige Zeit beansprucht und ein gewisses Können voraussetzt –, wenn er nicht etwas Wesentliches verheimlichen will.«

»Mein Mann war ein guter Mensch.«

»Hatte er Feinde?«

»Um Himmels willen, nein. Soweit ich weiß, war er auch im Kollegenkreis und bei seinen Schülern sehr beliebt.«

Carolin Haubacher fuhr sich mit der Hand über den Mund. Ihre Augen waren von der Trauer wie ausgehöhlt.

»Wer tut etwas so Grausames?«, fragte sie leise. »Wer röstet einen Menschen bei lebendigem Leib im Ofen?«

Trojan blickte sie ratlos an.

Jule hatte die Schneekugel wieder dabei, das würde Sophie gefallen. Aber wo blieb sie nur?

Nun wartete sie schon seit fast einer Stunde auf diesem öden Spielplatz auf sie. Sie waren zwar nicht fest verabredet, aber dass Sophie sie unbedingt wiedersehen wollte, hatte sie ihr gestern angemerkt. Und hier an der verrosteten Schaukel war nun mal ihr Treffpunkt, das war so vereinbart.

Sie schüttelte die Kugel, und die Flocken wirbelten auf, bis sie sich langsam auf das Lebkuchenhaus senkten. Noch einmal schütteln, dachte sie, dann ist Sophie da.

Sie setzte sich auf die Schaukel und legte die Kugel in ihren Schoß. Zählte in Gedanken bis zehn, dann nahm sie sie auf und ließ den Schnee tanzen.

Doch Sophie kam nicht.

Noch einmal, dachte sie. Allerdings war auch nach dem nächsten und übernächsten Schütteln nichts von ihrer Freundin zu sehen.

Und da sie fror, sprang Jule von der Schaukel auf, ließ die Kugel in die Manteltasche gleiten und ging.

Ein seltsames Gefühl sagte ihr, dass etwas nicht stimmte.

Sophie steckte in Schwierigkeiten.

Sie standen erst am Anfang ihrer Freundschaft, aber ihr war längst, als seien sie beide wie durch ein unsichtbares Band miteinander verknüpft.

Sie hatte schüchtern gefragt, ob die Lampe eingeschaltet bleiben dürfte, während man sie allein ließ. Das Fenster in dem Zimmer war ja verrammelt, so würde niemals Tageslicht von draußen eindringen. Und sie fürchtete sich sehr im Dunkeln.

Man hatte es ihr widerstrebend gestattet.

Außerdem hatte sie darum gebeten, dass man ihr die Fesseln abnahm und sie nicht mehr knebelte. Sie musste versprechen, dass sie sich ruhig verhielt, und das tat sie auch. Sie schrie nicht um Hilfe, und sie schlug nicht mit den Fäusten gegen die Tür, die ebenfalls mit einer Stahlplatte verstärkt war.

Sie hatte Hunger und schrecklichen Durst. Doch seit dem letzten Abend hatte man ihr nichts mehr gegeben.

Für ihre Notdurft stand ein Eimer bereit, sie schämte sich, ihn zu benutzen.

Sie musste tapfer sein. Immer wenn die Angst am stärksten wurde, sprach sie leise zu sich selbst: »Ganz ruhig, Sophie, halte durch.«

Ihr blieb nichts anderes übrig, als mal auf dem Bett zu liegen und zu der Lampe hinaufzustarren, mal durch das Zimmer zu gehen, ein paar Schritte in die eine Richtung, ein paar in die andere.

Eine Zeit lang vertiefte sie sich in das Muster der Tapete und des Lampenschirms. Die tanzenden Mädchen und die Kreise.

Sie gab den Mädchen Namen, es waren drei Strichfiguren, sie nannte sie Jule, Mira und Sophie.

Jule, ihre neue Freundin, Mira, die Freundin aus ihrer alten Schule, und sie selbst.

Manchmal weinte sie leise. Aber das strengte sie zu sehr an, also verbot sie es sich gleich wieder.

Für einen Moment nickte sie ein, die ganze Nacht hatte sie

vor lauter Furcht nicht geschlafen. Dann aber schreckte sie hoch, und ihr Herz raste.

Sie dachte an ihre Mutter. Es war schlimm, sich vorzustellen, wie sie sich um sie ängstigte. Immer war sie pünktlich nach Hause gekommen, trieb sich nicht herum, stets darauf bedacht, ihrer Mutter keinen Kummer zu machen.

Und nun würde ihre Mutter um sie weinen.

Vergehen vor Angst.

Sei auch du tapfer, Mama, dachte sie, halte durch.

Sie wusste nicht, wie spät es war, sie hatte keine Uhr. Von ihrem Gefühl her war es später Nachmittag, aber das konnte täuschen.

Als sie erneut das Harfenspiel von nebenan vernahm, vermutete sie, dass der Abend angebrochen war.

Wieder raste ihr Herz, und sie begann am ganzen Körper zu zittern. Wenn alles so ablief wie am Abend zuvor, würde die Harfe bald verstummen.

Wenn alles so wäre wie beim letzten Mal, würde gleich die Tür aufgehen.

Sie dachte an die Fratze, die sich über das Bett beugen würde.

Diese furchtbare Fratze, die ihr nahe käme, viel zu nah.

Die Hexe.

# SIEBEN

Trojan hatte mit Carolin Haubacher vereinbart, am Abend noch einmal mit ihrer Tochter zu sprechen. Da sie es noch nicht fertiggebracht hatte, mit der kleinen Ronja in die Tatortwohnung zurückzukehren – ein normales Leben war dort für sie sicherlich überhaupt nicht mehr möglich –, hatten sie bei einer Freundin in der Belziger Straße in Schöneberg Unterschlupf gefunden.

Nach unzähligen Vernehmungen und Lagebesprechungen mit Landsberg, der immer ungeduldiger wurde, da es noch keine heiße Spur in dem Fall gab, klingelte Trojan gegen acht Uhr an ihrer Tür.

Er bat darum, mit Ronja eine Weile allein sein zu dürfen. Es waren verstörende Minuten. Das Mädchen, das in der Tatnacht noch so tapfer gewesen war, saß zusammengesunken auf dem Boden, den Teddybären mit der Spieluhr an sich geklammert. Trojan hockte sich zu ihr und stellte behutsam seine Fragen. Ob ihr nicht doch noch etwas eingefallen war, ein wichtiges Detail? Hatte sie wirklich nichts von dem Eindringling gesehen? Könne sie vielleicht heute sagen, ob die Stimme, die sie gehört hatte, eine männliche oder eine weibliche gewesen war, hoch oder tief?

Doch Ronja schwieg. Völlig apathisch starrte sie auf einen Punkt an der Wand.

Schließlich gab er auf. Er murmelte ein paar aufmunternde Worte und verabschiedete sich von ihr.

Auch Carolin Haubacher war nur noch ein Schatten ihrer selbst. Es hatte keinen Sinn, sie noch einmal zu dem Computer ihres Mannes zu befragen. Er ließ seine Karte bei ihr und ging.

Draußen war es klirrend kalt, er schlug den Kragen seiner Jacke hoch. Jana wohnte gleich hier in der Nähe, eigentlich hatte er noch immens viel zu tun und müsste wieder zurück ins Kommissariat. Doch kurzerhand entschied er sich für einen spontanen Besuch bei ihr.

Er ging die Belziger bis zur Akazienstraße hinunter. An der Ecke befand sich ein kleiner Blumenladen. Die Verkäuferin war gerade dabei, die Rollläden herunterzulassen. Trojan klopfte gegen die Schaufensterscheibe. Sie bedeutete ihm mimisch, dass bereits geschlossen sei, nach einigem Gestikulieren aber, mit dem er ihr zu verstehen gab, wie dringlich es sei, ließ sie ihn ein. Er bedankte sich überschwänglich bei ihr, und sie lächelte, als er auf einen üppigen Strauß roter Rosen zeigte, den sie für ihn in Papier einschlagen sollte.

Kurz darauf stand er vor Janas Wohnungstür.

Als sie ihm öffnete und die Blumen sah, begann ihr Gesicht zu strahlen.

»Nils!«

»Für dich.«

»Wie lieb von dir!«

»Ich war in der Gegend am Ermitteln und dachte, ich versuch es einfach mal.«

Sie fiel ihm um den Hals und küsste ihn. »Komm rein«, sagte sie.

Sie nahm die Rosen, schnitt sie an, ließ Wasser in eine Vase und drapierte sie darin. Er entkorkte einen Rotwein und schenkte ihnen ein. Nachdem sie angestoßen hatten, setzten sie sich auf das einladende Sofa in ihrer großen Wohnküche.

Sie erzählte munter drauflos, von ihrem Tag in der Praxis, ihren Patienten und deren Psychoproblemen, und er blickte sie an und dachte erleichtert, dass alles wieder gut war. Jana Michels hatte gestern wohl einfach einen geborgten Tag erwischt.

Er legte den Arm um sie, und sie schmiegte sich an seine Schulter. »Und wie war es bei dir?«

Doch da er die Stimmung nicht verderben wollte, unterließ er es, ihr von dem Ofenmord zu berichten, und sprach stattdessen von Belanglosem.

»Aber der Mordfall«, sagte sie, »ich war neulich zu müde, um dir zuzuhören.«

»Jana, wenn es dich zu sehr belastet, müssen wir nicht darüber reden.«

»Es beschäftigt dich doch, und ich möchte Anteil nehmen daran.«

»Und ich möchte vor allem, dass es dir gut geht.«

»Manchmal bin ich von meinen Patienten ziemlich ausgelaugt. Und natürlich habe ich Angst, dass du wieder in Gefahr gerätst. Und ich mit dir.«

»*Das Visier* ist tot. Und *der Federmann* hoffentlich auch.«

Sie nickte.

Wieder küsste sie ihn, und schließlich waren sie in ihrem Schlafzimmer. Sie hob die Arme, und er half ihr aus ihrem Kleid. Er fuhr mit der Zunge über die verlockend weiche Stelle an ihrem Schlüsselbein, diese Mulde, wo der Duft ihrer Haut noch süßer war als anderswo. Wieder einmal verzückte es ihn, ihren Bauchnabel zu sehen, die Grübchen an ihren Knien. Er seufzte auf, als sich ihre Fingernägel in seinen Rücken bohrten und sein Gesicht unter Wirbeln ihres hellblonden Haars versank. Die Schnalle seines Gürtels klickte, er wand sich aus seinen Jeans und Boxershorts und packte sie, das Bett begann zu schlingern, während Jana Katzenlaute von sich gab. Seine Zungenspitze forschte, tastete, ihr Atem fauchte, und sie nahmen Fahrt auf, während die Hitze ihre Wangen mit einer Röte überzog, das liebte er, und er lächelte berauscht.

Hinterher lagen sie ruhig atmend da, und erst als das Vibrieren seines Handys die Stille im Zimmer zerriss, fiel ihm ein, dass ja seine Tochter zu Hause auf ihn wartete.

Er setzte sich auf.

»Musst du schon wieder los?«

Er nickte. »Es ist wegen Emily.«

»Ach, natürlich. Grüßt du sie von mir?«

»Okay.«

Als er draußen erneut durch die Januarkälte stapfte und zerstreut nach seinem Dienstwagen Ausschau hielt, beschlich ihn nicht zum ersten Mal das Gefühl, ein schlechter Vater zu sein und viel zu wenig Zeit mit seiner Tochter zu verbringen.

Sie trugen beide weiße Nachthemden, und das war schön. Sie alberten herum, hielten sich bei den Händen und wirbelten durchs Zimmer. Auf einmal war Sophie ganz nah bei ihr und flüsterte ihr etwas zu. Jule verstand erst nicht, da sie so sehr lachen musste, und außerdem wurde sie von Sophies Haar gekitzelt, und das fand sie noch lustiger, und sie prustete los.

*Was? Was hast du gesagt?*

Sophie kicherte, ihr Atem zischelte in Jules Ohr: *Es ist erst der Anfang unserer Freundschaft*, raunte sie.

*Ja! Ja!*, stieß Jule hervor.

Eine Weile hüpften sie beide ausgelassen auf dem Bett herum und bewarfen sich mit Kissen, und dann geschah etwas ganz und gar Erstaunliches: Sophie machte einen Salto rückwärts. Jule hielt begeistert inne. Der Salto war perfekt, sanft und ohne zu schwanken landete Sophie auf dem Boden. Jule applaudierte.

*Kannst du das?*, rief Sophie nur Sekunden später und begann wie wild mit ihrem Kopf zu wackeln, ihre Haare flogen herum, und dabei spielte sie Luftgitarre.

*Natürlich kann ich das*, antwortete Jule, und auch sie schleuderte den Kopf hin und her, und ihre Haare wurden vom Luftstrom zerzaust.

Doch plötzlich schien etwas in ihr zu zerbrechen, die Stimmung kippte, ihr wurde schwindlig, und irgendwie veränderte sich das Licht in ihrem Zimmer, es war kalt und grell. Der Schwindel wurde immer stärker, und da war ein furchtbarer Druck auf ihren Ohren. Jule warf sich aufs Bett und presste die Hände gegen ihren Schädel, ihr war, als müsste er im nächsten Moment explodieren.

*Nein, nein*, wimmerte sie.

Auf einmal war alles still um sie herum. Sie drehte sich auf den Rücken und streckte die Arme neben sich aus, die waren schwer wie Blei.

Langsam, unter größter Anstrengung, drehte sie sich zur Seite, um zu sehen, ob ihre Freundin noch da war. Denn es war so still, beängstigend still.

Da war sie ja. Sophie. Doch sie wirkte völlig verändert. Viel zu blass. Und da war noch etwas, was Jule zutiefst verstörte. Zunächst konnte sie nicht genau einordnen, was es war, aber dann sah sie das Blut.

Es lief an Sophies Beinen herab, in dicken Strömen. Es wurde immer mehr. Es roch kupfrig, und es machte Jule Angst.

*Sophie, du blutest ja.*

Aber Sophie rührte sich nicht. Ihre Augen starrten, irr und leer, während das Blut an ihr herabrann.

*Sophie, sag doch was.*

Ihr Herz hämmerte.

Und Jule begann zu schreien.

Plötzlich war sie wach. Das Licht im Zimmer wurde angeknipst. Da stand ein Mann. Sie schrie noch lauter. Der Mann kam näher, er trat an ihr Bett.

»Geh weg«, stammelte sie. »Weg, weg!«

»Jule«, sagte der Mann.

Endlich verstummte sie, sog Luft in ihre Lunge.

»Mein Gott, Jule, was ist denn los?«

Und sie blickte Roman an. Er saß an ihrem Bett. Seine Hand streckte sich nach ihr aus, erst wich sie zurück, dann ließ sie es geschehen.

»Du hast geschrien.«

»Ein Alptraum«, murmelte sie.

# ACHT

»Was hast du an?«

Zoe lachte.

»Na los, sag schon, Süße.«

Sie saß in ihrem Zimmer in diesem Sessel mit Wippfunktion, schwang hin und her. Gleichzeitig nippte sie an ihrer Cola, und sie fühlte sich gut. Ihre Eltern schliefen schon, und die Stimme am anderen Ende der Leitung hatte wieder mal diesen lockenden Tonfall, und, zugegeben, das machte sie an. Bin ich ein Luder? Sie grinste in sich hinein. Nein, nicht wirklich, dachte sie. Es lag an ihm, er war dabei, sie in was reinzuziehen.

»Du hast *nichts* an, gib es zu.«

Wieder lachte sie, wollte ihn ein bisschen zappeln lassen.

»Oder warte«, sagte er, »du trägst diese scharfe Wäsche, die ich dir neulich geschenkt hab.«

»Schon möglich«, murmelte sie. Er schenkte ihr oft was, konnte es sich leisten.

Sie schlug die Beine übereinander, betrachtete ihre rotlackierten Zehennägel. Aus den Lautsprecherboxen waberte gedämpfter *Downbeat*. Es war spät, sein Anruf hatte sie geweckt.

»Du musst mir schon was ins Ohr hauchen, Kleine, damit ich in Fahrt komme.«

»Also schön.« Sie zog die Stirn kraus. Ein bisschen abgefahren war das schon.

Sie schwieg verlegen.

»So schüchtern?«

Sie kicherte. »Du bist schlimm.«

»Ach ja? Bin ich böse?«

»Ziemlich.«

Ein raues Lachen, als hätte er getrunken. »Na gut, ich fang an. Lass mich raten. Du warst schon im Bett. Dein T-Shirt für die Nacht?«

»Volltreffer.«

»Sehr schön. Höschen?«

»Keins.« Sie biss sich auf die Lippen.

Ein Aufseufzen, das Rascheln von Stoff. Der Kerl war verrückt. Sie zog eine Grimasse, aber auf eine Art gefiel es ihr ja.

»Gut. Sehr gut. Linke Hand am Hörer?«

»Jepp.«

»Okay, Baby, rechte Hand ist frei. Und weißt du, was du jetzt damit tun wirst?«

Das Blut schoss ihr in den Kopf, und ihr Puls beschleunigte sich.

»Bereit?«

»Hmm.«

»Lass die Hand abwärts wandern.«

Das stoßweise Atmen am Telefon verriet seine Erregung.

»Und?«

»Ja«, murmelte sie. Verdammt, der Kerl war wirklich gerissen, brachte sie tatsächlich dazu, an sich herumzumachen.

»Gefällt es dir?«, fragte er leise.

»Wär schöner, wenn du bei mir wärst.«

»Morgen wieder, Baby.«

»Okay.«

»Und?«

»Ja.«

»Erzähl mir mehr.«

»Erzähl *du* mir mehr.«

»Okay, ich hab ihn in der Hand.«

»Und?« Sie schluckte.

»Es ist … yeah.«

Sein Atem ging heftig. Aber dann ließ sie von sich ab, das alles war ihr zu schräg, und irgendwie schämte sie sich auch. Sie kratzte am Etikett der Colaflasche herum.

Schließlich wurde er richtig wild und säuselte ihr ins Ohr, was er morgen mit ihr vorhatte. Sie gab nur ein paar Laute von sich. Es war beinahe abstoßend. Er steigerte sich in einen irren Monolog hinein. Sie verzog das Gesicht.

»Bist du noch dran?«

»Ja.«

»Sag was!«

»Du bist toll.«

»Und du bist der Wahnsinn, Süße. Kommst du?«

»Gleich.«

Plötzlich vernahm sie durch das Telefon ein Geräusch im Hintergrund.

»Verdammt«, sagte er.

»Was?«

»Da ist jemand an der Tür. Es hat geklingelt.«

Sie kicherte. »Mach nicht auf.«

»Ich geh mal nachsehen.«

»Jetzt? Ich dachte, du bist …«

»Es geht gleich weiter mit uns beiden, Baby, wart's nur ab.«

Sie hörte, wie er den Hörer hinlegte.

Zoe stieß die Luft aus. Er war übergeschnappt. Andererseits schmeichelte es ihr, dass er so sehr auf sie abfuhr. Er sah gut aus, er war großzügig. In seinem Job blickte man zu ihm auf.

Keine Frage, er stellte was dar.

Und er war reifer als die dummen Jungs um sie herum.

Was willst du also, Zoe?, fragte sie sich. Sie warf ihr Haar in den Nacken. Ein ganz klein bisschen Romantik würde nicht schaden.

Es dauerte lange. Sie lauschte in den Hörer. Einmal meinte sie, Stimmen zu vernehmen. Dann war es still. Nur das Rauschen in der Leitung.

Der Kerl ließ sie einfach hängen.

Sie zählte innerlich bis zwanzig, dann legte sie auf. Er kann ja zurückrufen, dachte sie zornig.

Doch es kam kein Rückruf.

Für einen Moment zögerte Cornelius Streller an der Tür. Doch dann drückte er die Klinke, und nur den Bruchteil einer Sekunde später erkannte er, dass dies ein schrecklicher Fehler war.

Wer eben noch mit vertrauenerweckender Stimme im Treppenhaus um Hilfe und Einlass gebeten hatte, war in Wahrheit eine maskierte Person, die blitzschnell in seine Wohnung eindrang, die Tür hinter sich zuschlug, ihn an die Wand presste und ihm ein Messer an die Kehle setzte. Lediglich Augen und Mund blieben von der schwarzen Sturmhaube unverhüllt.

Streller wollte etwas sagen, doch schon spürte er den stechenden Schmerz, und Blut quoll an seinem Hals hervor.

»Wenn du schreist, bist du sofort tot!«, zischte es unter der Maske.

»Ich geb Ihnen alles, was Sie wollen«, stammelte er.

»In die Küche! Vorwärts!«

»Ich hab Bargeld da. Kreditkarten.«

»Interessiert mich nicht.«

Sein Angreifer packte ihn und stieß ihn vor sich her. Das Messer traf ihn im Rücken, er stöhnte auf. Sein Hemd klebte an der Haut, nass von Blut. Er wurde in die Küche getrieben, wie ein Vieh zur Schlachtbank. In seinem Kopf überschlugen sich die Gedanken, was um Himmels willen konnte er zu seiner Rettung tun?

Ein heftiger Stoß von hinten, er taumelte, verlor das Gleichgewicht, ein Tritt in seine Kniekehlen, und er sank hin. Entsetzt starrte er auf die Blutflecken am Küchenboden.

Die Messerspitze näherte sich bedrohlich seinem Gesicht.

Schon stürzte sich die maskierte Person auf ihn, Streller versuchte, seine Augen zu schützen, und riss beide Arme hoch. Die Klinge ritzte seine Haut, zwei-, dreimal, er duckte sich weg.

Sein Angreifer trat einen Schritt zurück und starrte an ihm herab.

»Auf die Knie!«

Er gehorchte.

Das ist mein Ende, durchzuckte es ihn. Dann kam ihm das Telefon in den Sinn. Er hatte den Hörer nur beiseitegelegt. Zoe. Sie war bestimmt noch in der Leitung. Er musste sich irgendwie bemerkbar machen. Kaum setzte er zu einem Schrei an, traf ihn erneut das Messer. Es zerfetzte ihm die Wange. Er winselte, zusammengekauert am Boden, während ihm die Hände auf dem Rücken gefesselt wurden. Und dann spürte er den Strick auch an seinen Beinen. Er konnte sich nicht mehr bewegen.

Plötzlich wurde der Backofen eingeschaltet und die Klappe geöffnet. Was sollte das nur? Da packte die maskierte Person ihn an den Haaren, und er wurde auf allen Vieren hingeschleift. Wieder wollte er schreien, aber in diesem Moment wurde sein Kopf nach hinten gezogen, und er sah das Stoffknäuel in den mit Latex überzogenen Händen.

»Bitte nicht!«, jammerte er, als es ihm auch schon in den Mund geschoben wurde. Er würgte, versuchte es auszuspucken, doch immer tiefer stieß es ihm der Angreifer hinein.

Kurzzeitig verlor er das Bewusstsein. Als er wieder zu sich kam, hatte er die Knie des Maskierten im Rücken, sie drängten ihn nach vorn, hin zum Ofen.

Margot Kranz hatte einen leichten Schlaf.

Das war schon immer so gewesen. Früher, als die Kinder noch klein waren, hatte sie sich um ihre Gesundheit gesorgt und war öfter aufgestanden, um nach ihnen zu schauen. Als sie größer wurden, hielt der Kummer sie wach, wenn sie später als verabredet nach Hause kamen. Und nun, da sie längst ausgezogen waren, schlief sie schlecht, weil sich ihr Leben plötzlich so leer und sinnlos anfühlte. Sicher, sie hatte ihren Job, aber als Schreibkraft in einer kleinen Handelsgesellschaft zu arbeiten war nicht besonders erfüllend, und in ihrer Ehe mit ihrem Mann Helmut hatte es auch schon bessere Zeiten gegeben. Hinzu kamen ihre gesundheitlichen Probleme, Wasser in den Beinen und schlechte Blutfettwerte.

Helmut riet ihr immer, nicht zu viel zu grübeln. Er hatte gut reden, schlief er doch stets wie ein Stein. So lag er auch in dieser Nacht tief schlummernd neben ihr, während sie zur Decke hinaufstarrte.

Das Poltern aus der Wohnung über ihnen hatte sie aus dem Halbschlaf gerissen, nun war sie hellwach. Nicht das erste Mal, dass sie sich über diesen Streller ärgerte. Partys, laute Musik, häufig Damenbesuch, ganz junge Dinger, die da oben durch sein Schlafzimmer hüpften, ein unangenehmer Kerl, aalglatt, gegelt und stets im Anzug. Ganz offensichtlich wohlhabend, hundertvierzig Quadratmeter für sich allein, und dann auch noch Eigentümer, ein ausgebautes Dachgeschoss, Parkettboden, Terrasse, alles vom Feinsten. Helmut und sie schufteten sich für die Miete ab und mussten zusammen mit halb so viel Platz auskommen. Ihr Jüngster war in einem halben Zimmer groß geworden, mit Klappbett und kaum Luft zum Atmen.

Was war das? Ein Krachen.

Margot Kranz setzte sich auf.

Jetzt reichte es.

Ihm war, als würde ihm das Herz in der Brust zerbersten. Panisch, wie irr vor Schmerz, versuchte er das Knäuel aus seinem Mund zu würgen. Es gelang ihm nicht.

Cornelius Streller röchelte.

Die ansteigende Hitze peitschte ihm aus dem geöffneten Backofen entgegen.

Verzweifelt mühte er sich, seinen Kopf von ihm fernzuhalten. Doch er war so dicht davor, dass ihn nur noch wenige Zentimeter von dem Rost trennten.

Erneut schwanden ihm die Sinne.

Allerdings hielt die erlösende Ohnmacht nicht lange an. Diesmal hatte er die Knie seines Angreifers im Nacken.

Sein Kopf rückte unaufhörlich vor.

Es war heiß, viel zu heiß.

Sie knipste das Licht an. Ihr Mann lag mit geschlossenen Augen da. Selbst ein auf sein Gesicht gerichteter Scheinwerfer hätte ihn nicht aufgeweckt.

Sie zog sich den Bademantel über und ging zur Wohnungstür. Überlegte kurz, dann schloss sie auf und schaltete auch im Treppenhaus das Licht ein.

Sie lauschte. Nun war alles still.

Es wäre unklug, sich bei Streller zu beschweren, wenn alles ruhig war. Also kehrte sie um, zog die Tür hinter sich zu und schlurfte in die Küche, um ein Glas Milch zu trinken.

Gerade wollte sie den Kühlschrank öffnen, als sie innehielt. Sie hob den Blick zur Decke. Ihr war, als hätte sie ein leises Wimmern gehört.

Mit einem Mal klopfte ihr Herz wie wild.

Irgendetwas stimmte da oben nicht.

Da war es wieder. Ein ersticktes Stöhnen. Was ging da vor?

Ich geh nachschauen, dachte sie, sonst finde ich eh keine Ruhe mehr. Margot Kranz schlang den Morgenmantel fester um ihre ausladenden Hüften, tappte zurück durch den Flur, steckte den Wohnungsschlüssel ein und betrat das Treppenhaus.

Sie schnaufte, als sie die Stufen hinaufstieg. Vor Strellers Wohnungstür blieb sie stehen und horchte. Nichts. Keine Schläge, kein Greinen und kein Rumoren mehr.

Sollte sie sich getäuscht haben?

Sie gab sich einen Ruck und drückte auf den Klingelknopf. Keine Reaktion. Sie klopfte gegen die Tür, dann klingelte sie noch einmal.

»Herr Streller!«, rief sie.

Es war so still.

Plötzlich hatte sie das Gefühl, beobachtet zu werden. Als würde sie jemand mit Blicken durchbohren.

Der Spion! Jemand stand dahinter.

Erschrocken wich sie einen Schritt zurück.

Kein Zweifel, jemand lauerte hinter der Tür und musterte sie.

»Herr Streller, sind Sie das?«

Aber es kam keine Antwort.

Angestrengt hielt er den Kopf zurück, er durfte dem Ofenrost nicht zu nahe kommen. Fürchtete, jeden Moment wieder in Ohnmacht zu fallen.

Allmählich aber beschlich ihn das undeutliche Gefühl, die maskierte Person sei nicht mehr hinter ihm.

Strellers Augen irrten in ihren Höhlen hin und her. War er allein? Hatte er vielleicht doch noch eine letzte Chance?

Er ruckelte auf den Knien ein kleines Stück zurück, weg vom Ofen. Es war vielleicht nur ein einziger Zentimeter. Aber vielleicht schaffte er ja noch einen. Streller zerrte an seinen Fesseln.

Der Schwindel und die Atemnot waren heftig.

Nicht aufgeben, dachte er, kämpfe dagegen an, bloß nicht die Besinnung verlieren.

Margot Kranz war bereits wieder auf dem Weg nach unten, als ihr noch etwas ins Bewusstsein drang, was sie soeben irritiert hatte.

Es war ein seltsamer Geruch hinter der Tür gewesen.

Verkohlt. Wie nach angesengtem Haar.

Zurück in ihrer Wohnung, rief sie ängstlich: »Helmut, bist du wach?«

Er schlief.

Sie kroch unter ihre Bettdecke und schaltete das Licht aus.

Mit einem Mal kam ihr alles so unwirklich vor, als habe sie bloß geträumt.

Ja, ein Alptraum, dachte sie. Bist du denn wahnsinnig?, beschimpfte sie sich selbst, wandelst mitten in der Nacht durchs Treppenhaus.

Du könntest dir den Tod holen.

Da war etwas.

Eine Hand in seinem Nacken.

Streller winselte.

Nicht sterben, durchzuckte es ihn, bitte nicht.

Doch die fremde Person war zu ihm zurückgekehrt, zwang ihn wieder näher an den Ofen heran.

Sie sagte etwas zu ihm, das er nicht genau verstand. Es klang wie ein Abschiedsgruß.

Und dann kam der Stoß.

Strellers Kopf glitt noch weiter nach vorn. Die Hitze schlug ihm fauchend ins Gesicht.

Er hatte keine Kraft mehr. Sein Widerstand brach.

Das Letzte, was er mitbekam, war das Zischen seiner aufplatzenden Haut auf dem glühend heißen Rost.

# ZWEITER TEIL

# NEUN

An diesem Januarmorgen erwachte Grit Wölfer mit dem Gefühl, etwas äußerst Beglückendes geträumt zu haben, was an sich schon überraschend war, denn normalerweise wurde sie nachts von wirren Alpträumen geplagt.

Sie hatte in den Armen eines großen tierartigen Lebewesens gelegen, es war schön, dabei auch aufregend, ja beinahe stimulierend gewesen, sich an sein weiches Fell zu schmiegen. Noch im Traum war sie erstaunt darüber, wie vertrauensvoll sie war, frei von Angst. Und schließlich stellte sie fest, dass das Wesen ein menschliches Gesicht hatte, offenbar das eines Mannes, es schaute freundlich aus diesem braunen, zotteligen Fell hervor. Grit erinnerte sich, etwas zu ihm gesagt zu haben, worauf sich auf seinen Lippen ein kaum merkbares Lächeln abzeichnete, bloß eine Ahnung davon, aber verständig und klug. Dieses Lächeln berührte sie zutiefst.

Sie sprach das Wesen mehrmals an. *Du*, sagte sie leise zu ihm, immer wieder nur diese eine Silbe: *Du*. Es hingegen blieb stumm, bloß sein Blick ruhte auf ihr, sanft und weise.

Und obwohl es schwieg, war ihr, als sei es – halb Felltier, halb Mensch – das einzige Lebewesen auf dieser Welt, das sie jemals richtig verstand. Diese Erkenntnis traf sie so unvermittelt, dass sie vor ihm in Tränen ausbrach. Sie weinte hemmungslos, als würden sich sämtliche Schleusen in ihr öffnen und alle Knoten lösen, die dicken Klumpen, die Geschwüre ihrer Furcht, sie platzten der Reihe nach auf.

Dieser Mensch in Tierverkleidung – denn was war er sonst, wenn nicht ein Mensch? – schaute sie nur an und wusste, was sie in ihrem Innern bewegte.

Sie hatten einander im Traum erkannt.

*Ja, Grit, ja, mich gibt es wirklich*, sagte ihr sein Blick.

Und dann war er fort.

Sie schaute zur Decke hinauf. Da waren Risse und Wasserflecken. Es war kalt im einzigen Zimmer ihrer schäbigen Wohnung. Sie musste dringend Kohlen in den Ofen nachlegen, sonst würde die Temperatur am Abend, wenn sie von der Arbeit heimkam, gegen null Grad gehen.

Doch sie hatte keine Kraft. Sie sollte endlich aufstehen und sich Kaffee kochen, nachschauen, ob sich überhaupt noch etwas Essbares in ihrem Kühlschrank befand. Überlegen, was sie anziehen sollte. Es müsste etwas sein, das ihr wenig bedeutete, denn abends würde sie bis auf die Unterwäsche nach Frittenfett stinken.

Sie dachte an ihren Arbeitstag in der Imbissbude, wo sie seit einiger Zeit jobbte, malte sich die verbrutzelten Würstchen und Bouletten aus, den ganzen Fraß, den sie stundenlang in Pappschalen über die Theke reichen musste, und es ekelte sie an.

Einfach liegen bleiben, dachte sie.

In den Beinen verspürte sie eine Schwäche, und für einen Moment glaubte sie, ernsthaft krank zu werden, bis sie einsah, dass all das wohl nur eine Folge ihrer Unlust war. Sie klopfte sich ihr Kissen zurecht und drückte es an sich, als sei es das weiche Wesen aus ihrem Traum.

Könnte sie doch zu ihm zurückkehren, ein Leben lang friedlich in seinen Armen liegen.

Schließlich schaffte sie es doch aufzustehen, und sie stellte sich unter den viel zu schwachen Wasserstrahl ihrer Duschzelle, wo der Plastikvorhang im kühlen Luftstrom unaufhörlich gegen ihre Haut klatschte. Sie mochte es nicht, nackt zu sein, sie fror, und sie fand sich viel zu mager. Sie vermied es, an ihrem Körper herabzuschauen.

Sie zog die Schultern hoch, und mit einem Mal war ihr, als würden lauter fremde Hände in ihrem Badezimmer nach ihr greifen. Die Seife war noch nicht richtig abgespült, da drehte sie schon die Hähne zu, schnappte sich das Handtuch vom Haken und hüllte sich darin ein.

Wahllos nahm sie ein paar Klamotten aus dem Schrank und zog sich an, dann setzte sie Kaffee auf. Durchs Küchenfenster sah sie hinaus in den Hinterhof. Alles grau in grau, schmutzige Reste von Schnee auf den Dächern. Seit Wochen gab es Dauerfrost.

Eine halbe Stunde später verließ Grit Wölfer das Haus.

Sie eilte die Boddinstraße hinunter Richtung U-Bahnhof Rathaus Neukölln. An der Ecke Isarstraße hatte vor kurzem ein Comicbuchladen eröffnet, was sie erstaunlich fand, denn hier gab es sonst nur Shisha-Bars und Wettbüros, offenbar machte die Gentrifizierung längst auch vor diesem Viertel keinen Halt mehr, als Nächstes würden trendige Cafés und Biomärkte folgen.

Sie war an dem Laden schon fast vorbei, als sie plötzlich innehielt. Etwas in der Auslage hatte ihre Aufmerksamkeit erregt.

Abrupt wandte sie sich um. Im Schaufenster hing ein neues Plakat, darauf war eine Gestalt abgebildet, grell und übergroß. Und diese Gestalt blickte auf sie herab, mit funkelnden Augen, die sie zu durchbohren schienen.

Ein Zittern durchfuhr sie. Als sie sich endlich aus ihrer Erstarrung gelöst hatte, wurden ihre Schritte wie ferngesteuert, und sie betrat den Laden. Eine altmodische Türglocke läutete. Der Verkäufer lächelte sie an.

»Das Poster«, sagte sie ohne Umschweife, »draußen.«

Ihr Zeigefinger deutete vage in die Richtung.

»Ah, du meinst den neuen Band von Roman Giersch.«

Sie kannte den Namen nicht, las für gewöhnlich keine Comics.

»Hier.« Der Typ, fusselbärtig, Nerd-Brille, karierter Siebziger-Jahre-Pullunder, unverkennbar Kreuzkölln-Hipster, reichte ihr ein Buch vom Stapel.

Atemlos blätterte sie darin.

Da war es. Auf einer der mittleren Seite. Fies, als sei es ihren Alpträumen entsprungen. Schreiend bunt und böse stieß es ihr in die Augen. Wie war das möglich? Eine Ausgeburt ihrer Paranoia? Ein übler Scherz? Was hatte das zu bedeuten?

Ihr wurde schwindlig.

Sie bemühte sich um Fassung.

»Ich nehme es«, sagte sie hastig und kramte ihr Portemonnaie hervor.

Als sie den Laden verlassen hatte, irrte sie eine Weile umher, völlig aufgewühlt. Dann bemerkte sie, dass ihre Schritte sie in die entgegengesetzte Richtung lenkten, weg vom U-Bahnhof, zurück nach Hause.

Gerade kam sie an der kleinen Pizzeria vorbei, in der sie abends manchmal etwas aß, oft auch nur ein Bier trank, als sie Hannes, den Küchenjungen, hinter der Glasfront bemerkte. Er winkte ihr zu. Sie nickte kurz.

Da kam der junge Mann schon zur Tür heraus.

»Grit!«

Sie blieb stehen.

»Wie geht es dir?«

»Schon okay.« Sie machte eine vage Handbewegung.

»Du siehst blass aus. Gibt es Probleme?«

»Alles gut so weit.«

»Kommst du heute Abend mal vorbei?«

Sie zuckte mit den Schultern. Hannes mochte sie noch immer, das war zu spüren. Eine Zeit lang war sie mit ihm ausgegangen, doch letztlich hatten sie sich darauf geeinigt, es sei für sie beide besser, richtig gute Freunde zu sein. Nur war das jetzt nicht der geeignete Moment für einen Plausch, also wimmelte sie ihn höflich ab und ging weiter.

Kurz darauf schloss sie ihre Wohnung auf. Sie hatte vergessen, Kohlen nachzulegen, das tat sie nun. Sie setzte sich auf den Boden und lehnte den Rücken an den Kachelofen, der allmählich warm wurde.

Schließlich zog sie das Buch aus der Plastiktüte hervor, schlug es auf und betrachtete die psychedelisch anmutenden Bildreihen. Die Handlung war ziemlich verworren, es ging um eine Art Krieg zwischen Menschen und Aliens, die Hauptfigur war ein Kerl im Schutzanzug, bewaffnet mit einer Laserkanone.

Das alles interessierte sie nicht.

Doch dann tauchte die Fratze auf. Sie sprang sie an und raubte ihr den Atem.

Grits Blick wanderte über die grellbunten Striche der Zeichnung.

Sie blätterte um. Auf einmal nahm die Geschichte einen äußerst verstörenden Verlauf.

Sie schluckte.

Konnte den Anblick nicht länger ertragen. Mit einem wütenden Aufschrei schleuderte sie das Buch in die Ecke.

Sie stützte die Ellenbogen auf die Knie und die Hände ins Gesicht. Sie zerrte an ihren Haaren.

Da läutete ihr Handy.

Sie brauchte eine Weile, bis sie in der Lage war abzuheben.

Es war ihr Chef, der sich aufgebracht erkundigte, wo sie zum Teufel blieb.

»Ich bin krank«, entgegnete sie.

Seinem nachfolgenden Redeschwall hörte sie kaum zu. Erst als er brüllte, sie sei gefeuert, schrie sie zurück: »Das ist mir egal!«

Und sie drückte die rote Taste.

Einige Zeit hockte sie reglos da. Dann erhob sie sich, fuhr ihren altersschwachen Laptop hoch und klickte sich ins Internet.

Roman Giersch hieß der Comiczeichner. Sie musste unbedingt mehr über ihn in Erfahrung bringen.

Sobald Jule in der Schule war, kochte er sich eine Kanne Tee und nahm an seinem Arbeitstisch Platz. Für gewöhnlich setzte er sich ein Limit, zumindest ein Bild wollte er schaffen, eines, mit dem er am Ende des Tages zufrieden wäre. Am besten mehr als zufrieden. Perfektion zu erlangen war ihm äußerst wichtig. Das Geschäft war hart und wurde schlecht bezahlt, also musste er sich eine Spitzenposition erarbeiten.

Dabei wusste er auch, dass er sich mit seinem Ehrgeiz oftmals selbst überforderte. Und so kam es bei ihm regelmäßig zu Erschöpfungszuständen und Blockaden. An diesen Tagen hockte er da und starrte Löcher in die Luft. Und je länger diese Phasen andauerten, desto ungeduldiger wurde er.

Heute war so ein Tag, an dem er nichts weiter fertigbrachte, als seine Stifte neu zu sortieren, in älteren Arbeiten herumzublättern und sich selbst auf Unstimmigkeiten hinzuweisen. »Schau, hier, diese Perspektive ist dir völlig misslungen, und dieses Gesicht da, wie platt, wie charakterlos, ganz anders, als du es ursprünglich geplant hast. Das ist schlecht, verdammt, es ist furchtbar.«

Besonders kritisch wurde es, wenn er an dem Genre des Comiczeichnens generell zu zweifeln begann. Zugegeben, das Erzählen in seriellen Bildern hatte eine große Tradition und ging bis auf die frühzeitliche Höhlenmalerei zurück, aber wen interessierte das heute noch? War er nicht bloß der Geschichtenlieferant für einen überschaubaren Kreis verschrobener Kindsköpfe?

Und dann begann er, sich selbst energisch zu widersprechen: »Comic ist eine allgemein anerkannte Kunstform, und das wird auch immer so bleiben!« Und wie zum Trost verbeugte er sich in Gedanken vor seinem Säulenheiligen, dem jüngst verstorbenen Zeichner *Moebius* alias *Jean Giraud*, der so überaus großartige und stilbildende Werke wie *Leutnant Blueberry* und *Jon Difool* geschaffen hatte.

So ging es an diesem Vormittag in seinem Kopf hin und her, und als er nach zwei Stunden noch immer nichts Nennenswertes zustande gebracht hatte, tat er das, was nach seinen eigenen strengen Regeln während der Arbeitszeit eigentlich strikt verboten war: Er fuhr den Rechner hoch und ging ins Internet. Nun war er erst recht verloren, er surfte sich durch die bunte Welt der Belanglosigkeiten und landete schließlich auf seiner eigenen Comic-Website, um, eitel wie er als Künstler nun mal war, zu überprüfen, wie viele Klicks gezählt wurden und ob jemand einen neuen Kommentar zu seiner jüngsten Veröffentlichung gepostet hatte.

Tatsächlich gab es da eine aktuelle Mitteilung von einer gewissen *Amazone*, eine kurze Zeile im Gästebuch, eingetroffen vor wenigen Minuten:

*Finde deinen neuen Comic beeindruckend. Danke dafür. Schönes Foto übrigens von dir.*
*G.*

Offenbar eine Frau. Sie meinte wohl sein Portrait gleich auf der Startseite. Es schmeichelte ihm. Anna hatte vor einiger Zeit das Foto von ihm geschossen, als sie noch glücklich liiert waren, und er fand es selbst recht gelungen.

Genau in diesem Augenblick traf noch eine Nachricht von der Unbekannten ein:

*Würde dir gern auch ein Foto von mir schicken. Falls du Interesse hast, schreib an amazone@gmail.com.*
*G.*

Es war eher ungewöhnlich, dass sich Frauen für Comics interessierten. Seine Leserschaft war überwiegend männlich.

Sollte sich etwa jemand einen Scherz mit ihm erlauben?

Einerlei, sein Arbeitstag war ohnehin gelaufen, also konnte er versuchshalber gleich antworten. Nur so würde er herausfinden, was es mit dieser *G.* auf sich hatte.

Roman öffnete sein E-Mail-Programm und schrieb an amazone@gmail.com:

*Danke für deine Nachricht, hat mich sehr gefreut. Bin wirklich neugierig auf dein Foto.*
*R.*

Sein Herz klopfte. Wurde das hier ein Online-Flirt? Schon traf die Antwort ein, mit Anhang.

*Hoffe, es gefällt. :-)*

Er öffnete die Datei mit dem Foto.

Noch ein paar E-Mails und etwa eine halbe Stunde später, und er war er mit der Unbekannten für den Abend verabredet. Roman Giersch konnte es kaum glauben: Er hatte ein *Blind Date*. Dabei war er bisher immer der Meinung gewesen, nach der Trennung von Anna mit diesem ganzen Beziehungszirkus nichts mehr zu tun zu haben.

## ZEHN

Ein Gefühl, sagen Sie?«

»Nicht nur ein Gefühl. Ich bin mir nahezu sicher, dass etwas passiert ist.« Margot Kranz warf dem Hausmeister einen flehentlichen Blick zu.

Wilbert Granich stand in der Tür seiner Wohnung im Erdgeschoss und kratzte sich am Kopf. »Also, ich weiß nicht recht.«

»Es ist unsere Pflicht nachzuschauen.«

»Sollte der Streller rauskriegen, dass ich in seine Privaträume eindringe, kann mich das meinen Job kosten.«

Sie griff nach seinem Arm. Wenn schon ihr Mann kein Anteil an ihren Sorgen nahm – Helmut hatte ihr beim Frühstück unwirsch zu verstehen gegeben, dass ihn das nächtliche Treiben im Dachgeschoss nicht im Geringsten interessierte, und selbst auf ihren Einwand hin, dass sie ein Verbrechen wittere, hatte er bloß den Kopf geschüttelt –, dann sollte sich wenigstens Granich um Ordnung im Haus kümmern, dafür wurde er schließlich bezahlt.

»Hören Sie«, raunte sie, »es hat sich angehört, als sei es ein Kampf gewesen. Ein Poltern und Krachen. Und dann diese gepressten Schmerzenslaute. Ein Wimmern und Greinen.« Mit einer gewissen Genugtuung registrierte sie, dass seine Neugier geweckt war.

Granich runzelte die Stirn. »Und er ist heute Morgen wirklich nicht zur Arbeit gegangen?«

»So ist es.«

»Woher wollen Sie das wissen?«

Sie ließ seinen Arm los. »Ich war schließlich die ganze Nacht wach. Bin einfach nicht mehr zur Ruhe gekommen. Wenn er gegangen wäre, hätte ich die Tür klappen gehört. Aber wissen Sie was?« Sie setzte eine kunstvolle Pause. »Ich glaub, da hat sich nachts ein Fremder aus der Wohnung geschlichen. Und das war nicht Streller. Nein, das war der Kerl, der mich durch den Spion angestarrt hat, als ich an der Tür geklingelt hab. Ein Verbrecher, Granich, denken Sie sich nur, in unserm Haus!«

»Das ist bloß eine Vermutung, Frau Kranz.«

»Es ist bestimmt etwas passiert! Ich bin in der Früh wieder hoch und hab geklingelt. Keine Reaktion.« Sie streckte den Kopf vor und senkte die Stimme. »Aber es roch noch immer so merkwürdig verkohlt.«

»Brandgeruch wäre natürlich ein Argument.«

»Aber ja. Wir *müssen* nachsehen. Sie haben doch einen Zweitschlüssel, oder nicht?«

»Nur für Notfälle.«

»Es ist ein Notfall, glauben Sie mir.«

Granich sah sie lange prüfend an. Schließich sagte er: »Warten Sie einen Augenblick.«

Er verschwand in seinem Büro und kam wenig später mit einem großen Schlüsselbund in der Hand zurück. »Also schön, ein kurzer Blick. Und falls da oben alles in Ordnung ist«, er holte zu einer verschwörerischen Geste aus, »bleibt das hier unter uns, ja?«

Sie nickte eifrig.

Gemeinsam stiegen sie die Treppen hinauf. Margot Kranz atmete keuchend, seit geraumer Zeit machte es ihr schwer zu schaffen, dass es keinen Aufzug im Haus gab.

Als sie beide vor der Tür zu Strellers Dachgeschosswohnung angelangt waren, drückte Granich energisch auf den Klingelknopf.

Nichts geschah.

»Und wenn er nun doch zur Arbeit gegangen ist?«

»Es riecht angesengt«, sagte sie.

Granich schnupperte. »Angebrannter Toast vielleicht.«

»Nun seien Sie nicht so zimperlich! Wir müssen da rein!«

»Sie nicht.« Er tippte sich an die Brust. »Ich hab die alleinige Befugnis.«

»Machen Sie schon!«

Er straffte die Schultern. »Treten Sie zurück«, sagte er, und Margot Kranz spürte, wie ihr Blutdruck weiter anstieg. Sie hatte sich krankgemeldet, die Aufregung in der vergangenen Nacht war einfach zu viel für sie gewesen.

Er schloss auf, öffnete die Tür einen Spalt und rief nach Streller. Es kam keine Antwort.

Er gab sich einen Ruck, schob die Tür weiter auf und verschwand in der Wohnung.

Margot Kranz wartete einen Moment ab. »Und?«, rief sie leise. Doch von dem Hausmeister war nichts mehr zu hören.

Ihr Herz hämmerte. Sie trat vorsichtig näher. Da waren Blutflecken auf dem Dielenboden. Sie wich zurück. Doch schließlich siegte ihre Neugier, und sie überschritt die Schwelle.

»Hallo?«, rief sie ängstlich.

Es war so entsetzlich still da drin.

Niemand antwortete.

»Herr Streller? Herr Granich?«

Sie blickte sich um. Ein umgekippter Schirmständer, eine Blutspur an der Wand.

»Mein Gott, wo sind Sie?«

Es dauerte lange, bis sich endlich eine gebrochene Stimme aus der Küche meldete.

»Hier.« Ein Würgen. »Nicht herkommen.« Jemand rang nach Luft. »Um Himmels willen. Bleiben Sie zurück!«

Kurz darauf vernahm Margot Kranz die Laute eines Mannes, der sein Frühstück erbrach.

Trojan setzte das Blaulicht aufs Dach seines Dienstwagens, eines schwarzen BMW Coupé, und raste vom Hof des Kommissariatsgebäudes in der Karthagostraße.

Unterwegs beschleunigte er zeitweise auf bis zu hundertzwanzig Stundenkilometer, und nach etwa fünfzehn Minuten halsbrecherischer Fahrt durch den dichten Stadtverkehr hatte er den Südstern in Kreuzberg erreicht. Er bremste scharf ab, bog mit quietschenden Reifen in die Körtestraße ein und von dort aus in die Freiligrathstraße. Kurz darauf parkte er vor einem gutbürgerlichen weißen Stuckaltbau quer auf dem Gehweg. Er spurtete ins Treppenhaus und stieg die Stufen hinauf, vorbei an aufgescheuchten Bewohnern und uniformierten Kollegen der Schutzpolizei.

Die Tür zur Dachgeschosswohnung stand weit offen. Er atmete tief durch, dann ging er hinein. Die Mitarbeiter seines Teams nickten ihm zu.

Schweigend betrat er die Küche.

Lass es nicht zu nah an dich heran, befahl er sich, halte es auf Distanz.

Doch der Anblick traf ihn mit voller Wucht. Er brauchte einige Zeit, um sich zu sammeln.

Er strich mit dem Handrücken über seine Stirn, spürte das heftige Pochen an den Schläfen.

Was siehst du?, fragte er sich schließlich. Und als würde er es nüchtern in ein Diktiergerät sprechen, fasste er das Grauen in Gedanken für sich zusammen: ein männlicher Toter in kauernder Haltung vor dem geöffneten Backofen, er ist in Strümpfen, seine Hände sind mit einem Strick auf dem Rücken gefesselt. Sein weißes Hemd ist blutbeschmiert. Auch um die Fußgelenke ist ein Strick geknotet. Der Kopf des Mannes steckt im Ofen, die linke Wange klebt auf dem Rost. Starke Verbrennungsspuren im Gesicht und auf der Kopfhaut. Das Haar ist zum Teil völlig weggesengt. Eine im Höllenschmerz erstarrte Fratze, der Mund ist halb geöffnet. Darin steckt etwas.

Trojan beugte sich vor. Es war ein weißes Stofftaschentuch, genau wie bei dem Toten in der Lenaustraße.

Er richtete sich wieder auf.

Weiter, dachte er. Bewahre die Distanz. Dennoch blieb es nicht aus: der Schwindel, das Herzrasen. Er wandte sich ab, schwankte leicht.

Ronnie Gerber, sein bulliger Kollege, den so leicht nichts anhaben konnte, räusperte sich leise neben ihm.

»Schlimm, Nils?«

»Geht schon wieder.«

Ronnie schnitt eine mitfühlende Grimasse. Sein Gesicht war unnatürlich bleich in dem grellen Licht der Scheinwerfer, die die Kollegen der Spurensicherung aufgestellt hatten. Die Kriminaltechniker bewegten sich in ihren weißen Schutzanzügen behutsam an den markierten Spuren vorbei und murmelten sich knappe Arbeitsanweisungen zu. Der Auslöser einer Kamera klickte unaufhörlich. Sachliche Betriebsamkeit nach einem überaus brutalen Mord, nur so war dieses Horrorszenario halbwegs erträglich.

Und doch spürte Trojan, wie sich sein Magen umdrehte. Ausgerechnet in diesem Moment glitt sein Blick über die Spüle, in der sich Erbrochenes befand.

»Wer war das?«

»Der Hausmeister«, sagte Dennis Holbrecht und verzog den Mund. »Er hat den Toten gefunden.«

Trojan schluckte.

Dennis nannte ihm Namen, Alter und Beruf des Ermordeten. »Er ist alleinstehend. Seine Mutter wurde benachrichtigt. Der Vater lebt laut Meldeeintrag nicht mehr.« Dann erzählte er ihm von der Nachbarin aus dem vierten Stockwerk und was sie im Haus bemerkt hatte.

»Na bitte, eine Zeugin«, sagte Trojan.

»Nur leider eine schlechte.« Holbrecht fasste zusammen, was Margot Kranz zu Protokoll gegeben hatte.

»Und sie kam gestern Nacht nicht auf die Idee, die Polizei zu rufen?«, fragte Trojan entgeistert.

Dennis schüttelte den Kopf.

»Scheiße noch mal, der Mann hier wäre vielleicht noch am Leben, wenn sie etwas beherzter gehandelt hätte.«

»Das hab ich ihr auch gesagt.«

»Löchere sie weiterhin mit Fragen. Vielleicht fällt ihr ja noch etwas Wichtiges ein.«

»In Ordnung.« Holbrecht machte sich auf den Weg.

Trojan wandte sich an Semmler.

»Und?«

»Das gleiche Vorgehen wie in der Lenaustraße. Ein Kampf. Messerstiche. Das Stoffknäuel im Rachen. Der Ofen.«

»Wir gehen also vom selben Täter aus.«

»Ja. Das Prozedere gleicht aufs Haar dem anderen. Und wieder scheint der Mörder, nachdem sein Opfer tot war, vorsorglich den Ofen ausgeschaltet zu haben, um sein makaberes Bild nicht durch einen Brand zu zerstören. Völlig auszuschließen, dass das ein Trittbrettfahrer war.«

»Todeszeitpunkt?«

»Vermutlich zwischen ein und zwei Uhr morgens. Die Details bekommst du später.«

»Okay.« Trojan nickte kurz, dann trat er auf Stefanie Dachs zu, die ihm mit einer Geste signalisierte, dass sie etwas für ihn hatte.

»Was gibt's?«

»Komm mit«, sagte sie.

Durch das weiträumige und mit hellen Designermöbeln ausgestattete Dachgeschoss führte sie ihn ins Wohnzimmer hinüber. Die Einrichtung wirkte gediegen, beinahe protzig, aber irgendwie auch steril. Hinter einer Fensterfront erstreckte sich eine große Dachterrasse. Der Blick reichte bis hin zum Fernsehturm am Horizont.

Stefanie deutete auf die Überreste eines schnurlosen Telefons, das zertreten vor einem Couchtisch lag.

»Vermutlich vom Täter zerstört«, sagte sie. »Es gibt zwei Möglichkeiten, entweder hat Cornelius Streller verzweifelt versucht, Hilfe zu rufen, als der Mörder in seine Wohnung eindrang, oder aber …«

»… Streller hat gerade telefoniert, als der Täter kam«, ergänzte Trojan.

»Genau. Vielleicht war noch jemand in der Leitung.«

»Der Täter findet es heraus und vernichtet das Telefon.«

»Das ist zumindest denkbar.«

»Du musst sofort die Telefongesellschaft kontaktieren und dir eine Liste der letzten eingehenden und ausgehenden Anrufe geben lassen.«

»Wird gemacht, Nils.«

»Danke, Steff.«

Sie entfernte sich.

Landsberg traf am Tatort ein. Während Trojan mit ihm zurück in die Küche ging, erstattete er seinem Chef Bericht.

»Gibt es Einbruchspuren?«

»Nein«, sagte Trojan. »Ich gehe davon aus, dass der Täter sich eines Tricks bediente, um hereinzukommen.«

Landsberg zuckte unwillkürlich zusammen, als er den verbrannten Kopf des Leichnams sah. Gleich darauf hatte er sich wieder im Griff.

»Worum geht es hier?«, murmelte er entsetzt. »Was treibt diesen Wahnsinnigen an, der das angerichtet hat?«

Trojan schluckte. »Die Ursache ist Hass. Ein unendlicher Hass. Das hier und der Mord in der Lenaustraße sind Hinrichtungen. Wir müssen herausfinden, wo die Verbindung liegt. Georg Haubacher, vierundvierzig Jahre alt, Studienrat, verheiratet, und Cornelius Streller, sechsunddreißig Jahre alt, Single, Mitarbeiter einer Gesellschaft für Unternehmensberatung – irgendetwas haben die beiden Ermordeten gemeinsam.«

»Was könnte das sein, Nils?«

»Ich weiß nicht. Gewiss ist bisher nur, dass sie den Zorn des Täters entfacht haben.«

»Oder der Täterin.«

»Ja. Es ist ein grenzenloser Zorn. Ein Furor, der so zerstörerisch ist, dass zwei Männer buchstäblich in der Hölle schmoren müssen.«

»In einem Höllenofen.«

»So ist es.«

»Zwischen den beiden Morden liegen gerade mal achtundvierzig Stunden«, sagte Landsberg. Er blickte ihn an. »Halt dich ran, Nils. Wir müssen diesem Wahnsinn schleunigst ein Ende bereiten.«

## ELF

Er sah sie durch den Rückspiegel an. Ihr beleidigtes Gesicht, der verkniffene Mund. Er durfte sich das nicht zu Herzen nehmen, und doch versetzte es ihm einen Stich.

Roman fädelte sich in die Linksabbiegerspur ein. Der Verkehr war stockend, und ihm schwitzten die Hände vor Nervosität. Wann hatte er das letzte Mal eine Verabredung mit einer Frau gehabt? Das lag ewig zurück. Wenn ihm nur Jule nicht den Abend verderben würde.

Sie spielte mit dem Griff der Reisetasche, in die er bereitwillig alles hineingestopft hatte, was sie für die eine Übernachtung bei seiner Bekannten Monika zu brauchen glaubte. Und das war eine Menge überflüssiger Kram in seinen Augen, aber er wusste, dass jede Diskussion darüber zwecklos war. Sie wollte doch nur den Moment ihres Abschieds hinauszögern, als wäre er drauf und dran, sie auf immer zu verlassen, so wie es ihre Mutter getan hatte.

Sie verschränkte die Arme vor der Brust. »Mit wem triffst du dich?«

Das hatte sie ihn heute schon an die hundert Mal gefragt, und wieder antwortete er vage: »Mit einer Frau.«

»Wie heißt sie?«

»Grit«, sagte er nach einigem Zögern.

Er beobachtete, wie sie die Stirn kraus zog. Die Ampel vor ihm sprang auf Grün, er gab Gas.

»Woher kennst du sie?«

»Übers Internet.«

»Ist das ein Date?«

Er seufzte. Sie war ziemlich clever für eine Zehnjährige.

»Weiß nicht.«

»Bist du aufgeregt?«

Er lächelte schwach.

»Ein bisschen.«

Er versuchte ihren Blick zu deuten, doch sie schlug die Augen nieder.

Zwei Straßenecken weiter, und sie waren am Ziel. Er parkte in zweiter Spur, als sie unvermittelt sagte: »Ich will, dass du mit Mami wieder zusammenkommst.«

Er war so erschrocken, dass er den Autoschlüssel fallen ließ. Warum musste sie das ausgerechnet jetzt sagen? Hatte nicht auch er das Recht auf einen Neubeginn? Durfte nur Anna immerzu ihren Kopf durchsetzen?

Und was hieß schon Neubeginn, es war doch nur eine Verabredung, der Hauch eines Flirts, mehr nicht.

»Jule«, murmelte er hilflos und angelte nach dem Schlüssel auf der Fußmatte.

Sie sah ihn bloß an.

Wortlos öffnete er die Wagentür. Sie stiegen aus, er nahm ihr die Tasche ab. Mit einem Mal war er so niedergeschlagen, dass er am liebsten umgekehrt wäre.

»Komm schon«, sagte sie.

Er holte tief Luft, und sie gingen auf das Haus zu. Jule drückte für ihn auf den Klingelknopf, der Summer schnarrte, und sie traten ein.

Auf der Treppe wollte er ihre Hand nehmen, aber sie ließ es nicht zu.

Monika stand lächelnd an der Wohnungstür.

»Hallo, ihr beiden.«

Roman begrüßte sie mit einer Umarmung. Wie gut, dass es sie gab. So oft hatte sie schon auf seine Tochter aufgepasst.

»Komm rein, meine Süße«, sagte sie, »ich mach dir einen Kakao.«

Jule zog einen Flunsch.

Monika hob die Augenbrauen, er deutete eine entschuldigende Geste an. Dann beugte er sich zu seiner Tochter hinab und gab ihr einen Kuss auf die Wange.

»Mach's gut«, sagte er. »Du gehst morgen früh von hier aus zur Schule, ja? Monika bringt dich hin.«

Sie nickte nur.

»Am Nachmittag sehen wir uns wieder.«

Keine Reaktion.

»Viel Glück«, sagte Monika zu ihm.

Wenig später saß er wieder im Auto, allein, unfähig zu einer Regung.

Schließlich gab er sich einen Ruck und fuhr los.

Als Stefanie mit dem Anflug eines Lächelns in sein Büro kam, hoffte Trojan, dass sie in ihren Ermittlungen eventuell ein kleines Stück vorangekommen waren.

»Steff, du siehst aus, als hättest du was für mich.«

»Hab ich auch.« Sie schwenkte ein Blatt hin und her, in einer der typischen Klarsichthüllen, die sie im Kommissariat zum Schutz von Beweismaterial benutzten. »Das hier fand ich in einer der Schubladen in Strellers Wohnung, in einem Bürocontainer an seinem Schreibtisch, ziemlich weit unten, verborgen unter anderem Kram.«

Sie legte die Hülle vor ihn hin.

Trojan zog sie zu sich heran und las, was auf dem Papier in den dicken Lettern eines Computerausdrucks geschrieben stand:

DU VERFICKTE SAU NIMM DICH IN ACHT ODER ICH SCHNEID DIR DEN SCHWANZ AB!

»Deutliche Botschaft«, murmelte er.

Sie gab ihm eine zweite Hülle, in der ein weißer unbeschrifteter Umschlag aufbewahrt war. »Steckte hier drin, ordentlich zusammengefaltet.«

»Was war sonst noch so in seinem Schreibtisch?«

»Nichts, was mir irgendwie von Bedeutung erschien.«

»Und auf seinem Computer?«

»Alles in allem unverfängliche Daten, ein paar Urlaubsfotos, ansonsten viel Berufliches, kaum private E-Mails, wenn, dann eher Belangloses.«

»Was sagen die Kollegen über ihn? Du hast doch mit ihnen gesprochen?«

Sie nickte. »Die sind einhellig der Meinung, dass Streller ein Aufreißer war und gerne Partys feierte, aber ansonsten seiner Arbeit gewissenhaft nachging und sich nichts hat zuschulden kommen lassen.«

»Aber er ist bedroht worden.«

»Offenbar.«

»Bist du auch der Ansicht, dass es sich dabei um eine Frauengeschichte handelt?«

Steff setzte ein schiefes Grinsen auf. »Ist zumindest naheliegend, wenn jemand auf das Entfernen des männlichen Genitals anspielt.«

»Was meinst du, hat die Drohung ein Mann oder eine Frau geschrieben?«

Wieder grinste sie. »Ziemlich eindimensionale Aussage, daher tippe ich eher auf einen Typen.«

»Okay. Gib das Papier und den Umschlag ins Labor und lass sie auf Spuren hin untersuchen.«

»In Ordnung, Nils.« Sie nahm die Hüllen wieder an sich.

»Ich bin übrigens mittlerweile die Liste der Telefongesellschaft durchgegangen«, sagte er.

»Und?«

»Der letzte Anruf, den Streller tätigte, ging auf ein Kartenhandy, und das ungefähr zur Tatzeit. Eine Nummer, die sich auch zuordnen ließ.«

»Das sagst du mir jetzt erst? Wer ist es?«

»Tja, das ist leider merkwürdig. Die Person existiert nämlich nicht mehr.«

Sie starrte ihn an. »Wie meinst du das?«

»Die Daten gehören zu einer gewissen Hilda Braun, die letztes Jahr verstorben ist. Altersschwäche.«

»Das ist doch ...«

»Ich hab lange darüber nachgedacht. Es gibt nur eine Möglichkeit. Die alte Dame hat jemandem ihr Mobiltelefon vererbt.«

Stefanie ließ Luft durch die Zähne entweichen. »Verdammt. Das kostet uns zusätzliche Ermittlungsarbeit.«

Trojan nickte. »Ich bin dabei, die Verwandtschaftsverhältnisse zu checken, was ja bei den Meldeeinträgen nicht immer ganz einfach ist. Aber ich krieg das schon noch raus.«

»Taucht die Nummer öfter in der Liste auf?«

»Ja, sowohl bei eingehenden als auch ausgehenden Anrufen. Ich hab sie ein paar Mal versuchshalber angewählt, aber das Ding ist ausgeschaltet, und es gibt auch keine Mailbox.«

»Vielleicht ist Streller erpresst worden?«

»Möglich. Ich versuch's weiter, mit unterdrückter Rufnummer natürlich, sollte das Telefon aber dem Täter gehören, werden wir damit wenig Erfolg haben.«

»Ist klar.«

Sie war schon an der Tür, als Trojan fragte: »Dir sind bisher nicht zufällig Übereinstimmungen aufgefallen zwischen Haubacher und Streller?«

Sie schüttelte den Kopf. »Leider nicht.«

»Wär ja auch zu schön.«

Kaum war sie draußen, läutete sein Handy. Es war Emily.

Sein Herz tat einen freudigen Sprung, er drückte die grüne Taste und begrüßte seine Tochter überschwänglich.

»Hallo, Paps.« Ihrer Stimme war sofort anzumerken, dass sie etwas bedrückte.

»Was gibt's, Emily?«

»Ach, ich hab noch unheimlich viel zu tun wegen der Klausur morgen.«

»Schon wieder eine. Was schreibt ihr denn?«

»Bio.«

»Viel Stoff?«

»Verdammt viel. Hör zu, Paps, ich bin gerade bei einer Freundin, und wir lernen dafür. Aber es ist so …« Sie druckste herum.

»Nun sag schon.«

»Von deiner Wohnung in Kreuzberg aus ist es doch ein ziemlich weiter Schulweg für mich, und Conny, meine Freundin, wohnt in Charlottenburg. Ich dachte mir also, damit ich morgen nicht so müde bin, übernachte ich lieber gleich hier bei ihr. Ist das okay für dich?«

Er schluckte. »Aber Emily, das ist doch wirklich nicht nötig, ich mach dir auch das Frühstück morgen.«

»Du bist doch eh nie zu Hause! Abends nicht und frühmorgens manchmal auch nicht. Selbst nachts bist du am Arbeiten!«

»Nun übertreib mal nicht.«

»Ich würd lieber hierbleiben.«

Scheiße, dachte er, was bin ich nur für ein schlechter Vater. Sie wird wieder zu ihrer Mutter zurückziehen, egal, ob die beiden sich streiten oder nicht.

Er atmete tief durch.

»Wenn es so für dich besser ist, Emily, bin ich natürlich einverstanden.«

»Dann also bis morgen Nachmittag.«

»Ich drück dir die Daumen für die Klausur.«

Doch sie hatte schon aufgelegt.

Eine Zeit lang starrte er auf die Tatortfotos, reglos, gedankenleer. Er konnte sich einfach nicht mehr konzentrieren. Schließlich griff er zum Hörer und rief Jana an.

Sie klang verschlafen, dabei war es erst halb zehn.

»Hallo?«

»Nils?«

»Hmm. Rufe ich zu spät an?«

»Nein, nein. Ich bin nur schrecklich müde. Meine Patienten waren heute allesamt am Durchdrehen.«

»Soll ich später noch vorbeikommen?«

Sie atmete in den Hörer, schwieg. »Wann später?«, fragte sie endlich.

»Möglichst noch vor Mitternacht.«

Sie antwortete nicht.

»Wir haben hier leider einen zweiten Mordfall. Genauso bestialisch wie der erste. Aber ich will mich beeilen.«

»Ich weiß nicht.«

»Was ist mit dir?«

»Ach, nichts.«

»Sag schon.«

Sie stieß die Luft aus. »Ich hatte wieder diesen schrecklichen Alptraum«, murmelte sie nach einigem Zögern.

*Das Visier*, dachte er, und ihm wurde schlagartig kalt.

»Jemand stand an meinem Bett und wollte mich töten.«

»Jana.«

»Die Angst sitzt noch sehr tief.«

»Ich komme zu dir, sobald ich hier weg kann.«

»Nein, Nils, lieber nicht. Ich will einfach nur schlafen. Ich glaub, ich nehm heute was zur Beruhigung ein.«

»Okay.« Ich bin schuld, dass es so weit gekommen ist, dachte er.

»Ich leg jetzt auf, ja?«, sagte sie tonlos.

Er wollte noch etwas erwidern, aber er brachte kein Wort über die Lippen. Und so beendeten sie das Gespräch.

Wieder blickte er auf die Tatortfotos. Er hielt das Bild von Streller, dessen Kopf im Ofen steckte, neben das von Haubacher, tot, entstellt und fratzenhaft, und er kämpfte gegen die Übelkeit an.

In diesem Moment hasste er seinen Job.

## ZWÖLF

»Wasch dich!«

Diese fremde Gestalt war eine Hexe. Sophie traute sich nicht, in ihre hässliche Fratze zu schauen.

»Nun mach schon.«

Sie schlug die Augen nieder, schluchzte auf. Es war unheimlich, so splitternackt vor ihr zu stehen.

»Du sollst dich waschen!«

Sophie machte einen Schritt auf die Schüssel mit der Seifenlauge zu. Sie krümmte sich, fror, ihre Zähne schlugen aufeinander.

»Kannst du dich umdrehen?«, fragte sie kaum hörbar. Durfte sie die Hexe überhaupt duzen? Vielleicht machte es sie wütend, wenn sie so angeredet wurde. »Bitte, drehen Sie sich um.«

Sie schämte sich unendlich vor ihr.

Da stürzte die Gestalt auf sie zu und packte sie am Arm, sie tat ihr weh. Sophie schrie auf.

»Mach jetzt!«

Bibbernd stieg sie erst mit dem einen Fuß in die Schüssel, dann mit dem anderen.

»Hinhocken, so wie ich es dir gezeigt habe.«

Sie gehorchte. Kauerte sich zusammen und besprenkelte sich mit dem lauwarmen Wasser.

»Reinlichkeit ist wichtig, das hab ich dir doch erklärt.«

Die Stimme war mehr ein Krächzen.

Sophie spürte die Blicke in ihrem Rücken. Dann bat sie um das Handtuch, und die Gestalt warf es ihr hin. Sie erhob sich und hüllte sich darin ein. Sie musste an etwas Schönes denken, an einen Nachmittag mit ihrer besten Freundin, einen ganzen Tag mit Jule auf dem Spielplatz, und abends würde Jule mit zu ihr nach Hause kommen, und ihre Mutter wäre da, und sie hätte Kekse für sie gebacken, die leckeren mit Vanillegeschmack, und dazu gäbe es Kakao, sie dürften essen, so viel sie wollten, sich richtig vollstopfen mit den Keksen, und dann könnten sie fernsehen bis weit nach Mitternacht, auch das Spätprogramm für Erwachsene würde ihnen niemand verbieten, und ab zu käme die Mutter ins Zimmer, nur um sie anzuschauen, und Sophie würde den Kopf heben und sie anlächeln.

Mama.

Es trieb ihr die Tränen in die Augen. Wenn nun schon die Gedanken an etwas Schönes sie zum Weinen brachten, wie sollte sie dann nur all die Stunden in diesem Zimmer überstehen?

»Jetzt leg dich aufs Bett!«

»Nein!«, stieß sie hervor. Nicht wieder, dachte sie. »Nein!«

»Aufs Bett mit dir!«

Schon war die Gestalt bei ihr und riss ihr das Handtuch weg.

»Hinlegen!«

Sie musste sich fügen. So nackt vor der Hexe. Und es würde wehtun. Sie spürte Krämpfe in ihrem Bauch, alles in ihr zog sich zusammen. »Nicht, bitte nicht.«

Und da stand die Hexe vor dem Kinderbett, und da lag sie. Sie musste heraus aus ihrem Körper, weit weg von allem.

Weg, dachte sie, nur fort von hier.

Als sie den fremden Atem auf ihrer Haut spürte, fordernd

und heiß, und als die Hände nach ihr griffen, begann sie um sich zu schlagen und sich zu wehren.

»Soll ich dich wieder fesseln? Na gut, du hast es nicht anders gewollt!«

Die Stimme keifte, und Sophie fuchtelte mit den Armen herum, weinte, schrie, und plötzlich zersprang etwas klirrend am Boden.

Und wieder Geschrei. »Da, schau dir die Schweinerei an!«

Sie hatte das Glas auf dem Nachttisch umgeworfen. Darin war der Fruchtsaft gewesen, um den sie gebeten hatte. Sophie hatte Hunger. Eigentlich hatte sie auch um eine warme Mahlzeit gebettelt, doch die war ihr verwehrt geblieben.

Sie dachte an die Kekse ihrer Mutter.

Die Hexe war zornig. Sie schlug ihr ins Gesicht. Sophie wurde schwindlig, da waren die Mädchen auf der Tapete, tanzend in ihren rosa Kleidern, die bunten Kreise wirbelten um sie herum, Mädchen und Kreise verschwommen ineinander, schneller und schneller drehten sie sich, und da war die Lampe an der Decke, plötzlich hing sie schief, Sophie würde übel, sie hörte sich weinen und würgen.

»Heb das auf.«

Sie wurde vom Bett gestoßen, musste die Scherben aufklauben. Wimmernd kroch sie über den Boden und legte die zerbrochenen Glasstücke in ihre hohle Hand.

Allmählich wich der Schwindel aus ihrem Kopf. Ihr Atem beruhigte sich.

Und da kam ihr eine Idee. Doch sie musste vorsichtig sein. Sie legte die Scherben zu einem Haufen zusammen.

Schließlich befahl die Hexe sie wieder aufs Bett.

Stillhalten, dachte Sophie. Nicht überhastet handeln.

Und wieder versuchte sie, in Gedanken aus ihrem Körper herauszutreten.

Die Gestalt war ihr nahe, so nahe. Und sie hörte das Keuchen.

Sophie schloss die Augen.

Und plötzlich war die Gestalt wie verwandelt.

»Du sollst doch nicht so störrisch sein«, flüsterte sie. »Sei ein braves Mädchen.«

Sophie rührte sich nicht.

»So ist es gut, meine Kleine. Sei ein Engel.«

Sie hielt die Luft an.

»Ja. Nun bist du ein Engel. Süß und sanft.«

Sie würde so lange ohne Atem auskommen wie noch nie ein Mensch zuvor.

»Ich will nicht mit dir schimpfen. Wenn du artig bist, haben wir auch keinen Streit. Hörst du?«

Sie spürte die Leere in ihre Lunge. Das war die Erlösung. Sie würde nie wieder atmen.

»Hörst du mich?«, fragte die Gestalt dicht an ihrem Ohr.

Und langsam glitt Sophie davon.

Sie ließ sich verdammt viel Zeit. Oder kam sie etwa überhaupt nicht? Roman spielte nervös mit seinem Bierglas. Er hatte einen Tisch im *Würgeengel* gewählt, von dem aus er die Tür im Blick hatte.

Wieder kam jemand herein, und er schaute gespannt auf. Fehlanzeige. Er musste damit rechnen, dass er versetzt wurde. Vielleicht war doch alles nur ein dummer Scherz.

Und dann erschien sie endlich. Ja, das war die Frau, sie sah jünger aus als auf dem Foto, er schätzte sie auf Mitte zwanzig. Suchend schaute sie sich in der Bar um.

Er hob die Hand.

Sie erkannte ihn.

Sie kam rüber, langbeinig, grazil, fuhr sich einmal mit der

Hand durch ihr blondes Haar. Sie trug eine knappe grüne Lederjacke und ausgewaschene Jeans. Und schon stand sie vor ihm, er erhob sich, sie schüttelten sich die Hand, förmlich, viel zu förmlich, das musste wohl ihre Verlegenheit sein. Sie machte eine Bemerkung, auf die ihm zum Glück eine witzige Antwort einfiel. Sie lachte ein wenig. Er sah, dass an einem ihrer Schneidezähne eine Ecke fehlte, das gefiel ihm.

Sie setzten sich. Sie winkte die Kellnerin heran, bestellte einen Caipirinha. Er beobachtete sie.

Sie hatte etwas sehr Zartes an sich, das beinahe schon gebrochen wirkte, es weckte Beschützerinstinkte in ihm, aber sie spielte nicht damit, war keineswegs berechnend. Sein Blick tastete ihre Figur ab, sie war schlank, beinahe mager, ihre Brüste hingegen waren voll und rund, sie schob die Schultern vor, als schämte sie sich dafür. Er spürte, wie sich alles an ihm mit Blut füllte, verdammt noch mal, dachte er, ich hab mich schon zu lange nicht mehr mit einer Frau getroffen.

Das Getränk wurde gebracht, sie prosteten sich zu, er mit seinem Bier, sie mit dem Cocktail. Sie nahm einen großen Schluck, stellte das Glas ab und stocherte mit dem Strohhalm in den Eisstücken herum.

Er versuchte, wieder etwas Witziges zu sagen, aber diesmal lachte sie nicht, sondern sah ihn bloß ernst an. Jetzt war sie es, die ihn zu mustern schien, ihm wurde heiß unter ihrem Blick.

Eine Weile schwiegen sie, bis Grit eindringlich zu reden begann: »Deine Comics sind ziemlich wild. So psychedelisch, intensiv. Ich bin eigentlich keine Anhängerin dieses Genres, aber deine Geschichten haben eine Kraft, der man sich schwer entziehen kann.«

Sie sprach eilig weiter, ihre Stimme war rau, sehr leise, sie lispelte ganz leicht, kaum merklich, aber doch so, dass es ihm auffiel, er schaute auf ihre Hände, die um das Glas gelegt waren, sie hatte abgenagte Fingernägel, und da waren Kratzer auf ihren Unterarmen, vielleicht besaß sie eine Katze. Er war von ihrer Erscheinung so gebannt, dass er Mühe hatte, sich auf ihre Worte zu konzentrieren.

Er versuchte, in ihren Augen zu lesen, graublau, umschattet. Warum war sie gekommen, was wollte sie von ihm, ging es wirklich nur um die Comics? Das wäre schade.

Sie hatte ihn etwas gefragt, er war verwirrt, weil er nicht zugehört hatte.

Er antwortete irgendwas und brachte sie damit kurz zum Lachen.

»Und weißt du«, sagte sie einige Zeit später, »jetzt komme ich mir wie ein blödes Groupie vor, dabei weiß ich doch so gut wie nichts über dich. Bitte erzähl mir was von dir.«

Und er fing an. Plauderte einfach drauflos, und er stellte fest, dass sie eine aufmerksame Zuhörerin war. Er erzählte von seinen Anfängen, begann mit den zerfledderten Heften, die er als Kind gelesen hatte, Science-Fiction und Superhelden, sprach über *Marvel Comics* und *Stan Lee*, sah sich wieder mit der Taschenlampe unter der Bettdecke kauern und in den bunten Bildern versinken, den grellsten Abenteuern, erzählte von seinen ersten *Tags* an den Hauswänden, seinen Eddings, den Versuchen auf den leeren Blättern seiner Schulhefte während endlos langweiliger Unterrichtsstunden, und schließlich kam er auf das Idol seiner Studienjahre zu sprechen, *Jean Giraud*, besser bekannt unter seinem Pseudonym *Moebius*. Er verlor sich in weitschweifigen Ausführungen über das Möbiusband, nach dem sich *Giraud* benannt hatte, ein gedrehter Papierstreifen, der eine Fläche erzeugt, bei der Vorder- und Rückseite ineinander übergehen.

Sie unterbrach ihn nicht, hörte einfach zu.

Hin und wieder strich sie sich eine Haarsträhne aus dem Gesicht und klemmte sie hinter ihre Ohren. Sie gefällt mir, dachte er, während er sprach, hoffentlich gefalle ich ihr auch.

Dann schaute sie wieder so ernst, als fiele ein Schatten über ihre Augen. Manchmal schien sich dieser Blick tief in ihn hineinzubohren, als wollte sie ihn durchleuchten ihm auf den Zahn fühlen.

Es verunsicherte ihn.

Irgendwann war er fertig mit seinem Monolog, er wusste nicht, wie viel Zeit vergangen war.

Er orderte bei der Kellnerin noch ein Bier, sie einen weiteren Cocktail.

»Und hier sind wir nun«, sagte er.

Sie erwiderte sein Lächeln nicht.

Es entstand ein Schweigen, zu lang für seinen Geschmack.

Plötzlich fragte sie ernst: »Und die Hexe? Was ist mit der Hexe?«

Er war perplex.

»Hexe?«

»Dieses Wesen in deinem Comic. Ein Monster. Es hat eine Fratze, vor der ich zu Tode erschrocken bin.«

»Ach das, ja«, murmelte er.

»Was hat das zu bedeuten?«

Wieder durchdrang ihn ihr Blick.

Jule, durchfuhr es ihn. Sollte er ihr von Jule erzählen?

»Um ehrlich zu sein«, sagte sie, »hab ich das Buch in die Ecke geschleudert, so furchtbar war der Anblick.«

»Sorry.«

»Dann hab ich's mir wieder vorgenommen. Hab das Wesen immerzu angestarrt. Ich wollte herausfinden, wer stärker ist: ich oder *es*.«

»*Es* ist stärker, nicht wahr?«

Sie nickte. »Das ist die Kraft, von der ich sprach. Und deshalb bin ich hier.«

»Jule«, murmelte er.

Sie hob die Brauen. »Wer ist das?«

»Meine Tochter.«

»Du hast ein Kind?«

Er nickte. »Sie ist zehn. Ich bin alleinerziehend. Jules Mutter hat sich vor zwei Jahren aus dem Staub gemacht. Sie lebt jetzt im Ausland.«

»Was hat das mit der Hexe zu tun?«

»Das Hexenwesen ist von Jule inspiriert. Sie malt so komische Bilder. Wenn ich sie danach frage, erzählt sie mir von ihren Alpträumen.«

»Was für Alpträume?«

»Dieses Wesen. Es steht an ihrem Bett. Es will sie töten.«

Grits Augen verengten sich zu Schlitzen. »Und du?«

»Was meinst du?«

»Wie reagierst du darauf?«

»Ich nehme sie in den Arm, was soll ich schon machen. Hattest du als Kind keine Alpträume?«

Sie rührte sich nicht.

»Mein Leben als Kind war ein einziger Alptraum«, sagte sie kalt.

## DREIZEHN

Trojan kettete sein Fahrrad im Hof an, dann riss er sich Mütze und Handschuhe herunter. Er schloss kurz die Augen, legte den Kopf in den Nacken und sog die eisige Luft ein. Erst in diesem Moment wurde ihm bewusst, dass er den ganzen Tag über wie mit angehaltenem Atem gearbeitet hatte. Und er war in seinen Ermittlungen noch nicht allzu weit gekommen.

Morgen geht es mit neuer Kraft weiter, dachte er, doch jetzt brauchte er nichts dringlicher als ein paar Stunden Schlaf.

Im Treppenhaus nahm er zwei Stufen auf einmal. Er war beinahe oben angelangt, als das Licht erlosch. Gerade als er auf dem Schalter drücken wollte, ging es wieder an. Er runzelte die Stirn und verlangsamte seinen Schritt.

Als er den Absatz im vierten Stockwerk erreicht hatte, hielt er erstaunt inne.

»Hi.«

Da saß jemand auf der Treppe, direkt vor seiner Tür.

Trojan war völlig verdutzt.

»Hallo«, sagte er heiser. Er nahm den Schlüssel aus der Jackentasche, machte aber keine Anstalten aufzuschließen. »Was machst du denn hier?«

»Eigentlich wollte ich zu unserer Tochter.«

Sie stand auf und bedachte ihn mit einem Lächeln, das ihm schmerzlich vertraut vorkam, herausfordernd und spitz, aber nicht ganz ohne Charme, ein Lächeln, das Friederike seit ihrer Scheidung für ihn bereithielt.

Er hatte sie lange nicht gesehen.

»Emily übernachtet heute bei einer Freundin«, sagte er.

»Sie hat mir nicht Bescheid gegeben. Und du mir auch nicht.«

»Tut mir leid. Ich war der Meinung, du wüsstest schon davon.«

»Ich hatte in der Gegend zu tun, also dachte ich, ich schau einfach mal bei euch vorbei.«

»Du hättest anrufen können.«

»Hab mein Handy zu Hause liegengelassen.«

»Emily hat dir sicher auf die Mailbox gesprochen.«

Sie verzog das Gesicht. »Schon möglich.«

Irgendwas bedrückte sie, das spürte er.

»Möchtest du einen Moment reinkommen?«, fragte er.

»Warum hab ich hier wohl gewartet?« Sie sahen sich an. Plötzlich lag ihre Hand auf seiner Schulter. »Nun hab dich nicht so, Nils. Nur ein kleiner Absacker mit deiner Exfrau.«

Er schloss die Wohnungstür auf. »Ich bin bloß ziemlich erledigt.«

»Ein Mordfall?«

»Nicht nur einer.«

Sie gingen hinein.

»Bedien dich«, sagte er mit einer Kopfbewegung zur Küche. »Ich bin gleich wieder da.«

Er verschwand unter der Dusche. Während das heiße Wasser auf ihn herabprasselte, wünschte er sich nichts sehnlicher, als endlich schlafen zu können. Verdammt, er war einfach zu gutmütig.

Sie hatte es sich auf dem Sofa bequem gemacht, die Stiefel ausgezogen und die Beine untergeschlagen. Die Whiskyflasche stand auf dem Tisch, daneben zwei Gläser, gut eingeschenkt. Sie nahm den Absacker also wörtlich, er hatte eher an ein Bier gedacht.

Er nahm ein kleines Stück von ihr entfernt Platz.

Sie hob ihr Glas und prostete ihm zu. »Auf die alten Zeiten.«

Er erwiderte nichts darauf. Sie tranken, setzten die Gläser ab und schwiegen einen Moment.

»Und?«, fragte sie schließlich. »Ist das ein schwerer Fall, an dem du arbeitest?«

»Hmm.«

»Sind das etwa diese Ofenmorde? Ich hab da so was Schreckliches im Netz gelesen.«

»Friederike, was willst du?«

»Können wir nicht einfach ein bisschen plaudern?«

»Es ist ein Uhr morgens.«

Sie nahm einen großen Schluck. »Ich hab gerade eine schlechte Phase, Nils.«

»Streit mit dem neuen Lover?«

»Ist alles vorbei.«

»Tut mir leid, das zu hören.«

»Ich weiß, dass es dir eigentlich egal ist.«

»Ist es mir nicht. Ich möchte, dass es dir gut geht.«

Sie warf ihm einen vielsagenden Blick zu. »Tatsächlich?«

»Hör mal, unsere Geschichte ist jetzt so lange vorbei …«

»Vier dreiviertel.«

»Was?«

»Vier Jahre und neun Monate.«

Er war verblüfft. »Zählst du etwa auch die Tage mit?«, fragte er sarkastisch.

Sie fuhr sich mit der Hand durch ihre hellen Locken, die sie Emily vererbt hatte, und schwieg.

Er wollte das Thema ihrer Trennung nicht wieder durchkauen. Also fragte er etwas unvermittelt: »Und wie läuft es im Geschäft?«

Friederike besaß einen einigermaßen florierenden Laden für Kunst- und Kulturbücher in Mitte. Er hatte diese künstlerische Ader an ihr schon immer bewundert, vielleicht weil es einmal sein Jugendtraum gewesen war, Theaterschauspieler zu werden.

»Gut«, sagte sie. »Trotz der allgemeinen Krisenstimmung zufriedenstellend bis gut.«

»Machen euch die großen Internetbuchhändler nicht zu schaffen?«

»Wir haben natürlich längst selbst einen Onlineversand.«

»Gut so.«

»Hast du dir nie unsere Website angeguckt?«

»Doch, hab ich.«

Er dachte an den Kreis ihrer Mitarbeiter, besonders an einen von ihnen. Ob sie den Kerl mittlerweile gefeuert hatte? Damals musste Trojan mit ansehen, wie sich seine Frau in eine heftige Affäre mit diesem verdammten Schnösel stürzte. Noch heute packte ihn zuweilen die Wut darüber.

Diese Episode hatte das Fass zum Überlaufen gebracht, und er war schließlich aus ihrer gemeinsamen Wohnung ausgezogen, schweren Herzens und in großer Sorge um das Wohl seiner Tochter.

»Hör zu, Nils, du weißt, es gab ein bisschen Zoff zwischen Emily und mir, aber ich halte es für das Beste, wenn sie wieder bei mir wohnt. Du bist ja eh nie zu Hause.«

Diesen Vorwurf hatte er doch heute schon mal gehört.

»Sie fehlt mir«, sagte sie.

»Mir auch.«

»Ich glaube, sie mochte meinen letzten Freund nicht besonders, aber nun kehrt ja wieder Ruhe ein.«

Er musterte sie. »Der wahre Grund ist doch, dass du dich einsam fühlst«, sagte er scharf.

»Blödsinn!«

»Du solltest Emily nicht für deine jeweiligen Gefühlslagen instrumentalisieren.«

»Das ist doch Bullshit!« Ihre Augen funkelten zornig, aber er sah, dass er einen wunden Punkt bei ihr getroffen hatte.

Er trank aus, schenkte sich nach. »Es ist spät, ich hab keine Lust auf diese Diskussion. Lassen wir doch einfach Emily entscheiden.«

Sie nahm die Flasche an sich und genehmigte sich ebenfalls noch einen.

Es entstand eine längere Pause. Dann sagte sie leise: »In deinem Leben läuft es ziemlich gut gerade, oder nicht?«

In ihrer Stimme schwang etwas Sentimentales mit, das ihn sofort wachsam werden ließ.

»Emily sprach von einer Jana.«

Er schwieg.

»Eine Psychologin, ja?« Ihr Lachen klang eigenartig. »Sanft und einfühlsam? Endlich eine Frau, die dich versteht?«

Er stieß die Luft aus. »Hör auf damit.«

Plötzlich war ihre Hand auf seinem Knie. »Scheiße, Nils. Ich wollte nicht, dass das alles so läuft.«

»Du bist betrunken.«

»Kann sein.«

»Selbstmitleid steht dir nicht gut.«

»Ich sagte doch, eine schwierige Phase.«

Er schob ihre Hand weg. Sie öffnete ihre Tasche. Plötzlich lag ein Tütchen mit Gras auf dem Tisch.

»Willst du auch?«

Er starrte sie entgeistert an, während sie mit den Blättchen hantierte.

»Gab es gleich bei dir um die Ecke.« Sie kicherte. »Komm schon, Nils, früher haben wir beide doch ganz gern mal einen gedampft.«

»Ich bin gewissermaßen noch im Dienst.«

»Du bist immer im Dienst.«

»Besser, wenn du jetzt gehst.«

Sie zündete sich den Joint an und nahm einen tiefen Zug.

Grit erklärte ihm, wie er fahren musste, und während sie still neben ihm saß, klopfte sein Herz noch stärker, und ab und zu warf er ihr einen Seitenblick zu. Er wollte, dass sie lächelte, konnte aber nicht genau erkennen, ob sie es tat, und dann versuchte er, sich wieder auf die Straße zu konzentrieren.

»Hier ist es.«

Sie hielten vor einem schäbigen Haus in der Boddinstraße, der Putz war abgeblättert. Er schaltete den Motor aus und hoffte, dass es auf sie nicht zu bedeutsam wirkte.

Nach einer Verlegenheitspause hörte er sich leise fragen: »Wollen wir uns wiedersehen?«

»Klar«, sagte sie, und jetzt lächelte sie wirklich nicht, sie sagte es ganz ernst, als wäre es eine geschäftliche Verabredung, und das verwirrte ihn.

Sie öffnete ihre Handtasche, wühlte darin herum.

»Ich hab nur das hier.« Sie hielt einen Lippenstift hoch.

Er schaute auf.

Sie nahm seine Hand und schrieb ihm eine Telefonnummer auf die Innenfläche.

»Ciao«, sagte sie rasch, öffnete die Wagentür, stieg aus, warf sie hinter sich zu und verschwand in der Dunkelheit.

»Ciao«, murmelte Roman, als sie schon längst weg war.

Er brauchte einen Moment, bis er in der Lage war, den Motor zu starten, um langsam heimzufahren.

Die Hand mit der Telefonnummer hielt er so, dass die Schrift nicht verschmierte.

Es gab einen Sprung in Trojans Wahrnehmung.

Vielleicht lag es an der furchtbaren Müdigkeit, jedenfalls hörte er sich plötzlich selber lachen, und in seinem Kopf war auf einmal wieder Platz, und auch Friederike lachte, und die Whiskyflasche war sehr viel leerer als zuvor.

Der Joint war runtergebrannt. Friederike war dabei, einen zweiten zu drehen, und dann hatte er ihn in der Hand, zog daran, stieß nach einer Weile den Rauch aus und lachte, und er nannte sie Rieke, das war ihr Kosename, den hatte er schon seit einer Ewigkeit nicht mehr benutzt.

Sie fuchtelte mit der Hand in der Luft herum, ahmte gleitende Sprünge nach, und er verstand, was sie meinte.

»Damals, weißt du noch?«

»Und ob ich das noch weiß!«

Während sie kichernd an seine Seite sank und ihre Locken ihn an der Wange kitzelten, entstand vor ihm dieses wunderbare Bild, wie sie beide als noch sehr junge Menschen auf dem Balkon eines einfachen Fischerhäuschens saßen, das sie sich für ein paar Tage gemietet hatten, irgendwo dort auf der kleinen Kanareninsel, die man nur mit der Fähre erreichen konnte. Es war im Morgengrauen, und plötzlich ging die Sonne vor ihnen auf, glutrot, gigantisch. Sie hatten die ganze Nacht lang geredet und waren zu aufgeregt zum Schlafen, und dann war da plötzlich diese silberne Spur auf dem Meer, zunächst hielten sie es für ein Motorboot, aber dann begriffen sie.

Es war ein Delfin, der direkt vor ihnen über den Atlantik zog.

»Wie lange ist das her?«, fragte er.

»Emily war noch gar nicht auf der Welt.«

»Aber ich denke, sie war schon unterwegs.«

»Ja, es war der Sommer, in dem du sie gezeugt hast.«

»Wow«, sagte er.

Und der Delfin sprang vor ihm hoch, so kraftvoll und lebendig, übermütig, vergnügt, so nah, dass er nach ihm greifen konnte.

## VIERZEHN

Energische Klingeltöne rissen ihn aus einem verworrenen Traum. Er wollte nach dem Handy auf dem Nachttisch greifen, doch dann sah er den fremden Arm neben sich und zuckte zurück.

Fassungslos wanderte sein Blick über einen Brustansatz, eine Achselhöhle und eine vom Schlaf gerötete Wange.

Aber sie gehörten nicht zu Jana.

»Verdammt«, stöhnte er.

Sein Kopf sank zurück aufs Kissen. Er wartete ab, bis das Telefon verstummte. Gleich darauf erklang eine kurze Melodie, die eine Nachricht auf der Mailbox ankündigte.

»Friederike!«

Von ihrer Seite des Bettes kam nur ein leises Schnaufen.

»Das hier«, sagte er und setzte sich auf, »hat niemals stattgefunden.«

Sie öffnete die Augen, blinzelte.

»Hörst du?«

Ein Lächeln kroch über ihr Gesicht. »Guten Morgen, Nils«, sagte sie.

Er sprang auf, raffte seine Sachen an sich und verschwand im Bad.

Eine Stunde später war er im Kommissariat. Ronnie Gerber kam ihm im Flur entgegen.

»Da bist du ja endlich.«

»Wie ist die Laune des Chefs?«, fragte Trojan atemlos.

»Angespannt.«

»Ich hoffe, du hast eine gute Ausrede für mich erfunden?«

Ronnie grinste. »Zahnschmerzen? War das richtig?«

Trojan versuchte zu lächeln.

Gerber nickte zur verschlossenen Bürotür hin. »Also, sie sitzt da drin. Rief heute in der Früh hier an, und wir haben ihr gesagt, sie soll sofort herkommen. Ich hab schon mit ihr gesprochen, dachte mir aber, es ist besser, wenn du sie dir auch noch mal vorknöpfst.«

»Danke, Ronnie.«

Trojan atmete tief durch, dann ging er hinein.

»Guten Morgen«, murmelte er, stellte seinen Kaffeebecher auf den Schreibtisch und setzte sich.

Sie war ein Teenie, hatte verheulte Augen. Schüchtern blickte sie zu ihm hin.

»Ich bin Nils Trojan.«

»Zoe Baumgart«, sagte sie kaum hörbar.

»Wie alt sind Sie, Zoe?«

»Sechzehn.«

»Und Sie hatten eine Beziehung mit Cornelius Streller?«

Sie nickte schwach.

»Erzählen Sie mir alles von Anfang an.«

Tränen liefen ihr übers Gesicht. Trojan reichte ihr ein Taschentuch.

»Ich hab es heute Morgen in der Zeitung gelesen«, sagte sie mit erstickter Stimme. »Ich wollte gerade zur Schule, warf noch einen Blick auf die Titelseite, und das auch nur, weil sie zufällig auf dem Tisch rumlag, und da dachte ich, mich trifft der Schlag. Cornelius war darauf abgebildet. Ich glaub das einfach nicht. Ist er wirklich tot?«

Trojan nickte. »Wann hatten Sie das letzte Mal Kontakt mit ihm?«

»Dienstag spätabends. Wir haben telefoniert.«

Die Mordnacht, dachte er. Der letzte Anruf.

»Wie ist Ihre Handynummer?«

Sie verstand erst nicht.

»Haben Sie ein Kartenhandy?«

Sie nickte.

»Sein Telefon wurde zerstört, wir konnten aber über den Provider die letzte Verbindung ermitteln, die er gewählt hat. Darum möchte ich Ihre Nummer wissen.«

Sie nannte sie ihm. Er schaute in seinen Unterlagen nach, sie stimmten überein.

»Der Mobilanschluss gehört eigentlich zu einer Hilda Braun, hab ich recht?«

Wieder nickte sie. »Das war meine Großtante. Sie ist letztes Jahr verstorben. Seitdem benutze ich ihr Handy.«

»Das erklärt ja einiges.«

Sie blickten sich an.

»Zoe«, sagte er ernst, »Sie waren die Letzte, die mit Streller gesprochen hat. Ist Ihnen etwas Ungewöhnliches aufgefallen, als Sie miteinander telefoniert haben?«

»Wir … wir haben so rumgealbert … und dann sagte er plötzlich, es hat jemand an der Tür geklingelt.«

»Wie spät war es da?«

»Ich weiß nicht genau. Elf, halb zwölf vielleicht.«

»Und dann?«

»Er sagte, er geht nachsehen. Daraufhin hat er wohl den Hörer weggelegt, und ich hab gewartet.«

Sein Herz schlug höher. »Konnten Sie etwas hören?«

»Ganz entfernt war da eine Stimme, glaube ich zumindest.«

»Männlich oder weiblich?«

»Ich weiß nicht.«

»Denken Sie scharf nach.«

»Es war nur sehr undeutlich.«

»Weiter. Was geschah dann?«

»Nichts. Ich wurde sauer, weil er mich so hängen ließ.«

»Hörten Sie einen Streit? Geräusche eines Kampfes?«

»Nein. Ich hab jedenfalls nicht genau darauf geachtet. Und dann hab ich aufgelegt. Ich hab noch gedacht, er kann mich ja zurückrufen. Aber das tat er dann nicht.«

»Und das hat Sie nicht gewundert?«

»Ehrlich gesagt, nicht. Er war manchmal etwas schroff. Mal war er sehr lieb und dann … Also, er war irgendwie launisch. Ich war wütend auf ihn, und deshalb hab ich nicht mehr angerufen.« Wieder kamen ihr die Tränen. »Mein Gott, wenn ich gewusst hätte, dass er in diesem Moment …« Sie brach ab.

Er musterte sie.

»Cornelius Streller war sechsunddreißig Jahre alt, als er ermordet wurde. Sie sind noch minderjährig. Wussten Ihre Eltern von diesem Verhältnis?«

Sie schüttelte den Kopf.

»Wie haben Sie sich kennengelernt?«

»Er hat mich in einem Club angesprochen. Ich war mit Freunden dort. Er war so charmant, sah gut aus. Und ich … na ja, ich wollte ihn wiedersehen. Er hat mich ein paar Mal mit seinem Wagen abgeholt. Und schließlich bin ich mit in seine Wohnung gegangen. Daraufhin haben wir uns öfter dort getroffen, heimlich.«

Trojan schloss eine Schublade seines Schreibtisches auf und nahm die Klarsichthülle mit dem Drohbrief heraus.

Er schob sie ihr hin.

»Das hier haben wir bei ihm gefunden. Haben Sie vielleicht eine Ahnung, wer das geschrieben haben könnte?«

Zoe Baumgart schaute auf das Blatt Papier.

Dann hob sie den Blick.

Trojan erkannte das Entsetzen darin.

»Reden Sie schon«, sagte er.

Wann war der richtige Zeitpunkt, sich für einen gelungenen Abend zu bedanken?

Roman lief nervös in der Wohnung auf und ab. Es war gerade mal halb elf, viel zu früh für eine SMS, aber er war ja schon seit Stunden wach, hatte so gut wie gar nicht geschlafen. Jede Einzelheit ihres Gesprächs hatte er noch einmal in Gedanken Revue passieren lassen, jeden Augenaufschlag, jede Geste von ihr zu analysieren versucht.

Flirtete sie nun mit ihm, oder war sie bloß an Comics interessiert? Eigentlich hatte sie wenig Ahnung von dem Genre, das gab sie sogar selber zu. Welche Absichten hatte sie also?

Der Lippenstift, dachte er. Jemandem damit die Telefonnummer auf die Hand zu schreiben, das war doch ziemlich intim, oder nicht?

Er überlegte, ob er einen seiner Freunde anrufen und um Rat fragen sollte, aber die waren um diese Zeit sicher alle am Arbeiten, und auch er selbst sollte eigentlich längst am Zeichentisch sein.

Es gab eigentlich nur eine Möglichkeit für ihn: schnell eine SMS an sie abschicken, sich für den Abend bedanken und sich dann in die Arbeit stürzen.

Aber sollte er nicht noch ein paar Stunden abwarten? Es könnte doch allzu aufdringlich wirken. Womöglich würde bei ihr der Eindruck entstehen, er sei besonders bedürftig und lechze nach ihrer Aufmerksamkeit.

Andererseits würde er noch wahnsinnig werden, wenn er es nicht sofort machte.

Ich tu's, dachte er.

Und so gab er sich einen Ruck und tippte eine SMS auf dem Handy ein, suchte die Nummer im Verzeichnis – noch gestern Nacht hatte er sie abgespeichert – und drückte auf *senden*.

Daraufhin legte er das Telefon weg. Um sich abzulenken, ließ er sich ein Bad ein. Als er sich in dem heißen Wasser ausstreckte und zu entspannen versuchte, schaute er immerzu auf die rote Zahlenreihe auf seiner Handfläche, bis er sie schließlich abseifte.

Einige Zeit später stieg er aus der Wanne, trocknete sich ab, zog sich an und eilte zu seinem Handy. Gebannt schaute er auf das Display. Da war bereits ihre Antwort:

*Ich fand es auch sehr schön gestern. Hast du heute Abend Zeit?*
*G.*

Es war unglaublich. Sein Herz machte einen Sprung. Natürlich hatte er für sie Zeit. Aber konnte er Jule schon wieder allein lassen?

Kurzerhand tippte er ein:

*Muss mich um meine Tochter kümmern. Wie wär's mit einem Abendessen bei mir?*
*R.*

Die Antwort kam prompt:

*Einverstanden. Gib mir deine Adresse.*

Unfassbar. Sollte das Glück endlich zu ihm zurückgekehrt sein?

Marco zog die Schultern hoch und vergrub die Hände in den Hosentaschen. Es war verdammt kalt. Er verließ den Pausenhof und ging ein Stück die Straße hinunter. Dann blieb er stehen, holte die Kippen raus und zündete sich eine an. Auf dem Schulgelände war das Rauchen längst nicht mehr gestattet, also musste man sich Ersatzorte suchen. Er inhalierte tief und schaute sich verdrossen um. Alles war grau, die Häuser, der Himmel, die Bäume. Er hasste den Winter.

Sein Handy klingelte. Als er den Namen auf dem Display sah, weiteten sich seine Augen. Verdammt, was wollte sie von ihm? Sie hatte sich ewig nicht mehr bei ihm gemeldet.

Und schon merkte er, wie aufgeregt er war, vor lauter Vorfreude, ihre Stimme zu hören.

Cool bleiben, dachte er, sich nichts anmerken lassen.

Er drückte die grüne Taste.

»Hallo?«

Da war nur ein Rauschen.

»Zoe, bist du das?«

»Ja«, sagte sie nach einer Ewigkeit.

»Lange her das alles.«

»Hmm.«

»Was gibt's?«

»Hör zu, es ist was passiert.«

»Was denn?«

Sie klang so komisch. Er hörte ein Schniefen. Flennte sie?

»Nun sag schon.«

»Cornelius ist tot. Er ist ermordet worden.«

»Machst du Witze?«

»Ich war gerade bei der Polizei.«

Ihm stockte der Atem.

»Ich verstehe nicht ganz …«

»Die haben mir viele Fragen gestellt. Und dabei …« Ihre Stimme brach.

»Zoe, jetzt mach keinen Quatsch.«

»Ich fürchte, dabei ist dein Name gefallen.«

»Was?«

»Ich … Scheiße, tut mir leid, aber ich hab ihnen von dir erzählt.«

Mit einem Mal schien sie unendlich weit weg zu sein. Das Blut rauschte in seinen Ohren. Er schnippte die Zigarette weg.

»Marco«, sagte sie, »bist du noch dran?«

## FÜNFZEHN

Er hatte seine Tochter noch nie geschlagen. An diesem Abend aber war er kurz davor, denn sie benahm sich einfach unmöglich. Seine Hand zuckte, als sie mit kaum verhohlener Absicht die Salatschüssel umstieß, so dass sich der gesamte Inhalt auf Grits Schoß ergoss. Er eilte in die Küche und holte einen feuchten Schwamm und ein Handtuch, damit Grit die Flecken entfernen konnte, doch ihr Rock war völlig ruiniert, die Ölspritzer gingen nicht mehr heraus.

Es war ihm überaus peinlich, sie hingegen versuchte es mit Humor zu nehmen, doch mittlerweile war ihr anzumerken, dass sie den Abend als eher schwierig empfand. Es kam kein richtiges Gespräch in Gang, immer wenn sie etwas sagen wollte, fiel ihr Jule ins Wort. Er wies seine Tochter barsch zurecht, woraufhin sie einen Schmollmund aufsetzte. Schließlich begann sie, mit ihrem Essen zu spielen, und legte Brocken davon auf die Tischdecke.

»Jetzt reicht's«, rief er aus. »Du gehst sofort in dein Zimmer.«

»Aber ich bin noch nicht fertig.«

»Dann mach schnell. Und iss gefälligst ordentlich.«

Nun provozierte sie ihn mit lautem Schmatzen.

Da holte er tatsächlich mit der Hand aus, und erst als er Grits entsetztes Gesicht sah, beherrschte er sich und zog sie zurück.

»Ich hasse dich«, schrie Jule. Sie sprang von ihrem Stuhl

auf und wandte sich an Grit: »Und dich hasse ich noch mehr.«

Sie stürmte hinaus. Eine Tür schlug zu.

»Es tut mir schrecklich leid«, murmelte Roman. »Sie ist sonst nicht so.«

Grit sah ihn stirnrunzelnd an. »Ich glaube, sie mag mich nicht.«

»Ach, Blödsinn. Sie ist nur ein wenig verunsichert. Ich fürchte, sie leidet noch immer unter der Trennung von ihrer Mutter.«

»Sehen die beiden sich denn so selten?«

»Leider ja. Anna ist nicht gerade der fürsorgliche Typ.«

Sie schwieg. Irgendwie hatte er das Gefühl, der Abend sei nun endgültig verdorben. Aber es kam noch schlimmer, denn in diesem Moment drehte Jule in ihrem Zimmer die Stereoanlage auf.

Er durfte sich das nicht länger bieten lassen. Hatte er nicht auch das Recht darauf, wieder ein klein wenig Freude in seinem Leben zu haben?

»Entschuldige mich bitte«, sagte er zu Grit, und dann ging er in Jules Zimmer und schaltete die Musik aus.

»Ab ins Bett!«

»Es ist noch so früh.«

»In die Badewanne und dann schlafen!«

»Nein.«

»Das ist mein letztes Wort.«

Er blickte sie zornig an, und nach einigem Murren gehorchte sie endlich und verschwand im Bad.

Zurück bei Grit fragte er möglichst sanft: »Möchtest du ein Dessert?«

Sie schüttelte den Kopf. »Ich bin satt, danke, aber es war …«

»Du musst nichts sagen.«

»Doch, es war köstlich.«

Sie wollte ja bloß höflich sein. Die Lasagne war viel zu trocken gewesen, und dann auch noch das Desaster mit dem Salat. Zudem hatte er das Gefühl, außerordentlich zu schwitzen, das Hemd klebte an seinem Rücken. Bestimmt bereute sie es längst, hergekommen zu sein, und hielt ihn an diesem Abend für unausstehlich und unattraktiv.

»Wie wär's mit einem Brandy oder einem Whisky?«, fragte er.

Und wieder lehnte sie kopfschüttelnd ab.

Da rief Jule nach ihm.

Er stieß die Luft aus.

»Geh schon zu ihr«, sagte Grit, »sie braucht dich jetzt.«

Lass es, sagte eine innere Stimme zu ihr, es ist zu gefährlich. Aber der Drang war zu stark. Sie stand auf, sah kurz an sich herab, in ihrem befleckten Rock fühlte sie sich äußerst unwohl.

Sie ging in den Flur. Die gedämpften Stimmen von Roman und Jule drangen aus dem verschlossenen Bad.

Die Tür zu Jules Zimmer war nur angelehnt.

Ihr blieb nicht viel Zeit. Sie schlich hinein. Sie musste systematisch vorgehen, ihr Blick scannte die Wände, doch dort hingen keine Zeichnungen. Rasch durchsuchte sie die Schreibtischschubladen. Nichts.

Ihr Herz hämmerte. Verdammt, sie musste sich beeilen. Sie bückte sich und sah unter dem Bett nach. Da war eine Holzkiste. Sie holte sie hervor und öffnete sie.

Allerhand Kinderkram befand sich darin.

Mit einem Mal fesselte etwas ihre Aufmerksamkeit.

Grit nahm eine Schneekugel aus der Kiste und starrte

sie an. Da war eine Hexe, das Hexenhaus, und da war Gretel.

Hänsel fehlte.

Diese Kugel hatte sie doch schon einmal gesehen. Oder sollte sie sich täuschen?

Ihr Atem ging stoßweise. Sie glaubte, in einem Alptraum gefangen zu sein. Ja, es war dieselbe Kugel! Wie groß war denn die Wahrscheinlichkeit, dass auch in anderen Schneekugeln eine wichtige Figur fehlte, denn zu dem Märchen gehörte doch nun mal Hänsel dazu.

Nein, bestimmt irrte sie sich. Sicherlich spielten ihre Nerven ihr einen Streich.

Sie wollte gerade die Kugel zurücklegen, als sie einen Luftzug spürte.

Erschrocken schaute sie auf.

Jule stand im Bademantel vor ihr.

»Was tust du da?«

Ihr Gesicht wurde heiß.

Eine Zeit lang brachte sie kein Wort hervor. Hilflos blickte sie zu Roman hin, der in der Tür stand und sie beobachtete.

»Was hast du in meinem Zimmer zu suchen?«, stieß Jule hervor.

»Es tut mir wirklich leid«, stammelte sie.

Jule riss ihr die Kugel aus der Hand.

Noch einmal entschuldigte sie sich. Sie raffte sich auf. Irgendwie schaffte sie es an dem Kind vorbei, aber Roman stellte sich ihr in den Weg.

»Mir ist nicht gut, ich muss an die frische Luft«, murmelte sie.

Er erwiderte etwas, das sie nicht genau verstand.

Plötzlich war sie im Treppenhaus und sah sich selbst dabei zu, wie sie die Stufen hinunterrannte.

Ihr war, als würde sie ein höhnisches Gelächter verfolgen, eine Stimme, die ihr nachrief: »Du bist nichts wert! Du bist ein Nichts! Lauf nur, es hat eh keinen Sinn!«

Nachdem sie erfahren hatten, dass Marco Klitzke lediglich zur ersten Unterrichtsstunde in der Schule erschienen war und danach nicht mehr gesichtet wurde, und sie ihn auch bei ihm daheim nicht antreffen konnten, spürten sie abends endlich seine Mutter auf. Doch auch die wusste nicht, wo Marco sein könnte. Auf die Frage, ob sie über das Verschwinden ihres Sohnes nicht in Sorge sei, gab die entnervte Frau zur Antwort, sie wundere sich über gar nichts mehr und sei bloß froh, dass jetzt endlich Feierabend sei, mit ihm oder ohne, das sei ihr egal, und man solle sie gefälligst in Ruhe lassen. Sie fragten nach dem Vater des Jungen, aber sie lachte nur dreckig und behauptete, sie kenne nicht mal seinen Namen. So schnell ließen sie nicht locker, und so konnten sie ihr wenigstens entlocken, dass Marco öfter mit einem Typen namens Fuck You abhänge.

Ob denn Fuck You auch einen Nachnamen hätte, fragte Gerber mit einem gequälten Lächeln.

Die Frau zuckte bloß mit den Schultern.

Und ob sie ihnen wenigstens verraten könnte, wo Fuck You wohne?

Da sei so ein Metallkäfig, Pflüger- Ecke Hobrechtstraße, da sollten sie mal nachfragen. Fuck You sei dort allgemein bekannt.

Trojan und Gerber parkten auf dem Gehweg. Mit Metallkäfig war ein mit Gitterstreben überdachter und umzäunter Fußballplatz gemeint. Ein paar verrostete Spielgeräte standen davor. Zwei Jugendliche hockten auf einer Bank.

Trojan hatte erwartet, wenn er nun nach Fuck You fragte, könnten sie das entweder für eine Beleidigung oder einen schlechten Witz halten, stattdessen fragte einer von ihnen zurück: »Seid ihr Bullen?«

»Wenn *wir* Bullen sagen, ist das in Ordnung«, schnauzte Gerber, »aber für euch sind wir Kriminalbeamte. Alles klar?« Und er hielt ihnen seine Dienstmarke hin.

»Keine Ahnung, wo der steckt.«

Es begann das übliche Spielchen, sie fragten nach den Personalausweisen, die hatten sie nicht dabei, sie sagten, dann müssten sie mit aufs Revier kommen, was gegen sie vorliege, wurden sie gefragt, und sie erwiderten, es liege so allerhand gegen sie vor, und wenn sie ihnen diese Auskunft nicht gäben, könnte das eine lange Nacht für sie werden.

Aber sie hätten nichts angestellt, beteuerten die Jungs.

»Okay«, sagte Gerber, »dann fahren wir mal mit euch los und schauen im Computer nach.«

So ging das eine Weile hin und her, bis man ihnen widerstrebend verriet, dass der Gesuchte manchmal in einer WG im zweiten Hinterhof in der Hermannstraße 19 übernachte. Sie sollten an die Tür klopfen, wo kein Klingelschild sei.

Kurz darauf waren sie dort. Nachdem sie mehrmals mit den Fäusten gegen das Türblatt gehämmert hatten, machte ihnen jemand auf.

»Bist du Fuck You?«

Der Typ, keine achtzehn, aber zugedröhnt bis oben hin, verzog keine Miene. »Wer will das wissen?«, fragte er.

Trojan zückte seinen Ausweis.

»Hier ist alles sauber«, meinte Fuck You.

»Wir suchen nach Marco Klitzke.«

»Hab ihn lange nicht gesehen.«

»Können wir mal reinkommen?«

»Muss das sein?«

Aber da hatte Trojan ihn schon zur Seite geschoben. Zwei Zimmer, Küche, Bad, alles mit Gerümpel vollgestellt und extrem muffig. Eine Tür war geschlossen.

Trojan war im Begriff, sie zu öffnen. Fuck You aber sagte: »Ich würd da nicht reingehen.«

Gerber und Trojan wechselten einen Blick.

»Nee, im Ernst, würd ich nicht tun.«

»Und warum nicht?«

»Wäre besser für euch.«

»Willst du uns drohen?«

»Sie ist sehr sensibel.«

»Wer *sie*?«

Fuck You grinste bloß.

Trojan nahm die Waffe aus dem Holster und lud sie durch. Gerber und er gingen rechts und links in Position, sie nickten sich zu, daraufhin drückte Ronnie die Klinke runter und stieß mit dem Fuß die Tür auf.

Und dann ging alles sehr schnell.

Etwas flog durch die Luft. Es war ein Staffordshire Bullterrier. Der hatte zuvor keinen Mucks von sich gegeben. Die übelste Art, bellte nicht, lauerte kampfbereit hinter der Tür und biss dann gleich zu.

Gerber duckte sich weg, Trojan fackelte nicht lange, richtete die Sig Sauer auf das Tier und drückte ab.

Ein Aufjaulen, der Terrier wirbelte herum, es gab ein hässliches Klatschen, und schon lag er in seinem Blut.

Für ein paar Sekunden war es sehr still in der Wohnung.

»Bist du okay?«, fragte Trojan zu Ronnie hin.

Sein Kollege war ziemlich bleich, aber er nickte.

Und dann fluchte jemand.

Da war ein Junge in dem Zimmer, so um die siebzehn. »Mizzi!«, rief er. »Scheiße noch mal, Mizzi!«

Er kam raus und kniete vor dem leblosen Hund nieder. »Mizzi ist tot«, sagte er fassungslos.

Nun löste sich auch der andere aus seiner Erstarrung. »Leute, das ist *mein* Hund, ja? Ihr könnt ihn doch nicht so einfach abknallen. Der hat mich ein Vermögen gekostet.«

»He, Fuck You«, sagte Gerber, »das war Notwehr, die Töle wollte mir an die Gurgel springen.«

»Ich hab dich gewarnt, Mann.« Er raufte sich die Haare. »Oh, verdammt, Mizzi.«

»Bist du Marco?«, fragte Trojan den zweiten Jungen.

Er antwortete nicht. Aber die Art, wie er ihn anstarrte, ließ Trojan vermuten, dass er richtiglag.

»Ihr seid vorläufig festgenommen«, sagte er, »alle beide.«

## SECHZEHN

Als Jule endlich schlief, hockte er sich vor den Fernseher, schaltete sich frustriert durch die Kanäle, schlang das übriggebliebene Essen in sich hinein und leerte die letzte Weinflasche. Daraufhin ging er zu Bett. Wütend und enttäuscht, ahnte er, dass er die ganze Nacht lang kein Auge zumachen würde.

Da vibrierte sein Handy.

Er holte tief Luft, als er Grits Namen auf dem Display las.

»Hallo?«

»Ich bin's.«

Er schwieg.

»Es tut mir sehr leid wegen vorhin.«

»Und mir tut es leid, dass sich Jule so furchtbar benommen hat.«

Er vermied die Frage, warum sie in Jules Zimmer herumgeschnüffelt hatte, verkniff sich die Bemerkung, dass so ein Verhalten nicht gerade das Vertrauen eines Kindes weckte.

Und mit einem Mal sagte sie: »Ich weiß, es ist spät, aber könntest du vielleicht noch bei mir vorbeikommen?«

Ihre Stimme klang rau und verlockend, es trieb ihm Schauer über den Rücken.

»Es ist schwierig, nicht wahr? Wegen Jule?«

Er beschloss, seiner Tochter einen Zettel mit seiner Handynummer auf den Küchentisch zu legen. Natürlich würde ihn deswegen sein Gewissen plagen, aber verdammt, er musste auch mal an sich selbst denken.

»Ich bin in zehn Minuten bei dir«, sagte er und legte auf.

Kaum war er zur Tür herein, war sie ihm sehr nah. Er spürte ihren Atem im Gesicht, und dann war ihre Hand in seinem Haar.

Während sie sich küssten, drängte sie ihn vom Flur in das einzige Zimmer der Wohnung. Sie sanken auf die Matratze, die dort am Boden lag. Ihre Zunge schmeckte nach Pfefferminz und Traurigkeit.

Er dachte an Jule, daran, dass sie jetzt ganz allein war. Und plötzlich schämte er sich dafür, dass seine Tochter manchmal in seinem Bett schlief. All das musste ein Ende haben. Er würde ein neues Leben beginnen, jetzt, sofort.

Ihre Hände waren unter seinem T-Shirt. Er seufzte auf. Schließlich machte sie sich an seiner Jeans zu schaffen. Als auch er offensiver wurde, wehrte sie ihn ab und sagte: »Warte. Ich will dich erst ansehen.«

Entschlossen, beinahe grimmig riss sie seine Boxershorts herunter.

Sie betrachtete ihn kühl. Er mochte diesen Blick nicht, also griff er nach dem Saum ihres Tops, und als sie es sich über den Kopf gestreift hatte, hakte er den Verschluss ihres BHs auf. Doch schon merkte er, wie sie sich innerlich von ihm entfernte.

»Was ist?«, fragte er.

Sie schob die Schultern vor, antwortete nicht.

Und dann geschah etwas Seltsames, ihre Hand tastete nach dem Schalter der Stehlampe, sie knipste sie an und richtete den Lichtstrahl auf ihn. Für einen Moment war er geblendet.

»Was soll das?«

Er blinzelte. Sie starrte seinen Körper an.

»Stimmt irgendwas nicht?«

Sie verschränkte die Arme vor der Brust. Abrupt stand sie auf und trat ans Fenster.

Er blieb liegen, schwer atmend, verwirrt.

Als sie keine Anstalten machte, zu ihm zurückzukommen, hüllte er sich in das Laken ein.

»Grit«, sagte er.

Sie stand mit dem Rücken zu ihm und rührte sich nicht. Was war nur los mit ihr?

Schließlich erhob er sich und ging zu ihr. Als er sie an der Schulter berührte, zuckte sie leicht zusammen.

»Tut mir leid«, sagte sie. »Ich kann das nicht.«

»Schon gut.«

Er fröstelte.

Sie drehte sich zu ihm um. »Noch nicht.«

»Okay.«

»Verzeih, aber ich bin ziemlich durcheinander.«

»Willst du darüber reden?«

»Lieber nicht.«

»Warum nicht?«

»Du wirst mich nicht mögen.«

»Aber nicht doch.«

»Ich weiß, dass du mich nicht mögen wirst.«

»Grit.«

»Kannst du jetzt gehen? Bitte.«

»Also gut.«

»Aber du rufst mich wieder an, ja?«

Er schwieg.

»Wirst du das tun?«

Er nickte.

»Versprich es mir.«

»Ja.«

Eine Zeit lang sahen sie sich bloß an. Dann schlüpfte er in seine Sachen und nahm seine Jacke.

Sie sagte leise seinen Namen, und er ging.

Heute wollte das Harfenspiel einfach nicht verstummen. Immer wieder die gleiche Tonfolge, es schläferte sie ein. Aber sie durfte nicht schlafen, sie musste wachsam sein.

Verkrampft lag sie auf dem Bett und versuchte sich zu konzentrieren. Alles noch mal im Kopf durchspielen, sich keinen Fehler erlauben. Es war wie vor einer schwierigen Klassenarbeit. Sich anstrengen, nur nicht versagen.

Sie schwitzte vor Angst.

Und wieder musste sie an Jule denken. Mit Jule wäre das Leben schön, zusammen mit ihrer neuen Freundin wäre es wunderbar.

Doch würden sie sich jemals wiedersehen?

War die Hexe nicht längst bereit, sie zu töten?

Sie wollte nicht sterben.

Um sich von ihrer Angst abzulenken, stellte sie sich eine Luftschaukel vor, aus Holz, mit hübschen Verzierungen, bunt bemalt, in der sie gemeinsam mit Jule höher und höher flog, nicht auf dem hässlichen Spielplatz in der Stadt und auch nicht im Winter, sondern irgendwo auf einer Frühlingswiese, und sie sah die Wipfel der Bäume an sich vorüberrauschen, ihre Nasenspitze schien an den Himmel zu stoßen, und sie hörte Jule in der Gondel lachen, fröhlich und unbeschwert, glockenhell.

Doch schlagartig verschwand ihre Vision, denn plötzlich war keine Musik mehr aus dem Nebenzimmer zu vernehmen, und Schritte näherten sich der Tür.

Schon wurde sie aufgeschlossen.

Ihr Atem stockte.

Jule schlug die Augen auf. Da war ein Mann in ihrem Zimmer. Oder war das die Hexe?

Träumte sie?

Die Gestalt kam näher.

Jule hatte Angst.

Sie wollte schreien.

Aber ihr fehlte die Kraft. Ihre Gliedmaßen waren wie aus Stein. Aufwachen, aufwachen, durchzuckte es sie.

Die Gestalt trug diese spezielle Jacke. Es war die Hexe!

Jule kniff die Augen zu. Ich träume, dachte sie. Es ist bloß ein Alptraum.

Es wird vorübergehen.

Sophie spannte die Muskeln an, um sich Mut zu machen. Ein kalter Lufthauch blies ins Zimmer.

Die Hexe trug wie an jedem Abend eine Schüssel mit Seifenwasser herein und stellte sie für Sophie bereit. Daraufhin sperrte sie wie immer von innen ab und ließ den Schlüsselbund in die Tasche ihrer roten Strickjacke gleiten.

»Wirst du heute artig sein?«, fragte sie.

Sophie schluckte.

Die Hexe kam näher. »Antworte!«

»Ja«, murmelte sie.

»Sag: Ja, ich werde artig sein.«

Sophies Stimme war brüchig, als sie den Satz wiederholte.

»Gut so.«

Die Hexe setzte sich zu ihr und betrachtete sie lange. Dann streckte sie die Hand aus und strich ihr das Haar aus der Stirn. Sophie wich leicht vor ihr zurück.

»Kein Streit heute, sei ein liebes Mädchen. Ich mag keinen Streit, hörst du?«

Abermals nickte sie.

»Sag: Ich habe verstanden.«

»Ich hab verstanden.«

»So ist es gut. Und nun geh dich waschen.«

Die Gestalt deutete zu der Schüssel hin. Sophie rührte sich nicht.

»Worauf wartest du noch?«

Ihr Herz schlug heftig, Hitze stieg ihr ins Gesicht.

»Na los!«

»Kannst du die Augen zumachen?«, fragte sie leise.

»Warum sollte ich?«

»Du wäschst dich doch auch nicht, wenn jemand zuschaut.«

»Willst du wieder frech werden!«

»Mach die Augen zu, ja?«

»Kommt nicht in Frage.«

»Bitte«, murmelte Sophie.

Die Hexe starrte sie an.

»Nur kurz, ja?«

»Soll das ein Witz sein?«

»Tu mir den Gefallen. Du schließt die Augen, und ich bin artig.«

Sie bemerkte eine Irritation an der Hexe, aber dann schloss sie tatsächlich die Augen, als sei dies alles bloß ein Spiel.

Aber es war kein Spiel.

Die Hexe sollte sterben.

Grit kauerte sich vor dem Ofen zusammen. Er war so heiß, dass es ihr beinahe den Rücken verbrannte. Sie musste den Schmerz aushalten.

Sie war nicht mehr nackt. Unmöglich, weiterhin unbekleidet zu sein. Überhaupt hatte es sie die größte Überwindung gekostet, sich von Roman ausziehen zu lassen.

Roman Giersch. Wer war dieser Mensch? Wozu war er fähig?

In Gedanken fuhr sie noch einmal über jeden Zentimeter seiner Haut. Ihre Blicke hatten ihn abgetastet, schaudernd, voller Angst.

Doch da war kein Feuermal gewesen. Er war also nicht gezeichnet. Allerdings gab es auch die Möglichkeit, dass sie sich täuschte. Oder von ihm getäuscht wurde. Immerhin konnten solche Male heutzutage mit Hilfe moderner Lasertechnologie entfernt werden.

Und da war noch etwas. Es verwirrte sie über die Maßen. Denn ein Teil von ihr fühlte sich tatsächlich zu ihm hingezogen, und wenn sie ehrlich zu sich selbst war, hatte sich unter ihre Angst ein ganz klein wenig Lust gemischt. Ein Teil von ihr hätte gern in seinen Armen gelegen. Der verkümmerte Rest von ihr wollte, dass es einen Menschen gab, der für immer bei ihr blieb.

Wie passte das zusammen?

Sei wachsam, Grit, sprach sie in Gedanken zu sich selbst. Nimm dich in Acht vor Fremden. Denn Roman Giersch ist ein Fremder, du weißt so gut wie nichts über ihn.

Die Schneekugel, durchfuhr es sie. Wie konnte es sein, dass sie in Jules Zimmer lag?

Wieder und wieder sah sie diese Kugel vor sich. Und die Schneeflocken tanzten darin, und da war das Zuckerkuchenhaus, und davor stand die Hexe. Und da war auch das kleine Mädchen mit den blonden Zöpfen.

Es hatte Angst.

Wo war Hänsel?

Er fehlte in der Kugel, hatte schon immer gefehlt.

Und plötzlich färbte sich die Kugel in ihrer Vorstellung dunkelrot. Das Haus, der Schnee, alles war voller Blut.

Ich muss mutig sein, dachte Sophie. So mutig wie noch nie in meinem ganzen Leben.

Die Hexe schloss die Augen.

Es war nur ein Wimpernschlag.

Es gab nur diese eine Chance.

Unter Sophies Hand lag die Glasscherbe verborgen.

Jetzt!

Nicht länger zögern.

Tu es, dachte sie.

Sie umfasste sie, schoss hoch und rammte die Spitze mit aller Kraft der Hexe in den Hals.

Sie erschrak selbst über die Wucht, mit der die Scherbe eine tiefe Wunde schlug.

Blut spritzte ihr entgegen.

Die Hexe schrie auf.

Nun musste alles sehr schnell gehen.

Während sich die Gestalt vor ihr vor Schmerzen krümmte, keuchend, winselnd, zog ihr Sophie hastig den Schlüsselbund aus der Strickjacke.

Und mit einem Satz war sie an der Tür.

Sie musste auf Anhieb den richtigen Schlüssel finden. Ein jedes Mal, wenn die Hexe zu ihr gekommen war, hatte sie sich sein Aussehen genau eingeprägt, denn sie wusste, wenn es darauf ankam, würde sie nicht viel Zeit haben.

Dieser musste es sein. Aber er passte nicht. Um Himmels willen, der war verkehrt. Zittrig nahm sie den nächsten Schlüssel. Viele Zacken, runde Form. Ja, der ist es.

In ihrem Rücken hörte sie die Hexe greinen.

Sophie schob den Schlüssel ins Schloss.

Und er passte!

Voller Panik drehte sie ihn herum und zog ihn ab, drückte die Klinke herunter und stieß die Tür nach außen auf.

So stürzte sie hinaus.

Ihr war, als müsste sie jeden Moment weinen und gleichzeitig jubeln, denn sie hatte es geschafft.

Sie befand sich in einem Vorraum. Es war ihr tatsächlich geglückt zu fliehen.

Nun musste sie nur noch die Hexe einsperren.

Doch gerade als sie die Tür hinter sich zuschlagen wollte, blickte sie in ihre Fratze.

Sie war ihr bereits sehr nah.

Ihre Augen waren voller Zorn, die Pupillen verengt, und es war, als sprühten Blitze daraus hervor.

Und die unheimliche Gestalt hechtete auf sie zu.

Sophie sah die blutende Wunde am Hals. Und sie hörte den gellenden Schrei.

Die Hexe warf sich gegen die halbgeöffnete Tür, und Sophie wurde nach hinten geschleudert.

Sie spürte, wie ihr die Glasscherbe entglitt, und ging zu Boden. Der Schmerz nahm ihr den Atem.

Nun ist alles aus, durchfuhr es sie. Und schon war die Hexe über ihr.

Sophies Hand tastete nach der Scherbe.

Sie musste sich wehren, sie konnte doch nicht einfach alles über sich ergehen lassen.

Aber es war zu spät, sie hatte keine zweite Chance. Ihre Hand fand die Scherbe nicht.

## SIEBZEHN

Roman hatte beiläufig den Namen der Schule erwähnt, die Jule besuchte. Ein Blick ins Internet, und sie fand die Adresse. Am frühen Nachmittag baute sie sich gegenüber vom Eingang auf. Lange musste sie in der Kälte warten, bis sie Jule endlich in einem Pulk von Kindern entdeckte, die das Gebäude verließen.

Grit folgte ihr in einigem Abstand. Das Mädchen trug eine rosafarbene Schultasche mit Leuchtstreifen, so eine hatte sie damals auch besessen, nur nicht ganz so hübsch. Sie wollte nicht mehr an ihre Kindheit denken, nicht an all die freudlosen Tage, die Nächte voller Angst. Sie musste von nun an immer nach vorne schauen.

Jule bog erst in die Bergmann-, dann in die Friesenstraße ein. Das war nicht der Weg zur Wohnung ihres Vaters, offenbar bummelte sie noch eine Weile herum, bevor sie nach Hause ging.

Wäre es klug, sie einfach anzusprechen? Sie könnte sich bei ihr für den Vorfall von gestern entschuldigen, irgendeine Geschichte über eine Schneekugel erfinden und sie dabei ganz vorsichtig aushorchen. Doch sie entschied sich dagegen, Jule könnte sich von ihr bedrängt fühlen und sich noch weiter vor ihr verschließen.

Also lieber abwarten und sie aus der Ferne beobachten. Sie musste mehr über dieses Mädchen herausfinden und dabei äußerst behutsam vorgehen, um sie nicht zu verschrecken.

Sie kreuzten mehrere Straßen, dabei entfernten sie sich immer weiter von Jules Zuhause. Das Kind ging zielstrebig, das war kein Trödeln, wo wollte es bloß hin? Schließlich kamen sie in eine Gegend, die Grit nicht kannte.

Da lenkte Jule ihre Schritte auf einmal in eine Toreinfahrt. Grit beschleunigte und konnte gerade noch erkennen, wie das Mädchen im ersten Hinterhof hinter der Tür eines Treppenhauses verschwand. Sie zögerte nur kurz und folgte ihr, hörte, wie sie über ihr die Stufen hinaufging. Doch plötzlich waren alle Geräusche wie verschluckt.

Sie erreichte eines der oberen Stockwerke und blickte sich um.

Nur ihr Herzschlag war zu vernehmen.

Mit einem Mal aber drang hinter einer Wohnungstür gedämpfte Musik hervor. Es brauchte einen Moment, bis die Töne so weit in ihr Bewusstsein gesickert waren, dass sie die Melodie zuordnen konnte.

Ihr Innerstes sträubte sich dagegen, aber schließlich konnte sie es nicht mehr leugnen: Es waren Klänge, die sie aus ihren schlimmsten Alpträumen kannte.

Eine Tonfolge, die ihr den Schweiß aus den Poren trieb.

Ihr stockte der Atem, und ihr war, als drückte ein tonnenschweres Gewicht auf ihre Brust.

Kein Zweifel, sie kannte diese Musik, sie kannte sie nur allzu gut.

Es war das Spiel einer Harfe. Höhnisch sanft, bösartig monoton. So eindringlich, als sollte seine Zuhörerin hypnotisiert werden.

Schließlich löste sie sich aus ihrer Erstarrung.

Es stand kein Name am Klingelschild.

Und dann glaubte sie, undeutlich Jules Stimme aus der Wohnung zu hören.

Was um Himmels willen hatte das Mädchen hier zu suchen?

Grit drückte auf den Klingelknopf, doch niemand öffnete. Sie klopfte an, erst ein Mal, dann ein zweites Mal, und da verstummte die Musik.

Doch es näherten sich keine Schritte. So angestrengt sie auch lauschte, hinter der Tür war es nun totenstill.

Der Junge hatte die Nacht in einer ungemütlichen Zelle im Kommissariat verbringen müssen, anschließend hatten sie ihn noch bis zum frühen Nachmittag darin schmoren lassen. Sie spekulierten darauf, ihn auf diese Weise endlich zum Reden zu bringen. Erst nach Ablauf von vierundzwanzig Stunden mussten sie ihn dem Haftrichter vorführen, und wenn Klitzke nicht gerade darauf bestand, einen Anwalt zu dem Gespräch hinzuzuziehen, hatten sie gute Karten.

Trojan betrat gegen Mittag den Verhörraum und setzte sich dem Jungen gegenüber. Ein Blick in seine übermüdeten Augen genügte, um abzuschätzen, dass ihre Einschüchterungstaktik möglicherweise aufging.

»Na, Marco, gut geschlafen?«, fragte er sanft, ohne einen Hauch von Ironie.

Ein Zucken um die Mundwinkel.

»Bisschen hart, die Pritsche da unten, was?«

Keine Reaktion.

»Schlecht geträumt?«

»Sparen Sie sich die Kommentare«, blaffte Klitzke.

»Aber du willst dein Gewissen erleichtern?«

»Ich hab nichts verbrochen.«

»Warum der Drohbrief?«

»Weiß nicht, wovon Sie reden.«

»Du hattest eine Mordswut auf Streller, nicht wahr? Hat er dir die Freundin ausgespannt? Zoe?«

Der Name löste eine kaum merkliche Verspannung bei dem Jungen aus.

»Du liebst sie, hab ich recht? Kann ich verstehen. Sie sieht verdammt gut aus. Und sie hat Charakter. Aber Streller war ein Blender, auf den ist sie reingefallen. Zwanzig Jahre älter als sie. Sex mit einer Minderjährigen. Pervers, oder? Da bist du ausgeflippt.« Trojan lehnte sich vor und senkte die Stimme. »Zugegeben, Marco, das wäre ich auch an deiner Stelle.«

Ein prüfender Blick des Jungen. Der Anflug einer gequälten Grimasse.

»Im Ernst. So was lässt mich ausrasten«, murmelte Trojan und richtete sich wieder auf. »Hast du eigentlich schon was zu Mittag gegessen?«

Der Junge sah ihn erstaunt an.

»Man hat dir doch was gegeben in der Zelle, oder?«

»Wollen Sie mich verarschen?«

»Nein. Ich kann dir einen Döner holen gehen, wenn du willst. Knoblauch oder scharf? Mit Zwiebeln oder ohne?«

»Hab keinen Hunger.«

Trojan setzte eine Pause. »Lust auf 'ne Zigarette?«, fragte er dann.

Jetzt war der Junge vollends verwirrt.

»Eigentlich ist hier drin das Rauchen verboten, aber weißt du was? Scheiß was drauf.« Er warf ihm die Packung hin, die er eigens für diesen Zweck am Automaten gezogen hatte, und ließ das Feuerzeug aufschnappen.

Klitzke steckte sich eine an und inhalierte gierig.

Gleich hab ich ihn, dachte Trojan.

Wieder klopfte sie an.

Diesmal wurde ihr sofort geöffnet, so dass sie erschrocken zurückwich.

Eine alte Frau stand da im halbdunklen Flur, ihr Rücken war krumm, das weiße Haar hing ihr wirr ins Gesicht.

»Ja, bitte?«

»Entschuldigen Sie«, sagte Grit, »aber ich bin auf der Suche nach einem kleinen Mädchen. Sie muss gerade hier hereingegangen sein.«

»Hier ist niemand.« Die Alte machte Anstalten, die Tür zu schließen, doch Grit stellte einen Fuß in den Spalt.

»Aber ich hab sie eben noch hier gesehen!«

Die Alte schüttelte den Kopf. »Du musst dich irren, Kind. Ich bin ganz allein.«

Grit überlegte. Dann nahm sie all ihren Mut zusammen und fragte: »Diese Musik, waren Sie das? Spielen Sie auf der Harfe?«

Die Alte musterte sie. Ihre Augen waren winzig und trüb. Auf ihrer ledrigen Unterlippe glänzte Speichel. Sie roch schlecht, nach Krankheit und Tod.

»Ja, das war ich. Hat es dir gefallen, Kind?«

»Um ehrlich zu sein: nein.«

»Warum nicht?«

»Ich weiß nicht.«

»Magst du keine Musik?«

Sie schwieg.

»Bitte«, sagte sie schließlich, »seien Sie ehrlich zu mir. War hier wirklich kein kleines Mädchen?«

»Was denn für ein Mädchen?«

»Blond. Zehn Jahre alt. Sie heißt Jule.«

»Jule?«

»Ja.«

»Ich kenne keine Jule.«

Grit starrte sie an.

»Die Harfe ist ein schönes Instrument, nicht wahr?«, sagte die Alte. Und dann hob sie einen Finger, krümmte ihn und machte lockende Bewegungen in das Innere der Wohnung. »Komm mit, Kind. Ich will sie dir zeigen.«

»Was zeigen?«

»Die Harfe natürlich.«

Grit schluckte.

»Hast du Angst? Wovor hast du Angst, Kind?«

Kind. Sie war doch kein Kind mehr. Und doch fühlte sie sich hilflos und klein vor der Alten.

Und zögernd trat sie ein.

Die Greisin sperrte hinter ihr ab und wies den schmalen Flur entlang.

Grit ging langsam voraus, die schlurfenden Schritte in ihrem Rücken waren ihr unangenehm.

Rechter Hand tat sich ein Zimmer auf. Und da stand eine Harfe, majestätisch groß, der Rahmen mit goldfarbenen Ornamenten versehen.

»Geh nur rein!«

Stockend gehorchte sie. Die Alte schlurfte hinter ihr her. Dann nahm sie umständlich auf einem Schemel vor dem Instrument Platz.

Sie hob die Hände und spreizte die Finger. »Gicht«, sagte sie. »Früher war das anders. Früher waren meine Gelenke geschmeidig. Und nun?«

Sie stieß einen Seufzer aus, dann berührte sie die Saiten der Harfe und begann zu spielen. Grit war wie erstarrt. Ja, es war die Musik.

Die Melodie aus ihren Alpträumen.

Diese Klänge versetzten sie dermaßen in Panik, dass sie glaubte, jeden Moment in Ohnmacht fallen zu müssen.

Sie ertrug es einfach nicht. Nein, hämmerte eine Stimme in ihrem Kopf, nein, nein!

Atemlos stürzte sie auf die Alte zu.

»Hören Sie auf damit, bitte!«

Die Harfenistin hielt inne, und die Musik erstarb.

»Was hast du nur, Kind? Es ist doch so beruhigend.«

»Nein, ist es nicht!«

»Das Stück ist in Wirklichkeit noch viel schöner, musst du wissen, aber meine Hände«, wieder spreizte sie die Finger, »sie sind zu schwach. Früher spielte ich besser.«

»Früher«, murmelte Grit, und ihr Herz raste. »Wie lange wohnen Sie denn schon hier?«

»Ach, seit einer Ewigkeit. Die Jahre rinnen einfach so dahin.« Sie taxierte sie von oben bis unten. »Wie heißt du, Kind?«

Aber Grit antwortete nicht. Stattdessen starrte sie die Tapete an, die hatte ein verschlungenes Muster, das ihr Angst bereitete. Und da waren Holzborde, auf denen hockten unzählige ausgestopfte Tiere, Marder, Füchse, Raubvögel und ein Luchs.

Und dann trat sie näher und drückte lauschend das Ohr gegen die Wand, denn sie meinte, dahinter etwas gehört zu haben. Und wenn sie sich nicht täuschte, war da tatsächlich ganz schwach eine Stimme zu vernehmen, hell und zart, die Stimme eines Mädchens.

»Jule!«, rief sie aus.

»Aber ich sage doch, hier ist niemand.«

Die Alte erhob sich und kam auf sie zu. Grit fuhr zusammen, als ihr der fremde Atem auf die Wange blies. Eine gichtgekrümmte Hand legte sich auf ihre Schulter, wanderte höher, hin zu ihrem Nacken, und die kalten Finger umklammerten sie.

»Jule«, rief sie wieder.

»Beruhige dich, Kind.«

Die Alte packte fester zu.

»Nein!«, stammelte Grit.

Sie wollte sich aus dem Griff befreien, doch dann knickten ihr die Beine weg, und sie glitt langsam tiefer, und die Glasaugen der Tiere starrten auf sie herab.

»Es war in diesem Club«, sagte Marco und stieß den Rauch aus. »Wir sind eigentlich zusammen dahin gegangen, Zoe und ich. Und dann steht da dieser Typ an der Bar, teurer Anzug, protzige Uhr, selbstgefälliges Grinsen. Und viel zu alt für den Laden. Ich war ein bisschen abgelenkt, auf so einem komischen Trip. Hätte besser auf sie aufpassen sollen, aber ich war …«

»… ziemlich stoned.«

Er nickte.

»Was geschah dann?«

»Er hat sie angequatscht. Irgendwie hat er es geschafft, sie gleich um den Finger zu wickeln.«

»Wann war das?«

»Vor drei, vier Wochen ungefähr. Sie ist an dem Abend mit ihm abgehauen. Ich hab sie am nächsten Tag drauf angesprochen. Aber Zoe war … sie war …«

»Was?«

»… wie verhext von ihm.«

»Einfach so?«

»Nicht einfach so. Sein fettes Auto, diese riesige Wohnung, das ganze Geld. Hätte ich ihr nicht zugetraut, dass sie so ist. Aber das war es dann. Nur zwei Tage später hat sie mit mir Schluss gemacht.«

»Und der Brief?«

Marco nahm einen letzten Zug von der Zigarette und sah sich suchend nach einem Aschenbecher um. Trojan riss den Deckel des Päckchens ab und schob ihn ihm hin.

»Er ist also von dir.«

Der Junge drückte die Zigarette auf der Pappe aus.

Und dann brach es aus ihm heraus. »Hören Sie, ich … ich hab den Kerl gehasst, klar, ich hab mir sogar vorgestellt, wie ich dem die Eier abschneide, richtig genüsslich, hab mir das in allen Einzelheiten ausgemalt, ihn schreien und winseln gehört … aber so was würde ich in Wirklichkeit niemals tun. Scheiße, ich hab den nicht umgebracht.«

»Warst du in seiner Wohnung?«

»Nein.«

»Aber du hattest die Adresse.«

»Bin ihm mal gefolgt. Doch ich hab nur den Brief in den Kasten geworfen. Ehrlich.«

Trojan blickte ihn lange Zeit ernst an.

»Wo warst du Dienstagabend?«, fragte er schließlich leise.

»Letzten Dienstag?«

»Ja.«

»In unserer WG.«

»Du wohnst doch eigentlich noch bei deiner Mutter.«

»Bin schon so gut wie ausgezogen. Hab einen Schlüssel. Fuck You hat gesagt, ich kann jederzeit zu ihm kommen. Aber ausgerechnet an diesem Abend war niemand da. Nur der Hund war in der Wohnung. Mizzi.«

»Hast das Tier sehr gemocht, oder?«

»Hmm.

»War aber auch scheißgefährlich, die Töle.«

»Nur zu Fremden war Mizzi nicht nett, nur zu Fremden, ich schwöre, Mann.«

Trojan holte tief Luft. »Marco«, sagte er, »wie soll ich dir glauben, wenn niemand dein Alibi bestätigen kann?«

»Sie *müssen* mir glauben. Bitte.«

Er begann den Jungen zu mögen. So wütend und hoffnungslos, so verdammt verletzlich und bedürftig war er in dem Alter auch gewesen.

Und dann fragte er: »Was sagt dir der Name Georg Haubacher?«

»Haubacher? Nie gehört.«

Trojan stand auf und ging ein paar Schritte auf und ab.

»Sonntagabend, weißt du noch, was du Sonntagabend gemacht hast?«

»Da haben wir, glaube ich, alle zusammen abgehangen. Wo wir uns immer treffen, in der Pflügerstraße.«

Trojan blieb stehen. »Der Metallkäfig?«

»Ja.«

»Ganz sicher?«

»Sonntag, ja.«

»Wer kann das bestätigen?«

»Fuck You. Und noch ein paar andere Jungs.«

»Die vollständigen Namen und die Adressen, kannst du mir die liefern?«

»Klar.«

Trojan atmete tief durch. »Warum hast du mir nicht gleich gestern erzählt, dass der Drohbrief von dir ist?«

»Ich hatte Riesenschiss. Mann, ich hatte Angst, dass Sie mir diese ganze Mordgeschichte anhängen.«

»Woher wusstest du eigentlich, dass Streller tot ist?«

»Von Zoe. Sie hat mich angerufen, nachdem sie hier war.«

Trojan blickte ihn lange an. »Okay, ich werde jetzt einiges überprüfen. Du bleibst so lange hier.«

»Kann ich danach gehen?«, fragte Marco mit kaum hörbarer Stimme.

»Mal sehen.«

Als sie die Augen aufschlug, wusste sie nicht, wo sie war. Das Bett, in dem sie lag, war viel zu klein für sie, und es roch nach alter Frau. Die Vorhänge waren geschlossen.

Sie wollte sich aufrichten, doch eine runzlige Hand hielt sie zurück.

»Du hast geschlafen, Kind.«

Erschrocken starrte sie in das Gesicht der Greisin.

»Du musst sehr müde gewesen sein.«

Für einen Moment glaubte sie, ihre Mutter sitze bei ihr am Bett. Sie war wieder ein Kind, und sie hatte schlecht geträumt und sorgte sich, dass dieser Alpdruck nie vergehen würde.

Die Mutter schimpfte mit ihr und sagte, wenn sie sich nicht bald zusammenreißen würde, müsste sie sie wegschicken. Sie würde in ein Sanatorium gesperrt werden, weit weg von hier, dort müssten sich andere um sie kümmern, und die wären nicht so geduldig mit ihr.

Darüber musste Grit weinen. »Nein, Mutter«, rief sie, »gib mich nur nicht wieder fort!«

»Mutter?« Die Alte grinste. »Hältst du mich für deine Mutter? Ach, du liebes Kind. Wie alt bist du?«

Grit blickte in das eingefallene Gesicht der Greisin, die wohl ihr Gebiss herausgenommen hatte.

»Vierundzwanzig«, murmelte sie.

»So jung noch!«

»Mir ist nicht gut. Alles dreht sich. Was ist passiert?«

»Du bist ohnmächtig geworden.« Die Alte befühlte ihre Stirn. »Und als du wieder zu dir gekommen bist, hast du in einem fort geheult und geschrien, und da musste ich dir etwas zur Beruhigung verabreichen.« Sie beugte sich über sie, ihr Atem roch faulig, und Grit drehte sich der Magen um. »Es wirkt, nicht wahr?« Ihr Grinsen wurde breiter. »Das Mittel beruhigt dich.«

»Nein. Nicht. Ich muss hier weg. Bitte, lassen Sie mich gehen.«

»Schsch.« Die Alte drückte ihr einen Finger auf den Mund. »Sei still. Erst einmal musst du etwas essen.«

Und Grit sah den Teller auf dem Nachttisch stehen, die Hand der Alten griff nach dem Löffel, und etwas von der Suppe tropfte auf die Bettdecke, und wieder war ihr, als sei sie in einer Erinnerung gefangen, da die Mutter ihr Mehlsuppe eingeflößt hatte, diesen ekligen Fraß, während sie krank war, von Angstzuständen geplagt, ihr Nachthemd durchgeschwitzt, die Laken zerwühlt.

Die Alte hielt ihr den Kopf und stieß mit dem Löffel in ihren Mund. Grit würgte, spuckte.

»Du bist unartig!«, keifte die Alte. »Ungezogen! Ich will keinen Streit.«

Grit wollte sich wehren, doch sie war zu schwach. Die Alte drückte sie in das Kissen zurück, und ihr fettiges Haar streifte ihre Stirn.

»Bleib liegen, Kind. Rühr dich nicht. Du musst ausruhen, hörst du? Einfach ausruhen.«

Grits Beine waren schwer, unendlich schwer.

»Ich hab nicht oft Besuch«, wisperte die Alte. »Bleib bei mir, es wird uns beiden guttun.«

Grit dachte an Jule, aber schon schwanden ihr die Sinne.

## ACHTZEHN

*Hilf mir.*

Die Stimme drang leise an ihr Ohr.

*Bitte.*

So ängstlich, so schwach. Die Stimme eines Kindes.

Sie ging auf das Bett zu. Es war viel zu klein. Grit trat näher. Ein dürrer Arm schlüpfte unter der Decke hervor und streckte sich ihr entgegen. Die Haut war voller blutiger Striemen.

*Armes Ding*, murmelte Grit. *Armes kleines Ding*.

Sie beugte sich zu dem Mädchen herab, um es aufzunehmen und in die Arme zu schließen.

Doch die Decke glitt zurück, und sie erschrak. Entsetzt fuhr sie zurück.

Es war gar kein menschliches Wesen, das vor ihr lag, sondern eine Puppe, die obszöne Nachbildung einer nackten Frau. Der Mund war weit geöffnet, die Lippen wölbten sich unnatürlich, die Brüste stachen steil hervor, mit überdimensionalen Nippeln, grell rot, und zwischen ihren Beinen befand sich ein vulgär aufklaffender Schlitz. Es war eine abscheuliche Sexpuppe aus Gummi.

Grit hörte sich selber schreien, und dann blickte sie zu den Wänden hin, und da waren die Tierköpfe, ihre aufgesperrten Mäuler und Glasaugen, die funkelten sie an.

Sie rief nach Jule.

Und dann schreckte sie hoch.

Sie rang nach Luft. In dem Zimmer war es stockdunkel. Sie setzte sich auf und hielt sich die Stirn.

Nachdem sie ihre Übelkeit niedergerungen hatte, erhob sie sich und öffnete die Tür.

Grit tappte in den Flur. Auch hier war alles finster. Sie irrte umher, stieß gegen Möbelstücke und verlor immer mehr die Orientierung. Endlich fand sie einen Lichtschalter. Sie betätigte ihn, und über ihr sprang summend und flackernd eine Neonröhre an.

Sie entdeckte eine Tür und erinnerte sich vage, hier mit der Alten hereingekommen zu sein. Doch sie war abgeschlossen. Grit suchte verzweifelt nach einem Schlüssel, als sie sich mit einem Mal in einer Küche wiederfand. Auf dem Tisch lag ein gerupftes, ausgenommenes Huhn, in einer Schüssel befanden sich Kopf und Innereien. Der Anblick ekelte sie.

Allmählich wurde sie panisch. Wo steckte die Alte nur? Offenbar hatte sie sie in ihrer Wohnung eingesperrt.

Versuchshalber öffnete sie das Fenster und spähte hinaus. Kalte Nachtluft schlug ihr entgegen. Sie war im dritten Stockwerk, eine Flucht unmöglich.

Sie rief um Hilfe. Doch nirgendwo im Hof flammte ein Licht auf. Sie versuchte es noch einmal. Nichts. Vermutlich wohnte in dem Gebäude außer der Alten sonst niemand, es schien sich eher um ein gewerbliches Gelände zu handeln.

Da fiel ihr auf, dass sie ihr Handy nicht mehr bei sich hatte, und auch ihre Jacke war verschwunden. Was hatte diese furchtbare Person nur mit ihr angestellt?

Verdammt, sie musste endlich hier raus.

Wieder beugte sie sich aus dem Fenster. Da war ein Mauervorsprung etwa eineinhalb Meter unterhalb von ihr, der erstreckte sich über die gesamte Fassade. Und ganz am Ende ragte eine Feuerleiter auf. Ob sie es bis dahin schaffen würde?

Sie musste es versuchen.

Und so schwang sie sich vorsichtig mit dem Rücken zum Abgrund hinaus.

Ihre Füße ertasteten den Sims, und sie drückte sich eng an die Mauer. Nur nicht nach unten schauen. Seitwärts gehen, Schritt für Schritt. Langsam. Durchatmen. Und noch einen Schritt.

Kälte und Angst haschten nach ihr. Ein Zittern durchlief ihren Körper.

Ganz ruhig. Noch einen Seitwärtsschritt. Und noch einen. Sie hatte etwa drei Meter an der Fassade zurückgelegt, als sie anhielt, um den restlichen Weg bis zur Feuerleiter abzuschätzen. Dabei fiel ihr Blick hinab in die Tiefe.

Der Schwindel traf sie wie ein Schlag.

Ihre Finger krallten sich an dem Mauerwerk fest.

Für einige Sekunden schloss sie die Augen und verschnaufte, aber es half ja nichts, sie musste weiter.

Sie erreichte ein verschlossenes Fenster, hinter dem alles dunkel war. Dann noch eines.

Sie hatte die Feuerleiter schon beinahe erreicht, als sie hinter einem dritten Fenster einen schwachen Lichtschein ausmachte.

Grit spähte hinein.

Da war jemand.

Eine Gestalt hockte in einem Sessel. Auf einmal stand sie auf und bewegte sich durch den Raum.

Sollte sie sich bemerkbar machen?

Nein, lieber nicht. Ein diffuser Instinkt riet ihr davon ab.

Denn da war ein Detail, das sie irritierte. Noch während sie darüber nachdachte, glitten ihre Hände über das Fensterblech. Plötzlich gab es an einer Stelle nach. Das knarrende Geräusch zerriss die Stille im Hof.

In diesem Moment wurde sie entdeckt. Die Gestalt hielt mitten in der Bewegung inne, und sie starrten sich an.

Die Kraft wich aus ihren Gliedern.

Das Schwindelgefühl war zurück. Doch diesmal lag es nicht an dem Abgrund, der sich hinter ihr auftat, sondern an dem, was sie vor sich sah.

Die Gestalt trug eine abgewetzte rote Strickjacke. Grit kannte diese Jacke verteufelt gut. Sie hatte silberne Knöpfe, die unablässig in ihren schlimmsten Alpträumen aufgeblitzt waren.

Sie stierte in die Fratze der Gestalt, und ihr Herz krampfte sich zusammen.

Die Panik schnürte ihre Kehle ein.

Schließlich konnte sie sich von dem Anblick losreißen und arbeitete sich hektisch weiter auf dem Sims vor. Bis zur rettenden Feuerleiter waren es noch etwa fünf Meter, doch sie hatte nicht mehr viel Zeit. Schneller, dachte sie.

Noch vier Meter. Weiter.

Da hörte sie, wie hinter ihr das Fenster geöffnet wurde.

Nicht hinschauen, durchfuhr es sie.

Sie vernahm ein kratzendes Geräusch, wie von langen Fingernägeln auf dem Fensterblech.

Entgegen ihrer Absicht wandte sie sich noch einmal um und sah, wie die Gestalt sich weit zu ihr herauslehnte.

Grit keuchte.

Schon schwang sich neben ihr ein Bein aus dem Fenster.

»Nicht!«

Doch da spürte sie bereits den Lufthauch, und ein Arm haschte nach ihr.

Grit hörte sich schreien.

»Nein!«

Sie machte eine unkontrollierte Bewegung.

Ihre Hände rutschten ab. Sie versuchte, das Gleichgewicht zu halten, ruderte mit den Armen herum.

Da verloren ihre Füße den Halt.

Und sie stürzte in die Tiefe.

# DRITTER TEIL

## NEUNZEHN

Als Hermann Schnitz nach seiner Uhr tastete, ahnte er bereits, dass die Nacht längst nicht vorüber war. Seit dem Krebstod seiner Frau wachte er regelmäßig viel zu früh auf, starrte in die Dunkelheit hinein, schob den Arm unter die verwaiste Bettdecke neben sich und hoffte, noch einmal in den Schlaf abtauchen zu können, um sich selbst zu vergessen oder vielleicht sogar von dem Lächeln zu träumen, mit dem Zelda ihn beinahe sein ganzes Leben lang beglückt hatte. Doch zumeist gelang es ihm nicht.

Das leuchtende Ziffernblatt zeigte 4 Uhr 23 an. Er seufzte.

Lord kam ins Zimmer, seine Pfoten tappten über den Dielenboden. Als der Golden Retriever ihn anstupste und ihm die Hand leckte, atmete Hermann Schnitz dankbar auf. Wenn der Hund nicht wäre, hätte er schon längst aufgegeben.

Er sagte leise seinen Namen und hörte, wie Lord sich vor dem Bett zusammenrollte. Schnitz döste eine Weile vor sich hin, aber die Gedanken kreisten trostlos, und um der Schwermut vorzubeugen, knipste er das Licht an. Sofort hob das Tier den Kopf und blickte erfreut zu ihm hin.

Schnitz stand auf, ächzte über den arthritischen Schmerz in seiner Hüfte, schlüpfte in einen Wollpullover und ging in die Küche, um Kaffee zu kochen.

Nach etwa einer Stunde waren sämtliche Morgenverrichtungen erledigt, und es war noch immer finster draußen. Gemeinsam mit dem Hund wartete er die Dämmerung ab, bis er sich schließlich den Mantel überzog, die Fellmütze aufsetzte und die Leine vom Haken nahm. Lord bellte.

»Die große Runde?«, fragte Schnitz, und der Hund kratzte begeistert an der Tür.

Draußen schlug ihm der frostige Wind entgegen. Lord eilte voran, und nach einiger Zeit hatten sie den Wald erreicht.

Von einem Baumstumpf nahm der alte Mann etwas hartgefrorenen Schnee auf und ballte ihn zusammen. Lord rannte kläffend auf ihn zu, er warf die Kugel, der Hund preschte los und schnappte noch in der Luft nach ihr. Der Schnee stob auseinander, und Lord schüttelte sich.

Sie gingen weiter. Plötzlich jagte der Hund durchs Unterholz davon.

Zunächst dachte Schnitz an ein aufgestöbertes Kaninchen. Er rief nach dem Hund, aber vergeblich. Nach einigen Metern hielt er an und pfiff durch die Zähne, doch Lord kam nicht.

Also ging er ein Stück zurück.

»Lord! Hierher!« Nur der Hall antwortete ihm.

Er versuchte es weiter, nichts geschah. Nach einigem Zögern verließ er den Waldweg, und seine Füße versanken im Schnee. Mühsam arbeitete er sich durch das Dickicht vor, Zweige schlugen ihm ins Gesicht.

»Komm!«, rief er.

Er blieb stehen, lauschte.

Nichts.

Das war nicht Lords Art, einfach wegzurennen. Irgendetwas stimmte da nicht.

Er stapfte weiter, die Nässe drang durchs Leder seiner Stiefel, er fröstelte. Wieder rief er nach dem Hund, und mit einem Mal meinte er, entferntes Gebell zu vernehmen.

Er beschleunigte seine Schritte, stieß keuchend Atemwolken in die eisige Luft. Er stolperte, rappelte sich auf, ignorierte den Schmerz in seinen Gliedern und hastete weiter.

»Lord!«

Mein Gott, er hing doch an dem Hund.

»Wo bist du?«

Erneut das ferne Bellen. Vorsicht, durchfuhr es ihn, die Gegend hier war sumpfig, er könnte im Eis einbrechen.

Eine Lichtung tat sich vor ihm auf. Und dort im Schnee entdeckte er frische Spuren, die Tatzen eines Hundes. Er folgte ihnen, tauchte wieder im Dickicht ab, und endlich sah er ihn, weiter hinten, vor einer Baumgruppe.

Er blinzelte. Was war da nur? Er musste innehalten, um zu Atem zu kommen. Das Tier winselte leise.

Und dann hatte er sich bis auf etwa zwei Meter genähert.

»Lord!«

Doch der Hund wandte den Blick nicht von der Stelle, wo er gescharrt hatte. Schnee, Erde und gefrorenes Laub waren zu einem Haufen aufgeworfen.

Hermann Schnitz trat näher heran, und dann stieß er einen seltsamen Laut aus, vor dem er selbst erschrak, atemlos, gepresst, wie ein unterdrücktes Schluchzen.

Aus dem Schneehaufen ragte ein nackter Arm hervor. Und eine Hand.

Sie war so klein wie die eines Kindes.

Jule rührte in ihren Cornflakes. Sie sah blass aus, ihre Augen waren umschattet.

Roman berührte sie am Arm. »Was ist los mit dir?«

»Nichts.«

»Irgendwas beschäftigt dich doch.«

Sie nahm das Honigglas, schraubte den Deckel auf. Als

sie den Finger eintunkte und ihn ableckte, warf er ihr einen strengen Blick zu. Sie bemerkte es und murmelte eine Entschuldigung. Nahm den Löffel, an dem noch Reste der Milch waren, und tauchte ihn in den Honig ein. Als sie ihn zurück zu ihrem Teller mit den Cornflakes führte, hinterließ sie eine Kleckerspur auf dem Tisch.

»Iss gefälligst manierlich.«

»Ich bin müde.«

»Spät eingeschlafen?«

»Hmm.«

»Du kannst ja noch mal ins Bett gehen.«

Es war Samstag, der typische Familientag, das deprimierte ihn. Er sehnte sich nach seinen Stiften, dem Zeichentisch, seinen Comicstrips. Aber es wäre besser, wenn sie gemeinsam etwas unternehmen würden, zumal sich Anne seit einer geschätzten Ewigkeit nicht mehr bei ihnen gemeldet hatte. Er hatte das Gefühl, Jule deswegen trösten zu müssen.

Und dann beäugte sie ihn plötzlich so argwöhnisch, dass es ihn innerlich zusammenfahren ließ.

»Warum hat sie mein Zimmer durchsucht?«, fragte sie.

Grit. Also doch. Er hatte das Thema vermeiden wollen.

»Ich weiß nicht.«

»Sie war an meinen Sachen. Das ist nicht gut.«

»Du hast ja recht.« Er rieb sich über die Augen. Auch er hatte in der Nacht kaum Schlaf gefunden.

»Triffst du sie wieder?«

»Ich kann sie nicht erreichen. Irgendwas stimmt mit ihrem Handy nicht. Vielleicht ist es kaputt, oder sie schaltet es nicht mehr ein.«

Er musterte sie. Sie trug das ausgewaschene blaue T-Shirt, das er an ihr mochte, dazu die helle Pyjamahose, ihre nackten Füße steckten in den Tiger-Pantoffeln, orangefarbenes

Kunstfell, schwarze Streifen, imitierte Schnauze und große Comic-Augen, sie hatte sie um die Stuhlbeine geklemmt.

»Sie will dich nicht wiedersehen«, sagte Jule ernst. »Wenn sie nicht an ihr Handy geht, ist das ein Zeichen.«

Kluges Kind.

»Hast *du* sie noch mal gesehen?«, fragte er.

»Ich? Wieso?«

»Kann ja sein, dass ihr euch irgendwo begegnet seid.«

»Warum sollten wir? Nein.«

Er trank von seinem Kaffee.

»Und wie war es in der Schule gestern?«

Sie schnitt eine Grimasse. »Willst du etwa über die Schule reden? Es ist Wochenende!«

»Du gehst doch danach immer gleich nach Hause, oder?«

»Klar.«

»So wie wir das verabredet haben.«

»Sicher.«

»Gut.« Er nahm noch einen Schluck und verzog das Gesicht. Der Kaffee schmeckte bitter und säuerlich. Er ahnte, dass ihm dieser Tag entgleiten würde.

»Was hast du da am Hals?«, fragte sie.

Wie ertappt nestelte er am Rollkragen seines Pullovers, da war wohl noch eine Ecke vom Pflaster zu sehen.

»Hab mich geschnitten«, murmelte er, »beim Rasieren.«

Er fuhr mit dem Finger über die Stelle. Als er ihren argwöhnischen Blick bemerkte, schob er den Kragen höher.

Wieder panschte sie in den Cornflakes, ohne zu essen. »Ich hab eine neue Freundin. Sie heißt Sophie. Aber sie kommt nicht mehr zum Spielplatz.«

»Vielleicht ist sie krank.«

»Ich glaub, mit ihr ist was passiert.«

»Was sollte denn passiert sein?«

Mit einem Mal dämpfte sie ihre Stimme zu einem unheimlichen Flüstern. »Irgendetwas ganz Schlimmes.«

Es trieb ihm einen Schauer über den Rücken. »Wie kommst du nur darauf?«

Und wieder dieses Flüstern: »In meinem Traum hat sie geblutet, überall. Das Blut lief in Strömen, und sie hat nach mir geschrien.«

»Das ist doch Unsinn.«

»Ist es nicht.«

»Du hast eine blühende Phantasie.«

Sie ließ den Löffel fallen, die Milch spritzte über den Tellerrand.

»Alles voller Blut! Und du glaubst mir nicht!«

»Jule, beruhige dich.«

Er strich ihr über das Haar, dieses blonde Engelshaar. Sie wich vor ihm zurück.

Immerzu diese Alpträume. Jemand könnte noch auf die Idee kommen, sie benötige psychologische Hilfe. Rasch verwarf er den Gedanken.

Sie schwiegen lange. Der Kühlschrank brummte. Nach einer Weile schaltete sich der Kompressor mit einem Rütteln aus, und irgendwo im Innern klirrten leise die Flaschen aneinander.

Er ertrug die nachfolgende Stille nicht. Warum aß sie denn nichts von ihren Cornflakes? Das Kind war entschieden zu dünn.

Schließlich sagte er: »Ich werde Grit nicht mehr wiedersehen. Es ist vorbei.«

»Ja?« Ihre Stimme war wieder die alte.

Er nickte.

Ihre Zungenspitze blitzte zwischen den Lippen auf. »Versprochen?«

»Versprochen.«

Ihre Miene erhellte sich. Zögernd stand sie auf und gab ihm einen Kuss auf die Wange.

Er drückte sie an sich und schloss die Augen.

»Du kommst wieder mit Mami zusammen«, sagte sie, »bestimmt.«

Sie löste sich von ihm. Er sah ihr hinterher, als sie die Küche verließ.

Erst nachdem die Tür zu ihrem Zimmer zugeklappt war, griff er nach dem Handy vor sich auf dem Tisch. Unweigerlich drückte er die Kurzwahltaste, er musste das Gerät nicht einmal ans Ohr halten, um kurz darauf Grits Stimme auf der Mailbox zu vernehmen.

Sie war unerreichbar, wie tot.

Verstorbene antworten nicht, dachte er bitter.

Er drückte die rote Taste, und dann glitt sein Zeigefinger wieder unter den Rollkragen, um die Schnittwunde zu befühlen.

## ZWANZIG

Sie rasten über den Berliner Ring und nahmen den nächsten Abzweig. Trojan drosselte das Tempo und fuhr auf der Bundesstraße weiter. Hinter Oranienburg passierten sie mehrere kleine Dörfer. Der Himmel hing tief, die Temperaturen waren am Vormittag leicht angestiegen und lagen nun um den Gefrierpunkt, im Radio hatten sie weitere Schneefälle vorhergesagt. Trojan überholte ein Räumfahrzeug und schaltete das Intervall der Scheibenwischer höher.

Landsberg, der neben ihm saß, war offenbar nicht bester Laune.

»Was dagegen, wenn ich rauche?«, fragte er.

Statt einer Antwort verzog Trojan bloß das Gesicht. Der Chef wusste, dass es ihm im Auto eigentlich nicht recht war.

Landsberg steckte sich dennoch eine Kippe in den Mund, zündete sie aber nicht an. »Ich sag dir was, in weniger als zwei Stunden sind wir wieder zurück.«

»Wir können ja auch gleich umkehren.«

»Nein, nein, wir schauen uns die Sache mal kurz an, damit der Kerl endlich Ruhe gibt.«

Mit dem Kerl war Reiner Wetzlar gemeint, Kriminalhauptkommissar in der Mark Brandenburg, es schien sich um einen besonders eifrigen Beamten zu handeln. Jedenfalls war es ihm gelungen, Landsberg von der Notwendigkeit zu überzeugen, an einen Leichenfundort in der Nähe von Herzberg zu kommen, auch wenn der eigentlich außerhalb ihres Zuständigkeitsbereichs lag.

Hilmar hielt die Zigarette zwischen Daumen und Zeigefinger, als hätte er sie tatsächlich angesteckt, und gestikulierte wild. »Als wenn wir mit den Ofenmorden nicht schon genug zu tun hätten.« Er stieß mehrere Flüche hintereinander aus.

»Dann rauch doch einfach, Chef.«

»Wirklich?«

Trojan nickte. Er kannte Landsberg mittlerweile so gut, dass er selbst die Ursachen seiner Wutausbrüche einordnen konnte. Dieser hier hatte nichts mit der üblichen Überbelastung zu tun, sondern damit, dass sie in ihren Ermittlungen einfach nicht vorankamen. Sie stocherten buchstäblich im Schneetreiben herum, und möglicherweise war auch dieser Ausflug ins Umland für die Katz.

Sie erreichten einen Ort namens Löwenberg. Geduckte Klinkerhäuschen säumten die Straße. Das Navigationsgerät zeigte die B 167 an. Hier mussten sie abbiegen.

Landsberg inhalierte inzwischen gierig das Nikotin. Als er Trojans Seitenblick bemerkte, murmelte er eine Entschuldigung und ließ das Seitenfenster einen Spaltbreit hinunter. Im Gegenzug drehte Trojan die Heizung höher.

Hinter Herzberg führte eine schmale Straße in den Wald, die bald nur noch ein Schotterweg war.

Nach etwa einem Kilometer erkannten sie die Einsatzwagen der örtlichen Polizei. Landsberg zerdrückte die zweite Kippe im Aschenbecher, und Trojan hielt an.

Sie verließen den Wagen, begrüßten einen der Schutzpolizisten, nannten ihre Namen und ließen sich von ihm den Weg durch das Unterholz zeigen. Er wies sie über einen abgesteckten Pfad, vorbei an Markierungen der Kriminaltechnik, und sie setzten ihre Schritte mit Bedacht, um keine Spuren zu vernichten.

Es war merkwürdig still in dem Waldstück. Nur manchmal löste sich etwas Schnee von den Zweigen und fiel mit einem sachten Rascheln zu Boden. Wo die Bäume weniger dicht standen, stoben einzelne Flocken durch die Luft.

Und da hinten war es. Zum Schutz vor der Witterung hatte man ein Arbeitszelt aufgebaut.

Ein kleiner untersetzter Mann mit einem altmodischen Schnauzer trat aus dem Pulk der Beamten auf sie zu und stellte sich ihnen als Reiner Wetzlar vor.

»Danke, dass Sie so schnell kommen konnten.«

Nach einem kurzen Händeschütteln folgten sie ihm.

»Der Neuschnee hat viele Spuren unter sich begraben«, sagte er, »das erleichtert unsere Arbeit nicht gerade, aber wir tun unser Bestes.«

»Ist klar«, erwiderte Landsberg ungehalten. »Aber bitte fassen Sie sich kurz, wir stehen unter enormem Zeitdruck.«

Wetzlar nickte eilfertig. »Verstehe.«

Trojan schämte sich ein wenig für das barsche Auftreten seines Chefs.

Gemeinsam gingen sie unter die Plane.

Dem Beamten aus Brandenburg versagte für einen Moment die Stimme, der Schock über die Entdeckung war ihm noch anzumerken, sicherlich hatte er in der Gegend nicht allzu oft mit Verbrechen dieser Art zu tun.

Gleich darauf hatte er sich wieder im Griff: »Ein Spaziergänger fand das Mädchen heute am frühen Morgen. Sein Hund hat die Leiche aufgestöbert.«

Trojan begann trotz der Kälte zu schwitzen. Er musste gewappnet sein. Um den Anblick eines ermordeten Kindes zu ertragen, brauchte es eine besondere Form der Distanz.

Und doch schlugen sofort Bilder von Emily auf ihn ein. Seine Tochter als kleines Kind, ihr helles Lachen. Ihre Tränen, wenn sie sich wehgetan hatte. Tröstende Umarmungen. Und wieder ihr Lächeln. Ihr entspanntes Gesicht, wenn sie friedlich eingeschlafen war, nachdem er ihr eine Geschichte zur Nacht vorgelesen hatte.

Um Himmels willen, er durfte diese Bilder nicht zulassen, nicht in diesem Augenblick. Er spannte sämtliche Muskeln an, ließ wieder los, atmete durch und richtete den Blick auf die Tote.

Das Mädchen lag wie schlummernd da, die Augenlider bläulich und geschlossen, die Haut so weiß. Sie war unbekleidet. Mein Gott, sie friert doch in dem Schnee, durchfuhr es Trojan, bis ihm das Irrationale seines Gedankens bewusst wurde.

»Wir wissen leider noch nicht, wer die Kleine ist«, murmelte Wetzlar. »Nach unserer ersten Einschätzung liegt der Todeszeitpunkt nicht viel mehr als achtundvierzig Stunden zurück. Und wir vermuten, dass sie nicht hier im Wald umgebracht wurde.«

Landsberg räusperte sich. »Und wegen der vermutlichen Todesurache haben Sie uns also herbestellt, ja?«

Trojan registrierte, dass sein Chef eine gewisse weltstädtische Arroganz zu verbergen nicht gewillt war. Doch er ahnte durchaus, wie sehr auch ihm der Anblick des ermordeten Kindes an die Nieren ging. Seine Art, mit dem Schrecken umzugehen, dachte er.

Wetzlar nickte. »Wir sind natürlich darüber informiert, womit sich die geschätzten Kollegen gerade beschäftigen.« Bedeutungsschwer hob er die Augenbrauen. »Die Ofenmorde.«

Er sprach es mit einem Hauch von Bewunderung aus. Vielleicht hat er sich vergeblich darum bemüht, nach Berlin versetzt zu werden, dachte Trojan.

»Schon gut«, entgegnete Landsberg unwirsch, »kommen wir endlich zu dem entscheidenden Detail, von dem Sie mir so lange am Telefon erzählt haben.«

Und Wetzlar nickte zu einem jungen Mann in einer grauen Pelerine hin. »Das ist Dr. Frohnheim, er ist bei uns zuständig für die rechtsmedizinischen Untersuchungen.«

Frohnheim ging neben der Leiche in die Hocke und leuchtete mit seiner Maglite in den halbgeöffneten Mund des Mädchens. »Schauen Sie.«

Trojan und Landsberg beugten sich zu ihm hinunter.

Die mit Latex umhüllten Finger des Rechtsmediziners öffneten umständlich den Unterkiefer des Mädchens.

»Seien Sie vorsichtig, Mann!«, schnauzte Landsberg. Und dann schien etwas in ihm zu brechen. »Verdammt, wie alt war die Kleine denn! Wer macht denn nur so eine Scheiße!« Er wischte sich energisch mit der Hand über den Mund, als könnte er so seine Gefühlsregung unterbinden. »Gibt es Anzeichen sexuellen Missbrauchs?«

»Das kann ich zum jetzigen Zeitpunkt noch nicht abschätzen«, antwortete Frohnheim sachlich.

Und seine Maglite erhellte gnadenlos den Rachen des Kindes.

Trojan stieß die Luft aus. Er hatte das weiße Knäuel darin bereits erkannt. Sein Chef richtete sich kurz nach ihm auf und warf ihm einen verstörten Blick zu.

Es entstand eine Pause.

Schließlich sagte Landsberg, der wieder gefasster schien, zu den Umstehenden: »Wenn Sie uns bitte für einen Moment entschuldigen würden.« Er berührte Trojan am Arm, und sie verließen das Arbeitszelt.

Der Chef machte sich kaum die Mühe, die Stimme zu senken, und seine schlechte Laune hatte wohl wieder die Oberhand gewonnen. »Ein zusammengeballtes Stofftaschentuch in ihrer Kehle, also schön. Selbst wenn sie damit erstickt wurde, was soll das verdammt noch mal mit unseren beiden Fällen zu tun haben? Zwei erwachsene Männer werden in ihren Wohnungen ermordet, ihre halbverbrannten Köpfe stecken in Backöfen fest. Wo ist da bitte der Zusammenhang? Nur dieses Taschentuch?«

Trojan schwieg.

»Zugegeben, es ist eine ungewöhnliche Mordmethode, aber reicht das als Anhaltspunkt aus, um uns hierherzubeordern?«

Trojan sagte noch immer nichts.

»Ich will diesen Fall nicht«, raunte Landsberg, »entweder ist dieser Wetzlar stinkfaul und hat vor, die Arbeit auf uns abzuwälzen, oder er will sich bloß vor uns wichtigmachen. *Die geschätzten Kollegen*, ich kann den Kerl nicht ausstehen. Also los, sehen wir zu, dass wir hier wegkommen.«

In Trojans Gehirn arbeitete es wie verrückt.

»Hörst du mir überhaupt zu, Nils?«

Endlich blickte er auf. »Ja, Chef, aber …«

»Was?«

»Mal ganz langsam«, murmelte er, »auch wenn uns das bei unseren eigenen Ermittlungen im Moment nicht unbedingt weiterbringt …«

Er brach ab und überlegte weiter. Natürlich könnte er sich irren, aber sein Gedächtnis ließ ihn selten im Stich.

Und so sagte er leise: »Ich fürchte, ich weiß, wer das Mädchen ist.«

## EINUNDZWANZIG

Am Abend suchte er die Adresse aus den Akten heraus und fuhr zu ihr, obwohl er sich nicht sicher war, ob sie ihn überhaupt einlassen würde. Vielleicht war sie auch gar nicht zu Hause, möglich, dass sie bei jemandem, der ihr nahestand, Unterschlupf gefunden hatte. Doch Magda Kranowitz öffnete ihm prompt die Tür, und er war überrascht, wie gefasst sie wirkte.

Erschreckend gefasst, dabei hatte sie doch gerade erst die Leiche ihres Kindes identifizieren müssen.

Das muss der Schock sein, dachte er. Sie funktioniert wie ein Roboter, das Gehirn hat auf Automatismen umgeschaltet, aber im Laufe der Zeit würde sich der Abgrund vor ihr auftun und der Zusammenbruch erfolgen, nur dafür umso heftiger. Er kannte das Phänomen, nicht wenige Angehörige von Mordopfern reagierten mit dieser gespenstischen Verzögerung.

»Mein Name ist Nils Trojan«, sagte er, »erinnern Sie sich noch an mich?«

Sie nickte. »Sie haben mir auf dem Revier Ihre Karte gegeben.«

Er suchte nach Worten. »Es ist unfassbar. Mein herzliches Beileid. Ich weiß, das muss für Sie wie eine Floskel klingen, aber es tut mir unendlich leid.«

»Kommen Sie herein.«

Es war eine kleine Neubauwohnung, niedrige Decken, schmale Fenster, aber mit viel Sinn für schöne Details eingerichtet. Magda Kranowitz wies ihn zum Sofa, und sie setzten sich.

»Ich musste bereits Ihren Kollegen etliche Fragen beantworten.«

»Ich weiß«, sagte er. »Ich bin auch nicht wirklich mit den Ermittlungen beauftragt. Mein Team ist leider …« Er rieb sich die Schläfen. »Wir sind derzeit überlastet, ich hätte den Fall gerne übernommen, aber mein Vorgesetzter …« Er atmete aus. »Er war anderer Meinung.«

Sie blickte ihn ruhig, beinahe unbeteiligt an. Es war, als hätte die Trauer eine Glasglocke über sie gestülpt.

»Sind es die Ofenmorde?«, fragte sie.

Er nickte.

»Die Zeitungen sind voll davon.«

»Ja.« Leider, dachte er. Es wurde allerhand Unsinn darüber geschrieben und wüst spekuliert.

»Warum sind Sie dann hier?«

»Ich fühle mich verpflichtet. Sie haben mir doch das Foto von Sophie gezeigt. Und ich …« Er brach ab.

»Haben Sie sie gesehen?«

Er kniff kurz die Augen zusammen. Die Bilder stürmten auf ihn ein. Der Schnee, ihre weiße Haut.

»Ja«, sagte er.

»Meine kleine Sophie.« Sie weinte nicht, saß einfach da, wie versteinert.

Endlich fragte er: »Wer kümmert sich im Moment um Sie? Sind Sie hier ganz allein?«

Sie nickte kaum merklich. »Ich wollte es so. Hab niemanden angerufen. Nur meine beste Freundin war bei mir, aber ich hab sie wieder weggeschickt. Ich kann das gerade nicht.«

»Verstehe.« Er überlegte kurz. »Was ist mit dem Vater des Kindes?«

Ihre Wangen wurden noch fahler. »Wir haben keinen Kontakt mehr. Seit Jahren nicht.«

»Wurde er informiert?«

»Natürlich.«

»Lebt er in Berlin?«

Sie schüttelte den Kopf. »In Mannheim. Ich werde ihn dann wohl zur Beerdigung wiedersehen«, sagte sie hart.

»Frau Kranowitz, ich möchte Sie nicht unnötig belästigen. Es war mir nur ein Bedürfnis …«

Sie fiel ihm ins Wort. »Finden Sie ihn! Finden Sie Sophies Mörder.«

Sein Nacken krampfte sich zusammen.

»Ich möchte ihn sehen«, sagte sie tonlos. »Ich möchte vor ihm stehen. Und ihn dann zwingen, mir in die Augen zu schauen. Er hat sich an ihr vergangen, sie war zehn Jahre alt. Mein Gott, sie war ein unschuldiges Kind.«

Trojan wusste, dass die Obduktion noch nicht abgeschlossen war, doch im vorläufigen Bericht war von Verletzungen im Genitalbereich die Rede.

»Fassen Sie ihn!«

Sein Mund war trocken. In der Brust verspürte er wieder dieses Stechen.

»Was wollen Sie überhaupt von mir!«, stieß sie plötzlich hervor.

Er schwieg. Sie blickte ihn an.

»Gibt es wenigstens einen Hinweis?«, fragte sie nach einer quälend langen Pause.

»Nein. Es tut mir leid.«

»Ich brauche Ihr Mitleid nicht.«

Er konnte sich nicht rühren.

»Aber Sie haben eine Ahnung? Sagen Sie schon. Nur weil ich Ihnen im Kommissariat begegnet bin, sind Sie nicht hier.«

Ich darf ihr keine falschen Hoffnungen machen, dachte er. Eigentlich hätte er nicht zu ihr kommen dürfen.

Und schließlich sagte er: »Es ist mehr eine Irritation. Oder nennen wir es einen Instinkt.«

Er wollte ihr von dem zusammengeballten Stofftaschentuch im Rachen des Kindes nichts erzählen, denn er wusste nicht, was die Kollegen von der nun zuständigen Mordkommission bereits an Informationen an sie weitergegeben hatten – wegen des Wohnsitzes der kleinen Sophie und der Tatsache, dass sie offenbar auch hier gekidnappt worden war, hatten zwar die Berliner die leitenden Ermittlungen übernommen und wurden von den Brandenburger Beamten lediglich unterstützt, aber es war eben nicht Trojans Team damit beauftragt, da Landsberg der Aufklärung der Ofenmorde oberste Priorität einräumte. Trojan hatte sich in dieser Hinsicht einfach nicht durchsetzen können.

»Sollen wir vor lauter Arbeit noch zusammenbrechen?«, hatte der Chef ihn angeschrien, worauf Trojan wütend aus dem Büro gestürmt war.

Und noch etwas sprach dagegen, Magda Kranowitz dieses grausame Detail zu verraten, falls sie es nicht doch schon längst kannte: Es wäre einfach zu hart für sie, sie machte doch ohnehin schon die Hölle durch.

»Mit Rücksicht auf die laufenden Ermittlungen kann ich Ihnen nicht mehr sagen.«

Ihr Blick verfinsterte sich. »Also, was wollen Sie?«

»Kann ich mich mal in Sophies Zimmer umsehen? Wäre das möglich?«

Wortlos stand sie auf, er folgte ihr durch die Diele.

Sie öffnete die Tür.

»Ich werde hier nichts verändern«, sagte sie.

»Ja, das ist verständlich.«

»Die Zeit wird für immer stillstehen. Seit vergangenem Montag, als ich sie das letzte Mal sah. Beim Frühstück. Sie hat mich angelacht. Dann nahm sie ihre Schultasche und ging.«

Er holte Luft. Betrachtete die Reihe der Kinderbücher im Regal, den roten Kleiderschrank mit den vielen Stickern darauf, den Schreibtisch am Fenster, wo die Stifte akkurat in einem Becher bereitstanden, daneben ein automatischer Anspitzer und eine Lampe, die wie eine Blume geformt war, die Glühbirne inmitten der gelben Blüten. Er blickte über den glatt gestrichenen Überwurf auf dem Bett, die Ansammlung der Stofftiere und Puppen darauf. Er besah sich die Tuschmalereien, die mit Reißzwecken an die Wand gepinnt waren, fröhlich bunt, in satten Farben.

»Sie war ein ordentliches Kind«, sagte Magda Kranowitz.

»Ist Ihnen an ihr etwas aufgefallen, bevor sie verschwand? Wirkte sie irgendwie verändert?«

»Das hab ich alles schon Ihren Kollegen erzählt.«

»Bitte wiederholen Sie es für mich. Es könnte wichtig sein.«

»Sie erwähnte, dass sie eine neue Freundin gefunden hat. Sie war deswegen sehr aufgeregt. Sophie war manchmal etwas scheu, es fiel ihr nicht immer leicht, neue Kontakte zu knüpfen.« Sie senkte den Kopf. »Mein Gott, ich rede von ihr in der Vergangenheitsform. Dabei war sie noch am Anfang der Woche …«

Sie stockte. Trojan war, als würde in jedem Moment der Schmerz in ihr aufbrechen, dieser Kloß aus Trauer und Wut, Verletzung und Verzweiflung, doch schon war sie wieder zum Erschrecken beherrscht, und ihre Stimme klang rau und monoton, als wäre alles Leben aus ihr gewichen.

»Es war ein Mädchen etwa in ihrem Alter. Sie trafen sich

auf dem Spielplatz. Und sie hat mir gesagt, wie glücklich sie darüber war, wie gut sie sich verstanden hätten.«

»Wie heißt das Mädchen?«

»Jule.«

»Und der Nachname?«

»Das weiß ich leider nicht.«

»Denken Sie nach.«

»Sie hat ihn nie erwähnt.«

Mit einem Mal krallte sich ihre Hand in seinen Oberarm. »Sie werden ihren Mörder finden. Nicht wahr?« Ihr Griff war so fest, dass es ihm kurzzeitig den Atem nahm. Sie blickte zu ihm auf, ihre Augen waren trüb und leer. »Sie schnappen sich dieses Monster, oder etwa nicht?«

»Ich kann Ihnen leider nichts versprechen.«

»Doch, das müssen Sie.«

»Ich werde mein Bestes tun.«

Sie ließ ihn los. Trat einen Schritt auf das Bett zu, beugte sich vor und berührte die Überdecke, als wollte sie sie streicheln. Gleich darauf zuckte sie zurück.

»Nichts wird sie jemals wieder lebendig machen.«

Sie lebt in Ihrem Herzen weiter, wollte er erwidern, doch er brachte keinen Ton hervor.

Magda Kranowitz begleitete ihn zur Wohnungstür. »Ich muss immerzu an ihre letzten Worte denken.«

Er wartete ab.

»›Mama‹, sagte sie, ›heute werde ich wieder durch Welten springen.‹ Doch sie kam nicht mehr zurück.«

»Was meinte sie damit?«

»Ach, sie hatte manchmal so eine versponnene Art. Phantasievoll. Beinahe poetisch. So war mein Kind.«

## ZWEIUNDZWANZIG

Als Trojan nach Hause kam, war in Emilys Zimmer nur noch ein Schmutzrand an der Wand, dort wo einmal das *Tokio-Hotel*-Poster gehangen hatte. Auf ihrem Bett lag ein Zettel:

*Lieber Paps,*
*es ist Wochenende, du bist nicht da. Sorry, soll kein Vorwurf sein, ich hab ja auch meine Freunde und so. Aber ich glaube, es ist besser, wenn ich wieder bei Mama wohne. Dauerhaft, meine ich. So oft wie es geht, komme ich zu dir (wenn du Zeit hast).*
*Emily*
PS: *Arbeite bitte nicht so viel. Und pass auf dich auf, ja?*
PPS: *Das Poster ist doch albern, ich bin keine 10 mehr.*
PPPS: *Hab dich lieb.*

Er legte den Zettel behutsam wieder hin, setzte sich aufs Bett, stützte die Ellenbogen auf die Knie und vergrub das Gesicht in den Händen. Ich kann einfach nicht mehr, dachte er. Ich schaffe es nicht.

Zuerst brach ihm der Schweiß aus, dann kam das Herzrasen. Die Luft wurde knapp, er zerrte an seinem Hemdkragen. Das Zimmer verschob sich, die Perspektive stimmte nicht. Ruhig, ruhig, dachte er, normal weiteratmen, einfach nur atmen. Seine Hände wurden eiskalt, er krümmte sich zusammen und griff nach Emilys Kissen, daran konnte er sich festhalten. Ganz deutlich sah er plötzlich das Gesicht seines Vaters vor sich, grotesk verzerrt.

Der Alte warf ihm ein höhnisches Grinsen zu: *Siehst du? Sag ich doch. Du bist viel zu sensibel für deinen Job. Kriminalpolizei*, stieß er verächtlich hervor.

Kriminalpolizei, Kriminalpolizei, hallte es in seinem Kopf. Er sah ein Blaulicht aufzucken, mitten in der Nacht.

Und eine andere Stimme, sanft, aber mahnend, sagte: *Du watest knietief im Blut.*

»Schluss damit«, stöhnte er.

Er erhob sich unsicher, wankte durch die Wohnung. In der Küchenschublade verwahrte er ein Fläschchen Bachblüten, mit Alkohol versetzt. Notfalltropfen wurden die genannt. Er träufelte sich etwas davon auf die Zunge. In einer Zeitschrift hatte er gelesen, dass Anhänger der Homöopathie sie als Mittel gegen Angstanfälle bevorzugten, und darum hatte er sie sich gleich darauf in der Apotheke besorgt. Vielleicht half zumindest der Glaube daran.

Er setzte sich an den Tisch, nahm nochmals vier Tropfen. Nur auf den Atem achten, einatmen, ausatmen, das Einfachste von der Welt. Du stirbst nicht, du schaffst das.

Weitere vier Tropfen, sie schmeckten süß, heilsame Medizin.

Und wieder war da sein Vater, als sei er ihm gefolgt. Waren das schon Halluzinationen? Der Alte schaute ihn bloß an, ernst und regungslos. Und nach einiger Zeit murmelte er: *Da haben wir es wieder, du bist viel zu schwächlich.*

Trojan japste nach Luft, doch mit einem Mal bäumte er sich auf, mobilisierte seine letzten Kräfte.

Er schnappte sich die leere Bierflasche, die noch vom Vorabend auf dem Tisch stand, und schleuderte sie nach seinem Vater.

»Bin ich nicht!«, schrie er.

Mit einem Krachen zerbarst sie an der Wand. Augenblicklich war er über sich selbst erschrocken.

Doch es wirkte, war wie ein Weckruf. Er schüttelte sich. Sein Puls raste noch, aber längst nicht mehr beängstigend. Er schnaufte durch, spürte, wie ganz allmählich die Panik verging, und auch sein Herzschlag verlangsamte sich.

»Tut mir leid, Alter«, sagte er, »aber das musste mal sein. Wirst du jetzt endlich Ruhe geben?«

Er stieß ein irres Lachen aus. Du sprichst ja mit der Wand, dachte er. So weit ist es schon gekommen.

Endlich war er in der Lage, die Scherben aufzukehren.

Das Telefon läutete.

Er nahm ab. Es war Jana.

»Hallo, Nils.«

»Hallo.«

»Störe ich dich gerade? Du klingst abgehetzt.«

»Es ist vorüber.«

»Was ist vorüber?«

»Ach, nichts.«

»Was ist los?«

»Alles gut.«

»Wirklich? Du klingst seltsam.«

»Mir ist nur gerade eine Flasche runtergefallen, kein Problem.« Er starrte auf die Scherben im Mülleimer, nahm den Fuß vom Hebel, und der Deckel klappte zu. »War ein bisschen fahrig, das ist alles.«

Es entstand eine Pause. Mein Gott, wann hatte er sie das letzte Mal gesehen? Mittwoch? Dienstag? Und plötzlich dachte er an Friederike. War das nicht am Donnerstag gewesen? Den Abend mit der Exfrau würde er am liebsten ungeschehen machen. Bloß nicht mehr darüber nachgrübeln!

Er hätte sich von ihr nicht umgarnen, sie gar nicht erst in die Wohnung lassen dürfen. War in der Nacht überhaupt was geschehen, hatten sie … ? Wahrscheinlich schon, oder waren sie dafür zu breit gewesen?

Filmriss. Ungutes Zeichen.

Diese Woche war einfach zum Wahnsinnigwerden, kein Wunder, dass er die Küchenwand anschrie.

Und in diesem Moment sagte sie: »Du fehlst mir.«

Ein Glücksgefühl durchrieselte ihn. »Du fehlst mir auch, Jana.«

»Möchtest du zu mir kommen?«

»Klar.«

»Jetzt gleich?«

»In Ordnung.«

Nachdem er den Hörer aufgelegt hatte, fuhr er noch rasch seinen Laptop hoch und schob den USB-Stick ein, den er von der Arbeit mitgebracht hatte. Diese eine Akte musste er unbedingt ein zweites Mal lesen. Es gab da nämlich ein Detail, über das er gestolpert war.

Er öffnete die Datei, scrollte, überflog die Zeilen.

Dann hielt er inne. Für ein paar Minuten war er tief in Gedanken versunken.

Schließlich klappte er den Computer zu und schrieb seiner Tochter eine SMS:

*In Ordnung, Em. Alles so, wie es am besten für dich ist. Lass uns morgen telefonieren, ja? Hab dich auch lieb.*
*Pa*

Er drückte auf *Senden*, nahm seine Jacke und eilte los.

Verdammt, wie er sich auf Jana freute.

In ihrer großen Wohnküche stand dieses Sofa, auf dem sie öfter beisammensaßen und Wein tranken. Und so war es auch heute, und sie erzählte ihm von ihrem Tag, anfangs hörte er ihr noch aufmerksam zu, doch dann war er abgelenkt. Sie hatte ihre Beine in seinen Schoß gelegt, und während sie noch sprach, massierte er ihre Füße, den Spann, schon strichen beide Hände über ihre Waden, und bald darauf waren seine Fingerspitzen in ihren Kniekehlen und zeichneten Wellenbewegungen.

Jana unterbrach sich, lächelte. »Du hörst mir nicht zu.«

»Ich bin ganz bei dir.«

»Das kitzelt.«

»Soll es auch.«

Der Glanz in ihren Augen, als seine Hände weiter aufwärtswanderten.

»Du trägst keine Strümpfe. Ist dir nicht kalt?«

»Strumpfhosen mag ich nicht. Sie engen mich ein. Außerdem ist mir nie kalt, wenn du bei mir bist, Nils.«

Sie gab ein Seufzen von sich, und als sie die Beine ein ganz klein wenig öffnete, dachte er: für mich, nur für mich, und das beglückte ihn. Seine Hände glitten an den Innenseiten ihrer Schenkel entlang. Sie räkelte sich, streckte den Rücken durch, seufzte wieder, eine Fingerkuppe stupste sie an, nur ein Mal, sacht.

»Unhold.« Sie lächelte, stellte ihr Weinglas in sicherer Entfernung ab.

Sie schlängelte sich weiter, und dann gab es dieses Rascheln, Stoff auf Haut, als er ihr den String abstreifte. Er hielt ihn fest, seine Finger spielten damit, dann ließ er ihn fallen.

Er erhob sich, sie rutschte tiefer, während sie an seiner Hose zerrte und die Knöpfe aufsprangen.

»Komm her«, sagte sie, und er schob die Jeans mitsamt

den Boxershorts herunter, stieg heraus und war bei ihr. Sie riss sein Hemd auf, er warf es ab. Er lüpfte ihr Kleid, Seide, die über ihre Hüften wisperte.

Sie atmeten, atmeten.

Irgendwann später stützte sie sich mit den Unterarmen auf der Seitenlehne ab, und er sah ihren nackten Rücken, die Schweißspur zwischen ihren Schulterblättern, und er wühlte in ihrem Haar, und er liebte es, wenn sie den Kopf hin und her warf, küsste ihren Nacken, der salzig war.

Und dann warf sie sich herum, und sie zog ihn vom Sofa herab, und sie landeten auf dem kühlen Boden, sie züngelte, hauchte, haschte nach ihm, und wieder war er bei ihr, und sie wölbte sich ihm entgegen. Er liebte ihren Atem in seinem Ohr, ihre Worte, heiß, unverständlich, abgerissene Silben, aber raspelnd wie Sandpapier, und er antwortete, antwortete.

Ihre Fingerspitzen in seinem Haar.

»Bleib so, Nils.«

»Immer.«

»Das ist gut.«

»Ja.«

Und sie lagen lange da, die Kälte kroch vom Küchenboden zu ihnen herauf, aber es störte sie nicht, denn sie glühten noch von innen. Janas Herz pochte an seiner Brust.

Später duschten sie zusammen, und er probierte all ihre Seifen und Essenzen, und sie lachten, und einmal rutschte sie aus, er hielt sie, aber sie klammerte sich auch am Duschvorhang fest, der löste sich, klatschte nass auf ihre Haut, und sie lachten noch mehr.

»Bringe ich dir gleich wieder an.«

»Nicht jetzt.« Und sie schlang die Arme um ihn.

Es war in der Wanne zu eng, also tappten sie ins Schlafzimmer. Sie hatte das orangefarbene Laken aufgezogen, das er so sehr liebte.

»Spielwiese«, sagte er.

»Hmm«, machte sie.

Er streckte sich auf dem Bett aus, schnupperte. Es roch nach ihrem Waschmittel. »Blumenwiese.«

Jana drückte sich an ihn, ihr Haar war dunkler, wenn es feucht war.

Sie macht mich glücklich, dachte er.

Vor Aufregung konnten sie nicht schlafen.

»Und nun erzähl«, murmelte sie.

»Was?«

»Alles. Dein Fall.«

»Nein, Jana, nicht jetzt.«

»Doch. Weißt du, ich muss mich entschuldigen. Ich wollte es mir nicht anhören. Hatte Angst, dass mich die Bilder verfolgen.«

»Das werden sie auch.«

»Nun bin ich bereit.«

Ihre Füße schlüpften unter der Bettdecke hervor. Er besah sich ihre Zehennägel, an manchen Stellen war der rote Lack bereits ein wenig brüchig. Nein, dachte er, diesen wunderschönen Augenblick nicht zerstören.

Als habe sie in seinen Gedanken gelesen, sagte sie: »Du musst es loswerden, Nils. Und ich will es mit dir zusammen tragen.«

Und er begann. Von vorn bei Haubacher und Streller. Und er ließ nichts aus. Er malte ihr das Schreckensbild von aufgerissenen Mündern und erloschenen Augen, verbrannter Haut und versengtem Haar.

»Die Hölle«, sagte sie.

»Ja.« Und er dachte: Höllenofen. War das Wort nicht auch schon in einem seiner Gespräche mit Landsberg gefallen?

»Weiter.«

Er erzählte ihr von den zusammengeballten Stofftaschentüchern.

»Die Opfer sind gedemütigt worden«, sagte sie.

»Ja.«

Und dann schweifte er ab. Aber es war nur so, als würde er abschweifen, denn irgendwie meinte er, dass es dazugehörte. Er kreiste um ein Waldstück bei Herzberg, und er beschrieb ihr die Stelle im Schnee, und er hörte, wie ihr Atem stockte, als er von dem ermordeten Mädchen berichtete.

»Sophie Kranowitz, seit Montagnachmittag vermisst. Vermutlich auf dem Heimweg von ihrer Schule in Kreuzberg gekidnappt. Ihre Leiche wird fünf Tage später in diesem Wald gefunden. Todeszeitpunkt nach ersten Untersuchungen am letzten Donnerstag. Auch sie wurde mit einem weißen Taschentuch aus Leinen erstickt.«

»Sexueller Missbrauch?«, fragte sie kaum hörbar.

Er nickte.

Sie stieß die Luft aus. »Und du suchst nach dem Zusammenhang?«

»Ja. Wenn es denn einen gibt.«

»Dein Instinkt meldet sich, lässt dir keine Ruhe.«

»Ja. Und ich wollte auch unbedingt diesen Fall übernehmen.«

»Obwohl du hoffnungslos überarbeitet bist.«

»Natürlich, aber was spielt das jetzt für eine Rolle. Du hättest die Mutter von der Kleinen sehen sollen.«

»Verstehe. Landsberg ist dagegen.«

»Ja, er gibt zwar zu, es sei eine ungewöhnliche Mordmethode, fragt sich aber auch: Zwei erwachsene Männer als

Opfer und das Mädchen, wie passt das zusammen? Aber weißt du, es gibt noch einen älteren Fall. Ich hab in das Computersystem auf dem Revier verschiedene Suchbegriffe eingegeben, die alle irgendwie das Thema Erstickung einkreisten, und dabei stieß ich auf eine besondere Akte. Vor ein paar Jahren wurde auf einer Landstraße bei Berlin ein kleines Mädchen gesichtet, es war völlig verstört, stammelte Unverständliches vor sich hin, war halb erfroren, bloß mit einem Nachthemd bekleidet. Es war im Winter. Nachts. Ein Wagen hielt. Der Fahrer brachte das Kind ins nächstgelegene Krankenhaus. Dort starb es. Als Todesursache wurden Herzversagen durch Schock und Unterkühlung genannt. Ein achtjähriges Mädchen.«

Jana schwieg. Dann sagte sie: »Das Kind war offenbar auf der Flucht vor seinem Peiniger?«

»Wahrscheinlich.«

»Hatte sich wohl irgendwie befreien können?«

»Ja.«

»Sexuell missbraucht?«

»Über einen längeren Zeitraum, das ergab die Autopsie.«

Er hörte, wie sie schluckte.

»In ihrem Mund fand man einen Stofffetzen. Er war aus Leinen.«

»Das ist furchtbar.«

»Ja.«

Sie griff nach seiner Hand. Er drückte sie.

»Es könnte der Fetzen eines Taschentuchs sein. In dem Untersuchungsbericht musste ich auch lesen, dass sich Reste davon in ihrem Magen befanden. Sie hat Teile des Gewebes zerbissen und verschluckt.«

»Unfassbar.«

»Hmm.«

»Sie wurde geknebelt«, murmelte sie.

Er nickte, sein Mund war trocken. »Wie diese beiden Männer. Sie sollten daran ersticken.«

»Und die zwei Mädchen auch.«

»Ja.«

»Der Zusammenhang.«

»Ich kann es mir nicht erklären. Vielleicht ist es ein Zufall.«

»Du glaubst nicht an Zufälle.«

»Nein.«

Sie atmete aus. »Es ist sonderbar. Der Wald. Hier kommen wir nicht weiter.« Sie schwieg. Plötzlich blickte sie ihn an. »Also lass uns wieder ein Stück zurückgehen.«

Er runzelte die Stirn.

»An den Anfang deiner Ermittlungen. Was hat dich am meisten erschüttert? Du kommst an den Tatort. Was siehst du?«

»Eine grausame Inszenierung.«

»Welcher Teil dieser Inszenierung, welches Bild springt dich als Erstes an?«

»Die geöffnete Ofenklappe. Der Kopf auf dem Rost.«

»Was dann?«

»Die kauernde Haltung des Opfers. Die Demütigung.«

»Weiter.«

»Hör auf. Ich kann nicht. Ich will einfach nicht mehr.«

»Fangen wir bei dem Ofen an. Was assoziierst du damit?«

Er antwortete nicht, es schnürte ihm die Kehle zu.

Sie insistierte: »Jemand kommt in einem Ofen um.«

»Eine Hinrichtung.«

»Möglich. Weiter.«

»Jana, ich verstehe nicht.«

»Lass es zu. Diese abgelegten Bilder in deinem Gehirn

sind grausam, übermächtig. Du willst dich schützen, vor ihnen verbergen. Aber du musst hindurch, einmal nur. Versuch es, Nils. Ich bin bei dir, ich helfe dir. Sprich einfach aus, was dir durch den Kopf geht. Sonst wirst du nie herausfinden, was diese Irritation bedeutet, die dich einen Zusammenhang bloß ahnen lässt.«

»Also gut.« Noch sträubte sich alles in ihm. Doch mit einem Mal kamen die Wörter aus ihm heraus, wie Fremdkörper. »Der Ofen. Hitze. Hineingestoßen. Verbrannt. Es wird finster. Plötzlich sehe ich den Wald. Ein Kind. Es irrt dort umher. Und wieder der Ofen. Ich kreise um den Ofen. Hitze. Braten. Knusprig. Braun wie Brot.« Er stockte. »Ich weiß nicht, es … Es ist alles so dunkel, unheimlich, wie in einer Saga, einem …«

»Geh weiter! Lass die Bilder kommen.«

Er presste die Lippen aufeinander. Plötzlich stammelte er: »Finster, bitterkalt, verliefen sich im Wald. Musste braten im Ofen braun wie Brot.«

»Was ist das?«

»Ein Kinderlied.«

»Sing es.«

»Ich kann nicht.«

»Summ die Melodie.«

Er versuchte es, brach ab.

Sie kniff in seinen Arm. »Grimms Märchen.«

Er starrte sie an.

»Hast du schon mal an die Brüder Grimm gedacht?«, fragte sie.

»Das Lebkuchenhaus«, murmelte er. »Aber wo …?«

»Lass dich nicht aufhalten. Du musst weiter durch das Dickicht.«

»Es geht nicht.«

»Bleib dran. Wo ist das Pfefferkuchenhaus?«

»Im Wald. Böse. Der Ofen.«

»Weiter.«

»Die Hexe«, stieß er hervor.

»Verflucht, das ist es.«

»Hexe«, keuchte er wieder.

Er atmete schwer.

Sie blickten sich an. Jana war auf einmal blass geworden. Eine Weile waren sie beide wie verstummt. Vor Erschöpfung sank er aufs Kissen zurück.

Und dann vernahm er ihre Stimme, seltsam belegt, wie sie im Halbdunkel des Schlafzimmers fragte: »Wer ist sie? Wer ist die Hexe in diesem Fall?«

## DREIUNDZWANZIG

Halten Sie hier«, sagte er zu dem Fahrer. Er zahlte, stieg aus und schlug die Wagentür hinter sich zu. Das Taxi verschwand in der Dunkelheit. Zoltan Treber sog die kühle Nachtluft ein, sie erfrischte ihn. Endlich angekommen, endlich wieder hier. Nun müsste sich nur noch der dumpfe Kopfschmerz verflüchtigen, der ihn schon während des gesamten Fluges geplagt hatte.

Das Haus ragte finster vor ihm auf.

Er drückte auf den Klingelknopf. Nichts rührte sich, er versuchte es noch ein zweites Mal. Vielleicht war sie ja eingeschlafen, während sie auf ihn wartete. Er blickte zum Schlafzimmerfenster hoch, die Vorhänge waren geschlossen. War dahinter wirklich kein Licht? Bei ihr sein, sich in ihrem Bett aufwärmen. Mach schon, dachte er und läutete noch einmal.

Nichts.

Heute war doch der sechsundzwanzigste Januar. Sie hatten es fest vereinbart. Dass sie auf seine beiden Anrufe in der letzten Woche nicht reagiert hatte, war bei ihr nichts Ungewöhnliches, manchmal hatte sie einfach keine Lust zurückzurufen, gegen diese Stimmungen konnte er nichts ausrichten. Karla besaß ja nicht mal ein Handy. Aber dass sie ihm die Tür versperrte, war noch nie vorgekommen. Das passte einfach nicht zu ihr.

Bestimmt war sie eingeschlafen, er war ja auch mit erheblicher Verspätung in Berlin gelandet. Und wenn sie erst einmal eingedöst war, weckte sie so schnell nichts auf.

Er läutete Sturm, vergeblich.

Sah sich kurz um. Bläuliches Geflimmer hinter einem Fenster im Nachbarhaus, das Spätprogramm im Fernsehen. Im Haus daneben schlug ein Hund an.

Zoltan zögerte nicht länger, warf seine Tasche übers Gartentor und stieg hinüber. Er nahm sein Gepäck wieder auf und ging bis zum Eingang.

Er schlug mit der Faust gegen das Türblatt.

»Karla«, rief er. »Mach doch auf. Ich bin's.«

Plötzlich blitzte ein Bild vor seinem inneren Auge auf, Karla nackt auf ihrem Bett, die Arme nach hinten geworfen, ihr Haar auf dem Kissen. *Worauf wartest du noch, Zoltan?* Die Zungenspitze zwischen ihren Zähnen, die grellroten Lippen, sie hatte sich für ihn so aufreizend geschminkt. Wie jung sie wirkte, ihr wahres Alter merkte ihr keiner an, noch immer das Kätzchen, mal wild und scharfe Krallen, mal schnurrend und sanft, ganz nach seinem Geschmack. Ein heftiges Verlangen überkam ihn. Aber nicht nur das. Da war auch eine diffuse Sehnsucht. Er könnte doch bei ihr einziehen. Sie endlich davon überzeugen, dass es besser für sie beide wäre.

Und er erinnerte sich an ihre Worte bei ihrem letzten Abschied: *Am sechsundzwanzigsten also, Tiger. Wir machen's uns wieder schön, nicht wahr?*

Die Zeit mit ihr genießen, ja. Und hoffen, dass mehr daraus wird. Endlich mehr.

Er klopfte und klingelte gleichzeitig.

»Karla!«

Und wenn sie nun ausgegangen war? Verdammt, wie bescheuert war er denn? Dass er nicht gleich darauf gekommen war. Sie hatte ihn in den Wind geschossen. Es stand hier wie ein Idiot vor ihrer Tür, und sie vergnügte sich gerade in irgendeiner Bar.

Nein, dachte er, die Zeiten waren vorbei, das hatte sie ihm geschworen.

Er hielt inne. Versuchte, dieses Unbehagen niederzuringen, das er sich nicht erklären konnte, eine urplötzliche Verspannung im Nacken, und auch sein Kopfschmerz wurde heftiger.

Warum hatte sie ihm eigentlich noch keinen Schlüssel gegeben? Das wäre doch ein wahrer Vertrauensbeweis.

»Wo steckst du denn!«

Er trat gegen die Tür.

Dann ging er um das Haus herum.

Er wusste nicht recht, was ihn trieb, war es Angst oder Eifersucht? Beides? Mit einem Mal stellte er sich vor, dass sie sich da drin mit einem anderen vergnügte. Sie hatte rasch das Licht ausgeknipst, als das Taxi unten hielt. In dem Moment war ihr eingefallen, dass heute der sechsundzwanzigste war.

Der Typ da oben hatte es ihr gerade besorgt, und jetzt hielten sie beide die Luft an. Vielleicht kicherten sie auch über ihn.

Nein, Zoltan, nicht doch, dachte er, du steigerst dich in etwas hinein.

Doch schon hatte er seine Jacke ausgezogen und sie um seinen Unterarm gewickelt. Er schlug zu. Die Fensterscheibe klirrte. Dahinter war das Zimmer, das zum Garten hinausging. Keine Alarmanlage. Karla hatte sich noch nie um ihre Sicherheit geschert, wie oft hatte er sie vor Einbrechern gewarnt.

Noch ein Schlag und noch einer. Die Scheibe zersprang, nun konnte er nach dem Griff langen. Er öffnete ihn und stieß das Fenster nach innen auf.

Zoltan Treber schwang sich auf das Fensterbrett.

Etwas schlug ihm entgegen.

Eine summende Wolke.

Entsetzt fuchtelte er mit den Händen herum.

Was war das?

Er stieg ein.

»Karla?«

Er versuchte, den üblen Geruch im Innern zu ignorieren. Knipste das Licht an. Hier war sie nicht.

Er ging in den Flur. Das Schlafzimmer, dachte er. Wieder stellte er sie sich in den Armen eines anderen vor. Er hastete die Stufen hinauf.

Das Bett war leer. Da lagen ihre Strümpfe, und da über einem Stuhl hing ein Büstenhalter von ihr. Er musste näher treten, ihn an sich reißen und ihn berühren. Er war weiß, so unschuldig weiß, das Spitzenmuster ergab flügelschlagende Schmetterlinge, er mochte es, wenn sie ihn trug. Für einen Moment vergrub er das Gesicht darin, wollte ihren Duft in sich aufnehmen, Karlas Duft.

Doch es gelang ihm nicht.

Da unten.

Ein Gestank.

Und wieder das Summen, heftig, beinahe fauchend. Was war das nur?

Zoltan stieg die Treppe wieder hinab.

Er schaute im Wohnzimmer nach, auch hier war sie nicht.

Leise, von einem schmerzenden Sehnen erfüllt, sagte er ihren Namen.

Sie ist ausgegangen, dachte er. Sie ist nicht hier.

Sein Herz schlug immer höher. Samstagnacht, sie war etwas trinken gegangen, hatte die Verabredung mit ihm vergessen, kein Problem, er würde ihr verzeihen. Dabei wollte er nur diese andere Stimme in ihm übertönen, die da wisperte in einem fort: Hier stimmt etwas nicht, stimmt etwas nicht.

Schon hatte er die Küchentür aufgestoßen.

Seine Hand tastete nach dem Lichtschalter, die Glühbirne flammte auf, Wolken wimmelnder Insekten taumelten schwarz durch die Luft.

Gegen den beißenden Gestank presste er die Hände vor Nase und Mund.

Das Geschirr in der Spüle war mit Schimmel überzogen. Mit einem Magneten war ein Zettel an die Kühlschranktür gepinnt. Er las Karlas geschwungene Schrift darauf. *Einkaufen: Butter*, *Mehl*, *Rosinen*, *Eier*. Ein Kuchen, dachte er, für morgen, Sonntag. Sie wird für uns backen. Wie lieb von ihr.

Die Augen starr auf die eigentlich belanglose Notiz geheftet, spürte er, wie sich sein Verstand verzweifelt an die Vorstellung eines geglückten Wochenendes klammerte, selige Zweisamkeit mit Karla, um den Blick nur ja nicht weiter durch die Küche schweifen zu lassen.

Und dann tat er es doch.

Da lag ein Schuh von ihr, hoher Absatz.

Da der andere.

Und weiter hinten erkannte er den Ofen. Die Klappe war geöffnet.

»Liebling«, sagte er.

Gegen jede Vernunft fragte er sich: Warum kniet sie nur davor? Wieso antwortet sie denn nicht?

Und summend umtosten die Fliegen ihren Kopf auf dem Rost.

# VIERUNDZWANZIG

Es war eine Straße mit schäbigen Einfamilienhäusern in Tempelhof, winzige Fenster, triste Fassaden, die an Sperrholzplatten erinnerten, mit Satellitenschüsseln bespickte Flachdächer.

Das Haus Nummer 17 war hell erleuchtet, auch im Vorgarten waren Scheinwerfer aufgestellt. Trojan löste sich aus dem Pulk der Männer in weißer Arbeitskleidung und trat ins Freie hinaus. Gierig sog er die kalte Nachtluft in seine Lunge, um wenigstens für einen Moment den beißenden Ammoniakgeruch loszuwerden.

»Atemschutz?«, fragte jemand neben ihm.

Trojan blickte auf. Es war Max Kolpert, seine verätzte Gesichtshälfte schien zu glühen. Er hielt ihm eine eingeschweißte Operationsmaske hin. Trojan nahm sie, riss die Verpackung aber nicht auf.

»Scheiße«, sagte er.

»Wo warst du, als das Handy läutete?«, fragte Kolpert mit gespieltem Sarkasmus. »In den Armen einer Frau?«

Trojan versuchte es mit einem Lächeln.

»Es war warm und das Grauen weit weg?«

Er schnitt eine Grimasse, sah zu den Gestalten hinter den Absperrbändern hin, notdürftig bekleidet, aus dem Schlaf gerissen, von Sensationsgier gepackt.

»Und all diese Leute aus der Straße haben nichts geahnt?«, murmelte er.

Kolpert zog fröstelnd die Schultern hoch. »Nach unseren ersten Befragungen: nein.«

»Karla Wölfer, fünfundvierzig Jahre alt. Laut Semmlers erster Einschätzung ist sie seit mindestens vier Wochen tot.«

»Die Nachbarn schildern sie als eher scheu. Man hat sich wenig um sie geschert. Einer von ihnen sagte mir, sie habe selten gegrüßt. Eine andere Zeugin hat beobachtet, dass sie an manchen Tagen die Rollläden halb oder gar nicht hoch ließ und nicht aus dem Haus ging.«

»Und sonst? Was hast du noch?«

»Jemand will gesehen haben, dass sie ab und zu Männerbesuch empfing.«

»Von wem?«

»Eine vage Beschreibung trifft auf diesen Zoltan Treber zu, der ihre Leiche fand.«

»Kamen denn auch andere Männer zu ihr?«

»Das konnten wir noch nicht rausfinden.«

»Die Nachbarn machen aber gewisse Andeutungen in diese Richtung, ja?«

Kolpert wiegte den Kopf. »Karla Wölfer war zumindest nicht in festen Händen.«

Nils gab ihm die Schutzmaske zurück. »Bleib dran.«

»Du gehst da also nicht mehr rein?«

»Vorerst nicht. Ich muss mit Treber sprechen.«

Er durchquerte den Vorgarten, erleichtert darüber, dem Haus des Schreckens wenigstens für einen Moment den Rücken zu kehren. Er dachte an Jana, ihren verzweifelten Blick, als ihre gemeinsame Nacht, als Freude und Unbeschwertheit mit einem einzigen Anruf ein jähes Ende fanden. Und erneut meldete sich ein leiser Zweifel in ihm. Wäre sie auf Dauer bereit, all das zusammen mit ihm durchzustehen?

Das Bild, das sich ihm in der Küche des Hauses geboten

hatte, holte ihn wieder ein und traf ihn mit voller Wucht. Wimmelnde Maden, Karla Wölfers Gesicht oder was davon noch übrig war, die Todesfratze auf dem Ofenrost.

Auch sie hatte man mit einem Stofftaschentuch geknebelt.

Trojan drängte sich durch die Menge der Schaulustigen. Jetzt seid ihr aufgescheucht, dachte er bitter, vorher wolltet ihr nichts mit dieser Frau zu tun haben.

Abseits, wie verloren unterm beharrlich zuckenden Blaulichtgewitter der Einsatzfahrzeuge, umgeben von Gesprächsfetzen, ausgestoßen aus atemumwölkten Mündern, erwidert von verzerrt knarzenden Funkgeräten, inmitten dieses hektischen Treibens der Polizeibeamten stand reglos ein Mann in den Fünfzigern, groß, hager, die Arme dicht am Körper, die Finger gespreizt, alle Glieder unter Spannung, doch in seinem Gehirn war wahrscheinlich nur noch die Leere nach dem Entsetzen.

»Sind Sie Zoltan Treber?«

Die Andeutung eines Kopfnickens.

»Nils Trojan, Hauptkommissar, ich leite hier die Ermittlungen. Hat man Ihnen ärztliche und psychologische Unterstützung angeboten?«

»Was sollte mir das jetzt noch helfen.« Seine Stimme war wie ein lebloses Raunen.

»Schon klar, aber man hat sich um Sie gekümmert?«

»Was wollen Sie von mir?«

»Sind Sie in der Lage, mir ein paar Fragen zu beantworten?«

Keine Reaktion.

»Kommen Sie.« Trojan nahm ihn am Arm, schob die Tür eines leeren Mannschaftswagens auf, stieg mit ihm ein, schloss die Tür und deutete auf einen Sitz. »Hier drin ist es wärmer. Setzen Sie sich doch.«

Treber ließ sich ruckartig nieder, einer Marionette gleich, Trojan nahm ihm gegenüber an einem kleinen Tisch Platz. Darauf stand eine Thermoskanne, noch gefüllt. »Etwas Tee?«, fragte er.

»Geben Sie sich bloß keine Mühe«, antwortete der andere tonlos.

Trojan holte tief Luft. »Ich weiß, was für ein Schock das für Sie gewesen sein muss.«

»Nichts wissen Sie, gar nichts.«

Widerstand, dachte er, das hält ihn zusammen. »Können Sie mir erzählen, wie Sie …?«

»Wie oft denn noch! Da waren schon etliche Ihrer Kollegen bei mir, die mich gelöchert haben.«

Trojan goss ihm von dem Tee ein und schob ihm wortlos den Becher hin.

Treber trank in kleinen Schlucken. Er war aschfahl. Schließlich berichtete er in abgerissenen Sätzen, wie er mit dem Taxi angekommen war, vergeblich an der Tür geläutet und dann die Scheibe eingeworfen hatte.

»Sie sind Geschäftsmann, hat man mir gesagt?«

Eine erschöpfte Geste mit dem Becher in der Hand. »Handelsvertreter trifft es eher. Ich bin für ein mittelgroßes Unternehmen tätig, Farben, Lacke, Lösungsmittel, bin zuständig für die Kundenakquirierung und von daher viel unterwegs.«

»Und Karla Wölfer? Woher kannten Sie sie?«

»Aus einer Bar, hier in Berlin. Das ist jetzt fast drei Jahre her. Sie saß allein am Tresen. Ich sprach sie an. Wir mochten uns auf Anhieb.«

»Was für eine Bar?«

Treber verzog den Mund. »Ich weiß, was Sie jetzt denken.«

»Was denke ich denn?«

»Dass Karla so eine war. Eine, die in Bars abhängt und

nur darauf wartet, dass ihr einer mit ein bisschen Geld einen Drink spendiert.«

»Und war sie das?«

»Ja und nein. Sie hatte viele Männer vor mir. Okay, aber das zählte nicht mehr. Sie wollte einen Schlussstrich ziehen.« Treber schlug die Augen nieder, schniefte, aber mehr verächtlich, als wollte er Trojan bedeuten, dass er um keinen Preis vor ihm in Tränen ausbrechen würde. Und den Blick auf die Tischplatte geheftet, murmelte er: »Ich hab sie Weihnachten das letzte Mal gesehen. Zweiter Feiertag. Sie war anders als sonst. Irgendwie aufgedreht. Sie sagte zu mir: ›Zoltan, wir sollten es versuchen. Ein neues Leben.‹« Er schaute auf. »Ich hatte das Gefühl, sie meinte es ernst.«

»Sie führten eine Fernbeziehung?«

»Gewissermaßen. Aber ich hatte längst vor, für immer nach Berlin zu ziehen. Wollte mit ihr …« Er brach ab. Schluckte. »Alles langsam, hab ich gedacht. Schritt für Schritt. Karla nicht mit meinen Plänen verschrecken. Sie brauchte viel Zeit für sich allein, neigte zum Eigenbrötlerischen, war phasenweise leicht depressiv.«

»Woher kommen Sie?«

»Ruhrgebiet, bei Gelsenkirchen. Meine erste Frau starb sehr früh an einem Hirnschlag. Danach kamen verworrene Jahre für mich. Ich hab zu viel getrunken. Dann Entzug. Ein zweiter Versuch mit der Ehe, aber es lief schief, die Allergnädigste wurde mir untreu. Wieder Alkohol, wieder Entzug. Dann eine Geschäftsreise nach Berlin. Dieses Lokal Nähe Alexanderplatz. Ich sitze da, trinke nur Ginger Ale. Und sie, Karla, grell geschminkt, Leopardentop, hockt da vor ihrem Cocktail und lächelt mir zu. Ich hielt sie für Anfang dreißig, lag um mehr als zehn Jahre daneben. Auf den ersten Blick wirkte sie so, als könnte man sich mit ihr eine Nacht lang gut amüsieren. Dabei ahnte ich schon damals, dass es mich voll erwischt hat. Ich konnte die Augen nicht von ihr lassen. Und als sie mir von sich erzählte, war in ihrer Stimme so ein Sehnen, gepaart mit Hoffnungslosigkeit, diese Mischung kannte ich nur zu gut.«

Er kämpfte gegen eine starke Gefühlsregung an. Nahm den letzten Schluck Tee und knallte den Becher auf den Tisch. »Wer macht so etwas? Wer röstet einen Menschen im Ofen? Wenn ich diesen Kerl zu fassen kriege, dann …« Er brach ab.

Trojan schwieg.

Und Treber murmelte: »Ihre Kollegen sagten mir, dass Karla vielleicht seit vier Wochen da drin … Großer Gott.«

»Wann haben Sie das letzte Mal mit ihr telefoniert?«

»Seit Weihnachten nicht mehr. Vor zwei Tagen hab ich's bei ihr versucht. Aber sie hob nicht ab.«

Trojan zog die Augenbrauen hoch. »Ziemlich wenig Ferngespräche für so eine Art der Beziehung.«

»Ich sollte sie nicht anrufen, nicht zu oft. Darum hat sie mich gebeten.«

»Das verstehe ich nicht.«

»Karla war eben so. Irgendwie eigenwillig, immer wieder Rückzug in ihr Schneckenhaus. Es war schwer, sie wirklich zu erreichen. Sie gibt dir einen Einblick in ihre Seele, und dann verschließt sie sich wieder vor dir. Deswegen wollte ich ja mit ihr zusammenziehen. Ich hab gehofft, ihr in ihren Krisen beistehen zu können, mir gewünscht, dass alles anders wird.«

»Sie war also eher scheu, neigte zu Verstimmungen, verkroch sich in sich selbst?«

»Ja.«

»Und dann rafft sie sich wieder auf und setzt sich allein in eine Bar?«

»Nein! Sie ging nicht mehr in Bars, nicht in diese Art von

Bars, das hat sie mir versprochen.« Treber blickte ihn lange an. Plötzlich sagte er kaum hörbar: »War ich vielleicht ein Idiot, Herr Kommissar?«

»Aber nicht doch«, murmelte er.

»Ich hab sie geliebt.«

»Verstehe.«

»Ihr Vorleben war mir egal.«

Trojan schwieg. Dann fragte er: »Haben Sie ihr regelmäßig Geld gegeben?«

»Sie hätte das nicht gewollt! Nein, nein! So eine war sie nicht!« Er rieb sich über das Gesicht. »Manchmal hab ich ihr heimlich kleinere Beträge dagelassen. Nur um ihr auszuhelfen, sie hatte ja nicht viel.«

»Zurück zum zweiten Weihnachtsfeiertag. Was war anders?«

Zoltan Treber schloss kurz die Augen. »Sie hat gelacht. War so ausgelassen. Ich hab gedacht, nächstes Mal frag ich sie. Ich zieh bei ihr ein, ich übernehme die Miete. Mit sechzig höre ich auf zu arbeiten. Wir leben zusammen, Karla und ich. Es stand bereits fest, dass ich Ende Januar, also jetzt, wieder in der Stadt zu tun haben würde. Ich plante, zwei Tage früher anzureisen. Karla sagte: Also dann bis zum sechsundzwanzigsten. Sie gab mir einen Kuss zum Abschied, und das war's dann.«

Trojan musterte ihn. »Erwähnte sie mal, dass sie von jemandem bedroht wird?«

»Nein.«

»Waren Sie wütend auf sie?«

Erstauntes Kopfschütteln.

»Gab es Streit? Anlass zur Eifersucht?«

»Ich hab sie geliebt.«

»Das ist nicht die Antwort auf meine Frage.«

»Kein Streit. Ich war auch nicht eifersüchtig. Ich sagte doch, wir wollten beide einen Schlussstrich unter unsere Vergangenheit ziehen.«

»Wissen Sie etwas von Freunden, Angehörigen der Verstorbenen?«

»Sie hat, glaube ich, eine erwachsene Tochter, bei ihrer Geburt muss Karla noch sehr jung gewesen sein. Ich hab das Kind aber nie kennengelernt. Sie hatten wohl nur wenig Kontakt.«

»Wie ist der Name der Tochter?«

Treber überlegte. »Warten Sie, ich komme gleich darauf. Karla hat ihn mal erwähnt. Es war ein kurzer Name, einsilbig.«

Trojan ließ ihm Zeit. Ich muss das im Melderegister überprüfen, dachte er.

Und dann sagte Treber: »Grit. Ja, so heißt sie. Grit Wölfer.«

# FÜNFUNDZWANZIG

Boddinstraße, wo Neukölln wirklich noch rau war, Rollbergviertel, fest in arabischer Hand. Die junge Frau war nicht anzutreffen. Gerber und Trojan marschierten durch das Haus, klopften an die Türen, befragten die Mieter. Ungläubiges Kopfschütteln, hier schien man anonym zu leben. Zumindest einer von ihnen hatte den Namen Wölfer schon mal gehört.

»Jung. Blond. Wohnt im Hinterhaus, ja.«

»Wann haben Sie sie das letzte Mal gesehen?«

»Keine Ahnung.«

»Bitte denken Sie nach.«

»Weiß nicht.« Und die Tür war zu.

Sie gingen weiter, Treppe rauf, Treppe runter, Vorderhaus, Seitenflügel, Gartenhaus. Ohne nennenswertes Ergebnis. Gerber wurde hungrig, da merkte auch Trojan, dass ihm der Magen knurrte. Sie holten sich Schawarma in einem libanesischen Imbiss, und der war richtig gut, wenigstens eine erfreuliche Sache an diesem Tag. Sie aßen im Auto, den Hofeingang immer im Blick.

Gerber versuchte es mit einem privaten Geplänkel: »Natalie hat uns neue Wohnzimmermöbel bestellt. Können wir uns eigentlich nicht leisten. Aber sie meint, die Zinsen sind günstig. Ratenzahlung.«

Trojan nickte bloß, er war zu müde, hatte aufgehört, darüber nachzudenken, seit wann sie im Einsatz waren, jedenfalls wäre nun auch der Sonntag bald verstrichen, und in der Stadt wurde es überhaupt nicht mehr hell. Da fiel ihm ein, dass er Emily versprochen hatte, sie anzurufen.

Er tat es sofort, traf noch für denselben Abend eine Verabredung mit ihr. Ganz egal, was kommen würde, so viel Zeit musste sein. Emily freute es sehr und ihn auch.

Trojan legte auf, knüllte das Fettpapier zusammen, wischte sich die Sesamsoße vom Mund und murmelte: »Mir reicht's.«

Gerber schaute verwundert zu ihm hin.

»Ehrlich, ist mir egal, was Landsberg sagt.«

Ronnie schmatzte, pulte mit dem Fingernagel zwischen seinen Zähnen herum. »Du meinst den Durchsuchungsbeschluss?«

»Was denn sonst! Ich warte nicht länger darauf, bis er das beim Staatsanwalt durchgeboxt hat.«

Der Chef hatte immer noch kein grünes Licht gegeben, also durften sie nicht so ohne weiteres in Grit Wölfers Wohnung eindringen, auch wenn ihr Verschwinden zu diesem Zeitpunkt merkwürdig erschien.

»Vorschrift, Nils.«

»Scheiß was drauf.«

»Du willst da einfach rein?«

»Bist du dabei?«

Gerber runzelte die Stirn. »Hatte eigentlich gehofft, dass dieses Jahr endlich mal eine Beförderung für mich ansteht.«

»Also, du kneifst.«

»Das gibt, Scheiße noch mal, richtig Ärger.«

»Nur wenn's rauskommt.« Es entstand eine Pause. »Okay, dann fahr zurück ins Büro. Ich mach's allein.«

Trojan war schon auf dem Gehsteig, die Fahrertür stand offen, Gerber lehnte sich zu ihm raus.

»Sorry, aber ist das nicht …?«

Er unterbrach ihn. »Ich nehm's dir nicht übel, Ronnie, also dampf schon ab. Und kein Wort zu Landsberg, alles klar?«

Er sah, wie es in seinem Kopf arbeitete. Schließlich stieg er aus und warf die Wagentür hinter sich zu, bediente am Zündschlüssel die Funkfernbedienung für die Zentralverriegelung, und das Signal blinkte auf. »Immer Seite an Seite, wir zwei.«

Trojan schenkte ihm ein dankbares Grinsen.

Schale Essensgerüche hingen im Treppenhaus. Von irgendwoher drangen lautstark die Geräusche einer Fußballübertragung, ein Kleinkind schrie.

Die Wohnungstür wirkte nicht besonders stabil. Trojan rammte sie mit der Schulter, einmal, zweimal. Gerber passte auf für den Fall, dass jemand kam. Da schien ein Tor gefallen zu sein, frenetischer Jubel brandete auf. Die Stimme des arabischen Sprechers überschlug sich. Trojan nutzte den Lärm für einen dritten Anlauf, ein Krachen, und die Tür gab nach.

Die müssten sie hinterher wieder notdürftig reparieren. Er schätzte kurz den Schaden. Landsberg wird toben, dachte er, aber egal jetzt.

Ronnie stand mit der gezückten Waffe bereit, auf seinen Kumpel war stets Verlass.

Sie gaben sich ein Zeichen. Dann schlichen sie hinein. Gerber drückte auf den Lichtschalter an der Wand.

Im Flur war niemand. Deckung, Waffe im Anschlag, Blick ins Zimmer, Licht an, Sicherung und hin zur nächsten Tür, alles lehrbuchmäßig. Dasselbe Spiel an der Schwelle zur Küche, während Ronnie das Bad checkte.

»Sauber«, murmelte er. »Der Vogel ist tatsächlich ausgeflogen.«

Sie machten überall Licht.

Trojan betätigte den Entspannhebel seiner Sig Sauer und schob sie zurück ins Holster.

In dem einzigen Zimmer der Wohnung lag eine Matratze, das Bettzeug darauf war zerwühlt. Sein Blick scannte den Kram, die verteilten Kleidungsstücke vorm Kachelofen. Er berührte ihn mit der Hand, er war kalt, da bemerkte er die Eisblumen am Fenster.

»Hier ist länger nicht geheizt worden.«

Auf dem Schreibtisch waren Papiere verteilt. Ein zugeklappter Laptop, ein paar zerlesene Taschenbücher.

Und dann entdeckte er eine Notiz auf einem Post-it.

*Roman Giersch*
*Mittwoch*, *Würgeengel*, 20 h

»Den sollten wir uns mal vorknöpfen«, murmelte er. »Vielleicht kann der uns ja verraten, wo sie steckt.«

Gerber sagte etwas von »Meldedaten raussuchen«, aber Trojan hörte schon nicht mehr richtig zu.

Sein Blick glitt über die Unordnung am Boden. Er schritt durch das Zimmer.

Was war das? Warum stellten sich seine Nackenhaare auf? Seine Instinkte wurden wach.

Es war der Kachelofen, der ihn beunruhigte. Mein Gott, war er denn am Durchdrehen? Nur weil hier ein Ofen stand, hieß das noch lange nicht, dass weiteres Unheil drohte.

Er beugte sich hinunter und öffnete mit einem Ruck die Eisenklappe.

Er schnaufte durch.

»Was hast du, Nils?«

Da war bloß Asche. Und etwas Buntes, ein Streifen Papier.

Er zog ihn heraus. Halb verglüht, sah aus wie der Überrest eines Comicstrips.

»Nichts«, sagte er und starrte auf den Fetzen in seiner Hand.

»Kochen, *du*?« Emily trat ein und machte große Augen. »Du meinst was anderes außer Nudeln mit Soße und Spiegeleier?«

Er schloss hinter ihr die Tür und nahm ihr die Jacke ab, versuchte zu lächeln, was ihm nicht recht gelang. Eigentlich stand er noch immer unter dem Einfluss der Ermittlungen, hatte es auch nur äußerst knapp zur verabredeten Zeit nach Hause geschafft. Er hoffte, dass ihm seine Anspannung nicht anzumerken war, aber wie er seine Tochter kannte, durchschaute sie ihn mit einem einzigen Blick.

»Ja«, sagte er, »ich dachte, ich verwöhne dich mal so richtig. Weißt du, ich bin beim Aufräumen auf dieses alte Rezeptbuch gestoßen. Darin steht: Kochen kann jeder. Kochen ist eine demokratische Angelegenheit.«

Sie grinste. »Na gut, warum auch nicht.«

»Ich kann uns aber auch vor dem Kino noch schnell eine Pizza bestellen.«

»Nein, ist toll, Paps, probieren wir's mal aus. Ich kann dir ja helfen.«

Sie gingen in die Küche. Er hatte schon angefangen, aber es sah noch nicht überzeugend aus.

»Was hast du denn für Zutaten da?«

»Schau dir mal diese Knollen an. Die hab ich auf dem Türkenmarkt gekauft.«

»Was ist *das* denn?« Emily hob die Augenbrauen.

»Sehen aus wie Kartoffeln, was? Sind aber keine.«

»Paps, seit wann kaufst du denn Gemüse ein? Und dann auch noch auf dem Markt?«

»Ach, das war irgendwann letzte Woche, ich hatte den Winter einfach satt. Bekam plötzlich Lust auf Frühling und Vitamine und all das. Hier, riech mal.«

Trojan gab ihr eine dieser rötlich-braunen Knollen und ließ sie daran schnuppern.

»Der Händler hat gesagt, das ist Topinambur. Klingt irgendwie afrikanisch, nicht? Ist es aber nicht.«

»Und was macht man daraus?«, fragte sie skeptisch.

»Mein schlaues Kochbuch schlägt ein Gratin mit Thymian-Parmesan-Kruste vor.«

Sie lachte. »Okay, ich lass mich überraschen.«

Und er begann damit, die Knollen in Streifen zu schneiden.

»Willst du sie nicht vorher schälen?«

»Ach ja, richtig.«

»Gib mal her.«

»Nein, nein, ich bin hier der Koch.«

»Paps!«

Also übernahm Emily den Topinambur, während Trojan angestrengt nach einer Auflaufform suchte. Als er sie endlich gefunden hatte, fettete er sie ein und wollte gerade den Ofen vorheizen. Seine Hand war bereits am Schalter, da zuckte er mit einem Mal heftig zurück.

»Was ist los?«, fragte sie.

Er schnappte nach Luft. »Vielleicht ist ein Ofengericht doch keine so gute Idee.«

»Warum?«

»Ach, schon gut.«

Emily ließ das Küchenmesser sinken. »Das musst du mir jetzt aber genauer erklären.«

»Hat mit den Mordfällen zu tun.«

Sie sah ihn prüfend an. »Du stehst noch immer unter Strom, hmm? Wir müssen das hier nicht machen.«

»Doch«, murmelte er. »Es ist mir wichtig. *Du* bist mir wichtig.«

»Pass auf, Paps«, sagte sie, während sie mit Schwung eine Bratpfanne aus dem Regal hervornahm, »was hältst du von Rühreiern mit Topinambur? Das Altvertraute, gemixt mit einem exotisch klingenden Gemüse?«

Trojan lachte erleichtert auf. »Einverstanden.«

Gemeinsam schnippelten sie die Knollen. Emily setzte einen Topf voll Wasser auf und ließ den Topinambur darin garen. Trojan rieb den Parmesan, dann schlugen sie abwechselnd die Eier in die Pfanne. Zum Schluss mischten sie das Gemüse und den Käse unter und improvisierten mit seinen spärlichen Vorräten an Kräutern und Gewürzen. Emily fand sogar noch ein Bündel Petersilie in seinem Kühlschrank, hackte die Blätter klein und garnierte das Ganze damit.

Nachdem er den Küchentisch gedeckt, für Emily einen Tee zubereitet und für sich selbst ein Bier aufgemacht hatte, setzten sie sich beide und probierten von ihrer Kreation.

»Schmeckt gar nicht so schlecht«, sagte sie.

»Hmm.«

»Sogar erstaunlich gut, würde ich sagen.« Sie lächelte ihn verschmitzt an. »Weißt du noch, Paps, früher, wenn es bei dir Nudeln gab, hab ich mir am liebsten Ketchup drübergeschüttet.«

Er grinste. »Dabei hab ich mir mit der Soße immer große Mühe gegeben.«

»Der Ketchup war aber besser.«

»Ich hab welchen da? Willst du?«

Sie schüttelte den Kopf. »Danke, nein, ist heute wirklich nicht nötig.«

Eine Weile aßen sie schweigend, dann murmelte sie: »Du hast damals immer tolle Sachen mit mir unternommen. Eine

Zeit lang war ich ganz verrückt nach diesem Freizeitpark in Potsdam, weißt du noch?«

»Die Wildwasserbahn, natürlich. Du warst aus der Gondel nicht rauszukriegen.«

»So wild war das Wasser gar nicht, oder?«

»Aber du hattest deinen Spaß.«

Und Trojan erinnerte sich an die jauchzende Emily, wenn das Boot mit ihnen an einem Zahnrad hochgezogen wurde, einen Moment stoppte und dann diese kleine Wasserrutsche hinunterraste. Unten angekommen, mussten sie schnell eine weitere Runde drehen, damit sie recht bald wieder an der Rutsche angelangt waren.

»Die Märchenfiguren dort haben dich gar nicht so sehr interessiert«, sagte er.

»Hmm. Die Hängebrücke über der Schlucht war noch ganz gut. Aber das Beste war der Wasserfall.«

»Den haben wir beide geliebt.«

»Stimmt, du konntest oft auch wie ein Kind sein. Du hast damals genauso gejubelt wie ich. Und hier in der Wohnung solltest du mich immer in deinem Bürostuhl herumfahren. Ich hab die Beine angezogen, und du hast mich geschoben.«

»Wie hieß das Spiel noch gleich?«

»*Länder entdecken*.«

»Richtig.«

»Jedes Zimmer war ein eigenes Land. Wir haben dafür Phantasienamen entwickelt, das fand ich toll. Aus dem Wohnzimmer zum Beispiel wurde irgendein Wortspiel aus Rhinozeros wegen der wilden Nashörner, weißt du noch?«

»Klar, die haben hinter dem Sofa gelauert, diese furchtbaren Viecher.«

Sie lachten beide.

Als sie mit dem Essen fertig waren, lehnte sich Emily zurück und legte die Beine auf einen freien Stuhl, rieb die Füße in ihren flauschigen Norwegersocken aneinander und schüttelte ihre blonden Locken auf. Sie schien sich rundum wohlzufühlen. Trojan liebte es, so mit ihr dazusitzen.

»Manchmal blättere ich abends noch in deinen alten Kinderbüchern«, sagte er. »Ich hab sie alle aufgehoben, manche sind schon völlig zerlesen. An einigen Stellen hast du sogar was hineingekritzelt.«

»Erinnerst du dich an das, worin es um den heimlichen Freund geht?«

»Ja.«

»Dieser kleine Junge, dessen Eltern umziehen? Er findet sich in der neuen Umgebung noch nicht zurecht, hat keine Freunde, also erfindet er einen. Mensch, das hat mir gefallen.«

»Hab es dir geschenkt, als ich hierhergezogen bin.«

»Ich fand es in Kreuzberg immer okay, Pa.«

»Wirklich?«

Sie nickte.

Er spürte, dass sie sich allmählich dem Thema Scheidung näherten, und wurde ernst.

Emily aber schien es nicht so zu ergehen, denn auf einmal fragte sie munter: »Wo ist eigentlich dieses Spielzeugtastentelefon hin, von dem ich nicht die Finger lassen konnte?«

»Du meinst das mit den Batterien, dieses leuchtende, dudelnde Ding?«

»Ja!«

»Oben auf dem Hängeboden. Ich hab nichts weggeworfen. Soll ich die Kiste herholen?«

»Lass mal. Aber dieses Teil war echt lustig.«

»Wir haben damit *Tante-Emma-Laden* gespielt.«

»Ja, das Telefon war meine Registrierkasse. Du musstest

tagelang bei mir Sachen einkaufen, alles, was ich in der Wohnung finden konnte, wurde auf dem Boden zum Verkauf ausgebreitet, damit ich nur ja die Kasse bedienen konnte.« Sie strahlte ihn an. »War echt tapfer von dir, Paps.«

Er atmete vergnügt auf. Das also waren die Widersprüche in Emilys Alter. Das Poster einer Popgruppe konnte ihr von heute auf morgen peinlich werden, aber hinter ihrem Lächeln verbarg sich noch immer das junge Mädchen, das aus der Besenkammer ein fernes Land und aus dem Nichts einen Einkaufsladen zaubern konnte.

»Willst du einen Nachtisch?«

Ihre Augen leuchteten. »Sag bloß, du hast …«

»Na klar. Vanillepudding, wie in alten Zeiten.«

»Aber nur den aus der Tüte!«

»Was denn sonst!« Und er holte die Fertigmischung hervor und rührte sie an.

Nachdem sie beide je zwei Portionen davon verdrückt hatten, stellten sie fest, dass es fürs Kino schon längst zu spät war. Aber das störte sie nicht, im Gegenteil, und so plauderten sie noch lange weiter, bis Trojan sie schließlich auf ihren Wunsch hin heim nach Charlottenburg fuhr, damit sie etwas länger schlafen konnte und es nicht so weit zur Schule hätte.

Noch auf dem Rückweg am Steuer seines alten VW Golf lächelte er beglückt über den schönen Abend mit ihr.

Dafür musste dringend wieder mehr Zeit sein. Er nahm sich fest vor, künftig darauf achtzugeben. In diesem Moment fiel ihm auf, dass er nun schon seit mindestens drei Stunden nicht mehr an die Ofenmorde gedacht hatte und wie gut ihm das tat.

# SECHSUNDZWANZIG

Jana Michels mochte Wochenanfänge nicht, die gesamte Flut sorgenvoller Sitzungen im Fünfzig-Minuten-Takt lag noch vor ihr, mit all den Leidensgeschichten, Beichten, Berichten über Ängste und Verstimmungen. Die Trauer über verlorene Partner und Freunde, das Klagen über vergebliche Wünsche und unerreichbare Ziele, diese hilflosen Versuche, Sehnsüchte auszuformulieren, die sich doch niemals zu erfüllen schienen. Und sie steckte immer mittendrin. Musste zuhören, Ratschläge erteilen, ihre Patienten stärken, damit sie möglichst irgendwann einmal ihre Fähigkeit zu hoffen wiedererlangten. Und dabei musste sie tiefer gehen, immer tiefer. Noch eine Schicht fremden Seelenlebens freilegen und noch eine, um dann vielleicht herauszufinden, wo die Wurzel allen Unbehagens lag.

Natürlich, sie liebte ihren Beruf, nicht umsonst hatte sie so schnell Karriere gemacht und recht früh ihre eigene Praxis eröffnen können. Es verschaffte ihr auch oftmals eine gewisse Befriedigung, einem Menschen in Not einen neuen Weg zu weisen, und doch schlich sich gerade in letzter Zeit immer wieder eine Art Niedergeschlagenheit in ihren beruflichen Tagesablauf, und eine beharrliche Stimme fragte sie leise: *Wozu tust du das eigentlich alles?*

Sie legte ihre Tasche auf dem Schreibtisch ab, lüftete einmal kurz durch, stellte den Thermostat auf eine angenehme Raumtemperatur ein, nicht zu warm und nicht zu kalt, damit sich ein jeder Gast in ihrem Gesprächszimmer wohlfühlen würde und zu guter Letzt auch sie selbst, fuhr den Laptop hoch, gab ihr Passwort ein, überflog die Liste der Patienten, die sie heute erwartete, stieß einen Seufzer aus und trat ans Fenster.

Die zwei Birken im Hof, die sie so sehr mochte, weil sie wie zwei Liebende beieinanderstanden und die Köpfe aneinanderlehnten, waren winterkahl, der Himmel darüber tief und grau. Dieser Blick aus dem Fenster war ihr beinahe schon vertraut, und sie hoffte inständig, dass sie an die alten Praxisräume, die sie wegen der Übergriffe *des Federmannes* aufgegeben hatte, in naher Zukunft immer seltener denken müsste. Zu viel Schrecken war mit ihnen verbunden.

Allerdings war ihr dort auch Nils Trojan zum ersten Mal begegnet. Und dieser Widerspruch irritierte sie. Zeitgleich mit dem Auftauchen eines bestialischen Serienmörders war die Liebe in ihre Praxis gekommen.

Sie durfte das nicht vermischen. Aber wie oft war ihr das schon passiert: Wenn sie an Trojan dachte, dachte sie auch an den Killer.

Als hätte er ihn im Schlepptau mit in ihren Schutzraum gebracht. Aber nein, dachte sie, nein, er hat ihn enttarnt, und er hat dich vor ihm gerettet!

Doch *der Federmann* war noch am Leben, das konnte sie spüren, auch wenn Nils das Gegenteil behauptete. Eine plötzliche Angst kroch ihr den Rücken hinauf.

Abrupt wandte sie sich vom Fenster ab.

Sie sank in einen der beiden Ledersessel, auf *ihrer* Seite, den Therapeutinnensitz, wie sie es nannte. Nach einem Moment der Schwäche richtete sie sich kerzengerade auf und schloss die Augen. Sie legte die Handrücken auf ihre Oberschenkel, bildete mit Daumen und Zeigefingern eine Mudra und atmete tief in den Bauch.

Schon strömten ruhigere Bilder auf sie ein, sie sollte sich entspannen, ja, die Liebe einlassen, sein Gesicht erschien vor ihr, sein Lächeln, die wachen braunen Augen, der Mund, der zu ihr sprach, die grauen Schläfen. Aber da war noch etwas, es kam zur Tür herein, da war Blut, es klebte an Schuhen, befleckte den Teppich.

Nein, nichts Bösartiges. Sie brauchte positive Energie, um ihren Arbeitstag zu überstehen. Sie dachte an Samstagnacht. Sie hatten sich geliebt. So intensiv, wild und dabei so vertraut. Doch dann war der Anruf seines Chefs erfolgt. Und wieder ein Mord und wieder das Grauen. Warum musste nur immerzu etwas ihren Frieden zerreißen?

Und grellere Bilder suchten sie heim, in rascher Abfolge, kaum zu bewältigen, ihre Augenlider flatterten, sie kam nicht mit dem Atmen hinterher. Da war Trojan, er war über ihr, hinter ihm baute sich eine Gestalt auf, *das Visier* in seinem Schlafzimmer, diese andere furchtbare Bestie, die er gejagt hatte. Die Pistole, wo war seine Pistole? Sie musste schießen, denn er war in Gefahr. Stopp! Stopp! Das riet sie auch immer ihren Patienten, *Stopp!* zu rufen, wenn etwas zu bedrohlich wurde.

Sie riss die Augen auf, keine Mudra, keine Meditation, nur Angst.

Sie atmete tief durch. Lass es nicht zu, dachte sie.

Aber genau das war es. Mit Trojan kam die Liebe, und mit Trojan kam die Angst. Er brachte Freude in ihr Leben, aber auch das Entsetzen, beides lag so dicht beieinander, und sie befand sich irgendwo dazwischen.

Und seine eigene Panik? Dieser Riss, der durch seine Seele ging? Würde er jemals Heilung erfahren?

Manchmal war ihr, als hätte das Böse, das er zu bekämpfen versuchte, auf immer einen Schatten auf ihn geworfen, von dem er sich nicht mehr befreien konnte.

Es läutete.

Sie zuckte zusammen.

Stand auf, streckte die Schultern durch. Haltung bewahren, dachte sie. Ihr erster Termin heute war ein Vorgespräch mit einer Patientin, die sie noch nicht kannte. Eine Frau Gellmann, 43 Jahre alt, die ihr am Telefon erklärt hatte, dass sie wegen verschiedener nervöser Auffälligkeiten dringend eine Psychotherapie benötige.

Sie wollte privat bezahlen.

Jana Michels musste im Laufe der Sitzung herausfinden, ob sie bereit wäre, sie in den Patientenstamm aufzunehmen.

Und so ging sie zur Tür.

»Erzählen Sie.«

»Ich weiß nicht, wo ich anfangen soll.«

Jana lächelte. »Was kommt Ihnen als Erstes in den Sinn?«

Diese Frau Gellmann war ihr nicht unsympathisch. Freundliches, offenes Gesicht, ein paar Sommersprossen, blonde Locken. Sie schien einige Stunden in der Woche im Fitnessstudio zu verbringen, als sie die Jacke ihres Businesskostüms ablegte, kamen wohlgeformte Oberarme zum Vorschein.

»Es begann alles mit meiner Scheidung vor knapp fünf Jahren. Nach anfänglicher Euphorie, dem Gefühl, etwas Neues wagen zu können, wurde ich immer deprimierter. Und seitdem meine Tochter in der Pubertät ist, bekomme ich manchmal Angst, mir würde alles entgleiten.«

»Wie alt ist Ihre Tochter genau?«

»Siebzehn.«

Jana bedeutete ihr mit einem aufmunternden Nicken fortzufahren.

»Wissen Sie, mein Exmann und ich, wir haben uns schon

in der Schule kennengelernt. Mein Gott, wir waren noch so jung. Es war die erste große Liebe, und wir sind ziemlich gleich nach dem Abitur zusammengezogen. Unsere Tochter war ein absolutes Wunschkind.«

Janas Gedanken schweiften kurz ab. Dann richtete sie den Blick wieder auf ihr Gegenüber.

»Gut, er sagt immer, es lag an mir, ich hätte ihn betrogen. Das ist auch richtig, er vergisst dabei aber die Vorgeschichte.«

»Was für eine Vorgeschichte?«

»Er war selten zu Haus. Hat sich immer nur im Beruf abgerackert. Und ich musste meine Arbeit *und* das Kind stemmen. Ich hab mich früh selbständig gemacht, mein eigenes Geschäft aufgezogen. Das war eine Menge Verantwortung. Ich hab mich aufgerieben dabei, hatte immer das Gefühl, meine Tochter kommt zu kurz.«

Jana schlug die Beine übereinander.

Sie sprachen eine Weile über die Freiberuflichkeit und die damit verbundenen Existenzängste. Schließlich fragte Jana: »Was war der Auslöser, Frau Gellmann? Warum sind Sie zu mir gekommen?«

»Diese Angst, es morgens nicht mehr aus dem Bett zu schaffen. Der Laden, ich muss da hin. Meine Mitarbeiter wollen bezahlt werden. Es lastet alles auf meinen Schultern. Wir befinden uns mitten in einer Wirtschaftskrise, und ich …«

Sie brach ab, ihre Hände verkrampften sich. Jana wartete.

»Ich bin diejenige, die immer lächelt. Von mir hat nie einer geglaubt, dass ich mal Schwäche zeige.«

»Was ist passiert? Seit wann fühlen Sie sich so schwach?«

Sie schwieg. Dann sagte sie: »Es war in der letzten Woche. Ich hatte einen schlimmen Tag erwischt. Ich wollte zu ihm, es gab Streit mit meiner Tochter, wir mussten das klären. Sie hatte sich mit einem Mal dazu entschlossen, wieder bei ihm zu wohnen, aber das hat nicht funktioniert. Sie hängt sehr an ihrem Vater.«

»Waren Sie eifersüchtig?«

»Ich weiß nicht. Ich glaube nicht. Ich war nur so wütend. Er wirkte so abgeklärt in letzter Zeit. Und ich? Ich saß da vor seiner Tür wie ein Häufchen Elend, hatte nicht mal mein Handy dabei. Nun ja, um es abzukürzen, er kam dann endlich von der Arbeit zurück, sagte mir, dass unsere Tochter bei einer Freundin sei, wovon ich mal wieder zu spät erfahren hab. Er bat mich herein. Es kam eins zum anderen, und ich …«

Sie holte Luft.

Jana ließ ihr Zeit. Merkwürdig, dachte sie, kein Wort mehr über ihre Symptome, von denen sie noch am Telefon sprach, Herzrhythmusstörungen, Schlaflosigkeit, Hitzewallungen, ein ganzes Dossier, das sie angeblich von ihrem Hausarzt bekommen hatte, sie kommt lieber gleich zur Sache. Will das Übel bei der Wurzel packen, und das scheint nun mal ihr Exmann zu sein.

»Wir haben viel getrunken. Wir sind … nun ja, wir sind wieder im Schlafzimmer gelandet. Ich hab die Nacht mit ihm verbracht.«

»Und das verwirrt sie?«

Stille.

Ein plötzlicher Augenaufschlag. Und dann geschah etwas Seltsames, die Patientin lehnte sich in ihrem Sitz vor und fasste Jana fest in den Blick. Sie senkte die Stimme.

»Gellmann ist mein Mädchenname, müssen Sie wissen. Den hab ich nach meiner Scheidung wieder angenommen. Nur meine Tochter wollte den Nachnamen ihres Vaters behalten. Ist das nicht sonderbar?«

Jana blieb nach außen ganz ruhig, und doch waren ihre

Sinne geschärft. Angriffshaltung, registrierte sie. Jäher Stimmungsumschwung. Wachsam sein.

Und schließlich sagte Friederike Gellmann: »Ich bin hier, um Ihnen zu sagen, dass ich nicht aufgehört habe, meinen Mann zu lieben. Und ich glaube, das beruht auf Gegenseitigkeit. Auch Nils liebt mich noch immer.«

»Sind Sie Roman Giersch?«

Der Mann in den Dreißigern sah ihn erstaunt an. Seine Augen waren umschattet, ein Dreitagebart bedeckte seine hohlen Wangen. Aus dem Inneren der Wohnung drangen gedämpft die monotonen Bässe elektronischer Musik.

»Wer will das wissen?«

Trojan hielt ihm seinen Dienstausweis hin. »Darf ich mal reinkommen?«

Eine unwillige Kopfbewegung. »Hab gerade viel zu tun.«

»Nur fünf Minuten.«

Giersch ließ ihn nach einigem Zögern herein und schloss hinter ihm die Tür.

Er bat ihn in sein Arbeitszimmer und stellte dort die Musik ab. Auf einem Leuchtkasten lag eine halbfertige Zeichnung. Er schaltete ihn aus und bedeckte das Werk mit einer Sammelmappe.

Trojan sah sich um, Regale voller Bildbände, zwei Tische, unvollendete Comicstrips, knallbunte Stifte, wie Mikados verteilt, ein aufgeklapptes MacBook, Farbschlieren waberten über den Bildschirm in Endlosschleife. Ein Plakat an der Wand zeigte ein Alien, das Schleim absondernd in eine Straßenschlucht stürzte.

»Worum geht's denn?«

»Kennen Sie eine Grit Wölfer?«

Ein kurzes Zucken um die Mundwinkel, kaum merklich, aber Trojan entging es nicht.

»Was ist passiert?«

»Beantworten Sie bitte meine Frage.«

»Ja.« Er rieb sich über die Bartstoppeln. »Kenne ich.«

»Wo ist sie?«

»Ich weiß es nicht.«

Trojan registrierte, dass Giersch bemüht war, seinem Blick standzuhalten. Methode, dachte er, markiert den Überlegenen, obwohl er es nicht ist. »Kann ich mich setzen?«

»'tschuldigung. Klar.«

Er wischte mit einer Handbewegung einen Stapel Magazine vom Sofa und deutete auf die freigewordene Fläche. Trojan nahm Platz. Giersch zog sich einen Stuhl heran und setzte sich ebenfalls. Wieder dieser beharrliche Blickkontakt.

»Dann erzählen Sie mal, woher kennen Sie die junge Frau?«

»Sie hat mich wegen meiner Arbeiten kontaktiert. Die fand sie interessant. Sie hinterließ einen Kommentar auf meiner Website, ich hab geantwortet. Sie fragte, ob sie mich treffen könnte, und ich hab eingewilligt.«

»Wann war das?«

»Letzte Woche.«

»Geht es auch etwas genauer?«

Giersch zupfte an seinem Halstuch. Hatte sich der Kerl erkältet, oder war das bloß eine Künstlerattitüde? Als er Trojans Blick bemerkte, ließ er davon ab.

»Wir haben uns am Mittwochabend im *Würgeengel* getroffen.«

»Und dann?«

»Ich hab sie nach Hause gefahren. Am nächsten Tag haben wir zusammen gegessen.«

»Wo?«

»Hören Sie, ich verstehe diese ganze Fragerei nicht, können Sie mir erst mal erklären …«

»Wo haben Sie sie zum Essen getroffen?«

Er stieß die Luft aus. »Hier bei mir. Es war wegen meiner kleinen Tochter. Ich bin alleinerziehend, wollte sie nicht allein lassen.«

»Haben Sie ein Verhältnis mit Grit Wölfer?«

»Das geht Sie nun wirklich nichts an!«

Trojan wartete ab. Er ließ ihn nicht aus den Augen. Treib kein Spielchen mit mir, dachte er.

Giersch rieb sich mit den Handflächen über die Oberschenkel, er trug ausgewaschene Jeans, einen schwarzen Pulli mit V-Ausschnitt, darunter ein weißes Hemd. Auch das Halstuch war schwarz.

Er schien die Stille nicht länger aushalten zu können. »Ich war Donnerstagnacht noch mal bei ihr. Wir haben … haben ein bisschen rumgemacht. Mehr war da nicht. Ich bin dann gleich wieder gegangen.« Er verschränkte die Arme vor der Brust. »Muss ich mich dafür etwa rechtfertigen?«

»Hat das irgendjemand behauptet?«

Er zog einen Flunsch. »Was wollen Sie eigentlich von mir?«

»Haben Sie Grit Wölfer seitdem noch mal gesehen?«

Kopfschütteln.

»Anrufe?«

Wieder Kopfschütteln.

»Sie machen ein bisschen mit ihr rum und melden sich nicht mehr bei ihr?«

»Ich glaube, das war …«

Jetzt schlug er die Augen nieder. Trojan atmete ruhig.

»Sie glauben was?«

»Das hat nicht funktioniert.«

Lange Stille. Trojan schaute zu dem Plakat an der Wand hin. Die Schleimbatzen des Aliens schienen aus dem Papier herauszusprühen, und es war, als wollten die Augen dieses unheimlichen Wesens sich am Betrachter festsaugen, irgendwo in der Mitte des Gehirns. Da war eine Kraft in der Zeichnung, die ans Genialische grenzte, kurz vor dem Abdriften in den Wahnsinn.

»Ist das von Ihnen?«, fragte er.

»Hmm. Gefällt's Ihnen?«

»Ziemlich gut.«

»Verstehen Sie was von Kunst?«

»Sie meinen, weil ich bloß ein dämlicher Cop bin?«

»Hab ich nicht gesagt.«

Trojan musterte ihn. Schließlich senkte Giersch die Stimme: »Verraten Sie mir jetzt endlich, was los ist?«

»Grits Mutter ist tot. Sie wurde ermordet.« Er straffte die Schultern. »Das Wort trifft es eigentlich nicht. Bestialisch hingerichtet schon eher.«

Roman Giersch stand der Mund offen. Seine Augen weiteten sich.

»Das ist ja schrecklich!«

»Jemand muss ihr die Nachricht überbringen. Aber wir können sie in ihrer Wohnung nicht antreffen. Hat sie ihre Mutter Ihnen gegenüber mal erwähnt?«

»Nein. Ich weiß, ehrlich gesagt, ziemlich wenig über sie.«

»Gibt es Bekannte, Freunde, von denen sie sprach?«

»Wie gesagt, zwei Dates. Und …«

»Also, Sie würden es schon als Dates bezeichnen?«

Giersch verlor die Beherrschung, schlug mit der Faust in die hohle Hand.

»Ja, verdammt, aber das hab ich Ihnen doch alles schon erzählt.«

In diesem Moment trat ein kleines Mädchen ins Zimmer. Es war wie eine Erscheinung. Plötzlich war es da. Blässlich, in ein weißes Nachthemd gehüllt.

»Papa?«

Sie musste an der Tür gelauscht haben.

»Meine Süße!«

Giersch hatte sich sofort wieder im Griff. Er wandte sich an Trojan.

»Das ist Jule, meine Tochter. Ich konnte sie heute nicht in die Schule schicken, weil sie Kopfschmerzen hat.«

In den Augen des Mädchens war ein Schimmer. Sie wirkte leicht benommen, wie somnambul. »Wer ist der Mann?«

»Ich bin Nils Trojan von der Kriminalpolizei. Hab was mit deinem Vater zu besprechen. Könntest du uns für einen Moment allein lassen?«

Das Mädchen warf ihm einen verwirrten Blick zu, dann verschwand es wieder.

Trojan wollte gerade zu einer weiteren Frage ansetzen, als die Kleine mit einem Mal wieder im Zimmer stand.

»Geht es um die Hexe?«, wisperte sie.

Zunächst glaubte Trojan, sich verhört zu haben.

Da war Giersch schon aufgesprungen und strich seiner Tochter besänftigend über den Kopf.

»Was redest du denn da?«

Er nahm sie bei der Hand und zog sie hastig hin zur Tür. An der Schwelle wandte sie sich noch einmal zu Trojan um, und ihre Lippen formten lautlos einen Halbsatz.

Schon war sie weg.

Bald darauf hörte er gedämpftes Gemurmel. Giersch schien ihr zur Beruhigung eine Geschichte vorzulesen. Trojan erhob sich und inspizierte die anderen Räume der Wohnung. An der Kinderzimmertür blieb er stehen und lauschte.

Nun war es dahinter still. Rasch ging er zurück ins Arbeitszimmer.

Gerade als er die Mappe von der Zeichnung auf dem Leuchtkasten nehmen wollte, spürte er jemanden in seinem Rücken.

»Sie hat Fieber. Da phantasiert sie manchmal.«

Trojan drehte sich zu dem Comiczeichner um. »Wo ist die Mutter des Kindes?«

»Durchgebrannt nach Lissabon.«

»Tut mir leid für Sie.«

»Ich schaff das schon.«

»Wie alt ist die Kleine?«

»Zehn.«

»Schwierig, so ganz ohne Mutter. Kommt sie denn wenigstens mal zu Besuch?«

»Selten, viel zu selten.«

Nach einer Pause reichte Trojan ihm seine Karte. »Rufen Sie mich bitte sofort an, sollte sich Grit Wölfer bei Ihnen melden. Oder falls Ihnen noch etwas zu der Angelegenheit einfällt.«

»Natürlich.«

»Ich finde allein hinaus.«

Noch im Treppenhaus sann Trojan über die stumme Botschaft des Mädchens nach. Er hatte von ihren Lippen so etwas abgelesen wie: *Angst vor der Hexe*.

## SIEBENUNDZWANZIG

Sie wartet da drin auf dich«, sagte Dennis Holbrecht. »Hast du schon mit ihr gesprochen?«

»War mir leider nicht möglich. Sie wollte ausschließlich zu dir.«

Trojan nickte seinem Kollegen zu und betrat das Büro. Auf den ersten Blick hätte er sie beinahe nicht wiedererkannt, denn Carolin Haubacher war erschreckend abgemagert. Aus ihrem eingefallenen Gesicht stachen die Wangenknochen hervor. Ihr Haar war glanzlos, die Stirn zerfurcht.

Er murmelte eine Begrüßung und setzte sich.

War seit dem ersten Ofenmord wirklich erst eine Woche verstrichen? Ihm schien, als hätte sich die Zeit seitdem gedehnt, zu viel Grauen für ein paar Tage und Nächte im Frost.

»Was kann ich für Sie tun?«, fragte er.

Sie antwortete nicht.

Trojan war in Eile, und doch versuchte er, sich seine Ungeduld nicht anmerken zu lassen.

Und endlich begann sie zögernd: »Es ist … ich habe noch einmal über alles nachgedacht.«

Sie schlug die Augen nieder.

»Es geht um den Computer meines Mannes«, sagte sie nach einer Pause.

Da sie wieder lange schwieg, fragte er behutsam nach: »Sie meinen das *Wipen*? Die gelöschten Dateien?«

»Ja.«

Carolin Haubacher zog ein Stofftaschentuch aus der Manteltasche hervor. Sie hielt es eine Weile geistesabwesend in ihrer Hand, dann presste sie es sich in einer jähen Geste der Verzweiflung gegen den Mund.

Trojan wusste, dass er sie keinesfalls drängen durfte, also wartete er ab.

Schließlich ließ sie das Taschentuch sinken und sagte: »Es war an einem Sonntagnachmittag im letzten Sommer. Ich war mit einer Freundin zu einem Spaziergang an der Krummen Lanke verabredet. Georg sagte, er hätte noch einige Klausuren zu korrigieren, und Ronja langweilte sich, also nahm ich sie mit. Es war so ein schöner Tag, ich weiß noch, ich hatte das Verdeck unseres Cabrios heruntergelassen. Wir waren schon fast da, als Ronja einfiel, dass sie ihren Kinderrucksack vergessen hatte. Darin verwahrte sie ein paar Sachen zum Spielen und ihre Trinkflasche, das war so eine Marotte von ihr, bei jedem Ausflug musste sie ihren kleinen Rucksack dabeihaben. Also fuhren wir noch einmal zurück. Damit es schneller ging, bat ich sie, im Auto zu warten. Ich rannte hoch in die Wohnung und ...«

Sie stockte.

Trojan nickte ihr aufmunternd zu. »Und dann?«

Sie zerknautschte das Taschentuch. »Eigentlich war alles ganz normal. Ein gewöhnlicher Sonntagnachmittag. Sein Computer war hochgefahren. Die Klausuren, dachte ich. Aber da war etwas auf dem Bildschirm, das passte ganz und gar nicht. Er schien mich erst sehr spät gehört zu haben. Hätte er den Laptop früher zugeklappt, wäre mir nichts aufgefallen.«

Sie sog die Luft ein.

»Ich schnappte mir den Rucksack, rief ihm etwas zu und ging. Danach war in meinem Leben nichts mehr wie früher.«

Ihre Stimme kippte. »Warum hat er nur die Tür zu seinem Arbeitszimmer offen gelassen!«

Carolin Haubacher zog die Schultern hoch, die Hände in ihrem Schoß waren zu Fäusten geballt.

»Was war auf dem Bildschirm zu sehen?«, fragte Trojan leise.

Es brauchte eine Weile, bis sie imstande war weiterzureden.

»Wie gern hätte ich das alles für einen Irrtum gehalten. Aber es war keiner. Und nun sehe ich für immer dieses kleine Mädchen vor mir. Es ist nackt. Und da ist ein Mann. Er beugt sich über sie. Im ersten Moment glaubte ich noch an eine Sinnestäuschung, es war ja nur ein kurzer Blick, schon war das Bild weg. Er klappt den Rechner zu, ich starre auf seinen Hinterkopf. Ich bin völlig durcheinander, weiß nicht, was ich sagen soll. Schließlich rufe ich ihm zu: Mach's gut, Georg, bis bald. Und von da an ist mein Leben zerstört.«

Ruckartig bewegte sie den Kopf.

»Noch in derselben Nacht, wir lagen beide wach, hab ich ihn darauf angesprochen. Georg, hab ich gesagt, wie lange geht das schon so? Und dann kam sein Geständnis.«

Sie hob den Blick.

»Seit Jahren war mein Mann süchtig nach Kinderpornographie. Er hat diese entsetzlichen Fotos im Internet gesucht, sie heruntergeladen, gesammelt, mit anderen Usern getauscht und sich daran ergötzt. Es gab Phasen der Reue, in denen hat er alles gelöscht, dann wurde er rückfällig und begann von neuem. Dazu kam die Angst vor der Polizei. Er wusste doch, dass er sich strafbar machte, daher das *Wipen*. Die Festplatte bereinigen, Spuren vernichten, sich von der Schuld reinwaschen, um sich mit dem nächsten Download erneut damit zu besudeln.«

»Verzeihen Sie, Frau Haubacher, aber ich muss Sie das fragen …«

»Ich weiß, was jetzt kommt«, unterbrach sie ihn energisch, »und die Antwort ist nein. Nein, er hat sich niemals an Ronja vergriffen. Er hat unser Kind geliebt. Es war tabu für ihn. Seinen krankhaften Trieb hat er allein im Netz ausgelebt.«

»Sind Sie sich da ganz sicher?«

»Ja.«

»Und in der Schule? Ihr Mann war Lehrer, ständig in Kontakt mit Minderjährigen.«

»Er hat mir glaubhaft versichert, dass er niemals übergriffig wurde. Das alles hat sich bloß in seinem Kopf abgespielt. Es war wie ein abgespaltener Teil von ihm. Ich hab ihm zu einer Therapie geraten. Er hat sich darüber informiert. Ich hatte ihn schon fast so weit. Wir haben geredet, nächtelang, immerzu hat er mir dabei seine Liebe gestanden.« Wieder brach ihre Stimme. »Es hat ja auch funktioniert zwischen uns beiden. *Bevor* ich es wusste. Danach nicht mehr. Ein einziger Tag, und alles war erloschen.«

Trojan registrierte, wie diese bleiche Frau vor ihm mit ihren widerstreitenden Gefühlen rang. Um Fassung bemüht, verschränkte sie die Arme vor der Brust.

»Und es kam Ihnen nicht in den Sinn, sich von Ihrem Mann zu trennen?«

»Ständig hab ich mich mit diesem Gedanken getragen. Innerlich hatte ich mich längst von ihm entfernt. Immer wenn er Ronja ansah, bekam ich es mit der Angst zu tun. Er nahm unser Kind in die Arme, und ich musste mich fragen, was jetzt wohl gerade in ihm vorging. Sie gab ihm einen Gutenachtkuss, und ich überlegte, was das in ihm auslösen könnte. Und dann kam er wieder an und bat mich um Vergebung. Ich war schwach, viel zu schwach. Ich hätte mit Ronja gehen müssen, sofort. Verdammt, wie ich mich für all das geschämt hab. Und nun ist er tot. Und ich frage Sie, Herr Trojan: Ist das vielleicht Gottes gerechte Strafe?«

»Das weiß ich nicht.«

»Aber es *ist* eine Strafe, oder nicht?«

Schweigend blickte er sie an.

»Was ist mit ihrem Alibi?«, fragte Landsberg. »Hast du das noch einmal überprüft?«

»Sie war in Hagen, als der Mord geschah. Bei ihrer Fortbildung. Mehrere Leute konnten das bestätigen.«

»Ist es möglich, dass sich Carolin Haubacher in der Mordnacht von dort entfernt hat?«

Während der Chef in seinem Büro auf und ab ging, sah Trojan in den Unterlagen nach.

»Ziemlich unwahrscheinlich«, sagte er. »Sie müsste schon eine Doppelgängerin gehabt haben. Zwei ihrer Arbeitskolleginnen waren nach den hier protokollierten Aussagen dabei, als sie am frühen Morgen aus dem Hotel ausgecheckt hat. Sie sei völlig verstört gewesen, nachdem sie von dem Mord an ihrem Mann erfahren hatte. Noch am Abend zuvor gab es ein Meeting, danach habe man lange zusammen an der Bar gesessen. Und zwischen Hagen und Berlin liegt eine Fahrstrecke von etwa fünfhundert Kilometern. Nein, das ist völlig ausgeschlossen.«

Landsberg blieb stehen. »Sie könnte jemanden für den Mord beauftragt haben. Sie hat zumindest ein starkes Motiv. Ihr Mann habe ihr Leben zerstört, das hat sie doch gesagt, oder?«

»Ja. Und es ist schon denkbar, dass der Vater seiner Tochter doch etwas angetan hat.«

»Nur schämt sich Carolin Haubacher, es zuzugeben.«

»Könnte sein. Wir müssten die Kleine dazu befragen. Und zwar mit aller Behutsamkeit.«

»Kannst du das übernehmen?«

Trojan nickte. »Mach ich. Was aber ist mit den anderen beiden Morden? Wie passt das zusammen?«

Landsberg rieb sich mit dem Handrücken über die Stirn. »Okay, lass uns mal zusammenfassen. Georg Haubacher war im Besitz von Kinderpornographie.«

»Und Cornelius Streller hatte ein Verhältnis mit einer Minderjährigen.«

»Die Morde sind wie Hinrichtungen. Die Opfer müssen vor den Öfen niederknien.«

»Sie werden in erniedrigender Haltung gefesselt«, ergänzte Trojan. »Ein Stoffknäuel wird ihnen in die Kehle gestoßen.« Er setzte eine Pause. »Das sind Racheakte.«

Sie blickten sich an.

Trojan sagte: »Hier könnte ein Zusammenhang bestehen. Möglicherweise geht es um sexuellen Missbrauch. Genauer gesagt, um eine Strafe dafür.«

»Was ist mit Zoe Baumgart?«, fragte Landsberg.

»Sie hat mit Streller kurz vor der Tat telefoniert. Ihre Eltern sagen aus, sie sei in der fraglichen Nacht zu Hause gewesen.«

»Wir müssen sie trotzdem noch mal vernehmen. Vielleicht war die Sache zwischen ihr und Streller doch nicht ganz so freiwillig, wie sie behauptet hat.«

»Ja, sie könnte einen Hass auf Streller gehabt haben.« Trojan machte sich eine entsprechende Notiz.

»Und ihr Exfreund, dieser Marco Klitzke?«

»Sein Alibi ist mittlerweile von seinen Kumpeln bestätigt worden. Ich hab mir den Jungen intensiv vorgeknöpft. Für mich scheidet der als Tatverdächtiger aus.«

»Okay«, sagte Landsberg. »Wir haben eine vage Verbindung, zumindest was das Motiv anbelangt. Nun aber zum dritten Mord, der ja eigentlich der erste war, denn er hat sich irgendwann kurz nach Weihnachten ereignet. Karla Wölfer. Was wissen wir über sie?«

»Sie hatte wechselnde Liebschaften. Und es ist nicht auszuschließen, dass sie sich gelegentlich prostituiert hat.«

»Ihre erwachsene Tochter ist nicht anzutreffen.«

»Was ist eigentlich mit dem Durchsuchungsbeschluss für ihre Wohnung?«, fragte Trojan vorsichtig.

»Der ist immer noch nicht durch.«

»Warum nicht?«

Landsberg zuckte mit den Achseln »Schlamperei bei der Staatsanwaltschaft, nehme ich an.«

Trojan überlegte, wann der Zeitpunkt am günstigsten wäre, seinem Chef zu gestehen, dass er bereits in die Wohnung eingedrungen war.

Da griff Landsberg zum Telefonhörer. »Ich mach noch mal ordentlich Druck bei den Kollegen dort.«

Verdammt, spätestens jetzt sollte er es ihm sagen.

»Warte, Hilmar.«

Sie tauschten Blicke aus. Trojan schluckte.

»Ich war bereits in ihrer Wohnung.«

»Wie bitte?!«

»Ich musste da rein.« Ronnie Gerber wollte er unbedingt aus der Sache raushalten. »Manchmal ist der Dienstweg einfach zu lang.«

»Wann war das?«

»Gestern, Sonntag. Spätabends.«

»Bist du übergeschnappt? Das kann jedes Gerichtsverfahren torpedieren!«

»Nur wenn es rauskommt. Ich hab die Tür hinterher wieder notdürftig geflickt. Sieht ganz gut aus, dürfte keinem auffallen, und wenn der Beschluss durch ist, müssen wir ohnehin wieder …«

»Das ist Scheiße, Nils!«

Wie zu erwarten war, tobte Landsberg eine Zeit lang herum und beschimpfte ihn wüst.

Schließlich erhob sich Trojan und berührte ihn am Arm. »Tut mir echt leid, Chef. Soll nicht wieder vorkommen.«

Hilmar schnaufte durch.

»Willst du dir jetzt vielleicht anhören, was ich herausgefunden hab?«

Landsberg zog einen Flunsch, dann nickte er schwach.

Und so erzählte ihm Trojan von seiner Begegnung mit Roman Giersch, dem Comiczeichner.

»Und der weiß auch nicht, wo sie steckt?«

»Angeblich nicht. Aber ganz sicher sollten wir uns bei dem Kerl nicht sein.«

»Was hast du noch?«

Trojan berichtete ihm von dem Chaos in Grit Wölfers Wohnung in der Boddinstraße.

Landsberg stieß die Luft aus. »Also letztlich hast du gar nichts!«

Wieder sah er den Kachelofen in ihrem kleinen Zimmer vor sich. Gar nichts?, dachte er. War es so? Aber nein.

In diesem Moment begann Trojans Herz zu hämmern, und sein Atem beschleunigte sich. Reflexartig fuhr seine Hand an seine Brust. Er war ganz zittrig. Nur ruhig, er musste seine Gedanken ordnen, wie ein Orkan fegten sie plötzlich über ihn hinweg.

»Hilmar, verstehst du denn nicht …?«

»Wie?«

»Einen Augenblick noch, aber …«

Konzentrier dich, Mann! Es sind Teilstücke. Du musst sie bloß aneinanderfügen.

»Nils! Was ist mit dir? Fehlt dir irgendwas?«

Ihm stand der Mund offen. Und mit einem Mal sagte er: »Sie könnte das Bindeglied sein!«

»Du meinst …?«

»Grit Wölfer könnte durchaus etwas mit der Sache zu tun haben.«

»Inwiefern?«

Es war zu verworren. Der Wald. So dunkel. Er musste an Jana denken. Was hatte sie gesagt?

»Die Hexe!«, stieß er hervor.

»Was?«

»Es ist wie im Märchen.«

Trojans Atem ging heftig. Die Öfen. Und wieder dachte er an den Wald. Sophie Kranowitz!

Landsberg starrte ihn an. »Nils, was zum Teufel …«

Doch da war er bereits zur Tür hinaus.

# ACHTUNDZWANZIG

Das Fieber war am Morgen gesunken, bloß noch 37,9 Grad Celsius, also hatte ihr Vater entschieden, sie könne wieder zur Schule gehen. Jule aber fühlte sich noch immer schwach. Die Beine waren wie Pudding, und bei der kleinsten Bewegung fing sie an zu schwitzen. Irgendwie schaffte sie es dennoch, bis zum Unterrichtsschluss durchzuhalten.

Und nun konnte sie endlich spielen.

Es war herrlich, sie balancierte auf einem Bein, und die Prinzessin vor ihr tat es ihr gleich. Sie sprang, und die Figur sprang auch. Jule rannte los, und ihr gemeinsames Abenteuer begann. Das war großartig, manchmal hoben sie beide ab, ihre Füße hatten keinen Bodenkontakt mehr, sie mochte es, mit ihrer Freundin durch diese fernen Welten zu schweben. Da waren Farben, die pulsierten, Lichtströme, die sich zu knallbunten Landschaften vereinten, und dort hinten war der Fluss, mehrere Schichten Blau, die Wellen so echt, dass sie nach ihnen greifen konnte, und Wassertropfen stoben auf.

Nun galt es, ans andere Ufer überzusetzen, dafür brauchte sie ein Floß, sie musste sich Werkzeug zusammensuchen, um sich eines zu bauen. Geschafft, sie hisste das Segel, streckte die Arme aus, und die Prinzessin folgte.

»Du bist noch sehr viel hübscher als sie«, hatte jemand zu ihr gesagt, »*du* sollst die Krone tragen, nur du!« Und Jule war errötet. Ein Kompliment, das ihr schmeichelte. Prinzessin zu sein war wunderschön.

Auf den Wellen ging es weiter. Da war der Himmel und da die Sonne. Doch wenn sich am Horizont ein dunkler Punkt auftat, könnte das der Drache sein. Im Nu wäre er größer, schon spannte er seine Flügel auf und schoss heran. Eine Waffe basteln und auf ihn schießen! Aber nein, das wollte sie jetzt nicht, kein Kampf und kein Getöse, denn wenn das Ungeheuer das Maul aufriss und seine spitzen Zähne zeigte, dröhnte alles um sie herum, Bässe, die sie körperlich zu spüren bekam, Vibrationen bis hinunter in die Fußspitzen.

»Stopp!«

Jule gab den Befehl, und der Drache verschwand.

Lieber weiter auf den Wellen reiten. Nach einiger Zeit steuerte sie das Floß an Land und stieg aus. Erneut setzte sie zum Spurt an, barfuß auf einem schillernden Regenbogen, die Farben so intensiv, dass ihr die Augen übergingen. Ja, sie war die Prinzessin, und ihr Kleid bauschte sich im Wind, es war ihr eigenes Haar, das in Wirbeln durch die Luft wehte.

»Höher«, rief Jule, »höher und hoch hinaus!«

Doch nur wenig später musste sie abbrechen. Ihr war leicht schwindlig, der Schweiß perlte auf ihrer Stirn. Vielleicht war das Fieber zurück.

Sie hatte Durst.

Irgendwo musste noch ihr Saftglas stehen.

Sie verließ den Raum und ging durch den Flur. Plötzlich war sie abgelenkt. Etwas war anders als sonst. Und da fiel es ihr auf. Der Schlüssel steckte von innen.

Sie trat näher zur Eingangstür. Nein, den hatte sie dort wirklich noch nie gesehen. Und nun hing er da an einem Ring mit mehreren anderen Schlüsseln.

Kurzentschlossen zog sie ihn ab und nahm den Bund an sich. Schwer wog er in ihrer Hand. Sie klimperte damit. So viele Schlüssel. Sie begann sie zu zählen. Es waren zwölf. Einen nach dem anderen ließ sie durch ihre Finger gleiten. Sie hatten lustige Zacken, Bärte nannte man die wohl, und für einen Moment war ihr, als hätten die Schlüssel tatsächlich Gesichter, von Männerbärten umrahmt. Sie grinsten sie an, sie raunten ihr zu: *Einer von uns wird es wohl sein!*

Jule sah sich verstohlen um.

Tu es, dachte sie, die Gelegenheit ist günstig.

Schon stand sie vor der einen Zimmertür, die stets verschlossen war.

Sie probierte den ersten, den zweiten und dann den dritten Schlüssel. Der vierte passte.

Jule hielt den Atem an. Das Herz hüpfte in ihrer Brust. Verbotenes tun und Fieber haben, das war eine aufregende Mischung. Dazu gesellte sich ein wenig Angst, aber was sollte schon passieren.

Sie drückte die Klinke und trat ein.

Erst am Dienstagnachmittag, nach etlichen Vernehmungen im Fall Karla Wölfer – überwiegend ehemalige Liebhaber von ihr, die wenig Aufschlussreiches über sie zu berichten wussten, während von ihrer Tochter weiterhin jede Spur fehlte – fiel Trojan wieder die Notiz in die Hände, die er in größter Eile nach seinem gestrigen Gespräch mit Landsberg auf ein Stück Papier geworfen hatte: *Frau K. anrufen!*

Er musste nachdenken, was er eigentlich damit bezwecken wollte, mittlerweile war er am Rande der totalen Erschöpfung. Die Nacht hatte er auf der Klappliege im Büro verbringen müssen, kaum Schlaf, nur zwei, drei Stunden wenig erholsamen Dahindämmerns.

Zudem hatte Jana ihm am Vorabend eine rätselhafte SMS geschickt: MUSS DICH UNBEDINGT SPRECHEN. Als er kurz vor Mitternacht endlich die Zeit gefunden hatte, sich bei ihr zu melden, war bloß noch ihre Mailbox zu erreichen gewesen. Er hatte eine Nachricht hinterlassen und sie darum gebeten, ihn zurückzurufen, aber das war noch nicht geschehen.

Es beunruhigte ihn. Er würde es gleich noch einmal bei ihr versuchen.

Zunächst aber zu der Notiz. Endlich war ihm eingefallen, was sie zu bedeuten hatte. Und das war überaus wichtig.

Er griff zum Telefon und wählte eine Nummer. Nach einer gefühlten Ewigkeit meldete sich jemand mit einem tonlosen »Hallo?«.

»Frau Kranowitz?«

Lange Zeit blieb es still.

»Ich bin es noch einmal, Nils Trojan. Entschuldigen Sie bitte die Störung.«

»Sie sind es also.«

Ihre Stimme klang, als käme sie aus einem Grab.

»Nur noch eine einzige Frage. Sie erwähnten doch neulich, wie erfreut Sophie darüber gewesen war, dass sie eine neue Freundin gefunden hatte.«

Keine Erwiderung. Mein Gott, was machte diese Frau nur durch.

Trojan räusperte sich. »Sie sagten außerdem, der Name dieser Freundin sei Jule. Ist das richtig?«

»Ja.«

»Was ich nun wissen möchte: War der Nachname vielleicht Giersch?«

Sie überlegte nicht lange. »Ich erinnere mich nicht.«

»Jule Giersch!«

»Meine kleine Sophie hat nicht den vollen Namen erwähnt.«

»Könnte ich eventuell vorbeikommen? Ich müsste lediglich …«

»Dafür fehlt mir im Augenblick die Kraft.«

Ein Klicken in der Leitung. Sie hatte aufgelegt.

Trojan ließ den Hörer sinken. Es war zu vertrackt. Ihm war, als hielte er mehrere lose Enden in der Hand, aber er konnte sie einfach nicht miteinander verknüpfen.

Er sah zum Fenster hinaus. Schneeflocken tanzten im Wind.

Jule, dachte er, das war ein beliebter Vorname. Mit Sicherheit gab es zigtausende Mädchen in dieser Stadt, die so gerufen wurden.

Einerlei, er durfte nichts unversucht lassen, selbst wenn es bloß ein Strohhalm war, an den er sich klammerte. Und so griff er erneut zum Telefon, nur um diesmal Roman Giersch anzurufen und ihn um ein Gespräch mit seiner Tochter zu bitten.

Er musste Jule fragen, ob sie eventuell in letzter Zeit eine Sophie Kranowitz kennengelernt hatte.

Das Freizeichen erklang. Doch es hob niemand ab.

Das Zimmer war schlecht gelüftet. An einer Stelle hatte sich der Vorhang vorm einzigen Fenster von der Stange gelöst. Von dort fiel etwas Licht herein.

Sofort schlug ihr Herz schneller. Etwas fesselte ihre Aufmerksamkeit.

Jule trat näher.

*Lauf weg*, sagte eine Stimme in ihrem Innern, *lauf ganz schnell weg*. Doch ihre Schritte waren wie ferngesteuert, und schon stand sie dicht hinter diesem Stuhl.

Über der Lehne hing eine Jacke. Es war eine rote abgewetzte Strickjacke. Kann ein Zufall sein, dachte sie, muss nichts Schlimmes bedeuten. Lieber wieder zurückgehen und weiterspielen, durch ferne Welten fliegen, zusammen mit der Prinzessin.

Dann aber schlich sie einmal um den Stuhl herum. Und nun sah sie die Jacke von vorn.

Sie hatte silberne Knöpfe.

Alptraumjacke, böse Jacke. Ihr Puls beschleunigte sich.

Eine einzige Träne löste sich aus ihrem Auge und rann die Wange hinunter. Ihr Blick verschwamm. Der Lichtstrahl vom Fenster traf einen der Knöpfe, und er funkelte auf.

Da spürte Jule, dass jemand in der Tür stand.

Sie hob den Blick.

Sie sahen sich bloß an.

Nichts geschah.

Ihr Atem ging stoßweise, das Herz wummerte. Und gleichzeitig war da so ein Kribbeln, das schwärmte über ihren ganzen Körper aus.

*Lauf weg*, sagte wieder die Stimme in ihr.

Aber anstatt sich zu rühren, fragte sie nur leise: »Gehört die Jacke etwa dir?«

Keine Regung.

Sie fragte es noch einmal, kaum hörbar, wie erstickt, und erneut bekam sie keine Antwort.

Da schlug die Tür zu, und in Jule erstarb ein Schrei.

# VIERTER TEIL

## NEUNUNDZWANZIG

Da war ein Gesicht über ihr, hell und rund. Es lächelte sie an. Da waren Augen mit langen Wimpern, die schauten auf sie herab, freundlich, voller Mitgefühl. Für einen Moment glaubte sie, alles sei überstanden, sie war in Sicherheit und nicht mehr allein. Endlich gab es jemanden, der würde für sie sorgen, ihr Trost spenden und sie ihr Unheil vergessen lassen.

Und tatsächlich glaubte sie, es würde ein junger Mann bei ihr sitzen und ihre Hand halten. War das etwa Hannes, der Küchenjunge aus der Pizzeria nebenan, mit dem sie so gut befreundet war? Nein, sie hatte sich wohl geirrt.

In diesem Moment vernahm sie den Geruch nach durchschwitzten Laken und Franzbranntwein und bemerkte den bitteren Geschmack auf ihrer Zunge, so krank und hoffnungslos.

Und schon waren die Schmerzen zurück, grimmig schossen sie hervor aus den Schlupfwinkeln ihres Schlafs. In den Stunden ihrer Betäubung hatten sie sich bloß gerüstet zur nächsten Attacke.

Ihre Freundin Muriel saß bei ihr an der Bettkante und schlug die Beine übereinander.

»Du hast verdammtes Glück gehabt«, sagte sie zu ihr.

Wenn sie sich ihr doch nur in die Arme werfen könnte, um endlich zu weinen und all die Last loszuwerden, die ihr seit ihrer Kindheit den Atem nahm, doch sie musste wachsam sein.

Grit Wölfer durfte sich keinen Moment der Schwäche erlauben, niemals.

»Ich musste einen Arzt rufen. Du hast dich dagegen gesträubt. Aber ich sah keinen anderen Ausweg. Er wollte deine Versicherungskarte sehen, doch ich konnte das mit etwas Bargeld regeln.«

»Was hat er gesagt?«, fragte sie schwach.

»Du hast schwere Rückenprellungen, musst noch ein paar Tage ruhen. Mein Gott, Grit, du hättest sterben können. Du musst einen Schutzengel gehabt haben, glaubst du nicht auch?«

Ihr freier Fall. Sträucher, dicht und schneebedeckt. Dort unten im Hof. Eine Hecke, weiß wie Engelsflügel. Ihr Sturz. Der Aufprall, gedämpft. Die kurze Ohnmacht. Dann das Erwachen. Sie muss hier weg. Arbeitet sich mühsam hoch, ihre Beine so weich, als sei alles Leben aus ihnen gewichen. Diese Schmerzen. Nur fort von hier.

Muriel nahm ein Kissen und schob es ihr unter. Sie stöhnte auf, jede kleinste Bewegung tat ihr weh.

»Entschuldige.« Die Freundin zog die Hand zurück. »Aber du zitterst ja.«

Schritte verfolgen sie. Sie ist zu langsam.

»Schon gut. Ganz ruhig.« Sie strich über ihren Arm, es verursachte eine Gänsehaut bei ihr, sie wusste nicht, ob das angenehm war. Wie lange war sie schon hier?

Die Gestalt. Sie muss irgendwo dort sein. Eine Tür fliegt auf. Pochende Schritte im Hof. Schneller. In ihrem Rücken. Sie gleitet in einen Hauseingang, macht sich ganz schmal, die Schmerzen sind höllisch. Ihr bleibt die Luft weg.

»Weißt du, ich genieße es auch ein wenig. Nun bist du endlich einmal für längere Zeit bei mir.« Ihr Gesicht kam ihr jetzt sehr nah. Warm blies ihr Atem sie an, vertraut.

»Ich werde dich gesund pflegen«, sagte sie. »Du sollst es gut haben bei mir.«

Schwindel und Taubheitsgefühle, so spürt sie, wie erneut eine Ohnmacht naht. Sie muss endlich fort von hier. Irgendwie schafft sie es auf die Straße. Sie hält ein Taxi an. Der Fahrer blickt entgeistert zu ihr hin. Sie sinkt auf den Rücksitz, schließt mit letzter Kraft die Wagentür. Weg!, stammelt sie, weg, weg, weg! Der Motor heult auf. Sie nennt dem Fahrer Muriels Adresse, denn in ihrer eigenen Wohnung ist sie nicht mehr sicher.

Sie schluckte die Übelkeit hinunter. »Wie lange habe ich geschlafen?«

»Der Arzt hat dir ein paar Medikamente dagelassen.« Muriel sortierte die Verpackungen und aufgedrückten Tablettenblister auf dem Nachttisch. Tippte mit dem Finger auf den Verschluss eines Fläschchens, las blinzelnd den Namen vom Etikett ab. »Das hier ist besonders stark, haut dich weg für mehrere Stunden.«

Sie kämpfte gegen die aufkeimende Panik an. »Was ist das für ein Arzt!?«

»Du bist verletzt, da musst du folgsam sein.«

»Wie lange …?«

»Beruhige dich, Grit.« Sie drückte ihre Hand. »Du weißt doch, bei mir hast du jederzeit ein Zuhause.«

»Welcher Tag ist heute?«

»Dienstag.«

Kein Zeitgefühl mehr, dachte sie. Wieder sah sie sich auf diesem Mauervorsprung balancieren, hörte das Kratzen der Fingernägel auf dem Fensterbrett. Ein Luftzug, die Gestalt haschte nach ihr. Und wie ein Stromschlag durchzuckte sie die Erinnerung an den Moment, da ihre Füße über den Rand hinausglitten und sie das Gleichgewicht verlor.

Der Sturz. Und wieder die Angst.

Die Bilder stürzten auf sie ein. Die Fratze hinter dem Fenster. Oder war das alles nur ein Alptraum gewesen? Nein, viel schlimmer. Ihr Herz hämmerte.

Sie wollte sich aufrichten, aber es ging nicht. Der Schmerz kauerte in der Wirbelsäule. Von dort strahlte er aus, bis hinauf zu den Schläfen.

Die Freundin beugte sich über sie. »Du hast immer wieder im Schlaf gesprochen. Aber es ergab keinen Sinn für mich.«

Ihre Lider flackerten. Und plötzlich verschwamm Muriels Gesicht vor ihren Augen.

»Wasser«, murmelte sie. »Gib mir was zu trinken.«

Und dann spürte sie die Hand der Freundin in ihrem Nacken, doch schon war alles schwarz um sie herum.

Etwas zog sie herab. Da war ein Strudel aus Bildfetzen, ein Hall von abgerissenen Stimmen. Sie wollte sich aufbäumen, aber es gelang ihr nicht. Sie sank tiefer. Da unten war die Gestalt. Sie breitete die Arme aus, und Grit stürzte direkt auf sie zu. Nein, schrie sie, geh weg, aber zur Antwort kam nur ein Lachen.

Da erkannte sie, dass die Gestalt etwas in der Hand hielt. Plötzlich war dieser Gegenstand riesengroß. Und Grit wurde gegen das Glas der Schneekugel gepresst. Die Flocken stoben auf, in wilden grellen Wirbeln, bis sie sich auf das Dach des Pfefferkuchenhauses niedersenkten.

Und davor stand ein kleines Mädchen.

Grit schrie ihr etwas zu. Dann schreckte sie hoch.

»Jule!«, rief sie aus.

Sie atmete schwer.

Wieder schien sie viele Stunden geschlafen zu haben, die

Lampe auf dem Nachttisch war eingeschaltet, hinterm Fenster zog die Dämmerung auf.

Aber sie war allein.

Roman stützte die Hände auf den Tisch. Vom Stapel seiner Comicmagazine glotzte ihn ein Superheld an, schwarze Tolle, kantiges Kinn und unterm hautengen Latexanzug das Sixpack und die voluminöse Brustmuskulatur.

»He, Mann, was willst du von mir?«, sagte er laut. »Hast du vielleicht irgendeinen Ratschlag für mich?«

Schon beobachtete er sich dabei, wie er das Heft an sich nahm, das Cover erst vorsichtig abtrennte, um es dann genüsslich zu zerpflücken. Mit den nächsten Seiten fuhr er fort, eine nach der anderen zerrupfte er. Nur weiter so, das tat gut. Seine Finger zerschredderten das Papier mit den Sprechblasen und den fettgedruckten Ausrufen darin: UAARGH! UUHMPFF!, und den zahlreichen Explosionsgeräuschen: KRAWUMM! BUUUSHH! Vor Anstrengung schnaufend, riss er das gesamte knallbunte Heldenepos in Fetzen. Schließlich fegte er den restlichen Stoß mit einem Kamikaze-Schrei von der Tischplatte und deutete einen Kung-Fu-Tritt an.

Denk nach, denk nach, hämmerte es in seinem Kopf, wen musst du noch anrufen, welche Mutter, welchen Vater hast du noch nicht befragt, gibt es irgendeine Schulkameradin von Jule, die du übersehen hast? Selbst die Klassenlehrerin hatte er per Telefon aufgestöbert: Wo ist meine Tochter? Warum ist sie noch nicht zu Hause?!

Wieder klickte er sich durch das Nummernverzeichnis und rief gleich noch einmal bei Monika an.

»Mein Gott, Roman, ist sie etwa noch immer nicht bei dir aufgetaucht?«

»Nein, verdammt.«

»Ich glaube, du solltest langsam die Polizei einschalten.«

Bei dem Wort *Polizei* kroch ein Schaudern an ihm hinauf.

»Ich warte noch ab«, sagte er.

»Aber nicht zu lange, Roman, hörst du? Ich hoffe zwar auch, dass sich noch alles zum Guten wenden könnte, aber ... um Himmels willen, es passiert so viel Schreckliches heutzutage.«

»Jetzt mach mir keine Angst!«

Sie schwieg. Dann fragte sie leise: »Hast du schon Anna benachrichtigt?«

»Scheiße, nein!« Seine Stimme überschlug sich. »Vielleicht trödelt Jule einfach irgendwo herum. »Sie ist ... sie hat ...« Er brach ab.

»Beruhige dich. Alles wird gut. Halte mich auf dem Laufenden, ja?«

»Mach ich.«

Er legte auf. Kurz darauf fand er sich vor der Anrichte wieder, die Flasche mit dem weißen Rum in der Hand. Nicht noch einen, ermahnte er sich, er musste die Kontrolle behalten.

In diesem Moment läutete das Telefon, und er zuckte zusammen. Im Nu war er zurück im Arbeitszimmer.

Roman drückte die grüne Taste.

Mühsam richtete sie sich auf. Das Blut wich ihr aus dem Kopf, und der Schwindel traf sie mit Wucht. Für eine Weile war ihr, als müsste sie sich übergeben, sie zwang sich, tiefer zu atmen, bis sie sich halbwegs im Griff hatte. Endlich gelang es ihr aufzustehen. Langsam, dachte sie, vorsichtig, Schritt für Schritt. Bei jeder unüberlegten Bewegung schien ihr jemand Messerspitzen in die Wirbelsäule zu jagen. So schleppte sie sich aus dem Zimmer.

Als sie die Küche erreicht hatte, lehnte sie sich erschöpft an die Wand und blickte sich um. Hier war es annähernd so unordentlich wie bei ihr zu Hause. Zumindest war das Geschirr gespült, es rührte sie zu sehen, wie Muriel die Teller im Abtropfregal nach Größe und Farbe sortiert hatte. Sie erkannte eine Tasse mit abgebrochenem Henkel wieder, die sie längst hatte kitten wollen, betrachtete die mit bunten Magnetscheiben am Kühlschrank befestigten Postkarten.

Sie ging zur Spüle und drehte den Wasserhahn auf. Als sie sich vorbeugte, schoss ihr der Schmerz in den Rücken, und sie sog die Luft durch die Zähne ein. Sie trank gierig, direkt aus dem Hahn. Danach war ihr wohler.

Grit dachte angestrengt nach. Sie brauchte einen Plan. Das Mädchen war in Gefahr, und sie musste ihr helfen.

Kurzerhand griff sie zu dem schnurlosen Telefon, das auf dem Küchentisch lag. Wie lautete die Nummer? Ihr Handy hatte sie ja verloren, also musste sie sich erinnern. Beim ersten Versuch war sie falsch verbunden, nach dem zweiten folgte kein Anschluss.

Sie grübelte weiter. Die Neun stimmte nicht, und auch die Sieben könnte verkehrt sein.

Sie wählte erneut, das war nun schon ihre fünfte Variante. Das Freizeichen ertönte, dann wurde abgehoben.

»Hallo?«

War das seine Stimme?

»Roman?«, fragte sie.

Er atmete bloß in den Hörer, offenbar überaus verblüfft.

»Ich bin es, Grit.«

Er schwieg noch immer. Allmählich kamen ihr Zweifel, ob er es wirklich war, dann aber sagte er: »Verdammt, das glaub ich jetzt nicht.«

»Tut mir leid, ich war ...«

»Ich dachte, du bist womöglich nicht mehr am Leben!«

Sollte das ein Scherz sein? Konnte sie ihm eigentlich trauen? Wer war dieser Roman Giersch überhaupt?

»Hör zu«, murmelte sie, »es ist etwas Schreckliches passiert. Es geht um deine Tochter.«

»Jule? Weißt du was über sie?«

Plötzlich hörte sie an der Wohnungstür ein Geräusch. War das Muriel?

»Grit! Sag schon! Hast du vielleicht eine Ahnung, wo sie sein könnte?«

Sie war abgelenkt. Während sie ins Telefon sprach, näherte sie sich dem Flur.

»Sie ist in dieses Haus gegangen. Und da ist …«

Das war nicht das Schnappen von einem Türschloss. Dort krachte etwas.

»Warte mal«, sagte Roman, »du hast sie gesehen?«

»Ja. Ich bin ihr vor kurzem gefolgt. Sie hat …«

»Wo ist sie hin?«

»Sie darf das nicht wieder tun. Es ist gefährlich. Sie war bei jemandem, der ihr etwas antun wird.«

»Von welchem Haus sprichst du? Wo ist sie?«

Nun war sie nicht mehr in der Küche. Ihre Hand umklammerte das Telefon. Und vor Entsetzen weiteten sich ihre Augen.

Holz splitterte. Jemand trat von außen gegen die Kassettentür. Schon sah sie die Sohle eines Stiefels.

»Hilfe«, stammelte sie.

Noch ein Tritt, die Tür vibrierte, und noch einer.

»Grit, was ist los?«

»Hol die Polizei!«

»Wo bist du?«

»Ich bin …«

Für ein paar Sekunden war sie wie gelähmt. Fassungslos sah sie mit an, wie ein dunkler Handschuh in dem Loch in der Tür auftauchte. Die Finger darin bewegten sich, tasteten nach der Klinke.

Sie wich zurück, und wieder rief sie um Hilfe.

Entfernt hörte sie Romans Stimme durchs Telefon, noch einmal fragte er sie, wo sie sei, sie aber brachte kein Wort mehr hervor. Ihre Kehle war wie zugeschnürt. Schließlich hatte sie die Leitung unterbrochen. Eins, eins, null, durchfuhr es sie. Notruf!

Die Tür sprang auf.

Grit starrte in eine Fratze.

Sie schrie, wollte die Nummer eintippen.

Doch da wurde ihr das Telefon entrissen, und eine Hand presste sich auf ihren Mund.

## DREISSIG

In seinen Augen war ein Flackern, so irr und entrückt, dass Trojan für einen Moment an seinem Geisteszustand zweifelte.

»Herr Giersch«, sagte er zu ihm, »ich hätte da noch eine Frage an Sie. Darf ich reinkommen?«

Er nickte. Seine Bewegungen wirkten seltsam kontrolliert, als er ihn in sein Arbeitszimmer führte. Unwillkürlich wanderte Trojans Blick zu dem schleimtriefenden Alien auf dem Poster hin.

Noch bevor er etwas sagen konnte, kam Giersch ihm zuvor. »Merkwürdig, dass Sie mich ausgerechnet jetzt aufsuchen, es ist nämlich so …«

Er brach ab. Stützte den rechten Ellbogen auf seinen linken Unterarm, ballte die Faust und nagte am Knöchel seines Daumens. Schweiß glänzte auf seiner Stirn, sein Haar war zerzaust.

Trojan machte einen Schritt auf ihn zu. »Was liegt Ihnen denn am Herzen?«

Giersch starrte ihn bloß wortlos an. Plötzlich sank er aufs Sofa und schlug die Hände vors Gesicht. »Jule ist weg. Großer Gott. Sie ist verschwunden.«

Es war wie ein Aufheulen. Gekrümmt und schwer atmend hockte er da, seine Schultern bebten.

»Ihre Tochter?!«

»Ja.«

»Seit wann?«

»Sie war heute noch in der Schule. Das konnten mir alle bestätigen. Ganztagsschule. Bis vier. Danach kommt sie eigentlich immer gleich nach Hause. Nur manchmal bummelt sie ein wenig. Dann wird es fünf, halb sechs. Aber jetzt …«

»Haben Sie herumtelefoniert? Bei Freundinnen, Klassenkameradinnen, deren Eltern?«

»Aber ja doch!«

»Hat sie jemand auf dem Heimweg begleitet?«

»Nein. Keiner weiß etwas. Es ist zum Verzweifeln.« Er schaute auf. »Und da ist noch etwas.« Er setzte eine längere Pause. »Grit Wölfer hat mich gerade angerufen.«

Trojan traute seinen Ohren nicht. »Wie bitte?«

»Ich war selbst überrascht.«

»Wann war das?«

»Vor einer halben Stunde ungefähr.«

»Wo ist sie?«

»Ich weiß es nicht.«

Und dann erzählte ihm Giersch von dem seltsamen Telefonat.

Trojan war völlig perplex. »Sie hat also Jule in ein Haus gehen sehen? Und sie sagt, das Mädchen sei in Gefahr?«

Er nickte.

»Wo soll denn dieses Haus sein?«

»Verdammt, wenn ich das nur wüsste! Sie kam nicht mehr dazu, es mir zu sagen. Sie rief um Hilfe, sie stammelte noch irgendwas von *Polizei rufen*, und dann war die Leitung unterbrochen.«

Trojan atmete tief durch. »Ganz langsam. Eins nach dem anderen. Wann hat sie Jule gesehen? War das heute?«

»Nein, sie sagte *vor kurzem* oder so ähnlich.«

»Was um alles in der Welt hat Grit Wölfer mit Ihrer Tochter zu tun, Sie kennen sie doch selbst erst seit ein paar Tagen?«

»Ich habe nicht die geringste Ahnung!«

»Geben Sie mir Ihr Telefon.«

Roman Giersch stand auf und reichte ihm sein Handy. »Ich hab selbst schon in der Liste der eingehenden Gespräche nachgeschaut. Es ist eine anonyme Nummer, unter der sie anrief.«

Trojan klickte sich durch die Verzeichnisse. »Grit Wölfers eigene Verbindung ist tot, das haben wir auch schon überprüft. Aber die Daten zu dieser unterdrückten Nummer müssten wir für gewöhnlich rauskriegen. Wer ist Ihr Telefonanbieter?«

Giersch sagte es ihm.

»Okay, dort werden wir nachfragen.« Er gab ihm das Handy zurück. »Wir starten jetzt eine Suchaktion nach Ihrer Tochter. Und wir werden auch Grit Wölfer finden.«

Eine Weile musterten sie sich schweigend.

Dann sagte Trojan: »Jule hat sich auffällig verhalten in letzter Zeit, nicht wahr?«

»Wie meinen Sie das?«

»Als ich neulich bei Ihnen war, sprach sie von einer Hexe.«

»Das sind Kinderphantasien. Außerdem hatte sie Fieber.«

Endlich kam er dazu, die entscheidende Frage loszuwerden, der eigentliche Grund seines Besuchs: »Sagt Ihnen der Name Sophie Kranowitz etwas?«

Der Comiczeichner rührte sich nicht. Im Weiß seiner Augen waren mehrere Adern geplatzt. Schließlich schüttelte er den Kopf.

»Denken Sie scharf nach!«

»Wer sollte das denn sein?«

»Ein Kind. In Jules Alter.«

Er antwortete bloß mit einem Stirnrunzeln.

Trojan aber insistierte: »Hat Jule mal von einer Sophie gesprochen? Das könnte von großer Bedeutung sein.«

Seine Stimme klang belegt: »Was ist denn mit diesem Kind?«

»Es ist tot.«

Giersch zeigte keinerlei Reaktion.

»Kurz bevor das Mädchen verschleppt und ermordet wurde, sagte sie ihrer Mutter, sie habe eine neue Freundin kennengelernt. Auf einem Spielplatz. Und der Name dieser Freundin sei Jule.«

»Das kann doch ein Zufall sein. Ganz viele Kinder heißen so.«

»Natürlich. Und dennoch frage ich Sie: Kannte Jule eine Sophie?«

Sein Gesicht verzog sich. »Ich weiß es nicht. Möglich, dass sie den Namen mal erwähnt hat.«

»Wann? In welchem Zusammenhang?«

Da machte Giersch eine unbeherrschte Geste. »Warum stehen Sie hier tatenlos herum? Sie müssen meine Tochter finden. Bitte!«

»Antworten Sie erst auf meine Frage.«

Er fuhr sich mit der Hand an die Schläfe. »Es gibt eine Sophie in ihrer Klasse, glaube ich. Aber der Nachname lautet irgendwie anders. Mein Gott, ich kann mir nicht alles merken, was sie mir den lieben langen Tag über erzählt.« Er stieß die Luft aus. »Helfen Sie mir, Kommissar.«

Trojan bedachte ihn mit einem prüfenden Blick. »Benachrichtigen Sie Jules Mutter, falls Sie es noch nicht getan haben«, sagte er knapp. »Wir müssen ausschließen, dass sie zu ihr durchgebrannt ist.«

»Nach Lissabon?«

»Nichts dürfen wir unversucht lassen.«

Schließlich rief er auf dem Revier an und ließ alles Notwendige für die Suchaktion nach dem Mädchen in die Wege leiten. Er informierte auch Landsberg über ihr Verschwinden, zudem über die rätselhafte Nachricht von Grit Wölfer und bat ihn, eine Auskunft beim entsprechenden Telefonanbieter anzufordern, um den Anschluss zu ermitteln, unter dem sie sich bei Roman Giersch gemeldet hatte.

Danach wandte er sich wieder an den Comiczeichner. »Ich muss mich mal in Jules Zimmer umsehen«, sagte er.

Giersch führte ihn hin.

Routinemäßig durchsuchte Trojan ihren Schreibtisch und ihren Kleiderschrank.

Giersch stand die ganze Zeit in seiner Nähe und ließ ihn nicht aus den Augen. Als Trojan die Bettdecke zurückschlug, unter der Jules Pyjama lag, glaubte er, eine kaum wahrnehmbare Verspannung an ihm zu registrieren.

»Reden Sie nur, wenn Ihnen noch etwas einfällt, jeder Hinweis könnte wichtig sein.«

»Sie ist doch noch ein Kind«, flüsterte er.

Trojan bückte sich und schaute auch unter dem Bett nach. Da war eine Kiste, er zog sie hervor.

»Was ist das hier?«, fragte er.

»Ihr persönlicher Kram, nehme ich an.«

Trojan öffnete die Kiste und durchwühlte sie. Dabei fiel ihm eine Schneekugel in die Hand.

Darin war die Figur eines kleinen Mädchens zu erkennen, und hinter ihr lauerte eine gebückte alte Frau.

»Von wem hat sie das?«

Giersch räusperte sich. »Muss sie mal auf der Straße gefunden haben.«

Er blickte fragend zu ihm hin.

»Ist wahr. Ein Fundstück, hat sie zu mir gesagt.«

Trojan schüttelte die Kugel. Fasziniert sah er dabei zu, wie hinter dem Glas der Schnee aufwirbelte.

Zauberhaft und hell, wie zu einem langsam schwingenden Tanz vereint, rieselten die Flocken herab und senkten sich nieder auf das Hexenhaus.

## EINUNDDREISSIG

Wenn doch ihre Finger nur geschmeidiger wären, die Melodie in ihrem Kopf direkt in sie hineinströmen könnte, um sich von dort auf die Saiten des Instruments zu übertragen, ohne Widerstand, ohne Unterbrechung. Gleitende Bewegungen, eine fließende Tonfolge, ja, dachte sie, sprudelnd wie ein Bergbach, übermütig plätschernd, um dann wieder ruhig dahinzuziehen.

Sie kniff die Augen zusammen. Mit einem Mal war ihr, als könnte es ihr gelingen. Nun war es wie früher. Sie war jung, und sie war schön, und ihre Musik war die Gabe, für die sie alle bewunderten.

Sie spielte sich in einen Rausch, der erste Satz flog an ihr vorüber, es folgte der zweite, das Intermezzo, *molto tranquillo*. Wehmut, Trauer, Vergeblichkeit, all das zusammengefasst in diesem wundersamen Werk, eine Passage, meditativ und voll so schmerzhafter Sehnsucht, dass es ihr Schauer über den Rücken trieb. Gleich darauf antwortete das gesamte Orchester. Ja, sie konnte es hören, alle Musiker waren um sie herum versammelt. Und wieder ihr Einsatz, sie lehnte sich vor, und ihre Finger liebkosten das Instrument.

Weiter. Vielleicht würde sie es sogar in den dritten Satz schaffen. *Allegro deciso*. Tollkühn, überbordend vital. Ja, ihre Glieder waren wieder gelenkig, und sie spielten das Spiel mit, sie brauchte sich diesem klingenden Wirbel nur hinzugeben, und alles geschah wie von selbst.

Sie durchatmete das Musikstück, und während sie ihren Kopf hin und her wiegte, wehte ihr Haar, und das war nicht mehr weiß und strohig, sondern hellgold, glänzend und weich.

Der letzte Ton. Ein kraftvoller Akzent. Und es war vollbracht.

Applaus brandete auf, sie erhob sich vom Schemel und verbeugte sich vor ihrem begeisterten Publikum.

Doch nur wenig später hockte sie wieder gekrümmt da, die Finger wie Klauen, die Kiefer aufeinandergepresst. Summe die Melodie, dachte sie, wenn du es schon nicht schaffst, sie zu spielen. Ihrer Kehle aber entkam bloß ein jämmerliches Krächzen.

Wäre ihr doch nur die Schönheit und Frische dieser jungen Frau gegeben, der sie ihr Bett angeboten hatte, und schon war sie in Gedanken bei einem süß duftenden Körper zwischen ihren Laken.

Unter Schmerzen richtete sie sich auf und schlurfte hinüber in ihr Schlafzimmer. Über der Frisierkommode hing der Spiegel. Sie erschrak, als ihr Blick hineinfiel. Das Alter war hässlich, und es war gemein zu ihr. Sie streckte dieser Fratze dort vor ihr die Zunge raus.

Wühlte in den Schubladen. Irgendwo musste sie noch Kämme und Spangen haben. Ja, da waren sie. Mühsam atmend richtete sie sich das Haar, steckte es sich hoch, beäugte sich.

Grit, hatte die junge Frau gesagt, das sei ihr Name. Das erinnerte sie an das Märchen von Hans und Grete.

Die Alte nahm den Lippenstift und schraubte ihn auf. Formte einen Kussmund, und schon war er rot. Mascara. Rouge. Alles vorhanden. Sie malte sich an. In ihren Runzeln hing der Puder, schwarz verschmiert war die Schminke unter den wässrigen Augen.

*Wie schön du bist, Gretel, junges Mädchen.*

Zurück an der Harfe, versuchte sie sich wieder an ihrem Spiel. Nur den zweiten Satz, *molto tranquillo*.

Plötzlich brach sie ab. Es läutete an der Tür.

Sie würde nicht öffnen. Und wieder huschten ihre gichtigen Finger über die Saiten. Da klingelte es Sturm.

Sie seufzte. Erhob sich und schlappte durch den Flur.

Es klopfte.

Ihr Auge war am Türspion.

»Wer ist da?«, fragte sie.

Trojan stürzte seinen Kaffee hinunter und blickte zur Uhr. Es war eine halbe Stunde vor Mitternacht.

Von Jule Giersch fehlte weiterhin jede Spur. Eine Vermisstenmeldung war an Presse, Rundfunk und Fernsehen durchgegeben worden. Im Umfeld ihrer Wohnung und der Schule waren verstärkt Beamte der Kripo und der Schutzpolizei im Einsatz, doch bisher ohne Erfolg. Die intensive Befragung von Lehrern und Mitschülern sowie von Leuten aus dem Freundes- und Bekanntenkreis des Vaters hatte ebenfalls nichts weiter ergeben.

Man hatte die Mutter in Lissabon benachrichtigt, sie war in heller Aufregung, doch auch bei ihr hatte sich das Mädchen nicht gemeldet.

Er zerdrückte den leeren Kaffeebecher und schleuderte ihn in den Abfalleimer. Ihm schwirrte der Kopf, was sollte er zuerst tun? Auf seinem Schreibtisch türmten sich die Notizen über unerledigte Anrufe und Vorladungen. Da fiel ihm Janas SMS wieder ein. Höchste Zeit, es noch einmal bei ihr zu versuchen, bevor sie zu Bett ging.

In diesem Moment vibrierte sein Handy, und er hob ab.

Gerber klang aufgeregt. »Es geht um die Rufnummerrückverfolgung. Wir haben die Adresse.«

»Wo ist es?«

»Thiemannstraße 13 in Neukölln. Der Anschluss gehört zu einem gewissen Torsten Hachner.«

»Bin unterwegs.«

Er rannte hinunter zu seinem Dienstwagen, setzte das Blaulicht aufs Dach und preschte vom Hof.

Er brauchte keine zwanzig Minuten. Stefanie, Dennis und Ronnie waren bereits vor Ort. Ihre Kripo-Fahrzeuge parkten quergestellt vor dem Haus.

Es war im Seitenflügel, zweites Stockwerk. Das Holz der alten Kassettentür war unterhalb des Schlosses eingetreten. Sie brauchten nur hindurchzugreifen, um sie aufzuklinken.

»Schon komisch, dass noch keiner im Haus Alarm geschlagen hat«, sagte Steff.

»Anonyme Großstadt, wen juckt das schon«, murmelte Dennis.

Es war eine Einzimmerwohnung, zu viele Möbel auf engstem Raum. Im Flur lagen die Scherben eines Spiegels. Trojan fiel der Schmutzrand an der Wand auf, wo er wohl einmal gehangen hatte. Er bückte sich. Da waren marginale Spuren von Blut.

»Eine Probe davon muss ins Labor«, sagte er.

Sie teilten sich auf, um die Nachbarn zu befragen. Trojan versuchte es an der Wohnungstür von gegenüber. Eine Frau um die fünfzig öffnete ihm im Morgenrock und keifte etwas von Schönheitsschlaf und der Frühschicht, die in ein paar Stunden beginnen würde.

Er unterbrach ihren Redefluss, hielt ihr seinen Dienstausweis hin und deutete auf die Einbruchsspuren.

»Ja«, sagte sie nach einer Atempause, »ist mir auch schon aufgefallen, als ich heimkam.«

»Und Sie haben sich nicht gewundert?«

»In diesem Haus wundert mich gar nichts mehr.«

»Wo ist Torsten Hachner?«

»Wer soll das denn sein?«

»Na, Ihr direkter Nachbar, nehme ich mal an.«

»Wissen Sie, das ist ein Kommen und Gehen in dieser Bude, mal wohnt der eine dort, mal der andere, wie soll ich da noch durchblicken.«

Trojan zeigte ihr ein Foto von Grit Wölfer aus dem Melderegister. »Haben Sie diese Frau gesehen?«

Sie schüttelte den Kopf.

»Ist sie Ihnen vielleicht einmal auf der Treppe begegnet? Kam sie aus der fraglichen Wohnung heraus oder ging dort hinein?«

Nichts als Kopfschütteln.

Ein älterer Herr im dritten Stockwerk wusste mehr zu berichten.

»Ja, da unten gab es heute Krach.«

»Was für ein Krach war das?«

»Ein Poltern. Irgend so ein Wummern an der Tür.«

»Um wie viel Uhr?«

»Früher Abend. So gegen acht. Bin mal raus ins Treppenhaus und hab nachgeschaut.«

»Und?«

»Da wurde 'n Teppich geklaut, glaub ich.«

Trojan starrte ihn entgeistert an. »Was?«

»Ja, da ist jemand rausgegangen und hatte so 'ne Teppichrolle auf der Schulter.«

»Und Sie wollen mir weismachen, dass Sie das nicht weiter interessiert hat?«

»Doch, schon. Aber ich will keinen Ärger. Wenn ich mich einmische, krieg ich doch nur was aufs Maul. Entschuldigen Sie den Ausdruck.«

»Sie hätten die Polizei rufen können! Wie wär's denn damit?«

Er breitete die Hände aus. »Nichts für ungut, aber ich halte mich lieber aus allem raus.«

Trojan schnaufte durch. »Wie sah derjenige aus?«

»Könnte auch 'ne Sie gewesen sein.«

»Wie bitte?«

»Ja, so 'ne Alte. Langes zottliges Haar.«

»Grauhaarig?«

»Irgendwie farblos.«

»Was hatte sie an?«

»Kann ich nicht mehr sagen.«

»Denken Sie nach!«

Der ältere Herr zog die Stirn in Falten. »Irgendwas Schwarzes, glaub' ich. Aber ich hab sie nur von hinten gesehen, und das auch nur sehr kurz.«

»Von welcher Statur war die Person?«

»Keine Ahnung.«

»Klein? Mittel? Groß? Dick? Dünn?«

Achselzucken. Die Frau auf dem Foto erkannte er auch nicht wieder. Trojan bat ihn dennoch, sich für weitere Befragungen bereitzuhalten.

Er unterrichtete seine Kollegen, die sich vor dem Haus versammelt hatten.

Dennis Holbrecht sah ihn zweifelnd an. »Alte Frau? Teppichrolle? Spinnt der?«

»Nicht der beste Zeuge, aber immerhin«, murmelte Trojan. »Was habt *ihr* denn noch?«

Sie hatten nichts.

»Was ist mit Torsten Hachner?«, fragte er. »Wo steckt der Kerl?«

Gerber zog fröstelnd die Schultern hoch, die Temperaturen lagen wieder weit unter null. »Kolpert rief eben an. Er hat das mittlerweile für uns rausgefunden.«

»Und?«

»Hachner lebt zurzeit im Ausland. Offenbar wurde die Wohnung mehrfach untervermietet.«

»An wen zuletzt?«

Gerber sah in seinem Notizbuch nach. »Zuerst an einen Gerd Kluge. Aber der wohnt hier auch schon lange nicht mehr.«

»Und dann?«

»Das ist noch unklar.«

»Scheiße.«

»Kolpert bemüht sich noch um Aufklärung dieser etwas vertrackten Wohnverhältnisse.«

Trojan machte eine ungeduldige Geste, als sein Handy in der Hosentasche vibrierte. Er nahm es heraus. Es war Jana.

Er trat etwas abseits und drückte die grüne Taste.

»Ja?«

Sie klang niedergeschlagen. »Nils. Kannst du vorbeikommen?«

»Ist gerade äußerst ungünstig.«

»Wir müssen reden.«

»Ich hab es bei dir versucht. Nur die Mailbox.«

»Hörst du nicht? Wir sollten uns unterhalten.«

»Was ist denn?«

»Nicht hier am Telefon.«

»Ich bin im Einsatz.«

»Wann bist du das nicht?«

Er stieß die Luft aus. »Ist was passiert?«

Ihre Antwort kam mit Verzögerung. »Deine Exfrau war bei mir in der Praxis. Sie hat mir alles erzählt.«

Sein Nacken verspannte sich.

»Friederike? In deiner Praxis?«

»Das war nur ein Vorwand.«

»Was zum Teufel …? *Was* hat sie erzählt?«

»Ist wirklich schwierig am Telefon.«

»Ich weiß, aber …«

Zwei weitere Polizeifahrzeuge hielten vor dem Haus. Die Kollegen schienen Verstärkung angefordert zu haben. Ihm war entsetzlich kalt.

»Jana, da war nichts. Es war spät, sie hat es nicht mehr nach Hause geschafft. Es ging um Emily. Sie hatte große Probleme.«

Sie klang verdammt weit weg. »Komm zu mir, Nils. Versprichst du mir das?«

»Sobald ich hier weg kann. Klar.«

Sie legten auf. Funkgeräte knarzten. Jemand rief das Wort *Gruppenleiter*. Trojans Wangen fühlten sich mit einem Mal taub an, er wusste nicht recht, ob es am Frost lag.

Stefanie trat auf ihn zu.

»Alles in Ordnung, Nils?«

Er antwortete nicht.

Erst als sie ihn an der Schulter berührte, blickte er sie an. »Was gibt es, Steff?«

»Mir ist da gerade so ein Gedanke gekommen.«

»Sprich ihn aus.«

»Sollte Grit Wölfer etwa …« Sie nagte an ihrer Unterlippe.

»Nun sag schon.«

»… eingerollt in einen Teppich aus der Wohnung getragen worden sein?«

Er schwieg. Diese Möglichkeit hatte er selbst schon in Betracht gezogen.

Reglos stand er da und sah zu, wie das Blaulicht der Einsatzfahrzeuge über die nächtlichen Fassaden zuckte.

Nicht noch eine Tote, dachte er, bitte nicht.

## ZWEIUNDDREISSIG

Das kleine Mädchen konnte nicht schlafen. Sie rief nach ihrer Mutter.

Die Tür öffnete sich.

»Was ist denn?«

»Ich habe Angst.«

Die Mutter knipste das Licht an, setzte sich zu ihr ans Bett und strich ihr über die Stirn. »Wovor?«

»Ich hab heute eine Hexe gesehen.«

»Das musst du geträumt haben.«

»Aber ich war die ganze Zeit wach.«

»Sicher?«

Das Mädchen nickte.

»Es gibt keine Hexen«, sagte die Mutter. »Nicht in Wirklichkeit, nur im Märchen.«

»Wenn ich sie doch aber gesehen habe.«

Die Mutter wurde ungeduldig. »Was war das denn für eine Hexe?«

Das Mädchen atmete hastig. »Sie trug einen Teppich«, raunte sie. Das ungläubige Lächeln der Mutter gefiel ihr nicht, also fügte sie hinzu: »Ich stand am Fenster, und sie kam aus dem Haus von gegenüber. Sie ging die Straße entlang.«

»Mit ihrem Teppich?«

»Ja.«

»Und dann?«

»Sie hat den Teppich zu ihrem Auto getragen.«

»Eine Hexe, die Auto fährt?«

»Hmm.«

»Wie sah das Auto aus?«

»Ich weiß nicht mehr genau. Aber es hatte eine komische Farbe. Wie Vanillepudding.«

»Ein cremefarbenes Auto, ja? Und das alles konntest du genau erkennen?«

»Ja! Ich hab doch aus dem Fenster geschaut.« Und wieder senkte das Mädchen ihre Stimme zu einem Flüstern: »Die Hexe hatte langes Haar und eine hässliche Fratze.«

Die Mutter seufzte. »Weißt du was, ich glaube, das hast du dir alles nur eingebildet.«

Dem Mädchen wurde ein Kuss auf die Wange gedrückt.

»Schlaf jetzt.«

Die Mutter schaltete das Licht aus, ging hinaus und schloss die Tür hinter sich.

Doch das Mädchen fand keine Ruhe mehr. Es kniff ganz fest die Augen zu.

Und sie hörte, wie ihr Herz klopfte, laut und unheimlich.

Die hektische Betriebsamkeit im Kommissariat zerrte an seinen Nerven. Dabei wünschte er sich nichts sehnlicher, als endlich zu Jana fahren zu können, um alles mit ihr zu klären, doch er ahnte bereits, dass diese Nacht noch einiges für ihn bereithielt, was seinen Puls weiter in die Höhe treiben würde.

Er versuchte, auf seinem Schreibtisch Platz zu schaffen, um wenigstens noch an die Computertastatur heranzukommen, als ihm ein großer brauner Umschlag in die Hände fiel. Der Absender war eine Kunstbuchhandlung in Mitte, Name und Adresse waren ihm durchaus vertraut.

Er riss ihn auf.

Friederike hatte einen handgeschriebenen Brief beigelegt:

*Lieber Nils,*

*hier ist nun der Comicband, den Du bei uns bestellt hast. Ich denke, Du hast berufliche Gründe, ihn zu lesen, ansonsten wüsste ich nicht, seit wann Du Dich für diese Kunstgattung interessierst. Aber bei Dir bin ich ja schon seit längerem nicht mehr auf dem Laufenden.*

PS: *Ich glaube, ich habe einen großen Fehler gemacht. Ich war so verzweifelt letzte Woche. Nils, wirklich, ich wollte Dich nicht in Schwierigkeiten bringen oder in irgendeiner Form verraten. Aber es ist auch für mich nicht gerade einfach, und ein Teil von mir hängt noch sehr an Dir.*

*Vielleicht war diese Nacht Gelegenheit für uns, endgültig voneinander Abschied zu nehmen, auch wenn eine Seite in mir das nicht wahrhaben möchte.*

*In (vergangener) Liebe*
*Friederike*

Wutentbrannt zerknüllte er das Papier. Hör endlich auf, dich in mein Leben einzumischen, dachte er.

Kurzzeitig verlor er sich in schmerzliche Erinnerungen an seine Ehejahre, danach mahnte er sich selbst zur Konzentration. Ein zehnjähriges Mädchen war aller Wahrscheinlichkeit nach in Lebensgefahr, und er musste sich den Gedanken daran verbieten, dass jegliche Hilfe für sie zu spät kommen könnte.

Er nahm sich den Comicband vor. *Die Rächer von Centaurus* war der Titel, Autor ein gewisser Roman Giersch. Es handelte sich um sein jüngstes Werk.

Er überflog die Seiten, fand sich kaum zurecht in einer wirren Geschichte über ferne Planeten, Aliens und einen innerlich zerrissenen Helden, in dessen Hirn Computerchips implantiert waren.

Erst die zweite Story der Sammlung fesselte seine Aufmerksamkeit, sie war weitaus kürzer. Wenig Text, nur vereinzelte Sprechblasen, die Bilder dafür umso prägnanter. Eine junge Frau, beinahe noch ein Mädchen, liegt spärlich bekleidet in ihrem Bett. Die Zimmertür öffnet sich einen Spalt. Unruhe, das Mädchen aus einem anderen Winkel, das Nachthemd leicht verrutscht. Kindliches Schema, weibliche Attribute. Die Tür geht weiter auf. Eine verknöcherte Hand ist zu erkennen. Eine Gestalt schiebt sich in den Raum hinein. Nahsicht: zerfurchte Haut, Hakennase, tiefliegende Augen, struppiges Haar. Das Antlitz einer Greisin, einer Hexe gleich.

Das Mädchen erwacht. Ihr Mund öffnet sich zu einem Schrei.

Trojan blätterte um. Das Hexenwesen, mit einem roten Gewand bekleidet, übermächtig und groß vor dem Bett. Das Mädchen in Angst, sich windend unterm grellen Lichtstrahl der Deckenlampe.

Sein Blick wanderte von Bild zu Bild. Im Folgenden wurde das Mädchen von der Alten gefesselt und geknebelt.

Atemlos blätterte er weiter. Plötzlich war der Unterleib der Hexe völlig entblößt.

Trojan ließ das Buch sinken.

»Haben Sie sie gefunden?«

Er rührte sich nicht.

»Ist sie … sie ist doch nicht etwa …?«

Kaum merklich schüttelte er den Kopf. Dann fragte er: »Was verschweigen Sie mir?«

»Ich weiß nicht, was Sie meinen.«

Trojan drängte sich an ihm vorbei und eilte in Jules Zimmer.

»Warum hängen hier keine Zeichnungen an der Wand«, fuhr er Giersch an, der ihm gefolgt war, »kein Tuschbild, keine kindlichen Malereien, gar nichts! Weder in einer der Schreibtischschubladen noch im Schrank, ja nicht einmal in der Kiste unter ihrem Bett konnte ich etwas in der Art entdecken. In der ganzen Wohnung ist nicht ein einziges Werk aus Jules Hand zu sehen.«

Giersch blickte ihn bloß an.

»Kinder in diesem Alter sind doch ständig damit beschäftigt, ihre Welt abzubilden. Nur Ihres nicht, ja? Die Tochter eines Künstlers.« Er holte Luft. »Wo sind die Bilder der Kleinen?«

Es zuckte um seine Augen.

Trojan war um Beherrschung bemüht. Er senkte die Stimme. »Was haben Sie ihr angetan?«

Giersch schluckte. »Nichts. Ich würde doch meinem Kind niemals …«

Da hatte ihn Trojan bereits am Hemdkragen gepackt. »Die Bilder«, stieß er hervor.

Der Comiczeichner löste sich von ihm und wandte das Gesicht ab. Schließlich gab er sich einen Ruck, verließ den Raum und ging hinüber in sein Arbeitszimmer. Trojan, der nicht von seinen Fersen wich, beobachtete, wie er auf einen Schemel stieg, einige Bildbände aus einem der oberen Regalfächer herausnahm und dahinter eine Box hervorholte. Er stieg herunter, stellte sie auf den Tisch und öffnete den Deckel.

»Bedienen Sie sich«, sagte er knapp.

Trojan nahm den Packen heraus, es waren allesamt mit Filzstiften bearbeitete Blätter.

»Ich hab sie eingesammelt. Sie hat es mir erlaubt.«

Neben typischen Kindermotiven – Bäumen, Häusern, Sonnen und Blumen – und den üblichen Strichfiguren gab es eine Reihe von Zeichnungen, die ein Hexenwesen darstellten. Unverkennbar hatten sie Giersch als Vorlage für seinen Comicstrip gedient. Das rote Gewand, das Bett, das Mädchen in Angst, all das war vorhanden.

Manchmal war das Kind überkritzelt, bestand aus nichts weiter als einer schwarzen Schraffur. Ausgelöscht, dachte Trojan. Auf einem anderen Bild war die Hexenfigur mit einer Ansammlung wilder Striche ausgestattet, die sich mit ein wenig Phantasie als männliches Genital deuten ließ. Was aber auch eine Überinterpretation sein könnte.

»Ich weiß, worauf Sie jetzt anspielen wollen«, sagte Giersch. »Aber es ist nicht das, was Sie denken.«

»Was denke ich denn?«

»Meine Tochter hat nichts Schlimmes erlebt. Niemand hat sich ihr unsittlich genähert. Zumindest hoffe ich das.« Er raufte sich das Haar. »Und ich bete zu Gott, dass es auch heute Nacht so bleibt und sie heil wieder zu mir zurückkehrt.«

»Sind diese Bilder nicht ein Hilferuf?«

»Es ist ja nicht so, dass ich nicht darüber nachgedacht hätte. Immerzu hat sie von diesem Wesen geträumt. Es wie besessen gezeichnet. Das ging so weit, dass ich selbst davor Angst bekam. Schließlich konnte ich sie davon überzeugen, es sei besser, die Bilder wegzutun. Sie in diese Box zu sperren. Die Zeichnungen haben mich einerseits verstört, andererseits auch inspiriert. Und ich begann, sie in meinen Comic einzuarbeiten.«

»Eine schöne Inspiration«, bemerkte Trojan sarkastisch. »Ich habe mir Ihr neuestes Werk gerade angeschaut.«

»Aber das ist doch etwas ganz anderes! Das sind Bilder für Erwachsene.«

Er hielt Trojans Blick nicht stand.

»Verdammt, ich hätte besser auf sie achtgeben müssen. Mein armes Kind.«

»Und Sie haben sich nie gefragt, was eigentlich die Ursache für ihre Alpträume ist?«

»Natürlich habe ich das, immer wieder habe ich sie dazu befragt. Nur irgendwann kam ich zu dem Schluss, dass wohl alles seine Richtigkeit hat. Kinder haben nun mal eine blühende Phantasie.«

Trojan tippte auf eine der Zeichnungen. »Und wenn Sie das sind, der hier abgebildet wurde? Was, wenn das Gemüt Ihrer Tochter sich nicht anders zu helfen wusste, als den Vater, der sie bedrängt, in die böse Hexe zu verwandeln? Sie flüchtet sich in die Bildsprache des Märchens, um für das, was ihr vom eigenen Vater angetan wird, irgendwie einen Ausdruck zu finden.«

»Das ist doch absurd!«

»Wo ist Jule?«

»Ich habe keine Ahnung.«

»Was haben Sie mit ihr angestellt?«

Er war den Tränen nah. »Ich bin unschuldig, bitte glauben Sie mir doch. Das Einzige, was ich mir vorwerfen kann, ist, dass ihr meine Comics unter Umständen noch mehr Angst eingeflößt haben, und das verzeihe ich mir nicht.«

Er blickte auf.

»Grit Wölfer hat sich übrigens auch für meine Hexenbilder interessiert. Ich glaube, das war der einzige Grund, weshalb sie Kontakt zu mir aufgenommen hat.«

»Warum haben Sie mir das nicht gleich erzählt?«

»Ich hatte gehofft, dass das nicht von Bedeutung wäre. Und mir gewünscht, dass Grit in mir mehr den Menschen als den Künstler sieht.«

Noch zögerte Trojan.

Dann aber belehrte er ihn über seine Rechte und sagte ihm, dass er vorläufig festgenommen sei.

Giersch senkte den Kopf und ließ sich widerstandslos von ihm abführen.

## DREIUNDDREISSIG

Der Delinquent zog es vor zu schweigen. Außerdem wollte er sich mit einem Anwalt beraten.

Trojan und Landsberg standen sich ratlos im Besprechungsraum gegenüber.

»Na gut«, sagte der Chef, »das sind nun mal seine Rechte. Also müssen wir uns fügen.«

Er sah genauso übernächtigt aus wie alle anderen im Kommissariat. Verächtlich klappte er den Comicband zu, den Trojan ihm gegeben hatte, und warf ihn auf den Tisch.

»Du hältst ihm also vor, etwas mit dem Verschwinden seiner eigenen Tochter zu tun zu haben?«

Trojan seufzte. »Ja und nein. Ich werde aus diesem Kerl einfach nicht schlau.«

»Wir müssen ihn kneten, so lange verhören, bis ihm was rausrutscht.«

»Schwierig mit einem Anwalt.«

»Hmm. Was ist mit Sophie Kranowitz? Reicht die Beweislage aus, ihm den Mord an dem Mädchen anzuhängen? Einen Mord, der nicht einmal in unseren Zuständigkeitsbereich fällt.«

»Hilmar, glaub mir doch, das hängt alles zusammen. Ich vermute stark, dass Sophie Kranowitz und Jule Giersch sich gekannt haben. Jule weiß zu viel. Sie kennt den Täter, war bereits mit ihm in Kontakt. Und deshalb ist sie in großer Gefahr.« Er schlug die Augen nieder. »Oder sie ist längst tot.«

Der Chef stemmte die Hände in die Hüften. »Was ist mit den Ofenmorden? Soll Roman Giersch etwa auch darin verwickelt sein?«

»Das bezweifle ich.«

Landsberg wurde laut. »Scheiße, Nils, ich brauche Ergebnisse. Der Staatsanwalt macht mir die Hölle heiß. Okay, wir suchen nach einem kleinen Mädchen, wir hoffen alle, dass wir sie lebend wiederfinden. Aber in meiner Dienststelle haben die Ofenmorde oberste Priorität, wie oft soll ich das denn noch sagen. Wie sollen wir also weiter verfahren?«

Trojan atmete durch. »Wir müssen die Suche nach Grit Wölfer intensivieren. Ihr kommt eine Schlüsselrolle in diesem vertrackten Fall zu, davon bin ich mittlerweile überzeugt.«

Sie besprachen noch einmal ausführlich die Umstände ihres Verschwindens aus der Wohnung in der Thiemannstraße, nach wie vor aber hatten sie keine Erkenntnisse darüber, wer zuletzt dort Untermieter gewesen war. Die Räumlichkeiten wurden überwacht, aber bisher war niemand dort aufgetaucht.

Mehr oder minder desillusioniert gingen sie auseinander.

Trojan zog sich am Automaten im Flur einen Energydrink. Er war mit seinen Kräften am Ende, und doch durfte er sich keine Schwäche erlauben.

Kaum war er in seinem Büro, streckte Max Kolpert den Kopf zur Tür herein. Trojan zuckte innerlich leicht zusammen, als er auf seine entstellte Gesichtshälfte blickte.

»Vor ein paar Stunden hat jemand für dich angerufen, wollte allein dich sprechen.«

»Wer?«

»Dieser Zoltan Treber.«

»Der Liebhaber von Karla Wölfer?«

»Ja.«

Er wollte noch etwas entgegnen, aber Kolpert war schon weg, auch er schien über die Maßen gestresst zu sein.

Trojan forschte im Computer nach Trebers Kontaktdaten, dann griff er zum Telefonhörer. Es war halb drei in der Nacht, er würde es dennoch versuchen.

Treber meldete sich umgehend. »Kein Problem«, sagte er, nachdem sich Trojan wegen der Störung zu später Stunde entschuldigt hatte, »ich schlafe ohnehin nicht mehr, seitdem mir alles genommen wurde.«

»Worum geht es?«, fragte Trojan nach einer kurzen pietätvollen Pause.

»Es gibt da eine Sache, die geht mir nicht mehr aus dem Kopf.«

»Reden Sie.«

»Karla war … mein Liebling … sie ist …«

Trojan ließ ihm Zeit. Er wirkte betrunken auf ihn, sprach eine Weile stockend und mit schwerer Zunge. Endlich kam er zur Sache.

»Es geht um die Tochter.«

Sofort war Trojan hellwach. »Grit?«

»Ja. Wie gesagt, hab ich sie nie kennengelernt. Aber einmal, ein einziges Mal erwähnte Karla, warum das Verhältnis zu ihr so zerrüttet war. Es gab da wohl einen furchtbaren Streit.«

»Und?« Trojan verspürte Ungeduld. Vielleicht kam nun endlich etwas mehr Licht ins Dunkel.

»Nun, es muss zu einer Zeit gewesen sein, als Grit noch recht jung war. Karla war überfordert mit ihr, sie wollte unbedingt mal allein in den Urlaub fahren. Einer ihrer zahlreichen Liebhaber bestärkte sie darin, er erklärte sich wohl dazu bereit, währenddessen auf die kleine Grit aufzupassen.«

»Wann war das genau?«

»Ich glaube, das Mädchen war elf oder zwölf.«

»Weiter.«

»Na ja, Karla kam zurück, und mit ihrer Tochter stimmte etwas nicht. Sie machte ihrer Mutter große Vorwürfe. Fühlte sich im Stich gelassen und so. Wissen Sie, ich kenne die Tochter ja nicht, und Karla reagierte stets ausweichend, wenn ich nachfragte. Ich hab mir das alles nur zusammengereimt, in der Hinsicht, dass ...« Er räusperte sich.

»Was?«

»Ach, wissen Sie, das sind Spekulationen, aber für mich klang das so, als sei dem Kind von diesem Liebhaber etwas Schreckliches angetan worden.«

In Trojans Fingern kribbelte es. »Wie ist der Name des Mannes?«

Er war so gespannt, dass er die Spitze seines Kugelschreibers in den Notizblock bohrte. Eine Weile drang bloß ein gedämpftes Rauschen aus der Leitung.

»Ich weiß es nicht«, sagte Treber schließlich.

»Können Sie sich wirklich nicht erinnern?«

»Karla hat den Namen nie erwähnt. Überhaupt war es ihr hinterher äußerst unangenehm, die Sache mir gegenüber thematisiert zu haben. Glauben Sie mir, Herr Kommissar, das war ein Tabu in der Familie.«

Trojan kritzelte aufgeregt auf dem Papier herum.

»Wer ist eigentlich der Vater von Grit Wölfer?«, fragte er.

»Das wusste Karla, offen gestanden, selbst nicht. Einer ihrer unzähligen Verehrer wird es wohl gewesen sein.«

Das deckte sich mit dem Eintrag im Melderegister. *Vater unbekannt* war dort vermerkt.

Für einen Moment war ihm, als sei Zoltan Treber das Telefon aus der Hand geglitten.

Doch dann hörte er ihn sagen: »Zugegeben, für Sie muss das klingen, als sei Karla kein guter Mensch gewesen. Aber verdammt«, nun lallte er fast, »ich habe sie geliebt.«

»Warum sollte sie denn ein schlechter Mensch gewesen sein?«

»Na ja. Mir kam die ganze Geschichte äußerst rätselhaft vor. Und Karla verstrickte sich dabei in Widersprüche. Offenbar hat sie damals sogar Geld von dem Mann bekommen. Später hat sie es geleugnet.«

»Wo ist das passiert? Wo war das Kind allein mit dem Mann?«

»Jedenfalls nicht bei Karla zu Hause.«

»Wie kommen Sie darauf?«

»Sie sagte etwas wie: *Er fuhr mit der Kleinen fort*. Keine Ahnung, wohin.«

Trojan vernahm Schluckgeräusche.

»Kommissar, jetzt hab *ich* mal eine Frage an Sie: Wer gibt denn sein eigenes Kind weg?«

Trojan insistierte: »Sagen Sie mir den Namen des Mannes!«

Treber schwieg.

»Wenn ich's wüsste«, säuselte er daraufhin, »würde ich's tun. Aber dieses Geheimnis hat Karla wohl mit in ihr Grab genommen.«

## VIERUNDDREISSIG

In seinem Traum hörte er sein Herz pochen.

»Jana«, murmelte er. Doch schon wandte sie sich von ihm ab. Sie hatte ihn einen Verräter genannt, und das versetzte ihm einen Stich.

Langsam ging sie fort, er folgte ihr, doch seine Schritte waren noch viel schleppender als die ihren. Er streckte den Arm nach ihr aus, da war sie bereits im Schneegestöber verschwunden.

Er warf sich herum. Immerzu sagte jemand die Worte: *Grab* und *Geheimnis*.

»Karla Wölfer«, murmelte er.

Da rief eine Stimme nach ihm. Emily, dachte er, mein Kind, ich muss mich um sie kümmern.

Aber es war eine andere Stimme. Ein Mädchen rief ihm etwas zu. *Herr Kommissar!*

Trojan wälzte sich auf die andere Seite.

*Heute werde ich wieder durch Welten springen, Herr Kommissar.*

Und dann schrie das Mädchen nach seiner Mutter. Es waren entsetzliche Schreie.

Trojan schreckte hoch.

Sein Herz raste. Einige Zeit wusste er nicht, wo er war, bis er erkannte, dass er sich auf der Klappliege im Büro befand. Vor Erschöpfung musste er darauf eingeschlafen sein.

Er stöhnte, rieb sich mit den Händen über das Gesicht.

Schließlich begann er, über seinen Traum nachzudenken. Eine merkwürdige Unruhe beschlich ihn, das Gefühl, womöglich etwas Wichtiges übersehen zu haben.

Er stand auf und ging hinüber zum Schreibtisch. Dieser seltsame Ausspruch von Sophie Kranowitz. Die letzten Worte, die sie ihrer Mutter mitgeteilt hatte. Sie werde heute wieder durch Welten springen. Was wäre denn, wenn das nicht nur eine kindliche Phantasie war, sondern einen realen Hintergrund hatte.

Er fuhr den Computer hoch und öffnete das Suchprogramm.

Versuchshalber gab er *durch Welten springen* ein. Er war erstaunt, als ihm einige Treffer zu Computerspielen genannt wurden.

Trojan überflog die Zeilen. *Am Ende noch an den Fahnenmast springen, und ihr habt die … nach dem Abspann wird die Sternenwelt freigespielt, die ihr mit Druck auf den … alles, was ihr tun müsst, ist, aufmerksam durch die Welten zu springen, euch von Seil zu Seil zu hangeln und vieles mehr… damit die Spielfigur nicht …*

In einem Eintrag ging es aber auch um einen wissenschaftlichen Versuch, von dem Trojan vor einiger Zeit gelesen hatte, einen Sprung aus der Stratosphäre: *Millionen Menschen auf der Welt verfolgen gebannt den … das Durchbrechen, Durchspringen, Durchfallen der Schallmauer.*

Nein, das passte alles nicht. Es führte ihn in die Irre. Er gab noch *Weltensprung* in die Suchmaske ein. Als erster Treffer erschien der Hinweis auf die Website eines Entwicklerstudios mit einer Adresse in Kreuzberg.

Er öffnete die Seite.

Dann raufte er sich das Haar. Ihm fehlte unendlich viel Schlaf, er konnte einfach nicht mehr.

Also legte er sich wieder hin. Wenn er wenigstens noch eine Stunde ausruhen könnte.

Doch plötzlich fuhr er hoch.

Erneut betrachtete er die Website der Firma Weltensprung auf dem Rechner. Es war ein kleines Unternehmen, in dem Computerspiele entwickelt wurden. Man konnte diverse Beispielvideos anklicken. Aber es war etwas anderes, das seine Aufmerksamkeit erregt hatte. Oben rechts war das Firmenlogo abgebildet, es bestand aus drei Kreisen, in denen sich eine winzige Figur befand.

Er dachte angestrengt nach, wo er dieses Zeichen schon einmal gesehen hatte.

Einige Augenblicke später durchwühlte er die Aktenstapel auf seinem Schreibtisch, bis er auf die Mappe stieß, in der die beschlagnahmten Bilder von Jule Giersch aufbewahrt wurden.

Fiebrig blätterte er sie durch.

Danach hielt er inne.

Tatsächlich, er hatte sich nicht geirrt. Auf vier der kindlichen Werke war am Bildrand ein verblüffend ähnliches Logo zu erkennen, zwar teilweise überkritzelt, doch immer noch deutlich genug, dass sein Unterbewusstsein es irgendwo in einer tieferen Hirnregion abgespeichert hatte.

Ein Mädchen inmitten von drei Kreisen.

Für den Bruchteil einer Sekunde war Trojan wie erstarrt. Dann sprang er auf.

Unterwegs kamen ihm erste Zweifel. Es könnte sich auch um einen Zufall handeln. Einerlei, er würde keine Ruhe finden, bis er nicht diesem groben Anhaltspunkt nachgegangen wäre.

Es war noch stockdunkel, als er vor dem Gebäude in der Jüterboger Straße hielt. Ein paar Frauen stiegen gerade aus dem Transporter eines Reinigungsunternehmens und schlossen das Hoftor auf. Er folgte ihnen. Auf einer Hinweistafel suchte er nach dem Namen Weltensprung und orientierte sich kurz. Das Treppenhaus war erleuchtet, die Putzkolonne hatte bereits ihre Arbeit aufgenommen. Trojan ging hinein.

Das Büro befand sich im vierten Stockwerk. Vor der Tür überlegte er einen Moment, bis er läutete. Wie zu erwarten öffnete niemand.

Er ging ein paar Stufen hinunter und hielt einer der Putzfrauen seinen Dienstausweis hin.

»Haben Sie einen Schlüssel zu dem Büro da oben?«, fragte er.

Die Frau blickte ihn misstrauisch an. »Weiß nicht, ob erlaubt ist«, sprach sie in gebrochenem Deutsch.

»Machen Sie schnell.«

»Sind wirklich von Polizei?«

Er nickte.

Ralf Schmidtlein hasste seinen Job, besonders wenn er die Frühschicht hatte. Es war gerade mal fünf Uhr morgens, und er musste schon seinen ersten Hausbesuch erledigen. Misslaunig kurvte er durchs finstere Kreuzberg. Schneehaufen lagen am Straßenrand, die Wagenheizung lief auf Hochtouren.

Er parkte und stieg aus.

Als er das dritte Stockwerk erreicht hatte, hielt er inne. Von weit entfernt drangen schräge Geräusche an seine Ohren. So unangenehm, dass es ihm einen Schauer über den Rücken jagte.

Er schüttelte sich, kramte nach dem großen Schlüsselbund in seiner Jackentasche und näherte sich dem Eingang. Kurzzeitig war es still, doch gleich darauf erklangen weitere Misstöne. Gedämpft hinter der Tür, wie ein Katzengejammer.

Was sollte das nur?

Schmitdlein gab sich einen Ruck, klingelte wie verabredet dreimal, dann schloss er auf. Kaum war er drin, vernahm er es erneut, es kam irgendwo aus dem hinteren Bereich der Wohnung.

Er hob die Stimme: »Schmidtlein ist da!«

Das war seine Standardbegrüßung, aufgesetzt fröhlich, der Muntermacher vom Dienst, Abteilung Pflegeleistungen. Er sah sich um. Furchtbares Chaos, aufgerissene Schubladen, der Inhalt überall verstreut. Dazu der muffige Geruch. Also gut, dachte er, wo fange ich an? Durchlüften, bisschen aufräumen, die obligatorische Spritze in die Vene jagen und dann nichts wie weg.

Er stellte sein Köfferchen ab.

Und wieder setzte das Gejaule ein. War ja nicht zum Aushalten.

»Wo sind Sie denn?«, rief er. »Schmidtlein ist gekommen!«

Im Wohnzimmer begann er, ein paar Sachen aufzuheben, gut, dass er hier nur zweimal in der Woche tätig werden musste. Er öffnete eines der Fenster, dann ging er hinüber ins Schlafzimmer. Das Bettzeug lag am Boden, das halb abgezogene Laken war mehr als schmutzig. Er stieß einen tiefen Seufzer aus.

»Waren wir ungezogen heute, ja? Hatten wir mal wieder unsere Zornesausbrüche? Und wer darf saubermachen? Schmidtlein natürlich!«

Oh ja, er hasste seinen Job.

Wie zur Antwort kam noch ein Ton, so quengelnd, dass es ihm bis ins Mark fuhr.

Auch in der Küche standen die Schränke offen, das Geschirr war zum Teil zerbrochen, der Mülleimer umgeworfen.

Er hatte es ja schon immer geahnt, die Person, die hier lebte, war verrückt.

Zurück im Flur, näherte er sich dem hinteren Zimmer, darauf gefasst, sich einmal mehr das übliche Lamento über vergangene Zeiten und vertane Chancen anhören zu müssen. Sich zu waschen, aufzustehen und sich anzuziehen schaffte die Person ja noch selbst, dass sie aber schon morgens um fünf mit diesem Lärm seine Nerven strapazierte, war neu. Es verhieß nichts Gutes über ihren momentanen Geisteszustand.

»Frau Kosch?«, fragte er.

Schon stand er in der Tür.

Der Anblick, der sich ihm bot, traf ihn wie ein Faustschlag.

Seine Atmung verkrampfte sich, jäh wich das Blut aus seinem Kopf. Er kniff die Augen zusammen und hielt sich am Türrahmen fest.

Als er sie wieder öffnete, schoss bitterer Gallensaft in ihm hoch. Er schluckte ihn hinunter und spannte die Muskulatur an.

»Großer Gott«, stöhnte er.

Trojan machte Licht und inspizierte die Räume. Stahlrohrtische, mehrere Computer und Monitore. Ein Beamer, davor eine weiße Projektionswand.

Er klinkte eine Tür auf. Ein leer stehendes Zimmer. Vorhang vorm Fenster. Ein einziger Stuhl.

Hier war niemand.

Nichts deutete darauf hin, dass vor kurzem in diesem Büro ein Kind gefangen gehalten wurde.

Und dann bemerkte er eine Treppe, sie führte hinunter zu einem weiteren Raum.

Unten angelangt, vernahm Trojan plötzlich ein gedämpftes Geräusch.

Er lauschte.
Es kam von nebenan.
Und es klang merkwürdig verzerrt.

Da war die Harfe, auf der sie zuweilen für ihn spielte, nichts konnte sie davon abhalten, ihm gelegentlich eine Kostprobe ihres zweifelhaften Könnens darzubieten, auch wenn seine Zeit noch so knapp bemessen war. Heute aber sah das Instrument irgendwie komisch aus, mehrere Saiten hatten sich gelöst und ragten verdreht aus dem Rahmen heraus.

Irgendwo dazwischen steckte ein nacktes Bein der Alten, die Krampfadern waren dick angeschwollen. Ihre Röcke, sie trug ja stets mehrere davon, waren auf obszöne Weise hochgerutscht. Sie kniete auf dem linken Bein. Offenbar hatte sie das Instrument mit dem rechten Fuß näher zu sich an den Kachelofen herangezogen, vor dem sie kauerte. Und an dem Fuß hingen die Enden eines Stricks. Ihre linke Hand war fest mit den Beinen verknotet, auch mit einem Strick.

Die Ofenklappe war geöffnet. Eine ungewöhnliche Hitze waberte durch das Zimmer.

Schmidtlein starrte auf die rechte Hand der Alten. Ihre Finger, knöchrig und krumm, mühten sich verzweifelt, an den noch übriggebliebenen Saiten zu zupfen.

Ja, dachte er seltsam verzögert, nun verstehe ich. Sie hatte sich halb von ihren Fesseln befreien können. Mit einer Hand an der Harfe versuchte sie sich bemerkbar zu machen, vermutlich schon die ganze Nacht. Er betrachtete ihr verzerrtes Gesicht. Sie konnte ja nicht schreien mit diesem Knäuel tief in ihrem aufklaffenden Mund.

Angestrengt hielt sie den Kopf vom Eisen der Ofenklappe fern, nur wenige Millimeter trennten sie davon. Ihre Wange wies bereits Spuren von Verbrennungen auf.

Schmidtlein setzte einen Schritt vor.

Die Alte war völlig entkräftet, sie konnte sich nicht von dem heißen Ofen entfernen, die Stricke um Arme und Beine zwangen sie, in dieser entsetzlichen Haltung zu verharren.

Mit einem Satz war er bei ihr. Geistesgegenwärtig zog er das zusammengeballte Stofftaschentuch zwischen ihren Kiefern hervor.

Ein irres Keuchen drang aus ihrer Kehle, ihn traf ein Hauch, der nach Angst, Verderben und Tod roch.

Sie verdrehte die Augen und röchelte.

Die Alte wollte etwas sagen, dabei schlug ihre freie Hand nach dem Instrument aus.

»Ich hole Hilfe«, stieß er hervor.

Eine letzte Dissonanz auf der Harfe, und ihr Kopf sank auf die Brust.

Der gellende Schrei war hinter der Wand zu vernehmen, offenbar aus den benachbarten Räumlichkeiten, aber da befand sich kein Durchgang. Also eilte Trojan die Stufen hinauf, zurück in die anderen Büroräume, vorbei an der verblüfften Putzfrau und zum Eingang hinaus.

Im Treppenhaus rannte er ins dritte Stockwerk hinunter. Eine Tür dort stand sperrangelweit offen.

Der junge Mann, der ihm entgegenstürzte, war totenblass.

»Da ist, da habe ich …«

Er rang nach Luft.

»Was denn?«

Statt einer Antwort deutete er bloß zur Tür hin.

»Notarzt!«, keuchte er. »Schnell!«

# FÜNFUNDDREISSIG

Ihr Name war Victoria Kosch. Sie erreichte ein Alter von dreiundachtzig Jahren. Als die Rettungsleute gerade dabei waren, sie von den Stricken zu befreien, kam sie noch einmal zu Bewusstsein. Ein letztes Aufbäumen, bevor sie starb.

Einer der Sanitäter sagte, sie müsse alles in allem von erstaunlich robuster Natur gewesen sein, sonst hätte sie gar nicht so lange durchhalten können. Beiläufig erwähnte er, sie habe noch versucht, ihm etwas mitzuteilen, es sei für ihn aber unverständlich geblieben.

Trojan hakte sofort nach. »Erinnern Sie sich. Ergab es nicht vielleicht doch einen Sinn?«

Nach einigem Nachdenken meinte der Mann vom Rettungsdienst, es habe so ähnlich wie *Herz* geklungen, was sich aber auch auf die Ahnung des nahenden Todes und das Schwinden ihrer Kräfte bezogen haben könnte.

»Also keine Aussage über den mutmaßlichen Täter?«

Er zuckte bloß mit den Schultern.

Trojan ging noch einmal zu Ralf Schmidtlein hinaus. Der Krankenpfleger hockte zusammengesunken auf der Treppe und schaute aus blutunterlaufenen Augen zu ihm auf.

»Die Harfe«, murmelte er.

»Was ist damit?«

»Sie hat darauf noch gespielt. Dabei war sie fast tot. Mein Gott, dieses Bild werde ich nie wieder loswerden.«

»Erzählen Sie von Anfang an.«

Und in abgerissenen Sätzen lieferte er ihm seinen grausigen Bericht.

»Konnte Frau Kosch Ihnen noch etwas mitteilen?«, fragte Trojan.

»Nein. Ich zog ihr das Knäuel aus dem Mund, und sie röchelte nur.«

Trojan bedankte sich bei ihm mit einem Kopfnicken.

Zurück in der Wohnung, scannte er mit Blicken das Chaos der aufgerissenen Schränke und Kommoden.

Die Wohnung befand sich inmitten dieses Firmenareals in der Jüterboger Straße. Es waren drei kleine Zimmer, die Küche und ein winziger Raum mit Toilette und Dusche. Eine heillose Unordnung. Dazu der Geruch der Agonie, süßlich und kupfrig, nach Angstschweiß und Blut.

Trojan registrierte die ausgestopften Tiere an der Wand, die zerbeulte Harfe, dahinter die geöffnete Klappe des Kachelofens und die darin glühenden Kohlen. Er war bemüht, aufrecht zu stehen, obwohl seine Erschöpfung ein bedenkliches Maß erreicht hatte. Und während der Rechtsmediziner den Leichnam der alten Frau zu untersuchen begann, zwang er sich ruhiger zu atmen.

Landsberg trat zu ihm.

»Es ist alles durchwühlt worden«, sagte Trojan. »Der junge Mann, der sie gefunden hat, erzählte zwar, dass die Verstorbene nicht gerade besonders reinlich war, aber das hier übertrifft wohl einiges.«

»Wo ist dieser Mann?«

»Draußen im Treppenhaus. Ich glaube, er hat sich nach dem Schock erst mal aus seinem eigenen Arzneikoffer bedient.« Trojan versuchte es mit einer schiefen Grimasse. »Vielleicht kann er uns ja ein Aufputschmittel geben, ich weiß jedenfalls nicht, wann ich das letzte Mal im Bett war.«

»Er ist Krankenpfleger, ja?«

»Richtig. Angestellt bei einer privaten Pflegestation. Kümmerte sich zweimal in der Woche um sie, besitzt auch einen Schlüssel zu der Wohnung. Soweit ich das bisher herausfinden konnte, hatte die Kosch keinerlei Angehörige mehr. Dieser Ralf Schmidtlein schien ihre alleinige Kontaktperson gewesen zu sein. Ich hab schon kurz mit ihm geredet, aber viel konnte er mir auch nicht über die Verstorbene verraten, nur dass sie mal Konzertharfenistin war. Er hat ihr Spritzen gegen die Gicht gegeben.«

»Wer hat ihn dazu beauftragt?«

»Der Hausarzt, soviel ich weiß.«

»Also sollten wir mit dem ebenfalls noch sprechen.«

»Ja.«

»Was ist das eigentlich für ein Haus?«, fragte Hilmar. »Die Kosch ist ja offenbar die Einzige, die hier gewohnt hat.«

»Das ist in der Tat etwas merkwürdig. Früher befand sich auf dem Gelände eine Fabrik. Dann wurden die Gebäude zu Büros umfunktioniert. Die Kosch hatte ihre Behausung wohl schon immer hier oder zumindest seit längerer Zeit. Sie war so eine Art Faktotum, irgendwie übriggeblieben. Es gibt Mitarbeiter aus den umliegenden Firmen, die wussten nicht mal was von ihr. Ganz früher sollen die Räumlichkeiten angeblich zu einer Hausmeisterwohnung gehört haben, aber selbst darin gehen die Meinungen auseinander.«

»Wir brauchen eine Liste sämtlicher Büros, alle hier tätigen Personen müssen verhört werden.«

»Und mit der Firma Weltensprung sollten wir anfangen.« Er hatte seinen Chef und die Kollegen bereits über den rätselhaften Ausspruch der kleinen Sophie Kranowitz und dieses Zeichen informiert, das Jule Giersch auf ihren Bildern hinterlassen hatte.

»Konntest du mittlerweile herausfinden, auf wen das Unternehmen zugelassen ist?«, fragte Landsberg.

Trojan nickte. »Es sind zwei Frauen. Eine Simone Wahlbusch und eine Mareike King.«

»Wir müssen sie uns vorknöpfen.«

»Das ist im Moment leider schwierig, Hilmar. Ich hab vor zehn Minuten in Erfahrung gebracht, dass sie sich zurzeit in den USA aufhalten. Da ist irgend so eine wichtige Computerspielmesse.«

Der Chef runzelte die Stirn. »Dranbleiben.«

»Klar.«

»Auf jeden Fall scheinen hier die Fäden zusammenzulaufen.«

»Ja.«

»Der Täter muss kurz vor dir da gewesen sein.«

»Das glaube ich auch.«

»Und er weicht von seinem Muster ab.«

»Ganz genau, er war auf der Suche nach einem Hinweis. Die anderen Tatorte wiesen keine Spuren der Verwüstung auf.«

»Was heißt das also für uns?«

»Er ist nah am Ziel. Hat es fast erreicht. Diesmal wartete er nicht einmal den Tod seines Opfers ab.«

Landsberg sog die Luft ein. »Streng dich an, Nils. Wir dürfen nicht noch mehr Zeit verlieren. Das ist eine Bestie, die in dieser Stadt wütet.«

Trojan sah zu der Leiche der Alten hin. Das weiße Haar hing ihr wirr im Gesicht, Augen und Mund waren weit aufgerissen.

Jemand will herausfinden, wer die Hexe ist, dachte er.

Und genau das musste er auch.

## SECHSUNDDREISSIG

Sie schlug die Augen auf. Ihre Glieder schmerzten, sie waren eigenartig verdreht.

Es brauchte einige Zeit, bis ihr bewusst wurde, dass sie in einem Kinderbett lag. Nur in dieser gekrümmten Haltung passte sie hinein.

Ihre Blicke irrten umher. Die Lampe an der Decke hatte dasselbe Muster wie die Tapete: Mädchen in rosa Kleidern tanzten inmitten einer Ansammlung bunter Kreise.

Die Panik kam in Wellen. Sie kannte diesen Raum von früher.

Grits Atem ging heftig. Sie versuchte sich aufzurichten, als sie die Fesseln spürte. Auch ihre Füße waren an den Bettpfosten festgebunden.

Sie wollte schreien, doch ein Klumpen in ihrem Mund hinderte sie daran.

Ihr wurde schwindlig. Sie bekam zu wenig Luft. Letztlich hatte ihre Pein nie ein Ende gefunden, auch im Erwachsenenalter nicht. Noch immer war sie das Kind, hilflos und ohne Wehr.

Verzweifelt versuchte sie, das Stoffbündel auszuspucken, aber sie schaffte es nicht.

Ihr fehlte die Kraft.

Zuckungen durchliefen ihren Körper, als sie jeden Winkel des Zimmers wiedererkannte. Das Fenster war mit einer Eisenplatte verrammelt. Kein Tageslicht drang herein.

Ja, hier war es gewesen. Hier, hier, echote ihr wild stampfendes Herz.

Und dann hörte Grit, wie sich die Tür öffnete.

Nicht wieder, durchfuhr es sie, nicht noch einmal diese Tortur durchleiden müssen. Nein!

Jemand trat ein, und Grit erstarrte.

Das Mädchen blickte sie stumm an, sie hielt eine Wasserflasche in der Hand.

Nach einem Moment der Überraschung stieß Grit wimmernde Laute aus, um ihr zu bedeuten, sie solle sie von dem Knebel befreien.

Das Mädchen setzte sich zu ihr ans Bett und betrachtete sie lange. Schließlich zog sie ihr mit einem Ruck das Knäuel aus dem Mund.

Grit rang nach Atem.

»Was um alles in der Welt …? Bist du … hast du …?« Sie sog Sauerstoff in ihre Lunge.

Das Mädchen blieb völlig regungslos. »Sei leise«, sagte sie streng.

Als Grit erneut zu sprechen ansetzte, wurde sie barsch zurechtgewiesen.

»Du musst leise sein!« Das Mädchen schraubte die Plastikflasche auf. »Trink!«

Sie stützte ihren Kopf, und Grit trank in hastigen Zügen. Ihr Rachen war wie ausgedörrt.

Erschöpft sank sie zurück. »Bind mich los«, wisperte sie. »Wir müssen von hier weg.«

Jule aber schüttelte bloß den Kopf.

»Was soll das? Bist du denn nicht …?«

In ihrem Kopf überschlugen sich die Gedanken. Obwohl sie den Raum wiedererkannte, wusste sie nicht, an welchem

Ort sie sich befanden. Wenn sie es wüsste, hätte sie nicht all die Jahre danach suchen müssen.

Sie bedachte Jule mit einem prüfenden Blick. Was hatte man dem Kind angetan? Es wirkte wie fremdgesteuert.

»Hör zu«, flüsterte sie. »Wir schaffen das. Zusammen haben wir eine Chance.«

»Sei endlich still!« Die Stimme des Mädchens klang rau und gepresst. Plötzlich verengten sich ihre Augen zu Schlitzen, und sie zischte: »Du bist böse.«

Grit war so erstaunt, dass ihr der Kiefer herunterklappte.

»Eine Hexe bist du«, raunte das Mädchen. Sie beugte sich zu ihr herab und stieß hervor: »Du hast viele Menschen umgebracht.«

»Was?«

Im Gesicht des Kindes zuckte es. War das wirklich Romans Tochter? Sollte sie etwa den Verstand verloren haben?

»Jule, ich ...«

»Ihre Köpfe steckten in den Öfen fest.«

Grit blickte sie fassungslos an.

»Hexe!« Es war wie ein Speien. Und das Mädchen wiederholte: »Hexe!«

Danach war es in dem Zimmer so still, dass Grit nur ihren eigenen Herzschlag vernahm, dumpf und schwer.

Da ruckte das Kind mit dem Kopf: »Deine eigene Mutter hast du umgebracht.«

»Meine Mutter?«

Die Augäpfel der Kleinen schienen aus ihren Höhlen herauszutreten. »Ich weiß es. Böse bist du. Böse!«, spie sie hervor.

Sie erhob sich von der Bettkante, nahm die Wasserflasche und ging zur Tür.

Als Grit noch etwas sagen wollte, wandte sie sich abrupt zu ihr um.

»Sei still, sonst stopf ich dir wieder das Knäuel in den Mund!«

Dann war sie zur Tür hinaus, und der Schlüssel schnarrte im Schloss.

Sie nannte es das V, weil das Feuermal annähernd so eine Form hatte. Es beruhigte sie, nur zu diesem rotfleckigen Zeichen zu sprechen, nicht zu den Augen und nicht zu der Stirn.

»Wirst du sie töten?«, fragte sie.

Das V rührte sich nicht. Eine Zeit lang schauten sie beide hinaus auf das schneebedeckte Feld. Die Bäume am Horizont waren winzig wie Stecknadeln, schwarz und spitz.

»Sag schon«, beharrte sie. »Bringst du sie jetzt um?«

Die Frage verursachte ein leises Kitzeln bei ihr, tief verborgen irgendwo unter ihren Schulterblättern.

Es dauerte lange, bis endlich eine Antwort kam. »Vielleicht ist es besser, wenn wir sie der Polizei ausliefern.« Ein Blick traf sie, und Jule schlug die Augen nieder. »Was meinst du?«

Sie biss sich auf die Unterlippe. »Hat *sie* die rote Strickjacke getragen? War *sie* es also?«

»Ja. Immer wenn sie böse wird, zieht sie sich dieses Gewand über.«

»Wie kam es, dass die Jacke bei dir war?«

Die Erinnerung an den Moment, da sie das Kleidungsstück über der Lehne hatte hängen sehen, die Knöpfe so silbern, so blank, in Wirklichkeit und nicht im Traum, machte sie noch immer schwindlig.

»Die Hexe ist bei mir eingebrochen.«

»Warum?«

»Um mich zu töten.«

Jule dachte eine Weile über die Worte nach. Dann fragte sie: »Ist das wahr? Dich wollte sie auch umbringen?«

Das Kribbeln war nun bis zu ihrem Nacken vorgedrungen, als würde ein Heer von Ameisen über sie herfallen.

»Ja.« Das Feuermal zuckte. »Ich weiß zu viel über sie. Bin ihr auf die Schliche gekommen.« Ein Seufzen. »All diese Menschen sind nun tot. Und unter ihnen Karla. Ich war sehr gut mit ihr befreundet, weißt du.«

Jule nickte. Ihr war ein Zeitungsausschnitt gezeigt worden. Darin ging es um einen schrecklichen Mord. Grits Mutter war tot. Der Name in dem Artikel lautete Karla W. Die eigene Mutter umzubringen sei die größte Schuld, die ein Mensch auf sich laden könne, hatte man ihr gesagt.

Und das verstand sie. Sie dachte an ihre Mutter in Lissabon, wie weit weg sie doch war, und an ihren Vater, der sich bestimmt um sie sorgte.

Das V bewegte sich, es schien Gedanken lesen zu können: »Ich habe deinen Vater angerufen. Er weiß Bescheid. Und auch deine Mutter ist informiert.«

Sie ließ den Atem ausströmen. Das war gut, es würde ihre Eltern erleichtern. Auf ihr jedoch lastete weiterhin dieser Druck, denn sie war mit dem Bösen in einem Haus.

»Die Hexe stand an meinem Bett«, murmelte sie

»Ja. Sie schafft es sogar, in deine Träume einzudringen. Und das ist furchtbar.«

»Sie hatte die rote Strickjacke an.«

»Armes Kind.« Wieder ein Blick. Nur auf das Feuermal schauen, dachte sie. »Alles wird gut.«

»Sie wollte meine Schneekugel klauen.«

»Tatsächlich?«

»Stell dir vor, die Kugel, die *du* mir geschenkt hast.«

»Und das hast du nicht geträumt?«

»Nein. Es ist in Wirklichkeit passiert. Sie hat mein Zimmer durchwühlt.«

Sie musste nur daran denken, und schon wurde sie zornig. Und sie sagte: »Sie ist wirklich böse.«

Die Augen ruhten auf ihr.

»Warum hat sie sich an meinen Vater rangemacht?«, fragte sie.

Die Antwort ließ sie erschauern. »Vermutlich wollte sie auch ihn töten.«

Ihr kamen die Tränen, sie konnte nichts dagegen tun.

»Komm her.« Doch sie sträubte sich, also wurde ihr lediglich über ihr Haar gestrichen. »Armes Kind. Das wird wieder.«

»Ich muss immerzu an Sophie denken.«

Das Zeichen geriet in Bewegung.

»Du weißt doch. Das Mädchen, mit dem ich gespielt hab.«

»Ach ja.«

Jules Blick glitt aus dem Fenster hinaus. Sie blinzelte, alles war karg und weiß dort draußen.

Sie senkte die Stimme. »Ob die Hexe auch Sophie geholt hat?«

»Ich weiß es nicht. Mein Gott, das wäre grausam.«

Sie schniefte. Wann würde sie endlich wieder nach Hause kommen.

Da war eine Hand bei ihr. »Nicht weinen. Wir dürfen die Hoffnung nicht aufgeben.«

Jule überlegte. Das Zimmer nebenan. Die scheußliche Tapete, das Bett war zu klein für Grit. Nicht Grit. Sie hatte keinen Namen mehr!

»Lass uns die Polizei rufen«, sagte sie leise. »Ich will nicht mit ihr unter einem Dach schlafen.«

Das V kam ihr nah. »Es könnte nur sein, dass die Beamten

uns nicht glauben. Du ahnst ja nicht, wie unfähig diese Leute sind.«

»Was machen wir also mit ihr?«

Es hatte ängstlicher geklungen, als es sollte, und sie schluckte.

Dann sah sie doch in diese Augen. Sie waren traurig.

Ihr Blick glitt tiefer.

Und das Feuermal glühte rot.

## SIEBENUNDDREISSIG

Es war fast Mitternacht, als Trojan nach Hause kam. Er wollte rasch duschen, die Klamotten wechseln, eine Kleinigkeit essen, um dann gleich weiterzuarbeiten, und zwar unter Hochdruck. Die Wahrscheinlichkeit, Jule Giersch lebend wiederzufinden, sank von Minute zu Minute. Hinzu kamen die zeitraubenden Vernehmungen im Mordfall Victoria Kosch, eine große Anzahl Mitarbeiter der umliegenden Büros in dem Gebäude in der Jüterboger Straße musste befragt werden. Dabei hatte sich herausgestellt, dass ein paar einzelne Räume an Freiberufler vermietet waren, von denen sie nicht alle antreffen konnten. Und auch Simone Wahlbusch und Mareike King, die beiden Inhaberinnen der Firma Weltensprung, hatten sie noch nicht erreicht, trotz intensiver Bemühungen um einen telefonischen Kontakt in die USA.

Für einen Moment warf er sich erschöpft auf Emilys Bett. Der Schmutzrand, wo sich das *Tokio-Hotel*-Poster befunden hatte, ließ ihn sentimental werden. Er schrieb seiner Tochter eine SMS, in der er ihr eine gute Nacht wünschte. Verdammt, wann würde er endlich mehr Zeit für sie haben? Auch Jana versuchte er zu erreichen, doch ihr Handy war ausgeschaltet. Ob sie wohl schon schlief? Er probierte es noch auf dem Festnetz, vergeblich, nach dem zehnten Freizeichen legte er auf.

Er schloss die Augen, jäh brach ein schlafähnlicher Zustand über ihn herein, er dauerte bestimmt nicht länger als eine Minute. Daraufhin war er schlagartig hellwach, seine Instinkte hatten auf einmal Alarm geschlagen. Da war etwas, was er unbedingt noch überprüfen musste.

Er breitete seine Notizen auf dem Schreibtisch aus und fuhr den Laptop hoch. Vorsichtig nahm er aus einer Asservatenhülle das Fotoalbum heraus, das ihm unter all dem Krempel in der Wohnung der Frau Kosch aufgefallen war. Die Seiten waren eingeknickt und zum Teil zerrissen, als habe es jemand hastig durchgeblättert. Und auf einer Seite war ein Foto herausgetrennt worden, inmitten einer Serie von Karnevalsbildern. Vermummte Gestalten, ein Lagerfeuer, dörfliche Szenen.

Im Internet öffnete er eine Landkarte und gab einen Namen in die Suchmaske ein.

Plötzlich war Trojan wie elektrisiert. Er griff zum Handy und drückte eine Kurzwahltaste.

Landsberg klang müde. »Was ist los, Nils?«

»Ich brauche dringend eine Information.«

»Wo steckst du?«

»Zu Hause, aber ich bin auf dem Sprung.«

»Beeil dich, hier ist …«

»Hör zu, Hilmar«, unterbrach er ihn, »das könnte wichtig sein. Bitte schau in den Unterlagen nach, wo damals dieses kleine Mädchen aufgegriffen wurde. Du weißt schon, der alte Fall, von dem ich dir erzählt hab. Ein Kind irrt auf einer Landstraße umher. Ein Autofahrer nimmt es mit, bringt es in die Klinik, wo es kurz darauf stirbt. Es hat einen Stoffpartikel verschluckt, der vermutlich von einem Leinentaschentuch stammt, erinnerst du dich?«

»Ja.«

»Die Landstraße! Welche war das genau?«

»Moment, das hab ich gleich.«

Das Klappern der Computertasten war durchs Telefon zu vernehmen.

Und schließlich sagte der Chef: »Das war die B 122 bei Alt Ruppin.«

Unfassbar, durchfuhr es ihn. »Bingo! Die B 122 trifft genau dort auf die B 167, welche wiederum nach Herzberg führt.«

»Ja und?«

Trojan schnaufte vor Aufregung.

»Hilmar, ich weiß nicht, ob das nur so eine Ahnung ist, aber …«

»Rück raus damit. Auf deine Eingebungen konnten wir uns bisher immer verlassen.«

»Ich hab heute im Laufe des Tages routinemäßig die Meldedaten von Victoria Kosch gecheckt. Dabei fiel mir auf, dass sie früher in einem kleinen Ort namens Grieben lebte. Die Postleitzahl verriet mir, dass das irgendwo im Berliner Umland sein muss. Und nun stelle ich fest, dass Grieben ausgerechnet bei Herzberg liegt.«

»Und?«

»Dämmert es nicht bei dir?«

»Tut mir leid, ich …«

»Die Leiche der kleinen Sophie Kranowitz! Das Waldstück, in dem sie gefunden wurde.«

»Bei Löwenberg war das.«

»Grieben ist zwischen Löwenberg und Herzberg gelegen. Schau es dir auf der Karte an. Nur ein Stückchen weiter ist die B 122. Und wieder ein kleines Mädchen, das ums Leben kam, weil es vermutlich mit einem Stoffknäuel malträtiert wurde.«

Landsberg wirkte auf einmal sehr viel munterer. »Ja, verdammt, und wir gehen davon aus, dass der Täter oder die Täterin bei der alten Frau Kosch nach einem Hinweis gesucht hat.«

»Sie starb mit dem Wort *Herz* auf den Lippen«, rief Trojan in den Hörer.

»Du meinst, sie wollte eigentlich *Herzberg* sagen?«

»Herzbergweg, das ist die Adresse des Hauses. Vielleicht war es ihr letzter verzweifelter Versuch, den Rettungsleuten mitzuteilen, was der Täter aus ihr herauskriegen wollte.«

Er sah auf eine Fotografie in dem Album. Am Bildrand war der Teil eines Ortsschilds zu erkennen, darauf die Buchstabenfolge GR, mehr nicht.

Hinter dem Schild erstreckte sich eine Landstraße, auf der eine Horde verkleideter Kinder entlangmarschierte.

»Das alles kann Zufall sein«, murmelte der Chef.

»Muss es aber nicht.«

»Okay, es ist ein Strohhalm, an den wir uns klammern.«

»Wir dürfen nichts unversucht lassen.« Trojan klemmte sich das Handy zwischen Schulter und Ohr und schnallte sich sein Waffenholster um. »Grieben bei Herzberg, ich bin schon unterwegs.«

Er schnappte sich das Fotoalbum, von dem er ihm vorsorglich noch nichts erzählen wollte, und zog seine Jacke an. Sekunden später war er im Treppenhaus.

»Ich schicke dir ein paar Leute zur Verstärkung«, sagte Landsberg, »und informiere die Kollegen in Brandenburg.«

»In Ordnung.«

Sie beendeten das Gespräch. Unten auf der Straße sprang Trojan in sein Dienstfahrzeug.

Es war weit nach Mitternacht, als er über den Berliner Ring raste.

## ACHTUNDDREISSIG

Sie verhielt sich still. Kein Schrei drang aus ihrer Kehle. Auch an ihren Fesseln rüttelte sie nicht. Sie musste Kräfte sparen, denn ihre Erschöpfung war groß.

Und auf einmal sank Grit tiefer, sackte einfach weg. Es war ein Schlaf für Sekunden, in dem grelle Bilder vor ihr aufzuckten.

Ihre Mutter war tot.

Überdeutlich sah sie ihr Gesicht vor sich. Dann ein Bild aus frühen Kindheitstagen. Sie hockte mit ihr am Boden und half ihr beim Auftürmen der Legosteine. Sie lachte. Es war einer der wenigen Momente, da sie völlig unbeschwert auf sie wirkte.

Nun war sie tot.

Auch Jule wusste es.

*Hexe! Hexe!*

Da waren Fernsehaufnahmen von einem Nachrichtensprecher. Er las vom Blatt ab. Ein grausamer Mord, sagte er. Karla W. aus Berlin Tempelhof. Der Straßenname wurde genannt, eine verschwommene Fotografie eingeblendet. Ja, das war sie.

Und Grit hörte die Mutter lachen. Aber da war noch eine andere Stimme, tiefer, rauer, die eines Mannes. Er lachte auch. Beide näherten sich der Tür. Grit war noch ein kleines Kind, sie wollte einfach nur schlafen. Wälzte sich auf die Seite und drückte sich das Kissen aufs Ohr. Doch schon wurde die Tür geöffnet, und der Lichtstrahl traf sie mitten im Gesicht.

Die Mutter nahm ihr das Kissen weg. Sie roch ihr Parfüm, so süßlich und schwer. Spürte die Hände der Mutter, die fuhren unter ihren Körper und hoben sie auf.

*»Hat sie sich wieder auf meinem Bett breitgemacht!«*

Sie musste sich schlafend stellen, damit der Zorn der Mutter nicht noch größer wurde. Sie hatte es nicht gern, wenn Grit sich auf ihrem Bett zusammenrollte. Dabei wollte sie die Mutter doch nur für sich allein haben, ohne diese Männer, die Abend für Abend zu ihr kamen. Sie stellten Dinge mit ihr an, brachten die Mutter zum Schreien. Es waren Laute wie von wilden Tieren. Sie machten ihr Angst.

*»Wie oft soll ich dir noch sagen, dass du in meinem Schlafzimmer nichts zu suchen hast!«*

Aber Grits Zimmer war zu klein. In dem schmalen Kinderbett fürchtete sie sich.

Sie wurde hinüber getragen. Die Stimme des Mannes folgte ihr. Einmal blinzelte sie und erkannte undeutlich ein Gesicht, Bartstoppeln auf den Wangen, ein spitzes Kinn.

*»Ach, ist die Kleine süß.«* Er lachte. *»Lass sie doch bei uns«*, sagte er. *»Mich stört es nicht, ganz im Gegenteil.«* Und wieder dieses Lachen.

Erinnere dich an das Gesicht. Würdest du den Mann wiedererkennen? Nein, die Erinnerung war zu undeutlich.

Die Mutter tat empört. *»Sie soll uns zusehen, während wir uns miteinander vergnügen? Du bist doch …«*

Hatte sie den Mann beim Vornamen genannt? Wie oft hatte sie sich das schon gefragt. Aber so sehr sie sich auch das Hirn zermarterte, sie fand keinen Namen, hatte bloß einen Schemen vor sich.

*»Süßes Mädchen, goldig.«*

Er griff nach ihr. Grit begann zu weinen.

*»Nun hast du sie aufgeweckt!«*

Jahre später, irgendwann kurz nach ihrem elften Geburtstag, rollte sie sich nicht mehr im Schlafzimmer der Mutter zusammen, sondern verkroch sich unter der Bettdecke in ihrem Mädchenzimmer. Sie stopfte sich Watte in die Ohren, um die Geräusche von nebenan auszublenden. Das Luststöhnen, Knarren der Sprungfedern, Mutters Gelächter, die laute Musik.

Doch in dieser einen verhängnisvollen Nacht blieb alles still. Bis die Tür geöffnet wurde. Diesmal waren es Männerhände, die nach ihr griffen. Die Augen wurden ihr verbunden, und man hinderte sie am Schreien. Jemand hob sie auf und trug sie weg. Sie war bloß noch eine Sache zum Spielen, ein wehrloses Ding.

Weit weg von zu Hause wurde sie unsanft in ein Kinderbett gelegt, wo man sie fesselte und knebelte.

Und wieder wechselte die Szenerie.

*»So goldig, so süß bist du«*, sprach eine Stimme zu ihr. *»Gute Nacht, meine Kleine, träum was Schönes.«*

Höhnisch sanft konnte die Hexe sein, wenn alles vorüber war. Beinahe traurig blickten ihre Augen auf sie herab, nachdem sie ihr wehgetan hatte.

Und die Schmerzen in Grits Bauch waren höllisch.

Schlafen, nicht mehr daran denken!

Doch sie war ja längst wieder wach. Hilflos blickte sie sich um in dem Zimmer ihrer Pein, wo man ihr alles genommen hatte, Würde, Freude, Lebenslust. Und zurückgeblieben war nichts als Scham.

Mutter ist tot, dachte sie.

Tot, sie war tot.

Sie hatten es in den Nachrichten gebracht. Und auch Jule wusste davon.

Seit jeher fühlte sie sich von ihr verlassen. Immer wieder

hatte sie zur Sprache bringen wollen, was ihr angetan worden war.

*»Das musst du geträumt haben!«* war alles, was die Mutter darauf erwiderte. *»Eine Hexe?! Die gibt es doch nur im Märchen.«*

*»Wo warst du, Mutter? Du hast mich mit ihr allein gelassen. Warum hast du nicht auf mich aufgepasst?«*

Und wieder und wieder beteuerte die Mutter: *»Du warst in einem Krankenhaus. Ich musste dich wegbringen. Hohes Fieber hattest du, mein Kind. So hoch, dass die Ärzte um dein Leben gebangt haben. Aber jetzt ist alles wieder gut.«*

*»Ich war in keiner Klinik. Bei der Hexe war ich, und sie hat mir wehgetan.«*

*»Fieberwahn! Das bildest du dir alles nur ein, mein Kind.«*

Die Hand der Mutter, die sie besänftigen und streicheln wollte – Grit zuckte vor ihr zurück. Sie atmete das Parfüm ein, so süßlich, so schwer. All die Männer, die bei ihr ein und aus gegangen waren, roch sie an dieser Hand.

*Hexe! Hexe!*

Und nun war sie tot.

Sie kam herein. Schloss hinter sich die Tür. Schon saß sie an ihrem Bett.

Von nebenan war leise Musik zu hören.

»Grit«, sagte sie.

Und Grit starrte in die Fratze hinein. Sie sah die rote Strickjacke und die silbernen Knöpfe. Da war der Rock, und darunter lugten die nackten Beine hervor. Ihr Blick glitt wieder hinauf zu dem strohigen Haar. Und hin zu den Augen.

Kalte Augen, die auf ihr ruhten.

Und Grit hob die Stimme: »Warum hast du mich nicht schon damals getötet?«

Es kam keine Antwort.

»Ich wünschte, du hättest es getan.«

Schließlich stieß die Hexe einen tiefen Seufzer aus. »Wie undankbar du bist, Grit. Damals hab ich dir das Leben geschenkt. Hab dich zu deiner Mutter zurückgebracht.«

»Wer bist du?«

Die Hexe legte den Kopf schief.

»Seit zehn Jahren suche ich nach dir. Sag mir deinen Namen.«

»Spar dir die Mühe. Du wirst sterben.«

»Zeig mir, wie du wirklich aussiehst. Ich will dich ansehen.«

»Was bringt dir das jetzt noch?«

»Ich will es wissen.«

Die Hexenhände spielten mit dem Stoffknäuel. »Das hier, tief in deinen Rachen gestoßen, und du bist endlich still. Es war ein Fehler, dich am Leben zu lassen, also stirb.«

Sie wedelte mit dem Stoff vor Grits Gesicht herum.

»Damals wollte ich es im Guten lösen.« Die andere Hand war bei ihr, strich ihr das Haar aus der Stirn. Es ekelte sie an. »Wie sehr ich mir gewünscht hab, dass du ein braves Mädchen bist. Aber nein. Immer diese Vorwürfe, Anklagen, das ganze Lamento.«

Sie ließ das zusammengeballte Taschentuch in ihren Schoß sinken.

»Es ist schade, Grit. Ich wollte nicht, dass es so kommt. Aber du lässt mir keine andere Wahl.«

Verstärkt drang von nebenan die Harfenmusik zu ihnen.

»Wer spielt da?«, fragte Grit gepresst.

Die Hexe blickte sie an. »Erkennst du es wieder?«

Sie schwieg vor Scham. Natürlich kannte sie es.

»Das *Concierto serenata* von Joaquín Rodrigo. Der zweite

Satz. Ich habe eine Aufnahme nur mit Harfe, ohne Orchester. Diese Musik macht mich traurig. Aber ich brauche sie auch, um in Wallung zu geraten. Das weißt du nur zu genau, nicht wahr?«

Es war also eine CD. Und sie hatte immer geglaubt, nebenan sei noch jemand, wenn die Hexe zu ihr kam.

»Die Solistin hat das Stück für mich aufgenommen. Nur für mich. Sie weiß, wie sehr ich es mag, auch wenn es mich so melancholisch stimmt. Immerzu hab ich es gehört, wenn ich am Arbeiten war. Hör genau hin.«

Widerwillig lauschte sie den Klängen.

»Damals konnte die Alte noch richtig gut auf der Harfe spielen. Bevor ihr die Gicht in die Gelenke fuhr.«

Und wieder lag das Stoffknäuel in ihrer Hand.

»Nun ist es wirklich so weit, Grit. Ich hätte es schon in der Wohnung tun sollen, in der ich dich aufgestöbert hab. Aber dieser eine Nachbar war einfach zu neugierig und irgendwie auch aufdringlich.«

Ihr Blick war unheimlich.

»Wollen wir uns noch einmal umarmen?« Sie kicherte. »Uns ein letztes Mal auf dem Bett wälzen? Eigentlich bist du nicht mehr in dem Alter, das mich interessiert. Dafür gibt es aber ein kleines Mädchen, das nebenan schläft.«

Jule, dachte sie entsetzt.

»Tu ihr nichts. Bitte.«

Die Hexe wiegte den Kopf. »Ihre Haut ist so zart, so entzückend weich. Sie gehört jetzt mir. Endlich gehört sie mir ganz allein.«

Grits Gesicht verzog sich vor Zorn. Sie musste die Kleine vor diesem Ungeheuer retten. Wenn schon ihr eigenes Leben verpfuscht war, sollte nicht noch ein weiteres Kind dran glauben müssen.

Während sie krampfhaft nach einer Möglichkeit suchte, wie sie mehr Zeit gewinnen könnte, bemerkte sie plötzlich eine Irritation an der Gestalt.

Und da hörte sie es auch. Nicht nur die Klänge der Harfe waren zu vernehmen, nein, da waren auch Schreie.

Die Schreie eines Mädchens.

»Hilfe!«, rief Jules Stimme. »Es brennt!«

In diesem Moment spürte sie die Hitze. Es knackte hinter der Eisenplatte, die das Fenster verrammelte.

Dahinter schienen Flammen hochzuschlagen.

»Feuer!«, greinte nun auch die Hexe.

Und dann sprang sie auf, stürzte aus dem Zimmer und schlug hinter sich die Türe zu.

Grit blieb gefesselt zurück.

# NEUNUNDDREISSIG

Schon von weitem sah er den Lichtschein am Horizont. Als er die Ortschaft erreichte, bemerkte er leichten Brandgeruch. Das Navigationsgerät zeigte ihm an, dass sein Ziel weiter außerhalb am Waldrand lag. Er bog in einen Schotterweg ein. Und da sah er es. Die Flammen schlugen meterhoch. Eine Menschentraube hatte sich vor dem Haus und zwischen den Rettungsfahrzeugen versammelt, die Löscharbeiten waren im vollen Gange.

Trojan hielt an und stieg aus dem Wagen. Bei einem der Dorfbewohner vergewisserte er sich, ob er auch an der richtigen Adresse war.

Der alte Mann nickte. »Aber das Haus steht leer.«

»Seit wann?«

Er zuckte mit den Schultern. »Viele Jahre schon.«

»Und das ist wirklich der Herzbergweg?«

»Ja, ja, das ist hier.«

»Kennen Sie eine Victoria Kosch?«

»Die verrückte Vicki? Na klar, die hat früher in dem Gebäude gewohnt, mit ihrem Balg. Dann hat sie alles aufgegeben und ist nach Berlin gezogen.«

Trojan eilte zu einem der Feuerwehrleute hin und zückte seinen Dienstausweis. »Sind Menschen in dem Haus?«

»Offenbar nicht. Bisher haben wir kein Lebenszeichen.«

»Möglicherweise wird ein kleines Mädchen darin gefangen gehalten.«

»Was? Das ist ja furchtbar.«

Als er auf den Eingang zustürmen wollte, wurde er zurückgehalten. »Langsam, Kollege. Zu gefährlich.«

Er stieß einen Fluch aus. »Macht schnell, verdammt!«

»Wir tun unser Bestes.«

Das Haus lag etwas versteckt hinter einer Baumgruppe, auf die das Feuer bereits übergriff.

»Vielleicht eine Heißsanierung«, sagte jemand. »Da wohnt doch niemand.«

Trojan trat näher. Wieder wollte man ihn daran hindern, aber er riss sich los. Er konnte doch nicht unbeteiligt mit ansehen, wie ein Kind in dem Flammenmeer umkam.

Man schrie ihm etwas zu. Ein Dachbalken löste sich und fiel krachend in den Vorgarten.

Es war wie in einem seiner Alpträume. Das Unheil nahm seinen Lauf, und er konnte nichts dagegen tun.

Nein, dachte er, ich muss mich wehren, diese Ohnmacht darf ich nicht zulassen.

Da erblickte er einen Schemen. Etwas bewegte sich hinter dem Haus.

Er spurtete los, die Warnrufe der Rettungsleute im Rücken.

Die Hitze fuhr ihn fauchend an, wieder donnerte etwas zu Boden, dicht neben ihm.

Dort vorne war es.

Er wich den Flammen aus, bis er die Rückseite des Gebäudes erreicht hatte. Ein Feld, ein Wirrwarr von Fußspuren im Schnee. Und da hinten der Wald. Jemand rannte darauf zu.

Trojans Lunge schmerzte, als er sich im hohen Tempo durch den Tiefschnee arbeitete. Er stürzte, rappelte sich auf, hastete weiter.

Der Widerschein des Feuers erhellte auch den Waldessaum. Zweige peitschten ihm ins Gesicht.

Er schrie etwas.

Und dann blieb sie stehen.

Sie suchte Schutz hinter einer Tanne. Ihr Gesicht war verzerrt. »Kommen Sie mir bloß nicht zu nahe.«

Ruhig, dachte er. Sie nicht verschrecken.

»Grit Wölfer?«

Vor Schmerzen schien sie sich kaum aufrecht halten zu können.

»Das sind Sie doch, nicht wahr?«

»Keine Bewegung!«

Er breitete die Arme aus. »Ich rühre mich nicht vom Fleck.«

Ihre Augen irrten umher. Sie war leichenblass.

Was würde Jana in diesem Moment tun? Wie ihr Vertrauen gewinnen?

»Ich verstehe Sie«, murmelte er. »Es ist wegen Ihrer Mutter. Sie haben Entsetzliches durchgemacht.«

Sie schwieg. Nur ihr gepresster Atem war zu vernehmen und aus der Ferne das Tosen der Flammen.

»Sagen Sie mir, wer alles in dem Haus war.«

Sie keuchte.

»Das Mädchen.«

»Wo ist es?«

»Ich weiß es nicht.« Ihre Stimme brach.

»Wer noch?«

Ein Zittern durchlief ihren Körper, gleich darauf straffte sie sich. »Sie werden mir ja ohnehin nicht glauben!«

Trojan wartete ab.

»Niemand hat mir jemals geglaubt.«

»Bitte. Ich versichere Ihnen ….«

»Halten Sie den Mund! Sie sind ein Bulle, oder? Ich traue Ihnen nicht. Nie habe ich nur einem von Ihnen getraut. Wenn man Sie braucht, sind Sie nicht da.«

Sie versuchte, tiefer in den Wald hineinzukommen, hilflos stapfte sie durch den Schnee. Er sah, wie sie strauchelte. Und dann sank sie hin.

Wie ein angeschossenes Tier, dachte er.

Doch er ahnte, ihre Verletzungen waren anderer Art. Keine Pistolenkugel traf so tief wie der Keil, den man in ihre Seele gerammt hatte.

Er hielt sich auf Abstand.

Schließlich setzte er vorsichtig einen Schritt vor, danach noch einen.

Und mit einem Mal öffnete sich ihre Hand. Ein länglicher spitzer Stein lag darin.

»Das hier«, murmelte sie, »hat mir das Kind gegeben. Jule. Sie hat es mir heimlich zugesteckt.«

Sie blinzelte eine Träne weg.

»Mir ist es tatsächlich gelungen, damit meine Fesseln zu durchtrennen. Hab den Stein immer wieder mit zwei Fingern unter die Schnur an meinem Handgelenk geschoben. In letzter Sekunde konnte ich so aus dem brennenden Haus fliehen. Wie clever sie war, spielte nach außen das grausame Spiel mit und beschimpfte mich. Nur damit die … weil es doch … damit dieses Ungeheuer nichts merkt.«

»Frau Wölfer, es ist von großer Wichtigkeit, dass Sie mir verraten, wer noch in dem Gebäude ist oder sich bis vor kurzem dort aufgehalten hat.«

Ihre Stimme war tonlos, ihre Miene völlig unbewegt, als sie endlich sagte: »Sie trägt ein Feuermal an der Schulter. Einmal, ein einziges Mal konnte ich es sehen. Ich hab mich gewehrt, um mich geschlagen, dabei ist ihre furchtbare Kostümierung verrutscht. Eine Hexe ist sie, aber sie trägt auch die Geschlechtsmerkmale eines Mannes. Suchen Sie nach dem Feuermal. Vielleicht hat sie es sich inzwischen weglasern lassen, ich weiß es nicht. Sie trägt eine Maske. Gekleidet ist sie mit einer roten Strickjacke und einem Rock von derselben Farbe.«

»Sie sind schon früher von ihr …« Er unterbrach sich. Es war merkwürdig, dass sie immerzu in der weiblichen Form von dem Täter sprach. Das musste etwas mit ihrem Trauma zu tun haben, in ihrer Vorstellungswelt blieb ihr Peiniger wohl auf ewig eine Hexe. »… von ihm heimgesucht worden, nicht wahr?«

Sie nickte. »Ich war elf. Von diesem Zeitpunkt an war mein Leben zu Ende.«

Er schluckte. »Verzeihen Sie, aber ich muss Sie das fragen. Warum haben Sie sich niemals an die Polizei gewendet?«

Sie wandte den Blick zu ihm. »Wissen Sie, was Scham bedeutet? Glauben Sie, es fällt mir leicht, Ihnen dieses Geständnis zu machen?«

Er schlug die Augen nieder.

Es entstand eine Pause. Noch immer kauerte sie vor ihm im Schnee. Die Kälte schien sie längst nicht mehr zu spüren.

»Wo ist das Kind?«, fragte sie leise. »Jule.«

»Sollte sie noch in dem Haus sein, wird man sie retten.«

»Und wenn die Hexe mit dem Mädchen fort ist?«

»Ich werde die Kollegen alarmieren. Können Sie den Täter vielleicht etwas besser beschreiben?«

Sie schüttelte den Kopf. »Da ist nichts. Ich sehe nur die Maske vor mir. Immer wieder diese Fratze.«

»Ganz ruhig. Wir schaffen das.«

Er reichte ihr die Hand, aber sie zuckte zurück. »Mein Rücken ist verletzt. Ein Sturz. Jüterboger Straße in Kreuzberg.

Ich habe die Bestie in dem Gebäude gesehen. Jule war auch dort.«

Trojan legte die Stirn in Falten. Ich war ganz nah dran, dachte er.

Schließlich ließ sie sich doch von ihm aufhelfen. Langsam verließen sie das Waldstück.

Als sie wieder auf dem Feld waren und sich der Brandstelle näherten, fragte er äußerst behutsam: »Warum Georg Haubacher? Und warum Cornelius Streller?«

»Ich verstehe Sie nicht.«

»Vermutlich hat Victoria Kosch das Haus zur Verfügung gestellt. Ob sie durchschaute, zu welchem Zweck es gebraucht wurde, ist mir noch unklar. Auf jeden Fall steht es leer, ist einsam gelegen, schwer einzusehen, wie geschaffen für ein Kidnapping.«

»Victoria Kosch?«

»Die alte Frau mit der Harfe.«

Sie hielt inne. Dann wich sie plötzlich vor ihm zurück.

»Und Ihre Mutter? Ich kann es nachvollziehen. Sie kannte den Täter, er war einer ihrer Liebhaber. Oder besser gesagt: ein Freier. Nur was ihn wirklich interessiert hat, war das Kind, waren Sie. Ihre Mutter hat zugelassen, dass es so weit kam. Sie wollten von ihr den Namen erfahren, nicht wahr? Aber sie hat ihn nicht preisgegeben. Und so sollte sie sterben. Im Ofen, wie eine Hexe.«

Ihre Augen weiteten sich.

»Warum aber mussten Sie Haubacher und Streller töten? Was haben die beiden mit der ganzen Geschichte zu tun?«

Sie starrte ihn an.

Dann sagte sie kaum hörbar: »Ich habe meine Mutter nicht umgebracht. Sosehr ich sie auch hasse. Und ich weiß nicht, von wem Sie noch sprechen. Ich kenne diese Männer nicht.«

# VIERZIG

Die Scheinwerferkegel schlugen eine Lichtschneise zwischen die Bäume und brachten den Schnee auf dem Forstweg zum Glitzern. Das Heizgebläse zischelte, seine Hände ruhten vorschriftsmäßig in der Zehn-vor-zwei-Position auf dem Lenkrad. Einmal drehten die Räder durch, und er befürchtete stecken zu bleiben. Er schaltete runter, gab vorsichtig Gas, der Wagen ruckelte, und die Fahrt ging weiter.

Hin und wieder sah er verstohlen in den Rückspiegel, und ihre Blicke trafen sich.

Sie war so schön. Ihre rosige Haut, das leuchtende Haar, die leicht umschatteten Augen. Das leise Funkeln darin. Weiter, dachte er, tiefer hinein in das Dunkel des Waldes.

Immer wenn sich eine wattige Schneewehe aus den Baumwipfeln löste und auf der Frontscheibe zerplatzte, schaltete er die Wischer ein. Er wünschte, sie könnten endlos so weiterfahren, doch er wusste, bald wären sie am Ziel.

»Ich wollte es nicht«, sagte er. »Bei dir nicht, du warst mein kleiner Engel. Auf dich wollte ich immer achtgeben. Du warst für mich tabu.«

Und in seinem Kopf wiederholte sich die Melodie der letzten Monate, sein immerwährender Sprechgesang: *Jule nicht anrühren, Jule nicht.*

Sie saß kerzengerade da. Nicht einmal ihren Anorak hatten sie in der Eile mitnehmen können. Zu rasch hatte sich das Feuer ausgebreitet und alles zerstört.

Nun blieb ihnen nur noch diese frostige Einöde dort draußen.

»*Du* warst das«, sagte sie. Ihre Miene verzog sich nicht. »*Du* hast an meinem Bett gestanden.«

Er stieß einen Seufzer aus. »Nur einmal und dann nie wieder. Und ich hab dir nicht wehgetan.«

»Du warst kurz davor.«

»Ich weiß, es war ein Fehler. Mein Gott, wie sehr ich mich auf diesen Abend gefreut hab, ich wusste doch, dass du bei uns übernachten würdest. Ich war so aufgeregt. Die DVD, die wir zusammen angeschaut haben, weißt du noch? Endlos hab ich überlegt, welche ich auswählen sollte. Sogar eine Gutenachtgeschichte hab ich dir vorgelesen. Und ich bin ein guter Vorleser, oder etwa nicht?«

Es kam keine Antwort.

Er sah sie wieder in den weißen Laken liegen. Sie hatte den Arielle-Pyjama an, lauter tanzende Meerjungfrauen darauf, und ihre Tigerhausschuhe standen vor dem Gästebett. Immerzu musste er an diesen einen Abend zurückdenken, wie einen Bildband breitete er ihn vor sich aus, durchblätterte ihn, betrachtete ihn von allen Seiten.

»Ich hab dich nicht angerührt«, sagte er.

»Du hast mir Angst gemacht.«

Ihre Augen im Rückspiegel. So blau die Iris, so wunderschön. Und wie sie funkelten.

Ja, er hatte ihr einen Mordsschrecken eingejagt. Er als Hexe an ihrem Bett, so erregt und dabei voller Scham. Sie wird wach, starrt ihn an, ihr Mund öffnet sich zu einem Schrei. Und er denkt bei sich, *mein Gott, was tust du nur, oh Gott, das darfst du nicht*.

»Ich bin wieder rausgerannt, hab die Tür hinter mir zugeschlagen. Und dann kam ich zurück zu dir. Aber da war ich wieder ich selbst, weißt du? Ganz normal war ich. Und hab dich getröstet. Nur ein Traum, hab ich gesagt, ein böser, böser Traum.«

»Danach hast du mir die Schneekugel geschenkt. Warum?«

Oh ja, die Kugel, dachte er. Schon an seinem eigenen Kinderbett hatte sie gestanden, und er konnte sie schütteln, stundenlang. In diesem Moment schlug wieder ein Schneehaufen auf der Scheibe auf, und er schaltete die Wischer ein.

Er beschleunigte. Tiefer, dachte er, tief hinein.

»Ich wollte es wiedergutmachen. Ich hab doch selbst Angst vor der Hexe. Weißt du noch? Das hab ich dir in dieser Nacht auch gesagt. Wir haben über deinen Alptraum gesprochen. Und ich gestand dir, wie groß meine Angst ist.«

»Das verstehe ich nicht. Du bist …« Sie brach ab. Schob ihre Unterlippe vor, so saftig, so rot.

»Ich bin die Liebe. Die Hexe ist der Trieb.«

Sie zog die Brauen hoch.

»Ich kann es beherrschen, weißt du. Manchmal kann ich es unterdrücken. Dann wieder ist es zu stark.« Seine Kiefer verkrampften sich, er knirschte mit den Zähnen. »Schuld ist nur meine Ziehmutter.«

Hässliche Alte.

Er hatte ihr die Wohnung verschafft. Dafür konnte er das Haus benutzen. Muffiges Haus. Heruntergekommen. Und doch ein guter Ort.

Kinderzimmerhaus, Hexenhaus.

Nun war es abgebrannt.

Er sah sie durch den Rückspiegel an. »Das Feuer hast *du* gelegt.«

»Nein.«

»Lüge. Das warst *du*. Hast die alten Gardinen angezündet. Die brennen wie Zunder.«

Er hätte die Streichhölzer nicht auf dem Tisch liegen lassen dürfen, im ehemaligen Salon, wo all der Krempel war. Er wusste noch, er hatte versucht, den betagten Gasbrenner in Gang zu setzen. Verdammt, wie unachtsam von ihm.

»Böses Mädchen«, sagte er. »Gezündelt hast du.«

Hielt sich für wer weiß wie gescheit. Dabei war es doch nicht mehr als ein verzweifelter Ablenkungsversuch gewesen. Grit wird es dennoch erwischt haben.

Er bemerkte, wie sie sich hilflos umblickte. Und dann umklammerte ihre Hand den Türgriff. Er lächelte. »Zentralverriegelung.«

Sie rüttelte daran, vergeblich.

»Versuch es ja nicht noch einmal. Sei artig, hörst du? Du bist doch mein kleiner Engel. Und Engel machen nicht solchen Unsinn.«

Sie zog fröstelnd die Schultern hoch, und er schob den Heizungsregler bis zum Anschlag. Er hätte doch noch ihren Anorak holen sollen, aber nun war es zu spät.

Und schließlich fragte sie: »Was ist mit deiner Ziehmutter?«

»Sie ist böse. Eine Hexe ist sie.«

»Das hast du auch über Grit gesagt. Und es stimmt nicht.«

»Und ob es stimmt! Grit ist eine Mörderin. Ich hoffe nur, dass sie in den Flammen umgekommen ist.«

Es zuckte um ihre Mundwinkel.

Eine Weile schwiegen sie beide. Der Motor brummte. Draußen Schnee, nichts als Schnee, dazwischen die Bäume, aufrecht und stumm, tapfere Soldaten, die sein Treiben überwachten. Sie würden nicht eingreifen, ihn gewähren lassen.

Denn es war richtig, was er tat, es gab kein Zurück.

»Ich war gern zum Spielen bei dir im Büro«, sagte sie leise. »Bei dir konnte man durch Welten springen.«

»Ja. Und du warst meine kleine Prinzessin.«

»Du hast mir Kleider geschenkt.«

»War das nicht lieb von mir?«

»Hmm.«

In seinen Gedanken sah er sie wieder durch die Projektionen der Cyberwelt tanzen, barfuß in ihrem Kleidchen, den Controller in der Hand. Stets war es für ihn überaus faszinierend gewesen zu beobachten, wie sie Teil seines Werks wurde, darin aufging, sich zur kleinen Heldin dieses künstlichen Universums aufschwang.

»Gibt es ein Problem mit deiner Ziehmutter?«

Falsches Stichwort, dachte er grimmig. »Das begreifst du noch nicht. Dafür bist du zu jung.«

»Ich will es aber wissen.«

Er schluckte. Wenn er an die Alte dachte, wurde ihm eng um die Brust.

»Sie hat mich tagelang ans Bett gefesselt. Dann hat sie mich geschlagen, wenn ich eingenässt hab. Aber ich konnte doch nicht aufstehen.«

Jule schien über seine Worte nachzudenken.

»Warum hat sie das getan?«

»Ich durfte sie nicht stören. Sie war der Meinung, ich würde sie in ihrem Inspirationsfluss unterbrechen.«

Sie war ja bloß mit ihrem Instrument beschäftigt. Und er ein nichtsnutziger Rotzbengel. Er durfte nicht mehr daran denken, wie es war, in den eigenen Exkrementen zu liegen. Nicht an das Gekreische der Alten. Wie er vor der Badewanne kniete und weinend die Laken auswusch, die er selbst beschmutzt hatte.

Später, er war schon fünfzehn oder sechzehn, kam sie immer noch zu ihm ins Bad herein. Sie versuchte es auf die freundliche Tour, *zu* freundlich für seinen Geschmack, da war es ihm lieber, wenn sie keifte. So aber setzte sie sich an den Wannenrand und ließ es sich nicht nehmen, ihn überall mit dem Waschlappen zu berühren. Sie spielte an ihm herum, und er durfte sich nicht dagegen wehren. Ihre Finger unter dem Lappen verborgen, diesem widerlichen Frotteestoff. Klatschnass, ihre böse Hand.

Und gleich darauf fand sie erneut eine Lappalie, über die sie sich aufregen konnte, irgendetwas, das er angestellt haben könnte, und sie schimpfte: *»Du bist selbst schuld, leg dich hin, streck die Arme aus.«*

Sie benutzte ihre Kopftücher dafür, die rochen nach ihrem Puder, ihrem Schweiß und ihrer Haut. Die schnitten sich in seine Gelenke, er zerrte daran, doch vergeblich, nun musste er weitere Stunden ausharren, gefesselt an die Bettpfosten, wehrlos und stumm.

Wie oft hatte er gehofft, dass bald alles besser werden würde. Er wollte artig, ihr ein Grund zur Freude sein. Sie würde kommen, ihn befreien. Ihn umgarnen, wäre lieb zu ihm.

Eine gute Ziehmutter.

Aber sie war eine Hexe.

Er ahnte, für ihn würde sich erst dann alles zum Guten wenden, wenn er sein könnte wie sie.

Heimlich zog er ihre Röcke an, streifte sich ihre Strickjacken über. Er tat es immer wieder. Es wurde zum Zwang.

Und dann, nach diesem Karnevalsumzug, damals, an einem trüben Nachmittag im März, sah er diese Hexenmaske am Straßenrand liegen, eine mit angeklebten Haaren, so strohig und wirr wie ihre.

Es war wie ein Zeichen für ihn. Sein zweites Gesicht erschien ihm dort im Dreck, es grinste ihn an. Er hob es auf und nahm es mit.

Verstohlen betrachtete er sich daheim im Spiegel.

Er musste die Maske vor ihr verstecken. Sie durfte sie nicht finden.

Nur manchmal holte er sie hervor, zusammen mit dem Rock und der Jacke.

Er schaute zu Jule hin. Ihre Tapferkeit war ja nur gespielt. Längst erkannte er in ihren Augen die Angst wieder, die er selbst als Kind gehabt hatte. Nur diesmal war er der Herrscher darüber.

Wieder drehten die Räder im dichten Schnee durch. Runterschalten, Gas geben, sachte. Der Wagen schoss vor, schlingerte, gleich darauf hatte er ihn wieder unter Kontrolle.

Es gab Erlösung für ihn, kein Zweifel. Sie würden an ihr Ziel kommen.

»Was ist mit deiner richtigen Mutter?«, fragte sie.

»Sie ist viel zu früh gestorben.«

Weihrauch und Kerzen. Eine düstere Kapelle. Jemand sagte: *Wer wird sich nun um den Jungen kümmern?* Und dann war da eine knochige Hand, die ihm über den Kopf strich.

Die verrückte Vicki aus dem Dorf würde das übernehmen. Sie war nun seine neue Mutter.

»Und dein Vater?«

»Auch längst tot.« Der alte Säufer.

Er stieß die Luft aus.

»Victoria hat immer gesagt: Dich hat der Storch gebracht, aber es war ein hässlicher Storch. Und dann hat sie gelacht. Sie konnte so richtig fies lachen. Das hättest du mal hören sollen.«

»Du bist nicht hässlich.«

Erstaunt sah er zu ihr hin. Mein Gott, sie war ein Engel. Es durchwogte ihn warm. Er empfand doch so viel Zärtlichkeit für sie. Schon als sie das erste Mal bei ihnen zu Besuch war, hatte er es sich geschworen. *Ihr* wirst du nichts antun, in ihrer Gegenwart wirst du beweisen können, dass du stark genug bist. Seine Erregung war manchmal so groß gewesen, dass er kaum an sich halten konnte. Und doch hatten sie wundervolle Nachmittage miteinander verbracht. Sie hatte versprochen, ihrem Vater nichts von ihren Besuchen in seinem Büro zu erzählen. Natürlich musste er sie ein bisschen manipulieren. Die Prinzessin mit Naschereien und teuren Kleidern locken, die sie nur bei ihm tragen durfte. Der schöne Spiegel, den er extra für sie angeschafft hatte, es war so herrlich, wenn sie sich davor im Kreis drehte und von allen Seiten betrachtete. Er blieb standhaft, verließ brav das Zimmer, wenn sie sich umzog. Nur manchmal, im Nebenraum, berührte er die rote Strickjacke, ließ sie durch seine Hände gleiten, spielte mit den silbernen Knöpfen. Zuweilen war er drauf und dran, sie sich überzuwerfen. Doch er konnte widerstehen.

Die Hexe war der Trieb und er die Liebe.

Er senkte die Stimme: »Weißt du, manchmal kommt es vor, dass sich ein erwachsener Mann in ein kleines Mädchen verliebt.«

Sie wich seinem Blick aus.

»Aber er darf ihr nichts antun«, sagte sie.

»Nein, das nicht. Nicht anrühren darf er sie. Und das hab ich auch nicht. Hab ich dir jemals etwas zu Leide getan?«

»Du hast mir Angst gemacht. Du warst die Hexe an meinem Bett.«

»Aber es ist nichts passiert. Gar nichts.«

Es blieb ruhig auf dem Rücksitz. Er brauchte nur immer weiter zu fahren.

Doch dann fragte sie: »Was ist mit Sophie?«

Es versetzte ihm einen Stich.

Als träfe ihn erneut die Glasscherbe am Hals.

Wie tapfer sich die Kleine gewehrt hatte.

»Du hast sie zum Spielen mitgebracht«, murmelte er. »Warum musstest du das tun?«

»Weil man bei dir durch Welten springen kann«, antwortete sie kaum hörbar.

Zwei von diesen kichernden Mädchen, ein Duo dieser süß duftenden, rotbackigen Elfen, die ausgelassen in seinem Cyberspace herumtobten. Zwei waren genau eine zu viel. Eine entsetzliche Rechnung, dass wusste er, und wieder knirschte er mit den Zähnen.

»Was ist mit ihr?«

Mit einem Ruck bog er in die Waldlichtung ein. Der Schnee war ein blasses Leichentuch.

»Sie ist an einem Ort, an dem es ihr gut geht«, sagte er.

Er hielt an.

»Warte hier. Ich bin gleich zurück.«

Er stieg aus, achtete auf ihre Reaktionen. Doch sie rührte sich nicht. Er schlug die Fahrertür zu. Ging nach hinten und öffnete die Klappe zum Heckraum.

Da lag die rote Strickjacke, ordentlich zusammengefaltet. Und da befand sich auch sein zweites Gesicht.

Mit einem Mal war ihm, als würde es sich bewegen.

## EINUNDVIERZIG

Aus den Trümmern des Hauses wurden keine Menschen geborgen, weder lebend noch tot. Dafür fand man das Kopfteil eines Kinderbetts und einen verkohlten Lampenschirm, auf dem schwach der Überrest eines Musters zu erkennen war: ein tanzendes Mädchen inmitten von drei Kreisen.

Ein Teil des Teams unterstützte die örtliche Polizei bei der Suche nach Jule in der Gegend um Herzberg. Suchtrupps durchkämmten die umliegenden Dörfer und Wälder, Helikopter kreisten, die Piloten waren mit Nachtsichtgeräten ausgestattet, Wärmebilder wurden angefertigt, modernste Infrarottechnologie eingesetzt.

Grit Wölfer aber brachte man nach Berlin.

Nach einer gründlichen Untersuchung erklärten die Ärzte sie für vernehmungsfähig.

Trojan hatte sich für einen Raum im Kommissariat entschieden, der auf sie möglichst wenig einschüchternd wirken sollte. Bleich und zusammengesunken saß sie vor ihm.

»Frau Wölfer, erzählen Sie mir bitte noch einmal von dem Nachmittag, als Sie Jule nach der Schule gefolgt sind.«

Ihre Stimme war brüchig. »Sie ging in dieses Gebäude in der Jüterboger Straße.«

»Kannten Sie das Gelände?«

»Nein. Ich war vorher nie dort. Ich folgte ihr ins Treppenhaus. Und dann hab ich an dieser Tür geklingelt, hinter der ich sie vermutet hab. Ich war völlig aufgewühlt wegen der Musik.«

»Was für eine Musik?«

»Das Harfenspiel. Hinter der Tür. Es war dieselbe Musik, die ich immer hören musste, bevor ich … bevor mich die Hexe …« Sie brach ab.

Trojan fragte behutsam nach. »Sie klingeln an der Tür, und dann?«

»Eine alte Frau öffnete mir.«

Und Grit Wölfer erzählte ihm von ihrer merkwürdigen Begegnung mit Victoria Kosch.

»Sie wollte mich nicht mehr gehen lassen. Klammerte sich förmlich an mich. Vor lauter Aufregung erlitt ich einen Zusammenbruch. Danach muss sie mir irgendein Medikament verabreicht haben. Angeblich zur Beruhigung, wie sie sagte. Das war wohl eine Schlaftablette. Über Stunden war ich wie betäubt. Und in der Nacht war sie fort und ich in der Wohnung eingesperrt.«

Trojan schluckte, als sie ihm von ihrer Flucht über den Mauervorsprung berichtete.

»Und Sie sind sich ganz sicher, dass die Gestalt hinter dem Fenster der Täter war, den Sie als Hexe bezeichnen?«

Sie nickte. Stockend erzählte sie von ihrem Sturz. »Ich hatte einen Schutzengel. Da unten war dieses dichte Gebüsch, darauf dicker Schnee, all das dämpfte wohl den Aufprall. Kaum war ich wieder bei mir, hörte ich Schritte im Hof. Irgendwie schaffte ich es hinaus. Ich hielt ein Taxi an und fuhr darin weg. Aber die Hexe muss mir gefolgt sein.«

»Sie ließen sich in diese Wohnung in der Thiemannstraße fahren, ja?«

Abermals nickte sie. »Ich ahnte doch, dass mich die Hexe wiedererkannt hatte. Ich wollte nicht mehr in meine eigene Wohnung zurück, fühlte mich überhaupt nicht mehr sicher.«

»Bei wem fanden Sie in der Thiemannstraße Unterschlupf?«

Sie schwieg.

»Sagen Sie es mir.«

»Es ist eine Freundin.«

»Wie heißt sie?«

»Muriel.«

»Und der Nachname?«

»Ist das von Bedeutung?«

»Ja.«

»Muriel Anzberg.«

Er notierte es sich. »Wo ist sie? Warum konnten wir sie nicht antreffen?«

Sie atmete heftig. »Ich weiß es nicht. Hören Sie, mir tut alles weh. Lassen Sie mich gehen. Ich wollte nie zur Polizei, niemals. Ein einziges Mal hab ich mich auf ein Revier getraut, um eine Aussage zu machen. Dieser Bulle dort hat nur gegrinst. Als er seine Formulare holte, bin ich schnell wieder weg.«

»Das kann ich mir nur schwer vorstellen. Normalerweise gehen wir äußerst sensibel mit Geschädigten um, besonders bei Sexualstraftaten.«

»Nennen Sie das hier sensibel?«, fuhr sie ihn an. »Ein Kind ist in Lebensgefahr! Und wir sitzen bloß rum und reden!«

»Wenn man Sie bei der Polizei schlecht behandelt hat, möchte ich mich dafür entschuldigen, aber …«

Sie unterbrach ihn mit einer wegwerfenden Handbewegung.

Ein Zittern durchlief sie. Wortlos schob er ihr den Becher Tee hin, den sie noch nicht angerührt hatte. Sie trank einen Schluck.

»Wir tun alles, damit Jule …« Er seufzte. Wusste ja selbst, dass die Chancen überaus schlecht standen. Fühlte sich ein Täter erst einmal in die Enge getrieben, war er erst recht zu allem fähig.

Stattdessen fragte er: »Wo ist Ihre Freundin jetzt?«

»Woher soll ich das wissen? Ich kann Ihnen nur verraten, dass auch sie nichts mit der Polizei zu tun haben will. Gut möglich, dass sie sich irgendwo versteckt hält. Ihr Bullen habt doch die Wohnung sicher umlagert. So was schüchtert sie ein.«

»Weiß sie etwas von der Geschichte von damals?«

»Nein. Ich hab es ihr nie erzählt.« Und dann murmelte sie: »Muriel betreibt ein paar nicht ganz legale Geschäfte. Aber sie ist ein guter Mensch. Vor allem weiß sie sich zu wehren. Ich vermute, dass sich die Hexe von ihr abgeschreckt fühlte. Muriel ist eher massig, von weitem könnte man sie für einen Typen halten. Dieses Ungeheuer ist erst in die Wohnung rein, als Muriel fort war.«

»Und Sie konnten das wahre Gesicht des Täters wiederum nicht erkennen?«

»Nein. Dieselbe Maskerade. Die Hexe trat die Tür ein und packte mich. Sie würgte mich bis zur Ohnmacht. Als ich aufwachte, war ich in diesem Zimmer. Und es war das Zimmer von damals.« Sie schlug die Hände vors Gesicht. »Dass ich es noch einmal sehen musste. Die Tapete. Die Lampe. Das furchtbare Kinderbett.«

Trojan erhob sich und ging ein paar Schritte auf und ab. Sollte diese schmächtige junge Frau nach allem, was sie durchgemacht hatte, von einem entsetzlichen Furor zu den Ofenmorden getrieben worden sein? Angefangen bei ihrer Mutter? Endend bei Victoria Kosch?

Er hielt es für denkbar. Ob sie für letztere Tat allerdings

ausreichend Zeit gehabt hätte, stand bisher in Frage, denn wann genau die alte Frau überfallen worden war, hatten sie noch nicht abschließend klären können.

Wie aber die beiden getöteten Männer ins Bild passten, dazu hatte er bereits eine Theorie. Der eine war in Besitz von Kinderpornographie gewesen, der andere durch ein intimes Verhältnis mit einer Minderjährigen auffällig geworden.

In jedem Fall hatte Grit Wölfer ein starkes Motiv. Für vier grausame Morde.

Er setzte sich wieder, suchte Augenkontakt mit ihr.

»Kurz nach Weihnachten«, begann er vorsichtig. »Es gab Streit mit Ihrer Mutter. Sie haben sie zur Rede gestellt. Wieder einmal. Aber sie gab den Namen des Freiers, der Ihnen als Kind so unendlich viel Leid angetan hat, nicht preis.«

Ihre Stimme klang erstickt. »Ich habe meine Mutter nicht umgebracht.«

»Frau Wölfer, ich sagte schon einmal zu Ihnen, ich vermag es nachzuvollziehen. Auch wenn ich Rache, auch wenn ich Selbstjustiz nicht billigen kann.«

Er durfte es nicht, stand er doch auf der anderen Seite des Gesetzes, aber in diesem Moment ahnte er, was passieren musste, um die Schwelle zu überwinden, hinter der das Töten möglich wurde. All die Dramen, die sich im Kopf dieser Frau abgespielt hatten – er konnte sie sich ausmalen.

»Bitte seien Sie versichert, ich würde mich beim Staatsanwalt für Sie einsetzen, alles für Sie tun.«

»Ich war es nicht. Aber ich gebe zu, der Tod meiner Mutter löst keine Erschütterung in mir aus. Da ist nur Leere. Und Hass und Unverständnis. Vielleicht ein winziges Bedauern.«

»Bedauern worüber?«

»Dass es keine Versöhnung gibt. Keine Heilung oder Erlösung. Niemals.«

Er sah mit an, wie sie mit ihren Gefühlen rang. Er blickte in diesen Abgrund. Wollte die Hand nach ihr ausstrecken, doch er wusste, sie würde sie nicht nehmen.

»Wer dann?«, fragte er leise. »Wer weiß von Ihrem Trauma?«

Sie verzog das Gesicht. »Niemand. Außer Ihnen jetzt. Und dafür schäme ich mich entsetzlich.«

»Es tut mir sehr leid«, murmelte er. »Alles, was Ihnen widerfahren ist, tut mir aufrichtig leid.«

Es entstand eine längere Pause.

»Zurück zur Jüterboger Straße. Kann es sein, dass Sie sich im Stockwerk geirrt haben? Jule ist nicht in die dritte Etage zu Victoria Kosch gegangen, sondern in das Büro darüber?«

»Aber ich hab sie gehört, als ich bei der Alten war. Hinter der Wand, wo die ausgestopften Tiere sind.«

»Die Räumlichkeiten im vierten Stock sind etwas verwinkelt. Es gibt eine Treppe hinab in ein weiteres Zimmer. Und das grenzt direkt an die Wohnung der Ermordeten.«

Sie schlug die Augen nieder. »Dann war Jule vielleicht nebenan. Und ich kam zu spät.«

»Sagt Ihnen die Bezeichnung Weltensprung etwas?«

»Nein. Was ist das?«

»Der Name der Firma, die sich dort befindet.«

Sie schüttelte den Kopf.

Er verstand das nicht. Auch Roman Giersch, der mittlerweile wieder auf freiem Fuß war, halb wahnsinnig vor Angst um seine Tochter, wusste mit dem Namen nichts anzufangen. Ein Studio, in dem Computerspiele entwickelt wurden, konnte er laut seiner Aussage nicht mit Jules Verschwinden in Verbindung bringen. Das Mädchen aber war offenbar freiwillig in das Büro gegangen, und so schien sie auch jemanden dort zu kennen.

In diesem Moment klopfte es, und Stefanie Dachs tauchte im Türspalt auf.

»Sie ist jetzt da«, sagte sie.

Trojan nickte ihr zu. Zu Grit Wölfer gewandt, murmelte er: »Meine Kollegin wird die Vernehmung fortsetzen.«

Er stand auf, bedeutete Steff mit einer verstohlenen Lippenbewegung, behutsam vorzugehen, und verließ den Raum.

»Wo ist sie?«

Dennis Holbrecht wies auf eine verschlossene Tür. »Vor einer Stunde ist sie in Tegel gelandet. Wir haben sie sofort hierhergebracht.«

»Gut.«

Trojans Augen brannten. Es war wohl irgendwann in den frühen Morgenstunden. Vor Übermüdung verlor er allmählich jegliches Zeitgefühl.

»Neuigkeiten aus der Umgebung von Grieben?«, fragte er schwach.

»Nichts. Wir müssen mit dem Schlimmsten rechnen.«

»Scheiße.«

»Ach übrigens, das soll ich dir noch ausrichten. Reiner Wetzlar hat zurückgerufen.«

Es handelte sich um den Kriminalhauptkommissar aus der Mark Brandenburg, der sie zum Leichenfundort im Mordfall Sophie Kranowitz gerufen hatte. Trojan hatte ihn um eine Information gebeten.

»Was hat er gesagt?«

»Ich hab es dir hier aufgeschrieben.«

Holbrecht gab ihm eine ausführliche Telefonnotiz. Trojan überflog die Zeilen.

»Danke.«

Er faltete das Papier zusammen und steckte es in die Hosentasche. Danach atmete er einmal durch, gab sich einen Ruck und betrat den Vernehmungsraum.

Simone Wahlbusch war eine selbstsicher wirkende Frau in den Dreißigern, auffallend farbenfroh gekleidet, langes brünettes Haar, nicht unattraktiv. Er nahm ihr gegenüber Platz.

»Sie sind die Inhaberin der Firma Weltensprung?«

»Ja. Was um Himmels willen ist denn passiert, dass mich die Polizei so einfach am Flughafen abpasst?«

Trojan ging darauf nicht ein, sondern fragte: »Kennen Sie eine Victoria Kosch?«

»Wer sollte das sein?«

»Eine alte Frau. Ehemalige Konzertharfenistin.«

In ihrem Gesicht regte sich etwas. »Ach, ist das etwa die Verrückte, die in den Räumen unter meinem Büro wohnt?«

»Was wissen Sie über sie?«

»Nicht viel. Eigentlich gar nichts.«

»Warum sagen Sie dann, dass sie verrückt war?«

*»War?«*

»Sie ist tot. Ermordet.«

Ihre Reaktion bestand lediglich aus einem Zucken der Mundwinkel.

»Antworten Sie auf meine Frage.«

»Wenn man sie im Treppenhaus traf, machte sie einen wirren Eindruck. Und sie hat immer wieder das gleiche Stück auf ihrem Instrument gespielt, Tag und Nacht. Es hat mich bei der Arbeit genervt. Ein paar Mal hab ich mich bei ihr darüber beschwert. Aber es war zwecklos.«

»Kam in Ihr Büro gelegentlich ein zehnjähriges Mädchen zu Besuch?«

»Nein.«

»Eine Jule Giersch?«

»Sagt mir nichts. Was sollten Kinder in meiner Firma zu suchen haben?«

»Keine Ahnung, weil sie Computerspiele mögen?«

»Meine Arbeit erfordert höchste Konzentration. Und sie ist kein Kinderkram.«

»Haben Sie selbst welche?«

»Nein.« Sie verschränkte die Arme vor der Brust. »Was ist denn mit diesem Mädchen?«

»Es wird vermisst.«

Sie zuckte mit den Achseln. »Und was hat das mit meiner Firma zu tun?«

Trojan musterte sie. »Wo ist Mareike King?«

»Wir arbeiten nicht mehr zusammen. Ich führe das Studio mittlerweile allein.«

»Haben Sie Mitarbeiter?«

»Nein.«

»Keinen einzigen?«

»Das würde sich finanziell nicht lohnen. Mareike und ich haben das Unternehmen vor Jahren mit bescheidenen Mitteln aufgezogen, dann kam es leider zu künstlerischen Divergenzen, und ich hielt es für besser, allein weiterzumachen.«

»Wer hat Zugang zu Ihrem Büro?«

»Niemand außer mir. Höchstens noch die Putzfrauen.«

Er nahm sie weiter unter Beschuss. »Zu welcher Tageszeit arbeiten Sie für gewöhnlich dort?«

»Ich bin ein Nachtmensch. Vor Sonnenuntergang fange ich gar nicht erst an. Mareike brauchte das Tageslicht zum Arbeiten. So kamen wir uns auch nie in die Quere. Und doch waren wir ein hervorragendes Team.« Sie fuhr sich mit einer energischen Geste durchs Haar. »Und die Alte hat man umgebracht, sagen Sie?«

Er nickte.

»Wie furchtbar. Nicht dass ich sie besonders leiden konnte, aber …« Sie runzelte die Stirn. »Im Übrigen hat Mareike das permanente Geklimper auf der Harfe überhaupt nicht gestört. Immer wenn ich sie darauf ansprach, sagte sie mir, sie fände es eher inspirierend.«

»Tatsächlich?«

Simone Wahlbusch lächelte gequält. »Ja. Kann ich jetzt vielleicht gehen?«

»Ich bin noch längst nicht fertig«, erwiderte er scharf.

»Schon gut, aber ich hab eine anstrengende Reise hinter mir.«

»Ist mir egal. Nach unseren Informationen waren Sie zusammen mit Ihrer ehemaligen Teilhaberin in den USA?«

»Das stimmt nicht.«

»Eine Nachbarin von Ihnen hat uns das erzählt.«

Sie gab ein Schnauben von sich, das er als Lachen deutete. »Ach, eine Zeit lang hat Mareike bei mir gewohnt, man hielt uns wohl im Haus für unzertrennlich, trotz unserer unterschiedlichen Biorhythmen.«

»Führten Sie beide eine lesbische Beziehung?«

Noch so ein Lachen. »Das geht Sie nun wirklich nichts an. Aber lesbisch ist schon komisch.«

»Wie meinen Sie das?«

»Nur so.«

»Könnte Mareike King noch einen Schlüssel zu Ihrem Büro besitzen?«

»Eigentlich hat sie ihn abgegeben, aber …« Sie wiegte den Kopf. »Möglich ist vieles.«

Trojan streckte den Rücken durch. »Wer hat eigentlich Ihr Firmenlogo entworfen?«

»Das war Mareike.«

Irgendwas ist hier faul, dachte er. Und so fuhr er fort: »Es wundert mich, dass über diese ominöse Frau King rein gar nichts im Melderegister zu finden ist.«

Simone Wahlbusch bedachte ihn mit einem amüsierten Blick. Sie schien die anschließende Pause zu genießen.

Endlich murmelte sie: »Das kann ich Ihnen erklären. Es ist ihr Künstlername. Sie hat ihn, glaube ich, nie eintragen lassen.«

»Wie heißt sie denn wirklich?«

»Das kommt ganz darauf an, wie sie sich gerade fühlt.«

Trojan war über die Maßen konsterniert. »Wie bitte?«

Das Lächeln auf den Lippen dieser Frau wurde breiter. »Es hat mit ihren Stimmungen zu tun, wissen Sie.«

Wieder entstand eine Pause.

Daraufhin breitete die Wahlbusch die Hände aus und sagte nur einen einzigen Satz.

Und der traf Trojan wie ein Blitz.

## ZWEIUNDVIERZIG

Er stürzte in Landsbergs Büro.

»Hilmar, ich lege mich jetzt fest. Wir suchen nach einer Mareike King. Sie ist die Hexe.«

Der Chef starrte ihn an.

Atemlos fuhr Trojan fort: »Sie hat Sophie Kranowitz umgebracht und Jule Giersch verschleppt. Ganz sicher ist sie auch verantwortlich für den Tod des Mädchens, das seinerzeit an der B 122 aufgegriffen wurde. Und sie hat die damals elfjährige Grit Wölfer mehrere Tage in dem Haus in Grieben gefangen gehalten und missbraucht.«

Landsberg wirkte völlig perplex. »Moment mal, soll das etwa heißen, wir fahnden nach einer Frau?«

Trojan schüttelte den Kopf. »Mareike King ist ein Mann.«

Der Chef hob die Augenbrauen.

»Wie ich soeben erfahren habe, ist Mareike King der Künstlername eines gewissen Vincent Horn. In der Firma Weltensprung in der Jüterboger Straße erschien er laut seiner ehemaligen Teilhaberin manchmal in Frauenkleidern. Er scheint einen ausgesprochenen Hang zum Transvestismus zu haben. Simone Wahlbusch, die mit ihm dieses Entwicklerstudio gegründet hat, sagte mir, Horn habe sich von ihr gerne als Frau ansprechen lassen. An manchen Tagen tendierte er dann wieder eher zum Mann. Ich gehe davon aus, dass er noch einen Schlüssel für das Studio besitzt. Simone Wahlbusch nutzt die Räume ausschließlich nachts, so war es für ihn ein Leichtes, an den Nachmittagen, vermutlich nach Schulschluss, Jule Giersch dorthin zu locken und mit Hilfe der Computerspiele und allerlei manipulativer Tricks ihr Vertrauen zu erschleichen.«

»Aber das beweist noch lange nicht …«

Trojan hob die Hand. »Langsam, Hilmar, denn jetzt kommt es.«

Er zog ein Blatt Papier aus der Hosentasche und strich es glatt. Es war die längere Telefonnotiz, die ihm Holbrecht gegeben hatte.

»Ich bin hier auf eine Verbindung gestoßen. Mich hat da nämlich eine Sache irritiert. Als ich nach Grieben kam und vor diesem brennenden Haus stand, war dort ein Schaulustiger, und er machte eine seltsame Bemerkung.«

»Weiter!«

»Er sagte sinngemäß, da hat doch damals die verrückte Vicki gewohnt, mit ihrem Balg.«

»Das ist in der Tat merkwürdig. Im Melderegister ist nichts davon vermerkt, dass die Kosch Kinder hatte.«

»Richtig. Und darum rief ich Reiner Wetzlar an, du weißt schon, unseren Kollegen aus Brandenburg. Ich bat ihn, der Sache auf den Grund zu gehen. Er hat sich im Dorf umgehört, und dabei fand er Folgendes heraus: Die alte Frau Kosch hat sich damals um einen Jungen aus der Gegend gekümmert, dessen Mutter früh verstorben ist. Der Vater war schwerer Alkoholiker und offenbar mit dem Kind überfordert. Die Kosch kannte ihn und bot ihm ihre Hilfe an. Nur wurden die beiden nicht etwa zu einem Paar. Nein, der Vater besaß zwar weiterhin das Sorgerecht, aber letztlich hat der Junge überwiegend in dem Haus der Alten gelebt, jenem Haus, das heute Nacht abgebrannt ist. Sie war eine Art Pflegemutter für ihn, obwohl sie nie die Vormundschaft beantragt hat. Darum wurde die ganze Sache auch nie aktenkundig.«

»Und der Vater?«

»Er verstarb, als der Junge volljährig war.«

»Und der Name dieses Jungen ist …«

»Vincent Horn.«

»Alias Mareike King.«

»Unser Täter, wenn mich nicht alles täuscht.«

Einen Augenblick lang rührte sich der Chef nicht. Dann aber schnappte er sich das Holster mit seiner Waffe und rief aus: »Wie lautet die Adresse von ihm? Schnell!«

Sie stürmten die Wohnung in Tempelhof. Doch wie sie schon befürchtet hatten, trafen sie niemanden an. Trojans Nerven waren zum Zerreißen gespannt, denn auch aus Brandenburg gab es weiterhin keine guten Nachrichten. Von Jule Giersch fehlte jede Spur. Längst mussten sie davon ausgehen, dass Horn sie getötet hatte.

Trojan inspizierte die Räumlichkeiten. Drei Zimmer, eine beinahe schon penible Ordnung. Massenhaft Computerspiele, ein iPad, ein großer Rechner, ein MacBook. Kolpert klappte es auf, doch er schien Mühe zu haben, das Passwort zu knacken.

»Beeil dich, Mann.«

»Ganz ruhig.«

Trojan bemerkte, dass sein Kollege vor Anstrengung schwitzte. Blickte in die entstellte Gesichtshälfte und schloss für einen Moment die Augen.

Landsberg rief ihn zu sich. »Schau dir das mal an.«

Im Schrank hing eine Vielzahl Kleider, Röcke, Blusen. Akkurat getrennt befand sich daneben die Herrenkollektion, Anzüge, Hemden, Krawatten. Am Boden waren Pumps aufgereiht. Schnurgerade dahinter die Männerschuhe. In einem Fach lagen mehrere Damenperücken.

»Ich hab's«, rief Kolpert.

Sie gingen zum Schreibtisch. Gebannt verfolgten sie, wie er sich durch die Dateien klickte.

»Halt mal an«, sagte Dennis Holbrecht.

Die Aufnahme einer Frau erschien auf dem Bildschirm.

»Moment, das ist doch ...« Er schnaufte durch. »Ich hab die Person selbst vernommen. In der Vermisstensache Jule Giersch. Ihr Name ist ...«

Kolpert durchsuchte inzwischen die E-Mails, einige davon mit Bildanhängen. »Kann ich dir auf die Sprünge helfen, Dennis? Sie heißt Monika Seiler. Hat ihm mehrere Fotos von sich selbst geschickt.«

Holbrecht klang aufgeregt: »Richtig. Sie ist eine Bekannte von Roman Giersch.«

Derweil überflog Kolpert die Korrespondenz. »Wie es aussieht, sind die beiden seit einiger Zeit ein Liebespaar.«

Monika Seiler wirkte überaus verschreckt, nachdem sie von ihnen aus dem Bett geklingelt worden war.

»Mein Gott, ist es ... ist es wegen Jule? Sie ist doch nicht ...?«

Trojan baute sich dicht vor ihr auf. »Wo ist Ihr Freund? Vincent Horn.«

»Er ist verreist. Irgend so eine Messe in den USA.«

»Das ist eine Lüge.«

Sie wich einen Schritt vor ihm zurück.

»Woher kennen Sie ihn?«

»Es war ungefähr vor einem halben Jahr. Er sprach mich in einer Ausstellung im Martin-Gropius-Bau an. Ich fühlte mich sofort zu ihm hingezogen. Er ist charmant, weltmännisch. Und er kann zuhören, was man nicht über alle Männer behaupten kann.«

»Und dass er Transvestit ist, hat er Ihnen auch verraten?«

»Wie bitte?«

»Ihr Freund ging ab und zu in Frauenkleidern zur Arbeit.«

»Aber das ist doch absurd!«

»Was ist er denn Ihrer Meinung nach von Beruf?«

»Er ist selbständig. Informatiker, hat er mir gesagt. Entwickelt Computerprogramme und so. Ich verstehe nicht viel davon. Er hat es auch nicht oft erwähnt.«

»Wie kam er mit Jule Giersch in Kontakt?«

Ihr entglitten die Gesichtszüge. »Sie wollen doch nicht etwa behaupten, dass er etwas mit ihrem Verschwinden zu tun hat?«

»Antworten Sie auf meine Frage.«

Sie dachte nach. »Vincent und Jule?« Mit einem Mal stand ihr der Mund offen. »Doch, da war was. Der Abend, als ich … Roman brachte sie zu mir, ich passe ja öfter auf die Kleine auf. Wir hatten den Termin fest vereinbart. Ich hatte auch Vincent vorher davon erzählt. Er machte zunächst einen enttäuschten Eindruck auf mich, hatte wohl geglaubt, ich würde das Wochenende zusammen mit ihm verbringen. Also bot ich ihm an, zu mir zu kommen. Und er war einverstanden, geradezu erleichtert. Er traf hier ein, nachdem Roman schon weg war. Dann kam der Anruf. Mein Chef überredete mich, noch etwas für ihn zu erledigen. Ich bin Assistentin in einer Galerie, wir planten damals eine große Ausstellung, es gab viel zu tun, also musste ich noch mal los.«

»Und Sie ließen das Kind mit Vincent allein?«

»Ja, aber er kann gut mit Kindern umgehen.«

Trojan warf ihr einen prüfenden Blick zu. »Woher wissen Sie das?«

»Keine Ahnung, so etwas spürt man doch.«

»Also ist Vincent dem Mädchen schon früher begegnet?«

»Einmal, ja, aber nur flüchtig. An der Art, wie er mit ihr

gesprochen hat, so freundlich und offen, merkte ich, dass er …« Plötzlich fuhr sie sich mit den Händen an die Schläfen. »Nein, nein. Es ist nicht das, was Sie denken. So etwas würde Vincent niemals tun.«

Landsberg mischte sich ein. »Was sagt Ihnen der Name Mareike King?«

Sie ließ die Hände sinken. »Nichts.«

»Hat er Ihnen jemals etwas von einem Haus im Berliner Umland erzählt?«, fragte Kolpert. »In einem Ort namens Grieben?«

»Nein.«

»Erwähnte er mal seine Ziehmutter?«, setzte Holbrecht nach. »Eine Victoria Kosch?«

Sie schüttelte den Kopf.

Und schließlich sagte Trojan: »Frau Seiler, es ist nur so eine Vermutung von mir, aber … bei dieser Ausstellung, als er Sie ansprach, Sie ihn kennenlernten … war damals zufällig auch Jule zugegen?«

Ihre Augen weiteten sich.

»Ich hab sie mitgenommen an dem Nachmittag, ja. Ich wollte ihr eine Freude machen. Sie mag doch Kunst.« Ihre Stimme brach. »Großer Gott. Und Sie meinen, er war von Anfang an nicht an mir interessiert? Sondern nur an dem Kind?«

Trojan blickte sie bloß schweigend an.

»Das glaube ich nicht!«, stieß sie hervor. »Sie müssen sich irren!«

Da stellte er seine letzte Frage: »Hat Ihr Freund eigentlich ein besonderes Merkmal? Vielleicht eine Hautveränderung?«

»Wie kommen Sie darauf?«

»Sagen Sie schon.«

Monika Seiler nickte schwach. »Vincent trägt ein Feuermal an der Schulter.«

## DREIUNDVIERZIG

»Gehen Sie«, sagte er.

Sie war so überrascht, dass sie sich nicht rühren konnte.

»Nun machen Sie schon.«

Er hatte sie bis zum Tor hinuntergebracht und es für sie geöffnet. Draußen war es bereits hell, ein neuer Morgen brach heran, Schnee lag am Straßenrand.

Verunsichert blickte sie zu ihm hin. Es war der Kommissar mit den grauen Schläfen und den tiefbraunen Augen, der sie stundenlang vernommen hatte. Von sämtlichen Mitarbeitern aus seinen Reihen fühlte sie sich von ihm noch am ehesten verstanden, obwohl er ein Bulle war. Während des Verhörs hatte er sie zuweilen so mitleidig angeschaut, als wollte er all ihre Last auf sich nehmen.

Grit Wölfer setzte einen vorsichtigen Schritt hinaus aus dem Polizeigebäude und schlug fröstelnd die Arme umeinander.

Dann hörte sie, wie hinter ihr das Tor zufiel.

Sie war wieder allein.

Langsam ging sie die Stufen hinab.

Ihre Freundin begrüßte sie mit einem Kuss auf die Wange. Sie wirkte noch pummeliger als zuvor, schlang ihre kräftigen Arme um sie.

»Ich hab mir solche Sorgen um dich gemacht.«

Grit war den Tränen nah, doch sie ließ es sich nicht anmerken.

»Du musst mir erzählen, was passiert ist«, sagte Muriel. »Ich hatte ja keine Ahnung, in was für Schwierigkeiten du steckst.«

Und dann erklärte sie ihr, dass sie wegen der Bullen nicht mehr in die Wohnung in der Thiemannstraße zurückgekehrt war, ganz wie Grit vermutet hatte.

Vorübergehend war sie nun bei einer Bekannten untergekommen. Grit blickte sich in der fremden Küche um. Noch so eine unwirtliche Hinterhof-Behausung, dachte sie, mehr ist für unsereins nicht drin. Muriel kochte ihr einen starken Kaffee und gab ihr einen warmen Pullover von sich, der ihr viel zu weit war.

»Hast du Hunger?«

Grit nickte.

Und so wurde ihr eine große Portion Rührei mit Speck aufgetischt, die sie hastig hinunterschlang.

Danach überhäufte Muriel sie mit Fragen, doch sie war nicht in der Lage, sie zu beantworten. Alles, was mit der Hexe zu tun hatte, war tief in ihr verschlossen. Und es war auch längst noch nicht ausgestanden. Dieser Kommissar Trojan hatte ihr zwar angeboten, sie an einen geheimen Ort zu bringen, sie aber hatte entgegnet, es gebe keinen Platz auf der Welt, an dem sie sich sicher fühlen würde.

Und dann läutete es an der Tür. Während Grit stumm dasaß und Zucker in ihren Kaffee rieseln ließ, erhob sich Muriel, um zu öffnen.

Stimmen waren im Flur zu vernehmen.

Mit einem Mal stand er in der Küche. So schlaksig und blass, wie sie ihn kannte. Er trug Cordhosen und einen ausgewaschenen Pulli. Sein Lächeln war schmal.

»Hannes!«, rief sie erstaunt aus. »Was machst *du* denn hier?«

Er und ihre Freundin wechselten Blicke, und dann war es Muriel, die sagte: »Weißt du, als du bei mir ankamst, halb irr vor Angst, am Rücken verletzt, hab ich ihn angerufen. Ich hab ihm gesagt, dass es dir schlecht geht. Und er war sofort bei dir.«

»Warum kann ich mich nicht daran erinnern?«

»Du warst benommen von den Medikamenten«, sagte er. »Hast wirr im Schlaf gesprochen.«

Und da fiel ihr ein, dass sie zu der Zeit geträumt hatte, er säße bei ihr am Bett und hielte ihre Hand. Dabei war es wohl Wirklichkeit gewesen.

Ihr Freund aus der Pizzeria trat auf sie zu. »Ich bin hier, um dich abzuholen«, sagte er. »Es wartet eine Überraschung auf dich. Die wird dir gefallen.«

In seinen Augen war ein irritierender Schimmer. Neben der Sanftmut, die ihr allzu vertraut war, seiner Zärtlichkeit, flackerte darin auch etwas Kühles, Unberechenbares auf.

Er wollte ihre Hand nehmen, doch sie ließ es nicht zu.

Sein Wagen war alt und zerbeult. Im Zickzackkurs fuhren sie durch die Stadt. Immerzu blickte er in den Rückspiegel, als fühlte er sich verfolgt.

Grit hatte die Arme vor der Brust verschränkt und schwieg.

Sie spürte, wie er mehrmals nach einem Anfang suchte.

Und schließlich sagte er: »Als Muriel mich anrief, war ich außer mir vor Sorge. Ich hatte Angst, du würdest sterben. Mein Gott, Grit, was täte ich denn ohne dich.«

»Wir sind kein Paar, vergiss das nicht.«

»Ich weiß, das sagst du immer. Und doch gehören wir zusammen.«

»Wirklich?« Es klang schroffer, als sie beabsichtigt hatte.

Er nickte. »Auf ewig gehören wir zusammen.«

Sie vermied es, ihn anzusehen.

»Erst dachte ich, du phantasierst«, murmelte er. »In einem fort hast du von der Hexe gesprochen. Ich glaubte, das sei dein Fieber oder eine Nebenwirkung der Medizin. Aber dann wurdest du immer deutlicher. Du sprachst von einem kleinen Mädchen. Dass du ihr gefolgt seist. Und ich fragte: ›Wo? Wo war das, Grit? Raus damit.‹ Und endlich hast du geantwortet. Die genaue Adresse hast du mir genannt.«

»Jüterboger Straße 3«, sagte sie hart. »Bei einer alten Frau.«

»Ja.«

Sie fröstelte. Gleichzeitig beschleunigte sich ihr Puls. Sie heftete den Blick auf den Asphalt der Straße. Wo waren sie hier?

Er hielt vor einem Abrisshaus. Es war über und über mit Graffiti beschmiert. Sie verließen den Wagen.

»Meine neue Bleibe«, sagte er. »Ganz oben sind die Fenster noch heil.«

Sie stiegen die Treppen hinauf. Er holte einen Schlüsselbund hervor, öffnete eine Tür, und sie traten ein. Kahle Wände. Ein paar seiner Möbel, die sie wiedererkannte. Ein alter Kachelofen. Er legte Kohlen nach.

»Möchtest du was trinken?«, fragte er.

Sie schüttelte den Kopf.

Er nahm sich eine Porzellantasse vom Bord, schraubte die Rumflasche auf, schenkte sich randvoll ein und stürzte das Gesöff hinunter.

Dann holte er ein großes Messer aus der Schublade der Anrichte.

Fasziniert betrachtete er die Klinge.

»Komm«, sagte er.

Er klimperte mit seinem Schlüsselbund und öffnete eine weitere Tür.

# VIERUNDVIERZIG

Die Hexe lag gefesselt auf dem Bett. Sie hatte ihre Gummimaske auf, mit den Schlitzen für Augen und Mund. An der künstlichen Kopfhaut war das strohige Haar befestigt. Sie trug die rote Strickjacke mit den silbernen Knöpfen und den Altweiberrock. Hannes hatte die Fesseln so fest geschnürt, dass ihre Hand- und Fußgelenke bläulich verfärbt und angeschwollen waren.

Zwischen ihren aufgestülpten Lippen steckte ein dickes Knäuel, das sie am Schreien hinderte. Es war ein zusammengeballtes Stofftaschentuch.

Hannes stieß triumphierend die Luft aus.

Wieder betrachtete er das Messer in seiner Hand. Dann war er plötzlich am Bett und schlitzte die Jacke auf. Es war die Stelle oben an der Schulter. Grit sah, wie das Blut aus der Haut darunter hervorquoll.

Aber sie erkannte auch das Feuermal.

»Sie ist es«, sagte er. »Da hast du sie.«

Und er hielt ihr das Messer hin.

»Nun bist du dran. Wehre dich. Du musst es tun. Nur so wirst du wieder zu einem Menschen werden.«

Ihre Augen weiteten sich.

»Wie hast du sie gefunden?«, fragte sie heiser.

»Ich bin in das Gebäude rein. Hab die Alte verhört. Stundenlang. Hab nach dem Mädchen gefragt. Angeblich wusste sie nichts von einem Kind. Schlag für Schlag bekam ich mehr aus ihr heraus. Ich hab die Schränke durchsucht, fand ein Fotoalbum. Auf einem Bild sah ich einen Jungen mit einer Hexenmaske. ›Wer ist das?‹, hab ich sie gefragt. ›Sag schon, wer?‹ Ein weiterer Fausthieb, bis sie endlich Antwort gab. Sie muss die ganze Zeit geahnt haben, was los war mit ihrem Pflegekind. Welche Schweinereien das Ungeheuer trieb, da draußen im Wald. Aber hat sie jemals etwas dagegen unternommen? Nein! Ich erfuhr also die Adresse von dem Haus. Als ich dir davon erzählen wollte, warst du weg, und Muriels Wohnung war aufgebrochen. Und ich hab mir zusammengereimt, du kannst nur dort sein. Bei ihr.«

Er richtete die Messerspitze auf die Hexe. Sie versuchte sich aufzubäumen, schaffte es nicht, dafür stieß sie erstickte Laute aus.

»Ich bin dort hingefahren, hab das Haus beobachtet, wartete einen günstigen Moment ab. Ich suchte fieberhaft nach einem Plan, wie ich dich da rausholen konnte, ohne dass dir und dem Mädchen etwas geschieht. Da brach das Feuer aus. Es war entsetzlich, ich konnte nichts mehr für dich tun. Bis ich hinter dem Haus jemanden mit einem Kind in den Wagen springen sah. Ich wusste, das konnte nur die Hexe sein. Als die Gestalt noch einmal ausstieg, um etwas zu holen, versteckte ich mich im Heckraum des Autos. Ich dachte mir, wenn ich dich schon nicht aus dem Feuer retten kann, muss ich wenigstens der Hexe hinterherjagen. Sie fuhr mit dem Kind in den Wald hinein. Ich lag hinten bei ihren Sachen, bei der Maske und ihrem Rock. Ich sprang heraus, als sie die Kleine töten wollte.«

»Wo ist Jule?«

»Dem Mädchen geht es gut.«

»Wo ist sie?«

»Ich sagte doch, es geht ihr gut.«

Sein ganzer Körper war unter Spannung. »Grit, begreifst du denn nicht? Nun ist es so weit. Die Hexe liegt wehrlos vor dir. Wir haben sie. Endlich haben wir sie gefunden.«

Grit war wie erstarrt.

Und dann beugte er sich über die gefesselte Gestalt und zog ihr den Knebel aus dem Mund.

Ein Keuchen drang aus ihrer Kehle.

Hannes zischte sie an. »Sag ihr, wer du bist.«

Die Hexe röchelte.

Eine Bewegung mit dem Messer, und die Maske war an einer Seite zerfetzt. Blut spritzte auf, die Hexe wimmerte.

»Sprich!«

Und sie stammelte: »Mareike King.«

Ein Stich mit dem Messer. »Unsinn!«

»Aber ja. Mareike ist mein Name. Und Mareike ist die Liebe. Eine Künstlerin ist sie auch. Sie entwirft Welten, durch die kleine Mädchen tanzen.« Ihre Stimme wurde rauer. »Ich bin Vincent, ich will meiner Freundin ein guter Gefährte sein. Denn Monika ist eine Seele von Mensch. Vincent und Monika passen gut zusammen.«

Die Hexe rang nach Luft. Dann stammelte sie weiter.

»Vincent bin ich, ja. Auch Vincent ist geschickt im Basteln seiner Cyberwelt, nicht ganz so begabt wie Mareike, aber Vincent hält sich wacker. Vincent mag Jule, er liest ihr eine Gutenachtgeschichte vor. Jule darf bei Vincent tanzen, ohne dass er sie anrührt, denn Mareike hat Jule für tabu erklärt. ›Hörst du, Vincent‹, sagt Mareike zu ihm, ›rühr sie nicht an. Denn die Jule ist ein Engel.‹ ›Ja, Mareike, du hast ja so recht.‹«

Noch ein Stich mit dem Messer, und ein weiteres Stück der Maske ging in Fetzen.

»Ein letztes Mal!«, spie Hannes hervor. »Wer bist du?«

Und die Hexe wimmerte in einer höheren Tonlage: »Ich

sagte doch, ich bin Mareike. Mareike ist eine schöne Frau. Viel schöner als die Hexe. Die Hexe ist hässlich. Böse wie die Ziehmutter. Aber Mareike muss lieb zur Mutter sein. Mareike besorgt der Mutter eine Wohnung in der Stadt. Ist immer in ihrer Nähe. Schaut nach ihr, sorgt sich um sie, obwohl sie so böse ist. Selbst das Spiel der Harfe erträgt Mareike gut. Sie findet es sogar inspirierend. So brav ist Mareike, so lieb. Ach, wenn die kleine Jule doch nur einmal Mareike kennengelernt hätte, die beiden wären sicher gute Freundinnen geworden.«

Hannes stach auf sie ein. »Stirb, du Biest!«

»Hör auf!« Grit stürzte sich auf ihn.

»Okay, du hast recht, *du* musst es machen.«

Er hielt inne, zitterte, Schaum stand vor seinem Mund. »Hier«, er griff nach dem zusammengeballten Stofftaschentuch. »Du musst es ihr in den Rachen stoßen. Ganz tief hinein. Tu es, Grit, du musst es tun.«

»Hör endlich auf!«

Sie zerrte ihn aus dem Zimmer.

Versuchte, ihm das Messer zu entwinden, aber es gelang ihr nicht.

Sie wich vor ihm zurück. Ihr Herz hämmerte.

»Hast du auch … du hast also …?«

Er rührte sich nicht.

»Meine Mutter hast du umgebracht?«

Und dann antwortete er kaum hörbar: »Für dich. Für dich hab ich es getan. Ich wollte dir doch helfen, den Namen der Hexe von ihr erfahren. Du weißt doch, Grit, du und ich, wir beide gehören zusammen. Es gibt nur eine Lösung für uns. Und die heißt Rache.«

## FÜNFUNDVIERZIG

Hannes verspürte einen kurzen Moment der Schwäche, den er auf der Stelle niederrang. Er packte den Griff des Messers fester. Nur nicht nachlassen.

In Grits Augen war ein Flackern, das ihn irritierte. Sie wirkte so entsetzt auf ihn, als sei nicht die Hexe das Ungeheuer, sondern er. Verstand sie denn nicht? Er hatte richtig gehandelt.

Sie *musste* es begreifen.

Wie gern er sie jetzt berühren würde. Ihr zärtlich über den Kopf streichen. Sie an sich ziehen. Und sie küssen. Endlich.

Aber sie war noch nicht so weit. Erst musste sie die Schwelle übertreten, die er längst hinter sich gelassen hatte.

Er erinnerte sich noch genau an den Abend, als sie das erste Mal in die kleine Pizzeria gekommen war, wo er den Ofen bediente. Er in seinem verschwitzten T-Shirt, die fleckige Schürze umgebunden, und sie so schön, so langbeinig und grazil. Sie bestellte, zahlte an der Kasse, während er mit den heißen Blechen hantierte und ihr verstohlene Blicke zuwarf. Auch als sie an einem Tisch in der Ecke Platz nahm, aß und trank, beachtete sie ihn nicht, natürlich nicht, was war an ihm schon besonders.

Doch fortan kam sie öfter. Immer abends und immer allein. Ihre ernste Miene, der blasse Teint, sie schien ein ähnlich trauriges Leben zu führen wie er. Einmal gelang es ihm, wenigstens Augenkontakt herzustellen, worauf sie ihm den

Anflug eines Lächelns schenkte, von dem er noch lange zehrte. Ein anderes Mal war er gerade dabei, das Geschirr abzuräumen, als er unbeholfen gegen ihren Tisch stieß. Er entschuldigte sich, fragte, ob er ihr ein Bier ausgeben dürfe, und obwohl sie freundlich ablehnte, stellte er ihr die Flasche hin. Sie nippte daran, wechselte ein paar knappe Worte mit ihm. Dann ging sie, ohne sich nach ihm umzudrehen.

Er musste sich etwas einfallen lassen. Längst hatte er herausgefunden, wo sie wohnte, gleich um die Ecke. Und so arrangierte er es, dass er ihr einmal wie zufällig auf ihrem Heimweg entgegenkam. Überwand all seine Schüchternheit und fragte sie, ob sie Lust auf einen Spaziergang habe. Es war im Hochsommer, ein lauer Abend, verheißungsvoll, selbst für eine einsame Gestalt wie ihn. Zu seiner Überraschung willigte sie ein.

Später sagte sie ihm, sie habe eigentlich vorgehabt, ihm behutsam beizubringen, jegliche Annäherung an sie sei zwecklos. Doch es kam anders.

Sie schlenderten am Landwehrkanal entlang. Endlich sah sie ihn einmal nicht in seinen speckigen Arbeitsklamotten, mit einem Schweißfilm im Gesicht. Grit schien zu registrieren, dass er ein guter Zuhörer war. Allmählich gab sie einen Teil ihrer Distanziertheit auf. Sie erzählte ihm, dass auch sie in einem Imbiss jobbte. Beklagte sich über ihren Chef, den Fettgestank, die unfreundlichen Kunden. Dass sie abends oftmals zu müde zum Einkaufen sei und sie ihr leerer Kühlschrank deprimiere. Nun ahnte er, warum sie häufig abends in der Pizzeria saß, sie wollte noch nicht hinauf in ihre Wohnung, in der niemand auf sie wartete.

Wie gut er diese Verzögerungstaktiken kannte, er scheute sich ja auch vor dem Alleinsein in seiner schäbigen Behausung.

Sie gingen immer weiter. Er fühlte sich wohl in ihrer Gegenwart, obwohl ihr Gespräch manchmal ins Stocken geriet. Doch sogar das Schweigen mit ihr war angenehm.

Zum Abschied fragte er sie, ob er sie wiedersehen dürfe.

Sie betrachtete ihn mit einem Stirnrunzeln. »Aber ja«, sagte sie, »in der Pizzeria.«

Und fort war sie.

Es brauchte einige Zeit, bis er sie erneut zu einem Spaziergang überreden konnte. Und obwohl er spürte, dass er bei ihr äußerst behutsam vorgehen musste, machte er einen fatalen Fehler. Als sie beide auf einer Parkbank saßen, strich er sacht über ihren Oberarm, dann über ihre Wange. Er wollte sie küssen. Ihr ein Zeichen geben. Sie waren doch seelenverwandt. Doch schon wehrte sie ihn ab.

»Nicht auf diese Art«, sagte sie. »Wir sind bloß Freunde.«

Er kannte das. Passierte ihm oft. Er war der Nur-Freunde-Freund. Zu nett. Irgendwie auch zu weich. Ungelenk. Fehlende Muskeln. Keine Schlagfertigkeit im Dialog, kein Witz. Und ein ausdrucksloses Gesicht, das er sich jeden Morgen vorm Spiegel am liebsten zerkratzen würde. Herunterreißen, ablösen von den Knochen, wenn das möglich wäre.

Aber er wusste, was mit Grit los war. Er las es von ihren Augen ab. Also gab er nicht auf.

»Treffen wir uns trotzdem weiterhin? Als Freunde?«

Sie nickte schwach.

Und dann eines Abends, der Sommer war schon fast vorüber – er fürchtete Herbst und Winter, Nässe und Kälte, Trauer und Wut –, hörte er sich selbst dabei zu, wie er zu ihr sprach: »Mir hat man es auch angetan.«

Ihr stand der Mund offen.

»Ich weiß Bescheid. Kenne den Selbstekel. Die Scham.

Grit, ich ahne, wie es in dir aussieht. Du willst nicht darüber reden. Es ist in dir verschlossen.«

Sie wich seinem Blick aus.

»Mein Stiefvater«, sagte er. »Wenn er nachts an meinem Bett stand, musste ich in Gedanken fliehen, nach innen, tief hinein in den hintersten Winkel meines Schädels, an einen Ort, den nur ich kenne. Meine Mutter wollte nichts davon wissen. Und ich schämte mich dafür, es ihr überhaupt erzählt zu haben. Wie viel Überwindung es mich gekostet hatte, ihr diese Schmach zu gestehen. Immerzu hab ich die Schuld bei mir selbst gesucht. Und dein Peiniger hat gründlich dafür gesorgt, dass es auch so bleibt. Denn du bist nichts wert, ein Nichts bist du in seinen Augen, und bereitwillig übernimmst du seine Sichtweise. Ich weiß, Grit, du warst auf ewig allein damit. Aber nun hast du *mich* gefunden. Und ich bin für dich da.«

Als sie ihn wieder anschaute, wusste er, dass er richtiglag.

Sie hüllte sich in Schweigen. Er ließ ihr Zeit.

Bald darauf besuchte sie ihn in seiner winzigen Wohnung. Mit der Zubereitung des Abendessens hatte er sich große Mühe gegeben, doch sie rührte keinen Bissen an. Dafür erzählte sie ihm ihre Geschichte. Und so erfuhr er von der Hexe.

Nachdem alles aus ihr herausgebrochen war, griff er nach ihrer Hand und drückte sie. Sie weinte nicht. Ihr Gesicht war wie erstarrt.

Schließlich sagte sie leise: »Das wird nichts mit uns, Hannes. Du bist wie ein Bruder für mich. Weißt du, anders wird es nicht funktionieren. Körperlich, meine ich. Denn seit damals ist alles in mir versteinert.«

Geschwister?, dachte er an jenem Abend. Nein! Grit und Hannes. Hannes und Grit. Sie waren füreinander bestimmt.

Eines Tages würden sie herausfinden aus dem dunklen Wald.

Und sich wehren.

Er stand vor ihr, das Messer in der Hand. Sie starrte ihn an.

»Weißt du noch«, sagte er, »ich hab dich überredet, noch einmal zu deiner Mutter zu gehen. Du solltest aus ihr herauskriegen, wer die Hexe ist. Ich hatte gehofft, wenn du den Namen erfährst und dich irgendwie an ihr rächen kannst, dann bist du frei.«

Sie schwieg.

»Und du kamst zurück von deiner Mutter. Und warst noch verstörter als zuvor.«

»Sie hat alles geleugnet.«

Er nickte. »Erinnerst du dich noch, was du damals zu mir gesagt hast?«

Ihre Augen weiteten sich.

»*Man sollte ihren Kopf in den Ofen stecken! Schmoren sollte sie darin wie die Hexe im Märchen*. Du hast es selbst ausgesprochen, Grit!«

»Bloß Worte«, stammelte sie, »verzweifelte Worte, aber doch keine Taten.«

»Ich hab vor mir gesehen, wie wir es gemeinsam anstellen. In meinen Tagträumen hab ich es mir ausgemalt, bis ins kleinste Detail. Ich hab mir Stofftaschentücher besorgt, aus weißem Linnen, von der Art, mit der du als Kind von der Hexe gequält wurdest. Ich stellte mir vor, wie wir deine Mutter damit knebeln. Doch ich ahnte, du würdest nicht die Kraft dafür haben, also wurde mir bald klar, dass ich es allein erledigen müsste. Es waren Bilder in mir, so grell, so gewaltig. Das war wie ein Sog, erregend und stark. Dann wieder sagte ich zu mir, nein, nein, es darf nicht sein, es ist zu gefährlich.

Aber selbst die Vorstellung, entdeckt zu werden, berauschte mich. Dann bekam ich Skrupel. ›Es ist ein Unrecht‹, sagte eine Stimme in mir. Eine andere antwortete: ›Ach ja? Und was war das, was dir und Grit angetan wurde?‹ Ich schwöre dir, hätte dieses Schwein von meinem Stiefvater nicht schon längst ein Herzinfarkt dahingerafft, er hätte genauso daran glauben müssen.« Er wischte sich den Speichel vom Mund. »Wir sind dann sogar gemeinsam zu deiner Mutter hin, ich dachte, vielleicht können wir es anders lösen. Sie verrät uns den Namen und bleibt verschont. Aber als ich sah, wie sie alles vor dir leugnete, wie sie herumjammerte und sich selbst bemitleidete, da wusste ich, dass ich noch einmal in ihr Haus zurückkehren würde.«

Mit einem Mal stand die Szene wieder deutlich vor ihm. Grits Mutter, das Gesicht vor Empörung verzerrt, Tränen in den Augen, ihre verlaufene Wimperntusche. An seiner Seite Grit, in sich gekehrt, die Schultern hochgezogen. Sie war so blass, sie zitterte ja.

Verdammt, wie leid sie ihm tat, er musste ihr helfen.

Unablässig hörte er die Stimme ihrer Mutter: *Nein, mein Kind, das bildest du dir alles nur ein, wie kannst du mich nur mit diesen Vorwürfen belasten!* Und sie reckte die Arme zur Zimmerdecke, als flehte sie eine höhere Macht um mehr Gerechtigkeit an. Dabei war sie es doch, die Grit das Herz herausgerissen hatte, und dafür würde ihr niemand Absolution erteilen.

In diesem Moment erinnerte sich Hannes an seine eigene Mutter, daran, wie er ihr spät, viel zu spät gestand, was sein Stiefvater mit ihm angestellt hatte über all die Jahre. Und er spürte den gleichen Hass in sich aufglimmen wie damals, als auch seine Mutter alles leugnete. Diese Schmach, behauptete sie, hätte ihr Mann niemals einem Kind angetan.

Aber es konnte ihr nicht entgangen sein. Sie wusste es, das sah er ihr an. Sie hatte geschwiegen, die ganze Zeit.

Und so hilflos, wie er als Kind gewesen war, stand er noch als Erwachsener vor ihr und fühlte sich schuldig, ausgehöhlt vor Scham. Nacht für Nacht hatte er als junger Mensch ertragen müssen, was niemand ihm glauben wollte. Niemand außer Grit.

Er war sich sicher, wenn seine Mutter nicht schon todkrank gewesen wäre, als er endlich den Mut aufbrachte, sie zur Rede zu stellen, hätte er sich auch an ihr gerächt. Damals aber lag sie bereits bleich in ihren Laken, abgemagert von ihrer Krankheit, und er blieb allein zurück mit seinem Zorn.

Einmal hatte er sich in der Pizzeria die Hand am Ofen verbrannt. Dieser Bruchteil einer Sekunde, da das Gehirn den Schmerz noch nicht registrierte, dann der Aufschrei und sein Erstaunen darüber. Fasziniert betrachtete er die dunkelrote Stelle auf seiner Haut, wie sie Blasen warf und zu bersten drohte. Ja, dachte er in diesem Augenblick, so musste es sein.

Wie im Märchen sollte es sein. Und da Grit nicht die Kraft dafür hätte, müsste er es alleine tun: Hans, aus seinem Käfig befreit, würde die Alte in den Ofen stoßen.

Das wäre auch der Beginn von Grits Befreiung.

Er malte sich aus, wie er Grits Mutter mit dem weißen Leinentuch knebeln, ihre Schreie ersticken würde. Er sah genau vor sich, wie er den Ofen einschaltete und die Klappe öffnete.

Zentimeter für Zentimeter sollte sich ihr Kopf dem glühend heißen Rost nähern, und so würde sie endlich ihre gerechte Strafe erhalten.

Er hörte die Wölfer zetern: *Niemals hätte ich dich fortgegeben, Kind. Was reimst du dir da bloß zusammen in deinem Kopf! Du bist ungeheuerlich zu mir.*

Grit neben ihm war verstummt. Sie rührte sich nicht mehr, eingeschüchtert von den Anklagen ihrer Mutter.

Ihm war klar, diese Frau dort vor ihnen würde niemals zugeben, was sie ihrer Tochter angetan hatte, geschweige denn einen Namen preisgeben.

Und sein Entschluss stand fest. Es gab kein Zurück mehr.

Grit zitterte. »Bist das wirklich du, Hannes? Mein Freund? Ich hab dich sogar für meinen besten Freund gehalten!«

»Ja, ich bin es. So wie ich hier vor dir stehe. Und deine Mutter hat es verdient zu sterben. Ich hab alles so getan, wie ich es mir ausgemalt hab. Und es war wie ein Rausch, Grit. Es macht dich stark. Du musst es selbst ausprobieren. Es ist eine Verwandlung. Du bist nicht mehr das Opfer.«

Wieder wich sie einen Schritt vor ihm zurück. Wann begriff sie denn nur? Sie musste lediglich ins Nebenzimmer gehen und die Hexe mit dem Knäuel ersticken, dann wäre sie befreit. Und sie beide könnten endlich ein Paar werden. Hannes und Grit. Grit und Hannes.

Ihre Stimme klang belegt. »Die Polizei sprach von zwei Männern, die auf die gleiche Art ermordet wurden.«

»Der Babystrich«, murmelte er. »Weißt du noch? Die hässliche Nebenstraße in Schöneberg. Diese Männer in ihren Autos, wie sie auf und ab fahren, sabbernd vor Gier, bis sie sich endlich für eine entschieden haben. Für eine von diesen hoffnungslosen Minderjährigen, deren Körper von Drogen ausgemergelt sind, die ihr Elend nur ertragen können, indem sie sich noch weiter zudröhnen. Grit, wir haben das beide beobachtet, und du hast zu mir gesagt, ich erinnere mich genau an deine Worte: *Auch diese Männer sollten in den Öfen verrecken.*«

Ja, dachte er, die Macht durfte nicht schwinden. Nach dem

ersten Mord drohte sie bald zusammenzubrechen. Und er musste sie erneuern. Sein Rausch wollte genährt werden.

Er sah wieder den Hinterkopf von Cornelius Streller vor sich, eine Sekunde vor seinem Ende. Nachdem er ihm den letzten Stoß versetzt hatte, betrachtete er neugierig, was die Hitze des Ofens mit ihm anrichtete, dabei dachte er an das vor Lüsternheit entstellte Gesicht seines Stiefvaters, der sich des Nachts in sein Zimmer stahl, um sich über sein Bett zu beugen.

»Ich suchte mir wahllos zwei Freier heraus«, sagte er, »erst den einen, dann den anderen. Ich folgte ihnen. Prägte mir ihre Adressen genau ein. Und dann in der Nacht kam ich zu ihnen. Und sie starben, wie du es dir gewünscht hast. Ich tat es auch für dich, Grit.«

Sie schüttelte den Kopf. »Hannes. Bitte sag mir, dass das alles nicht wahr ist.«

»Doch, es ist wahr.«

Er nahm das Messer in die Linke und streckte die freie Hand nach ihr aus.

Sie war so schön. Selbst wenn sie weinte, war sie wunderschön.

»Töte die Hexe«, wisperte er. »Töte sie, und du bist frei.«

# SECHSUNDVIERZIG

Das Funkeln in seinen Augen war so irr, dass sie mit einem leisen Aufschrei vor ihm zurückwich. Hannes trat näher auf sie zu, sie hatte die Wand im Rücken, war in die Enge getrieben. Wieder stieß sie einen Schrei aus, dann taumelte sie an ihm vorbei. Plötzlich war die Türklinke unter ihrer Hand. Sie drückte sie hinunter, und schon stand sie vor dem Bett, in dem die Hexe kauerte.

»Grit«, keuchte das Biest, »kannst du mir verzeihen? Vergib mir und lass mich hier raus.«

Ihr grässliches Gewand war blutgetränkt.

Wie von Sinnen packte Grit das zusammengeballte Stofftaschentuch.

»Nein«, greinte die Hexe, »sei artig, sei ein braves Mädchen.«

Vielleicht, dachte sie, während sie in ihre Fratze starrte, ist es wirklich eine Befreiung. Sie hatte ja nie darüber nachgedacht, was in dem Augenblick geschehen sollte, wenn sie sie endlich gefunden hätte.

Tu es, durchfuhr es sie, stopf ihr das Knäuel tief in den Rachen. Ersticke sie.

In ihren Gliedern war ein Zittern, sie fror, es fühlte sich an, als griffe der Wahnsinn mit eisigen Klauen nach ihr.

Und sie umklammerte das Bündel fester.

»Ich lasse dich sterben.«

»Nein.«

»Oh doch.«

»Das bringst du nicht fertig. Du bist zu schwach.«

Ihr war, als würde sich das Ungeheuer unter der Maske in Fetzen ein Grinsen abringen.

»Armes Kind«, sagte die Hexe.

»Stirb!«

»Das schaffst du nicht, Grit. Du nicht.«

Sie starrte bebend auf das Knäuel in ihrer Hand.

»Und? Worauf wartest du noch?«, höhnte die Gestalt auf dem Bett.

Mit einem Mal vernahm Grit ein lautes Krachen. Da waren Stimmen. Schritte polterten.

Jemand schrie: »Runter! Runter auf den Boden!«

Noch mehr Stimmen drangen zu ihr, näher jetzt, gebellte Befehle, wieder ein Krachen. Die Zimmertür sprang aus den Angeln. Hände haschten nach ihr, drängten sie zur Seite.

»Deckung! Deckung!«

»Zweite Zielperson!«

»Zugriff!«

»Bringt die Frau in Sicherheit!«

»Aus der Schusslinie!«

Gleich zwei Männer schoben sich vor ihr Gesicht. Sie stolperte, verlor die Orientierung.

»Ruhig bleiben«, wisperte ihr jemand zu.

Es waren unzählige Männer in Kampfanzügen, behelmt, mit breiten Schusswesten, sie fuchtelten mit ihren Maschinenpistolen umher. In Windeseile wurde sie aus dem Zimmer geschafft. Von der Tür aus sah sie, wie der Hexe die Fesseln zerschnitten und sie vom Bett gezerrt wurde. Mehrere Beamte stürzten sich auf sie, rissen ihr die Gummimaske herunter, warfen sie herum, verdrehten ihr die Arme auf den Rücken. Handschellen klickten.

Hannes!, durchzuckte es sie.

Und da sah sie ihn, draußen im Flur. Auch er lag auf dem Boden, bäuchlings, die Hände auf dem Rücken gefesselt, von den Behelmten umringt. Sie rief ihm etwas zu. Verstand es selbst nicht ganz, es klang abgerissen wie ein: *Warum?*

Hilflos irrte sie in der Horde der Schwerbewaffneten umher, und ihr Herz hämmerte.

Schließlich erblickte sie den Kommissar mit den grauen Schläfen. Er kam auf sie zu.

»Frau Wölfer. Sind Sie okay?«

»Nichts ist okay.«

»Wir wollten Sie nicht …«

»Sie haben mich beschatten lassen«, unterbrach sie ihn.

Er nickte schwach.

»Nur deshalb ließen Sie mich frei.«

»Sie *sind* frei.«

»Bin ich nicht. Ich war es nie.«

»Im Sinne des Gesetzes schon.«

»Warum haben Sie das getan?«

»Es war ein Versuch. Und ich lag richtig. Ich ahnte, dass es jemanden gibt, dem Sie von Ihrem Trauma erzählt haben. Wer ist dieser junge Mann?«

Sie sah zu Hannes hin. Er warf ihr einen letzten verzweifelten Blick über die Schulter zu, bevor man ihn abführte.

Sie schwieg lange. Dann sagte sie leise: »Heute Morgen war er noch mein Freund. Mein einziger Freund.«

»Waren Sie dabei, als er …?«

»Nein. Ich habe von all dem nichts gewusst.«

Wie vor Erleichterung stieß er die Luft aus.

In diesem Moment rief jemand: »Wo ist das Mädchen? Wir haben das Mädchen nicht!«

## SIEBENUNDVIERZIG

Der Schneefall war so dicht, dass die Frau am Steuer das Intervall der Wischer höher schalten musste. Mit dem Ärmel rieb sie von innen über die beschlagene Scheibe. Sie fuhr extrem langsam, und doch erkannte sie den Schemen am Straßenrand nur undeutlich. Als sie schon daran vorbei war, fragte sie sich, ob das vielleicht eine erhobene Hand gewesen war. Hatte ihr etwa jemand ein Zeichen geben wollen?

Irritiert blickte sie in den Rückspiegel. Für einen Moment zögerte sie, dann hielt sie an.

Tatsächlich, da stand ein Kind an der Landstraße. Es schaute reglos zu ihr hin.

Die Frau ließ den Motor laufen, stieg aus und ging einige Schritte zurück.

Das Mädchen war bleich, völlig verfroren. Sie wirkte wie eine Erscheinung auf sie.

»Mein Gott, wo kommst du denn her? Du wirst dir noch den Tod holen.«

Keine Antwort. Nur ein Zittern. Die Lippen blau vor Kälte. Nicht einmal einen Mantel trug die Kleine.

»Komm mit, ich fahr dich nach Hause.«

Das Mädchen starrte sie bloß an. Plötzlich wies ihr ausgestreckter Zeigefinger zum Saum des Waldes hin, wo sich die Tannen duckten unterm Schnee.

»Die Hexe«, sagte sie.

Die Frau aus dem Auto runzelte die Stirn.

»Sie wollte mich umbringen. Sie trug schon die rote Jacke. Und dann ist der Mann aus dem Wagen gesprungen. Die beiden haben miteinander gekämpft. Und ich bin vor ihnen fortgelaufen. Tief in den Wald hinein. Dort hab ich mich versteckt.«

Sie fiebert ja, dachte die Frau. Muss schleunigst ins Warme.

»Armes Kind. Wie heißt du?«

Das Mädchen aber schwieg.

Erst als sie neben der Frau im Auto Platz genommen hatte, sagte sie: »Mir ist kalt. So entsetzlich kalt.«

Die Frau zog ihre Jacke aus und legte sie der Kleinen um die Schultern.

»Sag mir, wo du wohnst. Ich bringe dich heim.«

# EPILOG

*Kunst und Urbanes* stand auf dem Schild über dem Schaufenster. Er stürmte zur Tür hinein.

»Ich möchte die Inhaberin sprechen.«

Der Typ grinste ihn an. War er das? Ja, es handelte sich tatsächlich um diesen Lackaffen, geschniegelte Frisur, Designeranzug, stahlblaue Augen. Eindeutig der Schnösel, mit dem sie ihn damals betrogen hatte. Was für eine Geschmacksverirrung, noch immer unfassbar für ihn.

»Einen Moment bitte.« Der Anzug verschwand im hinteren Teil des Ladens.

Trojan sah sich um. Gediegenes Ambiente, kunstvoll und erhaben. Teure Bildbände, wenig Kundschaft.

Friederike war sichtlich erschrocken.

»Nils, warum ausgerechnet hier? Du hättest doch anrufen können.«

Ihr viel zu junger Mitarbeiter spähte zu ihnen herüber. Trojan spürte, dass er sich beherrschen musste.

»Was sollte das neulich?«, blaffte er. »Du warst in ihrer Praxis, hast dich aufgespielt, behauptet, dass …«

»Komm mit.« Sie führte ihn in ihr kleines Büro, wo sich die Kaffeemaschine und der Computer befanden, verschränkte die Arme vor der Brust und blickte ihn aus übermüdeten Augen an.

»Ich hab mich schon in dem Brief bei dir entschuldigt«, sagte sie leise. »Wirklich, es tut mir leid.«

»Was fällt dir ein, mich so bloßzustellen? Wie konntest du nur! Ehrlich, ich hab ein bisschen mehr Stil von dir erwartet.«

Er musterte sie. Wie vertraut sie noch immer auf ihn wirkte. Ihr stets perfektes Auftreten, dahinter gut versteckt ihre Verletzlichkeit. Er schluckte die aufkeimende Wehmut hinunter. Sie hatten ihre Chance gehabt und sie vertan.

Sie wechselte den Tonfall, klang auf einmal, als müsste auch sie gegen eine heftige Gefühlsregung ankämpfen.

»Es war ein Riesenfehler von mir. Ich war so verdammt verzweifelt. Und du? Du erschienst mir plötzlich von deinem Glück wie beseelt.«

»Damit hast du ja einen Volltreffer gelandet. So groß ist das Glück im Moment nämlich nicht.«

»Noch einmal: Es tut mir leid. Ich wollte dich einfach nicht loslassen. Dazu der Streit mit Emily.«

»Lass sie aus dem Spiel.«

»Du hast ja recht.«

Er tobte noch eine Weile herum. Sie tat das einzig Richtige und verhielt sich still, und schließlich hatte er sich wieder beruhigt.

»Wir haben eine wunderbare Tochter«, sagte sie in sein Schweigen hinein. »Wenigstens das haben wir gut hingekriegt.«

»Da war auch noch mehr. Mal den Teufel nicht an die Wand.«

»Denkst du, es war eine gute Zeit?«

»Na klar.«

Sie lächelte gequält. »Danke, dass du das sagst. Geht mir nämlich auch so.« Sie seufzte. »Emily ist heute nach der Schule wieder bei dir?«

»Ja.«

»Sie braucht eine gewisse Regelmäßigkeit, weißt du?«

»Das hab ich längst begriffen. Nur wenn ich zu einem Einsatz muss …«

»Ich versteh doch.«

Er rieb sich über das Kinn. »Eine Frage noch. Ich hab wenig Erinnerungen an die fragliche Nacht. Zu viel Dope und zu viel Alkohol. War es … ist es …?«

Sie warf ihm einen amüsierten Blick zu. »Sei unbesorgt. Du hast dich überaus ritterlich verhalten.«

»Es kam also nicht dazu, dass ich … dass wir …?«

Ihre Lippen kräuselten sich, eine leicht ironische Miene, die er nur zu gut an ihr kannte. Plötzlich machte sie einen Schritt auf ihn zu. »Ich wünsche dir viel Glück mit … Wie heißt sie noch gleich?«

Nun war er beinahe wieder wütend. »Tu nicht so, als wüsstest du ihren Namen nicht mehr!«

»Entschuldige.«

»Dir auch alles Gute.«

Eine knappe Geste zum Abschied, ein funkelnder Blick hin zu dem Angestellten, und er war wieder raus aus dem Laden.

Ziellos schlenderte er durch die Straßen von Mitte, beäugte irritiert die edlen Auslagen in den Geschäften. Das war entschieden nicht seine Welt.

Das Handy läutete. Landsberg war dran.

»Störe ich?«

»Passt schon.«

»Es ist dein freier Tag, da will ich nicht gleich mit der Tür ins Haus fallen.«

Trojan stellte sich vor, wie sein Chef am Telefon schmunzelte. Er hatte ihn tatsächlich um eine gewisse Lockerung seines Dienstplanes gebeten. In Wahrheit hatten sie sich deswegen ein paar Minuten lang angegiftet, aber so war das nun mal zwischen ihnen. Fakt war, dass er sich für das angebrochene Jahr nichts sehnlicher wünschte, als mehr Zeit zu haben für das Wesentliche im Leben. Allem voran seine Tochter.

»Komm schon zur Sache«, sagte er nicht unfreundlich.

Und Landsberg holte tief Luft: »Hannes Melter hat die Morde an Georg Haubacher, Cornelius Streller und Victoria Kosch gestanden. Er gab auch zu, Grit Wölfers Mutter umgebracht zu haben. Laut seiner Aussage allein aus Liebe zu der jungen Frau.«

»Das gibt wohl keine mildernden Umstände, oder?«

»Schwierig. Der Missbrauch aus seiner Kindheit lässt sich nicht mehr eindeutig aufklären, denn Melters Stiefvater ist schon lange tot, und auch seine Mutter verstarb voriges Jahr.« Landsberg seufzte. »Morde aus Liebe? Oder eher aus Rache? Das waren doch äußerst brutale Hinrichtungen. Was ist das nur für eine Welt?«

Hannes Melter blieb auf ewig ein verzweifeltes Kind, durchfuhr es Trojan, so wie auch Grit Wölfer noch immer eines war.

»Bist du noch dran?«, fragte Landsberg.

Trojan war vor einem Laden mit glitzernden Auslagen stehen geblieben. *Kauft mich, und ihr seid erlöst*, schienen sie dem Betrachter zuzurufen, ein heilloses Versprechen.

»Ja«, murmelte er.

*Hannes und Grit, Grit und Hannes*, hatte der junge Mann bei seiner Verhaftung in einem fort gestammelt.

»Was ist mit Vincent Horn?«, fragte er.

»Hüllt sich in Schweigen. Aber die Beweislast ist ausreichend. Ich bin mir sicher, dass er lebenslänglich bekommt.«

»Dazu ist Grit Wölfers Aussage vor Gericht notwendig. Wird sie das überhaupt durchstehen?«

»Sie muss. Nur so kann ihr endlich ein wenig Gerechtigkeit widerfahren.«

»Ja.«

»Okay«, sagte Landsberg abschließend, »genieße diesen grauen Wintertag.« Eine Spur Sarkasmus, die er von Hilmar durchaus gewohnt war.

Nachdenklich bog Trojan in den Monbijoupark ein. Von Grit Wölfer wusste er lediglich, dass sie sich zusammen mit Muriel Anzberg eine neue Wohnung suchen wollte. Er hatte versucht, noch einmal mit ihr zu sprechen, um mehr über ihre besondere Beziehung zu Hannes Melter zu erfahren. Sie aber hatte ihm ausrichten lassen, sie brauche noch einige Zeit, bis sie endlich über alles reden könne. Eine Entscheidung, die er akzeptieren musste.

Es dämmerte bereits, als er seinen Spaziergang beendete.

An einen Laternenpfahl gelehnt, stand sein Fahrrad. Er löste das Schloss, schwang sich auf den Sattel und trat in die Pedale.

In gedrückter Stimmung kam er in den Laden an der Ecke Reichenberger Straße, der eigentlich nie geschlossen hatte. Wie üblich stand Cem in seinem grauen Kittel hinter der Kasse, und Trojan nickte ihm zu. Er nahm drei Flaschen Bier aus dem Regal, Spaghetti, eine Dose Fertigsoße und eine Packung Aufbackbrötchen.

Als er seine Einkäufe auf den Tresen legte und Geld aus der Hosentasche hervorkramte, blickte ihn Cem prüfend an.

»Was ist los, Chef? So traurig heute? Was macht schöne blonde Frau? Hab dich neulich gesehen mit ihr. War beinahe neidisch. Tolle Frau, Chef! Großes Glück gehabt.«

Trojan wusste bloß mit einer schiefen Grimasse zu antworten.

»Gibt es Probleme? Macht sie dir Leben schwer? Nicht gut, Chef.«

»Ach, geht weniger um mich als um …« Er stieß die Luft aus. »Beruflicher Kram, du weißt schon.«

»Furchtbare Morde, hab gelesen, Zeitungen sind voll davon. Wie hältst du aus?«

Er zuckte mit den Schultern.

»Musst alles mit dir rumtragen, ja?«

Er nickte.

»Verstehe.« Cem tippte den Betrag in die Registrierkasse ein. Er schien angestrengt nachzudenken, schüttelte dabei den Kopf, und seine rundlichen Wangen zitterten. »Nicht gut, wenn immerzu Sorgen. Gar nicht gut für Gesundheit. Gibt einfaches Mittel dagegen, soll ich verraten?«

Trojan war überaus skeptisch. »Na, dann schieß mal los, Cem.«

»Pass auf, geht so. Einfache Regel, musst du dir merken: Singe, auch wenn du unglücklich bist.«

»Oh nein, im Singen bin ich nicht gut.«

»Jeder gut im Singen. Also los, Chef. Probier es aus.«

»Lass mal.«

»Kannst auch pfeifen. Kannst du pfeifen?«

Cem spitzte die Lippen und stimmte einen Ton an.

»Mitmachen, Chef.«

Eher widerwillig fiel Trojan mit ein, und so pfiffen sie im Duett, erst nur ein paar unzusammenhängende Töne, dann landeten sie plötzlich bei der Melodie von *O du lieber Augustin*.

»Und nun auf einem Bein«, rief Cem. »Pfeifen und dabei auf einem Bein stehen!«

»Ich mach mich doch nicht lächerlich vor dir.«

Der Türke grinste und streckte triumphierend den Zeigefinger aus: »Jetzt hast du gelacht, Chef! Siehst du, funktioniert!«

Nun lachte Trojan erst recht, und Cem strahlte ihn an.

Sie saß im Schneidersitz auf dem Bett. Als er eintrat, nahm sie die Kopfhörer ab und schaltete ihren MP3-Player aus. Der Schmutzrand an der Tapete war noch immer sichtbar.

»Hey«, sagte sie.

»Hey.« Er setzte sich zu ihr. »Willst du nicht ein neues Poster aufhängen? Wie wär's mit Adele oder Rihanna?«

Sie lachte. »Hast du dich etwa im Internet informiert?«

»Klar. Hab mich durch alle Foren gearbeitet. *Diamonds* ist richtig gut, hab ich mir sogar runtergeladen.«

Sie lachte noch lauter.

»Wirklich.«

»Spar dir die Mühe, Paps. Ich bleib auch so bei dir.«

Er grinste sie an. »Meine Tochter!«

Sie plauderten den ganzen Abend. Er kochte Spaghetti für sie. Als es spät wurde, drückte sie ihm einen Gutenachtkuss auf die Wange und verschwand wieder in ihrem Zimmer.

Bevor er selbst zu Bett ging, wählte er noch einmal die fragliche Nummer. Eigentlich hatte er gehofft, dass Roman Giersch abhob, doch es meldete sich eine verschnupfte kindliche Stimme.

»Hallo?«

»Jule?«, fragte er.

»Wer ist da?«

»Nils Trojan. Ich bin der Kommissar, der vor ein paar Tagen bei euch zu Besuch war.«

Er wusste ihr Schweigen nicht recht zu deuten.

»Ich war im Krankenhaus«, sagte sie daraufhin gedämpft.

»Ich weiß.«

»Sie nannten es *zur Beobachtung*. Aber dann ließen sie mich gehen. Es ist keine Lungenentzündung.«

»Das ist gut.«

»Sie wollen meinen Vater sprechen, nicht wahr?«

»Wenn es keine Umstände macht.«

Sie atmete aufgeregt in den Hörer.

»Sie können aber auch mit meiner Mama reden. Sie ist hier.«

»Tatsächlich?«

»Sie hat gesagt, Lissabon gefällt ihr nicht mehr. Sie will in Berlin bleiben. Bei mir.«

Hoffentlich keine Floskel, dachte er. Das durfte sie dem Kind nicht antun.

Und dann sagte Jule: »Ich bin mir sicher, dass meine Eltern wieder zusammenkommen. Sie unterhalten sich schon seit Stunden. Soll ich sie rufen?«

»Lass nur, ich kann es auch ein anderes Mal versuchen.« Er nagte an seiner Unterlippe. »Weißt du, wenn sie so viel zu besprechen haben, möchte ich nicht stören.«

Eine Weile blieb es still, bis sie sagte: »Ich hab ihr eine Kerze hingestellt. Aufs Fensterbrett.«

Er wusste sofort, wen sie meinte.

»Sophie«, murmelte er.

»Ja.«

Schließlich sagte er zu ihr, sie solle jetzt lieber schlafen gehen.

Sie legten auf, und er saß noch lange reglos da.

Es drückte ihn in die Rückenlehne. Er spürte die Vibrationen. In seinen Ohren ein Summen, Surren, Heulen. Dann das flaue Gefühl in der Magengegend. Kein Bodenkontakt mehr. Er atmete auf. Blickte aus dem Fenster, und die Stadt verschwand unter ihm. Bald darauf nur noch Wolken, er weit darüber, schwebend über diesem endlosen weichen Teppich.

Ein kurzes Glücksfühl, heftig, beinahe überwältigend. Alles zurücklassen, alles. Er schloss die Augen.

Als er sie wieder öffnete, nahm sie ihre Sonnenbrille ab.

Ein langes Schweigen, ein rätselhafter Gesichtsausdruck.

»Also«, sagte Jana Michels, »du glaubst, du kannst mich mit einem Flugticket und zwei Wochen Urlaub einfach so ködern?«

»Die Brille steht dir gut. Siehst aus wie eine Schauspielerin. Aus welchem Film kenne ich dich bloß?«

»Lenk nicht ab.«

»Freust du dich denn gar nicht? Sonne? Strand? Und das mitten im Winter?«

»So einfach ist das nicht. Wie soll ich dir wieder vertrauen?«

»Es ist nichts passiert in dieser Nacht.«

»Und doch wird da immer ein vages Gefühl der Unsicherheit zurückbleiben.«

»Ich weiß. Hör zu, wir haben zwei Wochen. Endlich Zeit, und ich …«

»Was?«

Trojan schluckte. Wo sollte er anfangen?

Und dann sagte er: »Auf unserer Reise möchte ich dir eine Geschichte erzählen.«

»Wovon handelt deine Geschichte?«

»Von einem Mann, der sich unsterblich verliebt hat.«

»In wen?«

Er lächelte.

»Sitzt die Person in diesem Flugzeug?«

»Ja«, sagte er, »sie ist hier, ganz nah bei mir.«

## Max Bentow

wurde in Berlin geboren. Nach seinem Schauspielstudium war er an verschiedenen Bühnen tätig. Für seine Arbeit als Dramatiker wurde er mit zahlreichen renommierten Preisen ausgezeichnet. Seit seinem Debütroman »Der Federmann« hat sich Max Bentow als einer der erfolgreichsten deutschen Thrillerautoren etabliert, alle seine Bücher waren große SPIEGEL-Bestseller-Erfolge.
Mehr zum Autor unter www.max-bentow.de

Mehr von Max Bentow:

Der Federmann
Die Puppenmacherin
Die Totentänzerin
Das Dornenkind
Der Traummacher
Der Schmetterlingsjunge
Der Mondscheinmann
Der Eisjunge
Das Bernsteinkind
Engelsmädchen
Eulenschrei
Das Porzellanmädchen
Rotkäppchens Traum
Rabenland

(alle auch als E-Book erhältlich)